徐有富先生
八十寿辰纪念文集

凌朝栋
徐雁平
张宗友

编

凤凰出版社

图书在版编目（ＣＩＰ）数据

徐有富先生八十寿辰纪念文集 / 凌朝栋，徐雁平，
张宗友编. -- 南京：凤凰出版社，2022.4
　　ISBN 978-7-5506-3671-2

　　Ⅰ．①徐… Ⅱ．①凌… ②徐… ③张… Ⅲ．①中国文
学－古典文学研究－文集 Ⅳ．①I206.2-53

中国版本图书馆CIP数据核字(2022)第036586号

书　　　名	徐有富先生八十寿辰纪念文集	
编　　　者	凌朝栋　徐雁平　张宗友	
责 任 编 辑	单丽君	
装 帧 设 计	陈贵子	
出 版 发 行	凤凰出版社（原江苏古籍出版社）	
	发行部电话025-83223462	
出版社地址	江苏省南京市中央路165号,邮编:210009	
照　　　排	南京凯建文化发展有限公司	
印　　　刷	江苏苏中印刷有限公司	
	泰州市经济开发区鲍徐镇,邮编:225315	
开　　　本	960毫米×1304毫米　1/32	
印　　　张	12	
字　　　数	307千字	
版　　　次	2022年4月第1版	
印　　　次	2022年4月第1次印刷	
标 准 书 号	ISBN 978-7-5506-3671-2	
定　　　价	198.00元	

（本书凡印装错误可向承印厂调换,电话:0523-82099008）

左起周道纯（高中及大学同学）、夏雁平（南师附中 59 级高三己班班主任语文老师，94 岁）、徐有富（2022 年春节前）

南京大学中文系 62 级同学，左起任天石、李凤翔、李开、左普、徐有富（1992 年校庆）

程千帆先生与其 79 级研究生，右起莫砺锋、程千帆先生、张三夕、徐有富（1980 年 4 月 20 日）

徐有富与目录学方向硕士生，左起凌朝栋、徐有富、程刚（1993 年 5 月 1 日）

程千帆先生与徐有富及其前三届博士生，后排左起张维、刘雨婷、徐雁平
（1999 年 11 月 31 日）

徐有富夫妇与留校博士后、博士生，左起张宗友、武秀成、李芙娟、徐有富、
方小壮、徐雁平（2020 年 2 月 10 日）

　　1993 年 12 月赴海南大学出席首届《四库全书》学术研讨会，右起张三夕、刘乃和、徐有富、汪奇铭（1993 年 12 月 10 日）

2006 年 7 月 24 日在南京大学主持中国诗学学术研讨会

徐有富先生主要著作

我的学术自述

徐有富

我从未庆祝过生日,诸位贤弟多次表示想出一本论文集,以庆祝我八十岁生日,我都坚决反对,认为此举劳民伤财,有害无益。后来我发现有人在群里组织先后毕业的同学写论文,即严加制止。此后就听不到什么动静了。谁知最近有人告诉我,论文集已经二校,还要我写一篇谈治学经历的文章,编一个论著简目。事已至此,考虑到诸位出于尊师重教的美意,又花了许多时间和精力,我若一味坚持己见,闹得大家不愉快,也不是我希望看到的结果,也就听之任之了。

我是南京八卦洲初中首届毕业生。当时农村学生参加中考首选中专,因为上学不要钱,还能早点参加工作,转为城镇居民户口。谁知我的一位好友偏要考南师附中,还要我作陪,我头脑一热就答应了。幸好我俩都侥幸地被录取了。

我是1959年秋季进入南师附中的,自然信奉"学好数理化,走遍天下都不怕"的金言,不料碰到了"三年自然灾害",食堂伙食越来越差,经常用盐、酱油、白开水和在一起的"三鲜汤"下饭。为了减少体能消耗,体育课就是晒太阳。因为饥饿难熬,又缺乏理想,我课余时间便坐在阅览室里看闲书。看来理工科肯定是考不取了，有个朋友想当文学家，于是我便陪他报考了南大中文系，不过我内心已做好了回乡务农的准备。那年我们的运气真好，班上五位报考文科的同学，居然三位考上了南大，两位考上了南师。

我们是1962年9月入学的，匡亚明1963年就调到南大来当党委书记兼校长。他在我们中文系树了两个标兵，一个是青年教师叶子铭，他的副博士论文《论茅盾四十年的文学道路》1959年就由上海文艺出版社出版了，影响很大。还有一个是青年教师黄景欣，他的学士论文《秦汉以前古汉语中的否定词"弗""不"研究》，发表于《语言研究》1958年第3期，受到一致好评。匡校长言必称叶、黄，点燃了我们的梦想，于是便各选一个毕业论文题目忙碌起来。我选的题目是《闻捷研究》，虽然囊中羞涩，也将他的诗集收齐了，而且还在南京古旧书店淘到一本闻捷写的陕北革命史剧《翻天覆地的人》，是东北新华书店1949年出版的。此外，我也读了不少诗歌理论著作。遗憾的是接下来，我们三年级下学期到海安搞"四清"，四年级到溧阳劳动建校，接着又返校参加"文革"，直到1968年夏天，我们又几乎全都被分到边疆、农村、基层、工矿，各人的文学梦便随之化成了泡影。

我被分配到湖北省阳新县赤马山铜矿，先当井下工人，后调到矿山子弟学校教书。别无他求，于是结婚生子，准备终老于此。谁想到1978年竟恢复了研究生招生制度，可惜我身边只有几本《中国文学史》《古代汉语》教材，别无选择，我还是硬着头皮报考了母校古代文学专业研究生，遗憾的是矿山偏僻，连英语复习资料都找不到，结果自然名落孙山。后来我妹妹在家中翻到了一本我当年在南大学习英语的教材，寄给了我，于是我次年又鼓起勇气再战，竟然被录取为程千帆先生的研究生，真是喜出望外。

我1979年秋重返母校，算是踏上了治学之路。程先生1980年4月3日与我们谈毕业论文问题，一共出了九个选题。我一眼就看中了《唐诗中的妇女形象》，为此我将《全唐诗》通读了一遍，还编了分类索引，其中有可能用到的诗都用卡片抄了下来。程先生为研究生开过校雠学、杜诗研究课，为本科生开过历代诗选、古诗选讲课，我都听过，这对我分析唐诗中的妇女形象当然大有帮助。由于前期工作做得充分，所以论文写得比较顺利，程先生又仔细改过两遍。后来论文经过修改与补充，依据程先生的建议将题目改为《唐代妇女生活与诗》由中华书局于2005年出版了。如何推动唐代文学研究的深入发展，将唐代文学与社会背景研究结合起来，无疑是一个重要方面，程先生的《唐代进士行卷与文学》是这方面的代表作，拙著显然也是一例。

论文写完后离答辩还有一段时间，程先生怕我将这段时间浪费掉了，便提出来与我合写中国古代名人传中的《李清照》，并借给我一本《李清照资料汇编》。因为只要写三万字，所以很快就完成了。该书于1982年由江苏古籍出版社出版。出版后，程先生放弃了该书的著作权。后来该书被列入"《中国思想家评传》简明读本"，于2010年由南京大学出版社出版，字数增加到六万四千字。我也写过几篇有关李清照的文章，其中《李清照泛舟词之比较》发表于《名作欣赏》2019年第11期，被江苏电视台城市频道的一位编辑看到了，她认定我对李清照研究有素，便邀请我去做了一档节目，电视节目播出后，居然被我们高中班主任，已94岁高龄的教语文的夏雁平老师看到了，她非常高兴，常与去看望她的学生们提起。

我研究生毕业后，原先是要分配到华中师范大学中文系的，记得我在答辩时，该系还特派一位老先生来旁听。但我还是想留在南京，因为我们兄弟姐妹，一个远在辽宁丹东，一个远在新疆塔城，一个远在云南昆明。当我考取研究生第一次回家看望母亲时，卧病在床的母亲非常高兴，立刻起身为我做饭，还说了句："冷锅里蹦出颗热豆子。"我也很激动，并且写了首题为《重返南大》的诗，第一段为："母校，这个词真好！投奔你，我扑向母亲的怀抱。"我如再回湖北，年迈的父母亲一定会非常失望。正好当时南大图书馆施廷镛先生的一位研究生家在武汉,却被分在南大图书馆,于是我们申请对调一下,并且获得了批准,可谓两全其美。

我在矿山工作了十年,因为读了研究生,就能回到南京大学图书馆工作,而且爱人受到当年的班主任王兆衡老师的关心,很快就调到了南大财务处,还是挺庆幸的,遂决心努力做好本职工作,安然度日。而程先生还一直在关心着我,先是让我参与整理《汪辟疆文集》,接着让我替他为中文系古代文学专业研究生开校雠学课,并且还推荐我到南师为古文献专业本科生上版本学。后来又提出让我与他合著《校雠广义》。齐鲁书社1988年出版了该书《目录编》,1991年出版了该书《版本编》,1998年出齐了《校雠广义》版本、校勘、目录、典藏四编。该书被专家陶敏誉为"校雠学重建的奠基之作",王绍曾称其"为我国传统的治书之学建立了一个清晰而完整的学科体系"。该书得过不少奖,如《版本编》1995年被国家教委评为优秀教材一等奖,1997年被国务院评为国家级教学成果二等奖,《校雠广义》1999年获得第四届国家图书奖等。《校雠广义》还于2020年由中华书局出了修订本,对原书做了不少正误与增补工作,质量又有所提高。

南京大学于1978年恢复了图书馆学专修科,复于1985年恢复了图书馆学系,后更名为信息管理系,我自然也就成了专职教师,并于1987年被评为副教授。我于1988年申请到了一个国家社科基金项目《中国古典文学史料学》,该项目完成后于1992年由南京大学出版社出版,为我国古典文学领域第一部史料学著作。正如专家曹培根在书评中所说:"该书除了像通常的史料学著作那样详尽介绍重要史料外,还将史料学研究拓展到了史料搜集、鉴别、整理和检索利用的新领域。"该书修订本还作为普通高等教育"十一五"国家级规划教材由北京大学出版社于2008年再版,并且重印过。

我在教目录学的过程中,觉得郑樵是一个极有个性的人,他不参加科举考试,毕生从事学术研究,不仅努力读尽天下之书,而且重视社会调查,主张理论与实践相结合,并且身体力行。如"结茅夹漈山中,与田夫野老往来,与夜鹤晓猿相处,不问飞潜动植,皆欲究其情性"。他知识广博,在经学、语言学、史学、自然科学、文献学等方面,都有重要成果。他具有强烈的批判精神,往往能提出独到见解,颇能给人以启发。于是,我对他作了个案研究,撰写了《郑樵评传》,该书在吴新雷教授的支持下,被列入"中国思想家评传丛书",由南京大学出版社于1998年出版了。这一时间段写的论文,后来汇编成《文献学研究》(与徐昕合著)于2002年由江苏古籍出版社出版。

我在信息管理系多年担任副系主任,教学、科研、行政工作都很卖力,但职称就是上不去,当时该系说话起作用的某教授要求严格,《校雠广义》之《目录编》与《版本编》因为我排名第二都不能算科研成果。我好不容易申请到了一个国家社科基金项目,他还写信举报,说老师偏袒自己的学生,评审不公。实在混不下去了,我只好找时任中文系主任的胡若定教授,请求调入中文系,想不到他一口答应,并于1995年5月很快就办成了调动手续,我还于次年春天评上了教授。不久,中文系要我担任教学副系主任,自不便拒绝。

回到中文系,我不能影响其他老师的工作,所以想为研究生开一门新的专业基础课。南大中文系素有注重研究方法的传统,打开《汪辟疆文集》,我们首先看到的就是《读书举要》《工具书之类别及其解题》《读书说示中文系诸生》等一组文章。程千帆先生的《治学小言》当然是专门谈治学方法的。周勋初先生承担过一个课题,题为"现代学者治学方法研究",并形成了一本专著《当代学术研究思辨》。于是我于1995年秋季开了"治学方法与论文写作"课,旨在培养学生的创新意识与科研能力,让学生了解学术研究与论文写作的规范,使他们在选题、查资料、社会调查,以及读书、写读书笔记、鉴别资料、写论文等方面得到初步训练。其教材于2003年由南京大学出版社出版,印过数次。后来经过修订,更名为《学术论文写作十讲》,由北京大学出版社于 2019 年再版,在不到一年的时间内就印了 3 次,可见还是很受欢迎的。

　　我 1998 年 3 月被评为博士生导师,莫砺锋随即分一位博士生让我指导,并提出与我合带博士生,要我侧重于宋词研究。我虽然写过通俗读物《李清照》,但是哪敢指导古代文学专业博士生。考虑到我对古典文献学熟悉一点,于是与俞为民教授、蒋广学教授一起申请了中国古典文献学博士点,并于 1999 年获得了批准。我为该专业博士生上的课程是“中国目录学史”,并且以之申请了一个高校古委会项目。我觉得目录实际上是记录人类精神财富的数据库,中国历代目录实际上就是中国学术史的缩影。目录的分类、著录项目及其统计数据、书目的序,以及按语等,都能客观而集中地反映各时期学术的发展变化。我是从学术史的角度来讲这门课的,所以该书 2008 年由中华书局出版时名为《目录学与学术史》。

　　我还想为中文系本科生开一门课。程先生为南大中文系本科生上过两次《古诗今选》,受到热烈欢迎。之后似乎就没有人上过类似的课程。我一直喜欢诗歌,早在赤马山矿子弟学校任教时就写过六万字的《诗歌泛谈》,读研究生学的又是唐宋诗专业,毕业论文名为《唐诗中的妇女形象》,于是便为作家班与本科生开了“诗学研究”课,还挺受欢迎的。经过多年打磨,取名为《诗学原理》,投给北京大学出版社,想不到竟于 2007 年出版了。该书《开头的话》说:“本书不仅要对诗学进行较为深入的探讨,而且要为诗学理论的普及与通俗化贡献一点力量。”“本书不作纯理论的探讨,而是通过对作品的具体分析来说明问题。所引用的诗歌作品,既包括古代的,也包括现代的。将我国诗歌的精华呈现在读者面前,是本书的重要任务。”北大出版社于 2017 年还出了《诗学原理》第二版,该版从诗的内容说到诗的形式,从诗的创作说到诗的鉴赏,从而构筑了一个完整的诗歌理论体系。

　　《古典文学知识》从 2005 年第 3 期至 2007 年第 7 期连载了我的《中国

诗学原理讲座》，产生了较大反响，例如豆丁网附注道："关于该文档，转帖至人人网、QQ空间、新浪微博、腾讯微博、开心网、飞信，分享到WSN、豆瓣。"有位网友还谈了他将《诗的构思》一讲发到网上的过程："好冷啊，今天先打这么多吧。实在是打得有点慢，不过慢点我自己也可以多记住一些。""打一段，发一段，天气实在是太冷了。希望对大家有帮助，而不是无用之举。"该讲座后来辑为《诗歌十二讲》由岳麓书社于2012年出版了。这些应当说，都是我为本科生上诗学研究课的产物。我在本科听文学概论课时，就想写一本诗学概论，学生时代的梦想终于实现了，这当然是一件令人高兴的事。

　　在职期间，我还写过一本《闻一多》，当时江苏文艺出版社要出一套"中外名人传记丛书"，责任编辑于奎潮听过我的课，可能觉得我对新诗还比较熟悉，就将这个选题交给了我。我学生时代喜欢新诗，而且特别喜欢闻一多，所以就愉快地答应了。凭借南大图书馆与中文系资料室的丰富资源，我顺利地完成了任务。学生时代在新诗方面所下的功夫，能偶然获得一点收获当然很高兴。不过闻一多《红烛》诗云"莫问收获，但问耕耘"，境界更高，更值得寻味。

　　我是2008年9月退休的，程先生在一封信中说："退休后精力未衰，可做自己想做之事，此最是人生佳境。"我首先将诗学方面的论文，编成《诗学问津录》于2013年由中华书局出版了，其中《简谈宋诗中的议论》是我读研究生时写的，因与某权威意见相左，一位室友劝我说这篇文章如发表，你从此就没有好日子过了。我还是将它交给了程先生，受到程先生的推荐，该文曾以首篇位置发表于《南京大学学报》1981年第1期，人大复印报刊资料《中国古代、近代文学研究》1981年第6期复以首篇位置全文转载。还有一篇《古典诗歌中的"绿"字》，也是我交给程先生的一篇作业，受到推荐，发表于《长江文艺》1982年第1期，程先生为我埋下了一粒种子，我在退休后写了不少读诗札记，即萌芽于这篇文章。我自己比较满意的是《"望南山"与

"见南山"》，也收在这本书中，可以参看。

我将论文集《文献学研究》之外的文献学论文汇编成《文献学管窥》，由凤凰出版社于 2016 年出版了。书中有篇《南京大学图书馆孤本方志叙录》还有点故事。我是程先生来南京后所指导的一个年龄最大，学历最低，自愿从事图书馆工作，喜欢安然度日的学生，但是程先生还要继续指导我，该文的题目与体例都是程先生定的，成稿后，程先生又作了精心批改。文章改好后，前辈魏德裕先生因为与来新夏先生是中学同学，特地帮我推荐给了来先生，不过一直没有消息。后来我听周勋初先生说，有次他到天津开会，程先生还专门托他向来先生问过此事，我深受感动。魏先生退休多年后，我们偶然相遇，他告诉我他在整理信件时，发现有封来新夏先生的回信，内容是问我是否愿意将该文发表在某刊物上，遗憾的是此事已过去了二十多年，只好作罢。2015 年，我应邀参加"《南京大学图书馆藏稀见方志丛刊》新书发布会暨地方文献整理座谈会"，我在发言中提到了这篇文章，想不到国家图书馆副馆长张志清先生立即为国家图书馆所创办的《书志》丛刊向我约稿，该文终于得以发表。此事让我体会到程先生会带学生的主要原因是他爱学生。同时也让我体会到从事文献整理与研究工作需要花功夫，而功夫决不负有心人，只要你辛勤耕耘过，就会有收获。

我还将过去写过的诗编成《徐有富诗钞》，由河南文艺出版社于 2011 年出版。我与诗的这点缘分，寻思起来，还与我姐姐有关。她毕业分配到东北后，将一本中专《语文》教材留在家中，书上有闻一多、艾青、田间、何其芳等人的不少诗作，我无事就经常翻翻，无形中便受到了一些影响。我到城里读高中，成绩平平，一无所长，还是挺自卑的。记得有回在作文中插了一首顺口溜，想不到实习老师邢道成在作文讲评时，对我的顺口溜大加赞扬，使我稀里糊涂地爱上了诗。这个爱好一直保持到大学，1963 年 3 月 26 日，班级组织了一个主题班会，要我也发个言，我朗诵了一首诗，即诗集中的《我要怎样做人》，当时颇获好评。不久系里组织了诗歌创作朗诵欣赏晚会，班上便推荐我参加。我深受鼓舞，于是一天到晚就是写诗、读诗、研究诗，有时到了寝食难安的程度。集中有些诗现在看来已不合时宜，但当年为时代潮流裹挟所溅起的一点浪花，也许还有些史料与认识价值。因为这些诗毕竟比较真实而完整地记录了一个普通知识分子数十年来的心路历程。集中有《老牛》一诗或可视为我的写照："田间一老牛，负轭朝前走。举步虽迟缓，就是不回头。"

再就是为《校雠广义》《中国古典文学史料学》《治学方法与论文写作》《诗学原理》等书作了修订工作，都在原有的基础上朝前迈进了一大步。国内外一些著名出版社都非常重视出版修订本，这实在是不断提高图书质量的有力措施。我的做法是发现书中错误及时纠正，遇到参考资料就在书上加批。如有机会，我将继续做所撰论著的修订工作。

退休后我还编著了一部《程千帆沈祖棻年谱长编》，由南京大学出版社于2013年出版。陶芸老师、程丽则大姐、砺锋兄都有意让我编撰程先生年谱，作为学生，我自不便推辞，在编写的过程中，程丽则将《程千帆日记》《陶芸日记》借给了我。吴志达先生在武汉大学档案馆将沈祖棻自传及干部履历表等材料的复印件寄给了我，南京大学档案馆为我查阅程千帆名人全宗提供了方便，诸位同门学友及贤弟子或提供材料，或回答问题，都帮了很大的忙。我还特地到学校申请了宽带远程接入服务项目，在一些报刊数据库中查到了不少新资料。在年谱写作方面，我也作了一些探索，首先是写了九万多字的《前言》，对程千帆、沈祖棻的成就作了全面而深入的介绍。其次，在年谱目录中，为每一年都用极短的文字写了内容提要，还在征引文献中，罗列了《程千帆全集》《沈祖棻全集》未收的作品目录，此外，于书末附了《人名、字号、别称索引》，不少人都夸赞该年谱内容丰富，使用方便。

退休后，我还撰写了《千家诗赏析》，由上海古籍出版社于2012年出版，复由中华书局于 2018 年再版。起初有位同事应约承担了该书的写作任务，当时他还没有退休，需要为核心杂志写文章，于是就推荐了我。考虑到我是学唐宋诗的，承当这项任务等于重新获得一次学习唐宋诗的绝好机会，遂爽快地答应了。谁知我即将完成时，责任编辑另有任务，要我与另外一位编辑对接。但是，我联系了两次都未联系上，只好作罢。于是我根据偶然获得的一张名片，将书稿寄给了上海古籍出版社试试，想不到该书竟很快出版了。合同刚满，中华书局的编辑即表示愿意再版。其实，《千家诗》虽然是一本通俗读物，我在考证作者，校订诗题，分析作品，探讨诗的内容与艺术特色方面都下了很大功夫，而且很难找到错别字。看来如果选题对路，书的质量又有保证，出版社还是愿意接受的。

退休后想做的还有一件事，就是写《南大往事》。该书 2018 年由江苏人民出版社出版。我当了几十年的教师，还连续担任过南大图书馆学系与中文系的教学副系主任，退休后还当过多年学校督导，对教学工作略有体会，遂利用学术散文的形式，通过一些老师和学生的教学与科研活动来探讨与揭示南京大学人文学科的优良传统。这些文章陆续发表在《中国社会科学报》《南大校友通讯》《南京大学报》《古典文学知识》《江苏文史研究》等报刊上，苗怀明教授所主持的中国古代小说网予以重新编辑连载，被南大校友、时任江苏人民出版社社长徐海看中，列入选题。该书出版后，南京大学宣传部与江苏人民出版社于 2018 年 5 月 19 日在南大文学院召开了新书发布会；《南京大学报》《现代快报》《扬子晚报》《社会科学动态》等都作了报道与评价。《光明日报》7 月 22 日"悦读"栏目还发表了拙作《把培养学生放在第一位》。江苏人民出版社还借上海书展之机，于 8 月 20 日安排了一场学术报告会，让我谈《〈南大往事〉的现实意义》，报告会由徐海主持，中华书局总编辑、南大文学院校友徐俊到场，会后还举行了签名售书活动。可见，此书反响热烈，颇受重视。这表明，学术研究应当关注现实生活的需要，而表达方式本应当丰富多彩,不必千篇一律。

　　我目前在弄《先唐别集知见录》,程先生说过:"每一个同志最好有机会做一做这种最艰苦,最枯燥,最没有趣味的,像做年谱、考订、校勘、编目这样的工作。"我便于1996年申请了一个项目"先唐文集别录",三年时间一到,便勉强结了项,远达不到出版水平。迫于教学、科研、行政工作的压力,只好将其搁在一边。直到2008年退休后,想起"言必信,行必果"的古训,我又将该课题捡了起来。等该课题完成后,我将适应广大读者的需要,尝试采用大家喜闻乐见的形式,写一些具有学术含量的诗学普及读物。下面就以我的一首诗作为结尾,题为《银杏叶》:"金黄金黄的银杏叶/还舍不得与大树告别/在成排成排的大树上/我们是千万只黄蝴蝶/为了丰富秋天的色彩/我们作了最后的努力/即使飘落到地上/我们也是金黄金黄的。"

2021年12月2日于问津阁

目录

《汉书·百官公卿表》史例发覆及史文订误

武秀成

　　《汉书》号称难读，甫一问世，即有大儒马融"伏于阁下，从昭受读"①。东汉以还，研治《汉书》者无数，考释成果累累不绝。其为《汉书》之功臣者，唐有颜师古，清有钱大昭、王念孙、沈钦韩、周寿昌、王先谦，近代则有杨树达、陈直等人。其纠谬补阙，中华书局点校本时有采纳，而遗漏者仍可从《汉书补注》及诸家著述中见到。但校勘如拂几尘，其间仍留有很多疑问。早年读《百官公卿表》，对其所载年、月之数目以及干支曾进行过一番梳理，其中有所疑惑，亦有所感悟，今略作整理，稍事补苴，以就教于同道。

一

　　我们读《汉书·百官公卿表》，最让人难解的是公卿离任的时间。《公卿表》中多载有公卿就任、在位、离任的时间。宰相、太尉、御史大夫，号称三公，其就任多书作"某年某月某日为某官"；文献阙如，则仅载明"某年某月"

---

① 范晔《后汉书》卷八四《列女·曹世叔妻传》，中华书局，1965 年，第 2785 页。

或"某年"。至于卸任去职,宰相一般都载有"某月某日"罢免、转迁、薨卒的时间,太尉时或载之,御史大夫则一般不载其离任时间。列将军、九卿(实为十一卿)及三辅等官职,就任、离职一般皆不载具体时间,而仅载有"某年迁""某月免"等语。既载有时间,似乎明明白白,又有何难解之处?问题在于这"某月贬(迁、徙、免)""某年迁(徙、贬、免、卒)"之语,是否真如我们所解。试读如下:

《百官公卿表下》成帝永始二年御史大夫栏载:"三月丁酉,京兆尹翟方进为御史大夫,八月贬为执金吾。十一月壬子,诸吏散骑光禄勋孔光为御史大夫,七年贬为廷尉。"①

翟方进出任御史大夫的时间很清楚,在成帝永始二年三月丁酉日,但其离任时间呢?是本年"八月"吗?荀悦《汉纪》卷二六《成帝纪三》载:"(永始二年)秋八月,方进贬为执金吾。"②此与我们的惯性思维一致:翟方进于本年八月自御史大夫贬为执金吾。但是,《百官公卿表》所载翟方进同年内其他任职的迁转情况却与此大相径庭。《公卿表》永始二年执金吾栏与丞相栏载:"御史大夫翟方进为执金吾,一月迁。"又云:"十一月壬子,执金吾翟方进为丞相。"前文既云翟方进"八月贬为执金吾",则同年之中其后又何来"一月迁"呢?且"一月迁"与"十一月壬子"升为丞相亦大相矛盾。若以为"一月"为"十一月"之脱误,则《表》之同年栏目中重复载其"十一月"迁为丞相,亦颇不合史官避复的文例,更何况在那执简笔削的时代。《汉书》卷八四《翟方进传》曰:"会丞相薛宣……免为庶人。方进亦坐为京兆尹时奉丧事烦扰百姓,左迁执金吾。二十余日,丞相官缺,群臣多举方进,上亦器其能,遂擢方进为丞相。"此载翟方进为执金吾仅二十余日便擢为丞相。由此观之,《表》称翟方进为执金吾"一月迁"之"一月",并非指本年一月份,更不是"十一月"之误

① 班固《汉书》卷一九下《百官公卿表下》,中华书局,1962年,第834—835页。
② 荀悦撰,张烈点校《汉纪》卷二六《孝成皇帝纪三》,中华书局,2002年,第458页。

脱,而是指翟方进任执金吾一个月("二十余日"整言之即称作"一月")后升任丞相。以此例之,此"八月贬"之"八月"亦非指八月份,而是指翟方进任御史大夫八个月后贬为执金吾。翟方进于"三月丁酉"升任御史大夫,历八个月(是年闰五月)而至十月被贬为执金吾,任执金吾一个月,即十一月(壬子为初二)又升任宰相,前后履历吻合,可证《汉纪》所载"(永始二年)秋八月,方进贬为执金吾",实为荀悦误读《公卿表》所致①。原来《公卿表》所载此类"某月迁(贬、免)"之"某月",皆当解读作"若干月",所指为官员任职的时间长短。至于《表》载"某年迁(徙、贬、免、卒)"之"某年",由于"某年"往往超出了其年号使用之年数,读者容易明白:此"某年"非指纪年之序数,而是指某人任某职"若干年",与"某月迁"之"某月"性质完全一样。如上引《表》称御史大夫孔光"七年贬为廷尉",即谓孔光任御史大夫七年后贬为廷尉。

经笔者初步统计,《百官公卿表》中记载有公卿任职时间长短的共有452条,其中称"数月"者有12条,称"若干月"者有49条,而称"若干年"者最多,共有391条。下面列表作简要说明:

栏　目	称"若干年"	称"若干月"	称"数月"	备　注
相国、丞相、大司徒太师、太傅、太保	0	0	0	宰相栏皆载有"某年某月某日"就任、罢免、转迁、薨卒之具体时间,故不称在位"若干年(月)"。
太尉、大司马	3	1	0	
御史大夫、大司空	52	7	0	
列将军	37	7	0	
奉常、太常	32	1	1	
郎中令、光禄勋	21	9	2	

---

① 司马光《资治通鉴考异》卷一"十一月己丑丞相宣免"条对此有辨正(《四部丛刊初编》本,第15页)。又参见王鸣盛《十七史商榷》卷一〇,凤凰出版社,2008年,第55页。

栏　目	称"若干年"	称"若干月"	称"数月"	备　注
卫尉、中大夫令	15	7	0	
太仆	19	0	0	
廷尉、大理	22	1	0	
典客、大行令、大鸿胪	18	0	1	
宗正、治粟内史、大司农	29	1	4	
中尉、执金吾、少府	58	10	0	
水衡都尉、主爵都尉、右扶风	35	3	0	
左内史、左冯翊 右内史、京兆尹	50	2	4	
各类合计	391	49	12	
全表总计	452			

　　《公卿表》所载公卿在位时间"若干年""若干月"者，既然已经明了其义，我们还有什么疑问呢？问题在于这"若干年"是如何计算的。如《公卿表》元帝初元三年光禄勋栏载："光禄大夫周堪为光禄勋，三年贬为河东太守。"据其任职"三年"被贬推算，周堪贬为河东太守应该在初元五年。但初元五年并没有人接任光禄勋，次年永光元年始有载："太仆金赏为光禄勋，一年卒。"或质疑曰：前任免官，下任于次年任命，亦属常见，不足为奇。此光禄勋毕竟只是九卿之一，前后任之间有官职空缺似乎无关紧要，但三公之职的前后任交接真空若屡屡出现，就大不合情理了。如御史大夫栏武帝建元四年载："武强侯严青翟为御史大夫，二年，坐窦太后丧不办免。"建元六年载："大农令韩安国为御史大夫，四年病免。"元光四年载："九月，中尉张欧为御史大夫，五年老病免。"元朔三年载："左内史公孙弘为御史大夫，二年迁。"元朔五年载："四月丁未，河东太守九江番系为御史大夫。"此数字御史大夫前后相连，据所载"若干年"计算，后任皆在前任迁免之次年出任御史大夫，意即前后任之间一般皆存有权力真空状态，尤其是韩安国、公孙弘两位之

后,至少都空缺了数月之久,甚至是近一年之长。这是十分令人生疑的。

何以会出现这种前后任官员时间上多不交接的现象呢?究其原因,是因为修撰《百官公卿表》的史官,采用了一种不同于一般的计年方法,即计算"若干年"时,不将就任的本年计算在内。古人计算年岁,通常采用的一般都是"虚岁法",即连出生本年或事发当年计算在内,而《公卿表》这种不连本年计算的方法,我们可以称之为"实年法"。

《百官公卿表》的这种特殊史例,我们可以从《公卿表》中找到有力证据。如御史大夫栏高后八年载:"淮南丞相张苍为御史大夫,四年迁。"张苍何年迁为何官呢?丞相栏文帝四年载:"十二月乙巳,丞相婴薨。正月甲午,御史大夫张苍为丞相。""四年迁"正是除去高后八年计算的。再如文帝十六年载:"淮阳守申屠嘉为御史大夫,二年迁。"文帝后二年又载:"八月戊戌,丞相苍免。庚午,御史大夫申屠嘉为丞相。"此"二年迁"亦不将文帝十六年计算在内。其他如文帝后二年载:"八月庚午,开封侯陶青为御史大夫,七年迁。"景帝二年载:"八月丁未,御史大夫陶青为丞相。"景帝七年载:"太仆刘舍为御史大夫,三年迁。"景帝中三年载:"九月戊戌……御史大夫刘舍为丞相。"中三年载:"太子太傅卫绾为御史大夫,四年迁。"后元年载:"八月壬辰,御史大夫卫绾为丞相。"武帝元朔三年载:"左内史公孙弘为御史大夫,二年迁。"元朔五年载:"十一月乙丑……御史大夫公孙弘为丞相。"元狩元年载:"乐安侯李蔡为御史大夫,一年迁。"元狩二年载:"三月……壬辰,御史大夫李蔡为丞相。"元鼎二年载:"二月辛亥,太子太傅石庆为御史大夫,三年迁。"元鼎五年载:"九月……丙申,御史大夫石庆为丞相。"昭帝元凤元年载:"九月庚午,右扶风王欣为御史大夫,三年迁。"元凤四年载:"二月乙丑,御史大夫王欣为丞相。"元凤四年载:"二月乙丑,大司农杨敞为御史大夫,二年迁。"元凤六年载:"十一月己丑,御史大夫杨敞为丞相。"元凤六年载:"十一月,少府蔡义为御史大夫,一年迁。"元平元年载:"九月戊戌,御史大夫蔡义为丞相。"宣帝本始三年载:"六月甲辰,大司农魏相为御史大夫,四年迁。"地节三年载:"六月壬辰,御史大夫魏相为丞相。"地节三年载:"六月辛丑,太子太傅丙吉为御史大夫,八年迁。"神爵三年载:"四月戊戌,御史大夫丙吉为丞相。"诸例皆有就任御史大夫的时间与升迁宰相的具体时间,知以上所言"若干年迁",皆不计算就任之本年在内。是为该表计年采用"实年法"之明证。

即使《百官公卿表》不明载某人迁徙、免贬、薨卒的具体时间,但我们通过《汉书》纪传及其他文献也能考证出该表所称"若干年",采用的仍然是"实年法"而非"虚岁法"。今以武帝朝御史大夫为例略作说明:如《公卿表》武帝建元四年载:"武强侯严青翟为御史大夫,二年,坐窦太后丧不办免。"《史记》卷二二《汉兴以来将相名臣年表》建元六年载:"青翟为太子太傅。"《汉纪》卷一〇《武帝纪》建元六年亦载:"御史大夫严青翟免,大司农韩安国为御史大夫。"再如《公卿表》建元六年载:"大农令韩安国为御史大夫,四年病免。"《史记》卷一〇八《韩安国传》云:"安国为御史大夫四岁余,丞相田蚡死……天子议置相,欲用安国,使使视之,蹇甚,乃更以平棘侯薛泽为丞相。安国病免,数月,蹇愈,上复以安国为中尉。"《汉书》卷五二《韩安国传》略同。据《史记·汉兴以来将相名臣年表》及《汉书·百官公卿表》,田蚡薨、薛泽相皆在元光四年,然则韩安国免职在元光四年可以无疑①。又《公卿表》元光四年载:"九月,中尉张欧为御史大夫,五年老病免。"《史记》卷一一二《公孙弘传》云:"元朔三年,张欧免,以弘为御史大夫。"《汉纪》卷一二《武帝纪》元朔三年亦载:"御史大夫张欧免,内史公孙弘为御史大夫。"又元鼎六年载:"齐相卜式为御史大夫,一年贬为太子太傅。"《汉书》卷五八《卜式传》载:"元鼎中,征式代石庆为御史大夫……明年当封禅,式又不习文章,贬秩为太子太傅,以

---

① 司马迁《史记》卷一〇三《张叔传》云:"至武帝元朔四年,韩安国免,诏拜欧为御史大夫。"此"元朔"显为"元光"之误。

兒宽代之。"《汉纪》卷一四《武帝纪》元封元年载:"春正月……御史大夫卜式贬为太子太傅,内史倪宽为御史大夫。"又天汉元年载:"济南太守琅邪王卿为御史大夫,二年有罪自杀。"《汉书》卷六《武帝纪》载:"(天汉)三年春二月,御史大夫王卿有罪,自杀。"《汉纪》卷一四《武帝纪》所载略同①。又太始三年载:"三月,光禄大夫河东暴胜之公子为御史大夫,三年下狱自杀。"《汉书》卷六《武帝纪》征和二年秋七月载:"御史大夫暴胜之、司直田仁坐失纵,胜之自杀,仁要斩。"《汉纪》卷一五《武帝纪》所载同。又武帝后元二年载:"二月乙卯,搜粟都尉桑弘羊为御史大夫,七年坐谋反诛。"《汉书》卷七《昭帝纪》元凤元年载:"九月,鄂邑长公主、燕王旦与左将军上官桀、桀子票骑将军安、御史大夫桑弘羊皆谋反,伏诛。"《汉纪》卷一六《昭帝纪》所载同。上述诸例,皆可证《百官公卿表》所称"若干年"者,采用的是不计本年的"实年"计算法。

我们以《百官公卿表》中所载一人之迁转仕履,也能证明这一史例的存在。如宣帝元康元年少府栏载:"平原太守萧望之为少府,一年徙。"元康二年左冯翊栏载:"少府萧望之为左冯翊,三年迁。"神爵元年大鸿胪栏载:"左冯翊萧望之为大鸿胪,二年迁。"神爵三年御史大夫栏载:"七月甲子,大鸿胪萧望之为御史大夫,三年贬为太子太傅。"《汉纪》卷二〇宣帝五凤二年载:"(八月)壬午,御史大夫萧望之贬为太子太傅,太傅黄霸为御史大夫。"据"实年法"计算,表中所称"一年徙""三年迁""二年迁""三年贬",皆条例分明,准确无误。又如成帝元延三年大鸿胪栏载:"九江太守王嘉为大鸿胪,三年迁。"绥和二年京兆尹栏载:"大鸿胪王嘉为京兆尹,二年迁。"哀帝建平二年御史大夫栏载:"十月丙寅,京兆尹王嘉为御史大夫,一年迁。"建平三年丞相栏载:"四月丁酉,御史大夫王嘉为丞相。"表中所言"三年迁""二年迁""一年迁",以"实年法"验证,皆若合符契。

需要说明的是,我们这里所称的"实年法",并非说任职要满周年方可计

---

① 按:荀悦《汉纪》卷一四"王卿"称作"王延年",指同一人无疑。

为一年,而是指任职时间须跨年后始计为一年。任职在本年度内,即便时间很长,也只称"若干月"而不称"一年"。如《公卿表》成帝建始四年载:"东平相巨鹿张忠子赣为少府,十一月迁。"同年又载:"十一月壬戌,少府张忠为御史大夫。"又如哀帝建平二年表载:"少府贾延为卫尉,十一月还故官。"同年少府栏载:"卫尉贾延为少府,一年迁。"其任职皆至十一个月之长,但因未跨入下年,故仍以"月"计而不称"一年"。其任职若跨入下年,即便不满一年,也称作"一年"。如前文所举,哀帝建平二年"十月丙寅,京兆尹王嘉为御史大夫",至次年"四月丁酉,御史大夫王嘉为丞相",王嘉为御史大夫前后凡八个月(建平三年闰三月),而《表》称"一年迁"。又如《表》载宣帝五凤二年"八月壬午,太子太傅黄霸为御史大夫",至次年"二月壬申,御史大夫黄霸为丞相",黄霸任御史大夫前后亦仅八个月(五凤二年闰八月),《表》文亦称"一年迁"。通观《公卿表》,跨年而仍以"月"计者偶有见之①,而凡称"一年"者,其任职时间罕有不跨入第二年者②。

当我们明了了《百官公卿表》的"实年"计算法之后,我们才会对《汉书》列传与《百官公卿表》所载同一人任职年数而出现的差异恍然大悟。如《汉书》卷四六《卫绾传》:"召绾拜为太子太傅,迁为御史大夫。五岁,代桃侯舍为丞相。"《公卿表》景帝中三年则云:"太子太傅卫绾为御史大夫,四年迁。"卷五二《韩安国传》称"安国为御史大夫五年",《公卿表》武帝建元六年则云:"大农令韩安国为御史大夫,四年病免。"卷五九《张汤传》谓张汤为御史大夫"七岁败",《公卿表》武帝元狩三年则云:"廷尉张汤为御史大夫,六年有罪自

---

① 跨年而仍以"月"计者,其例甚少。如《表》成帝阳朔四年载:"左冯翊薛宣为少府,二月迁。"(《表》载次年"正月癸巳,少府薛宣为御史大夫"。)又如成帝永始二年载:"执金吾韩勋为光禄勋,六月迁。"(《表》载次年"光禄勋韩勋为右将军"。)此皆属于任职时间未过半年者。

② 与此不合者仅见二例:《表》宣帝本始四年载:"大鸿胪宋畴为左冯翊,一年迁。左冯翊延,三年免。"同年又曰:"左冯翊宋畴为少府,六年坐议凤凰下彭城未至京师不足美,贬为泗水太傅。"又哀帝元寿二年载:"左曹中郎将甄丰为光禄勋,一年迁。"同年又曰:"光禄勋甄丰为右将军,六月迁。"颇疑此"一年"为"一月"之误。

杀。"卷六六《陈万年传》谓万年为御史大夫"八岁病卒"，《公卿表》宣帝甘露三年则云："太仆陈万年为御史大夫，七年卒。"卷六六《陈万年传》附《陈咸传》载："（陈咸）后竟征入为少府……畏咸，皆失气。为少府三岁，与翟方进有隙。方进为丞相，奏咸……咸坐免。"《公卿表》成帝永始元年则云："南阳太守陈咸为少府，二年免。"卷六六《郑弘传》谓郑弘为御史大夫"六岁，坐与京房论议免"，《公卿表》元帝永光二年则云："右扶风郑弘为御史大夫，五年有罪自杀。"卷七一《于定国传》谓定国为廷尉"十八岁迁御史大夫"，而《公卿表》宣帝地节元年则云："水衡都尉光禄大夫于定国为廷尉，十七年迁。"卷七二《王骏传》谓王骏"迁少府八岁"，而《公卿表》成帝河平元年则云："司隶校尉王骏为少府，七年徙。"《王骏传》又谓王骏为御史大夫"六岁病卒"，而《公卿表》成帝鸿嘉元年则云："京兆尹王骏为御史大夫，五年卒。"卷七六《王尊传》载："于是（王）凤荐尊，征为谏大夫，守京辅都尉，行京兆尹事。旬月间盗贼清。迁光禄大夫，守京兆尹，后为真，凡三岁。坐遇使者无礼。"《公卿表》成帝建始四年则称："守京辅都尉王遵（据本传，"遵"当为"尊"字之误）为京兆尹，二年免。"又同卷《王章传》载："章为京兆二岁，死不以其罪，众庶冤纪之。"《公卿表》成帝河平四年则称："司隶校尉王章为京兆尹，一年下狱死。"卷八六《何武传》载："（何武）入为司隶校尉，徙京兆尹。二岁，坐举方正所举者召见盘辟雅拜，有司以为诡众虚伪。武坐左迁楚内史。"《公卿表》成帝永始四年则云："司隶校尉何武为京兆尹，一年贬为楚内史。"《汉书》列传较《百官公卿表》所载任职年数皆多出一年，此无他，乃因列传连事发当年而计，而《百官公卿表》则不计当年之故也。

《百官公卿表》何以要采用这样一种不同于本书列传，也不同于其他史传的计年法呢？我们试以常用的"虚岁法"来解读前引萧望之为少府、左冯翊、大鸿胪及御史大夫等四职的任职年数，则当书作"二年徙""四年迁""三年迁""四年贬"，前后合计为官凡十三年，但萧望之自宣帝元康元年（前65）

为少府,至五凤二年(前56)自御史大夫贬太子太傅,其间相隔仅九年(前后凡十年),二者颇有抵牾。而班固今以"实年法"计之,四次迁转,各减去本年一年,则正合为官"九年"之总数。此类虚岁法计年导致的矛盾,因史传叙述传主的任职迁转多用帝王年次及年号表示,间或采用虚岁法计年,于事理无碍,但在《百官公卿表》中,因连续集中记载官员之迁转贬卒,对于同一人或同一官前后任之迁转,若采用虚岁计年法,则势必会凸显史官文本统计与官员实际任职时间上的矛盾。正是为了避免这一矛盾,史官才创造性地采用了这样一种新颖的计年方法——"实年法"。

前人不了解这一特殊史例,以惯常的"虚岁法"来检视《百官公卿表》,便不可避免地会产生一些以是为非的误考误校。如王鸣盛《十七史商榷》卷一〇《汉书四》"百官公卿阙文脱误"条云:

> 如:"武帝元狩三年三月壬辰,廷尉张汤为御史大夫,六年有罪自杀。"此谓汤为御史大夫六年而有罪自杀也。"六年"者合初任职及自杀之年计之也。他皆仿此。然则"景后三年,柏至侯许昌为太常,二年迁",案昌至武建元二年迁为丞相,当云"三年",不当云"二年"。"建元元年,郎中令王臧,一年有罪自杀",案臧至明年建元二年自杀,当云"二年",不当云"一年"。"天汉元年,济南太守琅邪王卿为御史大夫,二年有罪自杀",案《帝纪》,卿以三年二月有罪自杀,当云"三年",不当云"二年"。此类不可枚举。[①]

又同卷"泄秘书"条云:

> 《百官公卿表》:"昭帝元凤四年,苏昌为太常,十一年坐籍霍山书泄秘书免。"……案:苏昌以元凤四年为太常,而霍山之败在宣帝地节四年,相距凡十二年,故云"十一年坐籍霍山书"云云。昌为太常凡十二年

---

① 王鸣盛《十七史商榷》卷一〇,第53页。

而免也,作"十一年"者,传写误。①

王氏所举诸例,皆相差一年,以为皆传写字误,实则原文并无误字,所谓不合者,乃王氏未解《公卿表》之特殊史例而误读所致,今以"实年法"计之,则前之抵牾者皆豁然而解;而王氏援以为据的武帝元狩三年"张汤为御史大夫,六年有罪自杀"条,则恰恰有违史例(说详下文)②。此外,钱大昭《汉书辨疑》、周寿昌《汉书注校补》中亦皆有因不明该表史例而误校史文者,此不赘述③。

至于"若干月"是否与"若干年"一样要舍弃本月计算,由于此类用例不多(凡46条),又因其任职时间较短,今日可确考者较少,而在少数可考的例证中其计算方法又互有歧异,故本文于此暂略而不论。

二

在考察并确认了《百官公卿表》采用的"实年"计年法之后,我们再根据《公卿表》这一特别史例对《表》中所载西汉各朝御史大夫的就职、离任及在位时间长短等情况进行一次全面考察,有助于加强我们对"实年法"的进一步认识,并可对其史文讹误有所抉摘订正。先列简表如下:

姓　名	页码	就任时间	任职时间长短及结果	离职时间	阙载时间	实年计算	虚岁计算	主要文献依据
周　苛	746	高帝元年	三年死			不合	合	见下文
周　昌	746	高帝四年	六年徙			不合	合	见下文

---

① 王鸣盛《十七史商榷》卷一〇,第54页。
② 王氏又云"柏至侯许昌为太常二年迁""郎中令王臧一年有罪自杀"两条南监本不误。今按:南监本"二年"作"三年"、"一年"作"二年",皆当为后人传写致误或不明史例而误改。
③ 详见钱大昭《汉书辨疑》卷一〇《百官公卿表下》"江都相郑当时为右内史五年贬为詹事"条、"暴胜之为御史大夫三年下狱自杀"条(清沈氏《铜熨斗斋丛书》本,第3、6页);周寿昌《汉书注校补》卷一二《百官公卿表下》"郎中令石建六年卒"条、"右扶风郑宏为御史大夫五年有罪自杀"条(清光绪十年周氏思益堂刻本,第5、15页)。

姓　名	页码	就任时间	任职时间长短及结果	离职时间	阙载时间	实年计算	虚岁计算	主要文献依据
赵尧	748	高帝十年	十年免			合	不合	《史记》卷九六《张丞相列传》、《汉书》卷四二《赵尧传》载高后元年免。
任敖	752	高后元年	三年免			不合	合	见下文
曹窋	753	高后四年	五年免			不合	合	见下文
张苍	754	高后八年	四年迁			合	不合	见上文
围	756	孝文四年			无			
冯敬	757	孝文七年			无			
申屠嘉	759	孝文十六年	二年迁			合	不合	见上文
陶青	759	孝文后二年八月庚午	七年迁			合	不合	见上文
朝错	761	孝景二年八月丁巳		孝景三年正月壬子				
介	762	孝景四年			无			
刘舍	763	孝景七年	三年迁			合	不合	见上文
卫绾	764	孝景中三年	四年迁			合	不合	见上文
直不疑	765	孝景后元年八月壬辰	三年免			合	不合	《汉书》卷四六《直不疑传》："武帝即位，与丞相绾俱以过免。"《公卿表》载卫绾罢相在建元元年。
牛抵	766	孝武建元元年			无			

姓　名	页码	就任时间	任职时间长短及结果	离职时间	阙载时间	实年计算	虚岁计算	主要文献依据
赵绾	767	建元二年			无			
严青翟	768	建元四年	二年免			合	不合	见上文
韩安国	768	建元六年	四年病免			合	不合	见上文
张欧	769	元光四年九月	五年老病免			合	不合	见上文
公孙弘	772	元朔三年	二年迁			合	不合	见上文
番系	772	元朔五年四月丁未			无			
李蔡	773	元狩元年	一年迁			合	不合	见上文
张汤	774	元狩三年三月壬辰	六年自杀			不合	合	见下文
石庆	777	元鼎二年二月辛亥	三年迁			合	不合	见上文
卜式	780	元鼎六年	一年贬			合	不合	见上文
兒宽	781	元封元年	八年卒			不合	合	见下文
延广	784	太初三年正月			无			
王卿	785	天汉元年	二年自杀			合	不合	见上文
杜周	786	天汉三年二月	四年卒			不合	合	见下文
暴胜之	787	太始三年三月	三年自杀			合	不合	见上文
商丘成	788	征和二年九月	四年自杀			不合	合	见下文
桑弘羊	791	后元二年二月乙卯	七年谋反诛			合	不合	见上文
王䜣	795	孝昭元凤元年九月庚午	三年迁			合	不合	见上文

姓　名	页码	就任时间	任职时间长短及结果	离职时间	阙载时间	实年计算	虚岁计算	主要文献依据
杨敞	796	元凤四年二月乙丑	二年迁			合	不合	见上文
蔡义	798	元凤六年十一月	一年迁			合	不合	见上文
田广明	798	元平元年九月戊戌	三年为祁连军将			不合	不合	见下文
魏相	801	孝宣本始三年六月甲辰	四年迁			合	不合	见上文
丙吉	803	地节三年六月辛丑	八年迁			合	不合	见上文
萧望之	807	神爵三年七月甲子	三年贬			合	不合	见上文
黄霸	809	五凤二年八月壬午	一年迁			合	不合	《公卿表》载五凤三年为丞相。
杜延年	810	五凤三年六月辛酉	三年病免①			合	不合	《汉纪》卷二〇载甘露二年免。
于定国	811	甘露二年五月己丑	一年迁			合	不合	《公卿表》载甘露三年为丞相。
陈万年	811	甘露三年五月甲午	七年卒			合	不合	《汉书》卷六六《陈万年传》称"八岁病卒"。
贡禹	816	孝元初元五年六月辛酉		十二月丁未				
薛广德	816	初元五年十二月丁巳	一年病免			合	不合	《史记》卷二二《汉兴以来将相名臣表》载永光元年二月免。

---

① 按:《汉书》卷六〇《杜延年传》称"延年视事三岁",据列传文例,当称"四岁",而此作"三岁",或是著者体例不一,或为后人传写致误。

续表

姓　名	页码	就任时间	任职时间长短及结果	离职时间	阙载时间	实年计算	虚岁计算	主要文献依据
韦玄成	817	永光元年七月辛亥	一年迁			合	不合	《公卿表》载永光二年为丞相。
郑　弘	818	永光二年二月丁酉	五年自杀			合	不合	《史记·将相名臣年表》载建昭二年免。
匡　衡	820	建昭二年八月癸亥	一年迁			合	不合	《公卿表》载建昭三年为丞相。
李延寿	821	建昭三年七月戊辰	三年卒			合	不合	《史记·将相名臣年表》载竟宁元年卒。①
张　谭	822	竟宁元年三月丙寅	三年免			合	不合	《史记·将相名臣年表》载建始三年免。
尹　忠	824	孝成建始三年十月乙卯	一年自杀			合	不合	《史记·将相名臣年表》载建始四年十月自杀。
张　忠	825	建始四年十一月壬戌	六年卒			合	不合	《史记·将相名臣年表》载阳朔二年卒。
王　音	829	阳朔二年四月癸卯	一年迁			合	不合	《公卿表》载阳朔三年九月为大司马。
于　永	830	阳朔三年十一月丁卯	二年卒			不合	合	见下文
薛　宣	831	鸿嘉元年正月癸巳		四月庚辰				
王　骏	832	鸿嘉元年四月庚辰	五年卒			合	不合	《汉书》卷一〇《成帝纪》载永始二年卒。

① 按："李延寿"，《史记》卷二二《汉兴以来将相名臣年表》作"繁延寿"。

姓　名	页码	就任时间	任职时间长短及结果	离职时间	阙载时间	实年计算	虚岁计算	主要文献依据
翟方进	834	永始二年三月丁酉	八月贬					
孔　光	835	永始二年十一月壬子	七年贬			合	不合	《公卿表》载绥和元年为廷尉。
何　武	841	绥和元年三月戊午						
何　武	841	绥和元年四月乙卯（御史大夫改名大司空）	一年免			合	不合	《汉纪》卷二八载绥和二年免。
师　丹	843	绥和二年十月癸酉	一年免			合	不合	《汉书》卷一八《外戚恩泽侯表》载"建平元年，坐漏泄免"。
朱　博	844	孝哀建平元年十月壬午						
朱　博	845	建平二年四月戊午（大司空改名御史大夫）		四月乙亥				
赵　玄	845	建平二年四月	五月下狱论					
平　当	845	建平二年九月乙酉	二月迁					
王　嘉	845	建平二年十月丙寅	一年迁			合	不合	见上文
王　崇	845	建平三年四月丁酉	九月贬					
贾　延	848	建平四年三月丁卯	一年迁			合	不合	《汉纪》卷二九载元寿元年免。

续表

姓　名	页码	就任时间	任职时间长短及结果	离职时间	阙载时间	实年计算	虚岁计算	主要文献依据
孔　光	848	元寿元年五月乙卯	二月迁					
何　武	849	元寿元年七月丙午	二月免					
彭　宣	850	元寿元年八月辛卯						
彭　宣	852	元寿二年五月甲子（御史大夫改名大司空）	三月病免					
王　崇	852	元寿二年八月戊午		元始二年二月癸酉				
甄　丰	855	孝平元始二年四月丁酉				无		

据上表,西汉御史大夫凡有 72 任(内有数人重复),其中若干不载任职时间长短,或载有具体时间,皆无需讨论;另有以"若干月"言者 7 例,因文例较少,互有歧义,难以定论;而称"若干年"者凡 52 例,其 10 例与"实年法"不合。这 10 例中有 3 例别有缘故,不可视为违例;另 7 例则属于有乖史例,而其中 2 例属于错栏,5 例当为史官疏忽误计或传写之讹。下面稍作讨论:

1. 看似违例而别有理据者

(1)高帝元年栏载:"内史周苛为御史大夫守荥阳,三年死。"(第746 页)

按:周苛守荥阳战败被诛事,《史记》卷八《高祖本纪》、《汉书》卷一上《高帝纪上》及卷四二《周昌传》皆载于高祖三年,以此观之,当云"二年死",此称

"三年",与"实年法"计年不合。但《史记》卷二二《汉兴以来将相名臣年表》又载"周苛守荥阳死"于"高皇帝四年",卷九六《周昌传》同载于"汉王四年",卷一六《秦楚之际月表》四年三月亦载:"汉御史周苛入楚,死。"此盖《公卿表》所本。

（2）武帝元封元年栏:"左内史兒宽为御史大夫,八年卒。"(第781页）

按:《史记》卷二二《汉兴以来将相名臣年表》载:"元封元年,御史大夫宽。"此与该表所载同。《汉书》卷六《武帝纪》又载:"(太初二年)冬十二月,御史大夫兒宽卒。"《汉纪》卷一四《武帝纪五》云:"元封元年……正月……御史大夫卜式贬为太子太傅,内史倪宽为御史大夫。……太初二年……冬十有二月,御史大夫倪宽卒。……三年春正月……胶东相王延广为御史大夫。"据此,知倪宽卒于太初二年十二月。自元封元年至太初二年,前后八年,以该表计年之法,当云"七年卒"。检《汉书》卷五八《兒宽传》又称:"宽为御史大夫,以称意任职,故久无有所匡谏于上,官属易之。居位九岁,以官卒。"列传乃连出任本年而计,此当云"居位八岁"。表、传皆多一年,不当皆为传写致讹,且"七"与"八"、"八"与"九"皆不易致误。考其缘由,当是因为太初元年新旧历法更替,而史官仍沿袭汉初旧历[①],以倪宽太初二年十二月病卒仍视为太初三年之事,故本传有"居位九岁"、表有"八年卒"之说。

（3）武帝征和二年栏:"九月大鸿胪商丘成为御史大夫,四年坐祝诅自杀。"(第788页）

按:《汉书》卷六《武帝纪》载:"(后元元年)夏六月,御史大夫商丘成有罪

---

① 汉初用秦历,以十月为岁首,故十二月在正月之前。至太初元年五月改用夏历,始以正月为岁首,而实际改用,则自太初二年始。说见《史记》、《汉书·武帝纪》太初元年。

自杀。"《汉纪》卷一五《武帝纪》载商丘成自杀亦在后元元年六月。商丘成为御史大夫,《史记》卷二二《汉兴以来将相名臣年表》及《汉纪》卷一五《武帝纪》所载同《公卿表》,皆在征和二年。自征和二年至后元元年,据"实年法"计之,当云"三年";此作"四年",若非有误,则疑别有依据。《汉书》卷一七《景武昭宣元成功臣表》"秺侯商丘成"栏云:"延和二年七月癸巳封,四年,后二年,坐为詹事侍祠孝文庙,醉歌堂下曰'出居,安能郁郁',大不敬,自杀。"此云"后二年"自杀,与本纪所载有别,而与表称"四年"吻合,是二者另有所本。

2. 不合文例,史文传写错栏者

(1) 高后四年栏:"平阳侯曹窋为御史大夫,五年免。"(第 753 页)

按:该表下文高后八年载:"淮南丞相张苍为御史大夫,四年迁。"《史记》卷二二《汉兴以来将相名臣年表》亦载于高后八年。又《史记》卷九六《张丞相列传》载:"高后崩,(曹窋)与大臣共诛吕禄等。免,以淮南相张苍为御史大夫。苍与绛侯等尊立代王为孝文皇帝。"《汉书》卷四二《任敖传》所载略同。吕后崩,文帝立,事皆在八年,张苍既以新任御史大夫谋立文帝,则其任御史大夫在八年可以无疑。张苍乃代平阳侯窋为御史大夫,则平阳侯之免职最迟亦当在八年。《汉书》卷三《高后纪》载"(八年)八月庚申,平阳侯窋行御史大夫事",可以为证。此又云曹窋"五年免",据《公卿表》文例逆推,其出任御史大夫当在高后三年。此载于高后四年,当为错栏所致。《史记》卷二二《汉兴以来将相名臣年表》载之于高后二年,与所代之任敖在位时间颇为矛盾,亦当是传写错栏。下文校证任敖免职当在高后三年,而代其为御史大夫者同在三年亦甚相宜。

(2) 武帝元狩三年栏:"三月壬辰,廷尉张汤为御史大夫,六年有罪自杀。"列将军栏:"冠军侯霍去病为票骑将军。""卫尉"栏:"卫尉张骞。"(第 774 页)

按:《资治通鉴考异》卷一云:"'元狩二年三月戊寅,丞相弘薨。壬辰,以李蔡为丞相,张汤为御史大夫。'《汉书·百官公卿表》:'元狩三年三月壬辰,廷尉张汤为御史大夫,六年有罪自杀。'《史记·将相名臣表》:'元狩二年,御史大夫汤。'按:李蔡既迁,汤即应补其缺,岂可留之期年,复与李蔡为丞相月日正同乎?又按《长历》,三年三月无壬辰,又以得罪之年推之,在今年明矣,今从《史记》表。"王念孙亦校曰:"此十九字当在'二年'下。二年三月壬辰,御史大夫李蔡为丞相,而张汤即以是日为御史大夫,不得迟至三年也。《史表》书御史大夫汤正在二年下。《汉纪》亦云:'二年三月壬辰,御史大夫李蔡为丞相,张汤为御史大夫。'"①今按:据《二十史朔闰表》,知三年三月无"壬辰"日,而二年三月辛未朔,壬辰为二十二日,当从王说移于"二年"下。又《史记》卷二二《汉兴以来将相名臣年表》及《汉书》卷六《武帝纪》皆载张汤自杀于元鼎二年,自元狩二年出任至元鼎二年自杀,以"实年法"计算正当"六年"。

再按:"列将军"栏十一字与"卫尉"栏四字亦当为错栏所致。《史记》卷二二《汉兴以来将相名臣年表》元狩二年载:"冠军侯霍去病为骠骑将军,击胡,至祁连。"《汉书》卷六《武帝纪》亦曰:"(元狩二年)三月……遣骠骑将军霍去病出陇西。"又云:"(元狩二年)夏……遣卫尉张骞、郎中令李广皆出右北平。"又《汉纪》卷一三《武帝纪四》元狩二年载:"春三月戊寅,丞相公孙弘薨。壬辰,御史大夫李蔡为丞相,张汤为御史大夫。骠骑将军霍去病将万骑出陇西。……夏……匈奴入雁门,杀略数百人,遣卫尉张骞、郎中令李广将兵出右北平。"《汉书》卷六一《张骞传》又载:"乃封骞为博望侯,是岁元朔六年也。后二年,骞为卫尉。"元朔六年之后二岁,正当元狩二年。此皆可证《公卿表》此处错一栏,当移正。

又"主爵都尉"栏载:"主爵都尉赵食其,二年为将军。"按:《史记》卷二二

①　见王念孙《读书杂志》卷四《汉书三》"错简十九字"条,江苏古籍出版社,1985年,第207页。

《汉兴以来将相名臣年表》载:"元狩四年,大将军青出定襄,郎中令李广为前将军,太仆公孙贺为左将军,主爵赵食其为右将军。"《汉书》卷五五《赵食其传》亦载:"元狩三年,赐爵关内侯,黄金百斤。明年,为右将军。"是赵食其为将军在元狩四年。《汉书》卷六《武帝纪》元狩四年又载:"大将军卫青将四将军出定襄,将军去病出代……前将军广、后将军食其皆后期。广自杀,食其赎死。"(《汉纪》卷一三《武帝纪四》所载同)赵食其为将军及获罪在元狩四年无疑,与表中元狩四年所载"中尉丞杨仆为主爵都尉"相应,而此条又云"二年为将军",据此表文例,则赵食其为主爵都尉应在元狩二年,此亦当为错栏所致①。如此,《公卿表》"元狩三年"各栏文字(惟"中尉霸"无据)疑皆当移于"二年"下。

3. 计年明确有误,当为史官误书或传写讹误者

(1) 武帝天汉三年栏:"二月执金吾杜周为御史大夫,四年卒。"(第786页)

按:《史记》卷二二《汉兴以来将相名臣年表》载杜周出任御史大夫亦在天汉三年。又《汉书》卷六《武帝纪》载:"(天汉)三年春二月,御史大夫王卿有罪自杀。"此表载杜周出任在天汉三年二月,正与前任王卿自杀相合,此可无疑。据此推算,"四年卒",当在太始三年,与表载下任暴胜之为御史大夫在太始三年三月,亦可相合,似无疑问。但《汉书·武帝纪》载:"(太始二年)秋,旱。九月……御史大夫杜周卒。"《汉纪》卷一五《武帝纪》载杜周之卒亦在太始二年九月,是杜周之卒在"二年九月"无疑。自天汉三年至太始二年,表当云"三年卒",此作"四年",误。

(2) 成帝阳朔三年栏:"十一月丁卯,诸吏散骑光禄勋于永为御史

---

① 参见钱大昭《汉书辨疑》卷一〇《百官公卿表下》(第4页),周寿昌《汉书注校补》卷一二《百官公卿表下》(第7—8页),王先谦《汉书补注》卷一九下(书目文献出版社,1995年,第297页)。

大夫,二年卒。"(第 830 页)

按:"二年"当作"一年"。该表下文载:"鸿嘉元年正月癸巳,少府薛宣为御史大夫。"其间隔阳朔四年,据文例不连任职当年算,言于永在任"二年"并无不合,何误之有?但《史记》卷二二《汉兴以来将相名臣年表》阳朔四年载:"闰月壬戌永卒。"《汉书》卷一○《成帝纪》、《汉纪》卷二五《成帝纪二》均载:"(阳朔四年)闰月壬戌,御史大夫于永卒。"皆书于"秋九月"下,是为闰九月,但据诸家历表,是年闰十二月,壬戌为初七。不论闰九月还是闰十二月(下年无闰月),于永卒于阳朔四年不误,是于永为御史大夫前后仅两年,据该表文例,此当云"一年卒",今作"二年"者,亦误。

(3) 高帝四年栏载:"中尉周昌为御史大夫,六年徙为赵丞相。"(第746 页)

按:《公卿表》高帝元年载:"职志周昌为中尉,三年迁。"据史例,周昌正当于高帝四年升迁御史大夫,与此所载"中尉周昌为御史大夫"时间相合。《史记》卷二二《汉兴以来将相名臣年表》亦载于高帝四年。据此以"实年法"推算,"六年徙"当在高帝十年,但《史表》明载"御史大夫昌为赵丞相"在高帝九年,因疑"六年"为"五年"之误。虽然《汉纪》卷四《高祖皇帝纪》(《资治通鉴》卷一二《汉纪四》略同)系周昌转赵相事于高帝十年,但据《史记》卷九六、《汉书》卷四二《周昌传》所言,御史大夫周昌为赵相"既行久之",高祖始拜赵尧为御史大夫以补其缺,而《史》《汉》表载赵尧为御史大夫皆在高帝十年,然则周昌徙赵相之时间仍当以《史表》所载为可信,《汉纪》所系盖以臆为之。

(4) 高后元年栏:"上党守任敖为御史大夫,三年免。"(第 752 页)

按:"三年"当作"二年"。《史记》卷九六《张丞相列传》载:"高祖崩……高后使使召赵王,赵王果来。至长安月余,饮药而死。周昌因谢病不朝见,三岁而死。后五岁,高后闻御史大夫江邑侯赵尧高祖时定赵王如意之画,乃抵尧罪,以广阿侯任敖为御史大夫。"《正义》曰:"后五岁,高后元年。"今从高祖崩之"后三岁"计算,"后五岁"亦正在高后元年。又《汉书》卷四二《赵尧传》载:"初,赵尧既代周昌为御史大夫,高祖崩,事惠帝终世。高后元年,怨尧前定赵王如意之画,乃抵尧罪,以广阿侯任敖为御史大夫。"《汉纪》卷六《高后纪》亦载:"(高后)元年……秋七月,桃李花。高后怒御史大夫赵尧之为赵王谋也,免尧官抵罪。上党太守任敖为御史大夫。"此皆明言高后元年罢御史大夫赵尧而以任敖代之,与该表所载一致,是任敖为御史大夫在高后元年确然无疑,《史记》卷二二《汉兴以来将相名臣年表》载于孝惠六年,误之①。《史记·张丞相列传》及《汉书》卷四二《任敖传》又载:"(任敖)高后时为御史大夫,三岁免。"列传所言年数乃连本年计算,然则任敖免职当在高后三年。此与上文所校曹窋为御史大夫有错栏亦正相合。《公卿表》以实年法计算,当云"二年免",今作"三年"者,盖为字误,或为后人所妄改。

(5)昭帝元平元年栏载:"九月戊戌,左冯翊田广明为御史大夫,三年为祁连将军。"(第798页)

按:《史记》卷二二《汉兴以来将相名臣年表》宣帝本始二年载:"七月庚寅,御史大夫田广明为祁连将军。"《汉书》卷八《宣帝纪》本始二年亦载之。据此,表当云"二年为祁连将军",此作"三年",当为字误。

以上五例,前二例为当位者亡故或自杀,后三例为迁转他官或遭罢免,而继任者皆未及时就职,或空缺一年半载,或虚置数月不等,皆延至下一年上任。职此之故,史官或后来校勘者惑于前后任表面的时间相接,因而误计了前任在位的年数,其中也不排除传写造成的若干讹误。

———————

① 参见王先谦《汉书补注》卷一九下,第291页。

三

《百官公卿表》其他栏目所载"若干年迁（徙、免、贬、卒、薨、自杀）"者，皆可据此"实年法"进行检查，亦可发现疑问，或订正讹误。如"京兆尹"栏成帝元延二年载："广陵太守孙宝为京兆尹，一年免。"①（第 839 页）按：上栏"元延元年"载："广陵太守王建为京兆尹。"下文"绥和元年"载："长信少府薛宣为京兆尹，一年贬为淮阳相。"今不论以"实年法"还是"虚岁法"计，作"一年免"皆有不合。且京师为朝廷重地，京兆尹之职不可久旷，"一年免"当有讹误。《汉书》卷七七《孙宝传》载："宝为京兆尹三岁，京师称之。会淳于长败，宝与萧育等皆坐免官。"此明言孙宝"为京兆尹三岁"。又考淳于长之败，《汉书》卷一〇《成帝纪》绥和元年载："冬十一月，立楚孝王孙景为定陶王。定陵侯淳于长大逆不道，下狱死。"孙宝与萧育免官既涉及淳于长谋逆事，则孙宝免职在绥和元年当无疑问，此与薛宣接任时间亦正相应。《汉书》本传又载孙宝任京兆尹，不敢惩办杜稚季，原因是"与卫尉淳于长、大鸿胪萧育等皆厚善"。《公卿表》元延二年载"太山太守萧育守大鸿胪，数月徙"，是萧育为大鸿胪仅在本年，而《公卿表》书孙宝出任京兆尹同在元延二年亦可以无疑。孙宝就任与免职年份既已明确，以"实年法"例之，此"一年"则当为"三年"之误②。又如《公卿表》景帝中六年载："济南都尉宁成为中尉，四年迁。"（第 765 页）以"实年法"推算，宁成迁转当在武帝建元元年。但《公卿表》景帝后二年又载有"中尉广意"，此与"中六年"仅隔一年，若此不误，则"四年迁"之

---

① 按："广陵"当为"广汉"之讹。《汉书》卷七七《孙宝传》载："会益州蛮夷犯法，巴蜀颇不安，上以宝著名西州，拜为广汉太守……征为京兆尹。"西州谓巴蜀，广汉即属巴蜀，与广陵无涉。

② 钱大昕《廿二史考异》卷六《百官公卿表下》亦校"'一年'当为'三年'"（《嘉定钱大昕全集》本，江苏古籍出版社，1997 年，第 2 册第 139 页）。又按：《汉书》卷七七《孙宝传》称孙宝"为京兆尹三岁"，与列传所用"虚岁法"之例似小有抵牾，但细揆文意，传言"三岁"，着意在"京师称之"，非谓孙宝为京兆三岁而败。

"四年"当有误。据《公卿表》建元元年所载"中尉宁成为内史",又云"中尉张
殴,九年迁",既有宁成迁转之官,又有中尉接任之人,与前所称"四年迁"吻
合,是疑问在"中尉广意"上。"广意"为谁?《汉书》卷六三《武五子·燕刺王
旦传》载有"执金吾广意"事,颜师古注曰"郭广意"。中尉,即执金吾,武帝时
更名,"中尉广意"当即"执金吾广意"。据《汉书·燕刺王旦传》,"王孺见执
金吾广意"在"帝崩,太子立,是为孝昭帝,赐诸侯王玺书"之际,此时武帝驾
崩,昭帝即位,与前指景帝后二年任职时间相差太远,《公卿表》所载显然有
误。《公卿表》何以出现此等讹误? 昭帝即位在武帝后元二年,郭广意为执金
吾当在此年前后,检《公卿表》武帝后元二年栏,正载有"执金吾郭广意免",是
景帝"后二年"(又称"后元二年")栏所载乃涉武帝"后元二年"而误书也①。

　　至于《汉书》其他诸表,除卷一三《异姓诸侯王表》及卷二〇《古今人表》
不涉及计年问题外,其他各表,也有其计年体例。卷一五《王子侯表》计年法
比较统一,采用的也是"实年法",而卷一四《诸侯王表》、卷一六《高惠高后文
功臣》、卷一七《景武昭宣元成功臣》及卷一八《外戚恩泽侯》四表则不尽一
致。此四表,就其计年的表述方式看,采用的既有"虚岁法",也有"实年法"。
此"实年法",与《公卿表》的"实年法"颇为类似。如《高惠高后文功臣表》平
阳懿侯曹参栏载:"(武帝)元鼎二年,侯宗嗣,二十四年,征和二年,坐与中人
奸,阑入宫掖门,入财赎完为城旦。"自元鼎二年至征和二年,前后凡二十五,
而表称"二十四年",于头年或尾年舍弃了一年,是以实年法计算的结果。又
如同表信武肃侯靳歙栏:"高后六年,侯亭嗣,二十一年,孝文后三年,坐事国
人过律,免。"清河定侯王吸栏:"孝景五年,哀侯不害嗣,十九年,元光二年
薨,亡后。"《景武昭宣元成功臣表》建陵哀侯卫绾栏:"元光五年,侯信嗣,十
八年,元鼎五年,坐酎金免。"平曲侯公孙浑邪栏:"(景帝六年)四月己巳封,

---

① 按:王先谦疑此为"一人而两任",非是(《汉书补注》卷一九下,第295页)。又《汉书·百官公
卿表》宣帝元康二年亦载有"执金吾广意",此若非别一人,则当是郭广意免职后至宣帝时又再
任执金吾一职。

五年,中四年,有罪免。"同栏:"元朔五年四月丁卯,侯贺以将军击匈奴得王,侯。十二年,元鼎五年,坐酎金免。"再如《外戚恩泽侯表》武安侯田蚡栏:"元光四年,侯恬嗣,五年,元朔三年,坐衣襜褕入宫,不敬,免。"长平烈侯卫青子栏:"阴安:侯不疑,(元朔五年)四月丁未以青功封,十二年,元鼎五年,坐酎金免。"平津献侯公孙弘栏:"元狩三年,侯度嗣,十三年,元封四年,坐为山阳太守诏征巨野令史成不遣,完为城旦。"上述各例,其计年总数皆较"虚岁法"计年少一年,而以《公卿表》之"实年法"验之,则无有不合①。我们循此史例进行检核,也会有所发现。如《王子侯表上》氏丘共侯宁国栏载:"(文帝)十五年,侯偃嗣,十年,孝景三年,反,诛。"自文帝十五年至孝景三年,以实年法计为十一年,以虚岁法计则为十二年,与此皆不合。检《史记》卷一九《惠景间侯者年表》,刘偃于文帝十五年嗣位,孝景三年因谋反除国,与《汉表》一致,则其误必在"十年"上,据《王子侯表》所用实年法以及《史表》所注刘偃在位年数为十一年,当是"十"下脱去"一"字。再如《外戚恩泽侯表》盖靖侯王信栏载:"(景帝)中五年五月甲戌封,二十五年薨。元光三年,顷侯充嗣。"自景帝中五年至元光三年,不论是采用"虚岁法"还是"实年法",都与"二十五

---

① 《汉书·百官公卿表》之外的诸表计年,有两种基本格式:一曰"某年某月封(或作"某年某人嗣"),若干年薨(自杀、要斩、免)",一曰"某年某人嗣(或作"某年某月封"),若干年,某年某人薨(自杀、要斩、免)"。前者一般采用"虚岁法"计年,后者主要采用"实年法"(少部分采用"虚岁法")。如《汉书·高惠高后文功臣表》"留文成侯张良"栏载:"(高祖六年)正月丙午封,十六年薨。"又载:"高后三年,侯不疑嗣,十年,孝文五年,坐与门大夫杀故楚内史,赎为城旦。"前"十六年薨"用"虚岁法"计年,后"十年"之计年则类同于"实年法",要舍弃一年计算(自高后三年至文帝五年凡有十一年)。但此类"实年法",形式上似与《公卿表》一样,而实际上颇有不同,即此类年数合计,舍弃的不是开始的受封或嗣位之年,而是最后的薨免国除之年。此处"十六年"与"十年",分别表明张良封侯十六年,其子张不疑继承侯爵十年(至文帝五年,嗣位十一年时因罪"赎为城旦"。就其实质言,"十六年"与"十年",采用的都是连本年计算的"虚岁法"(此类年数合计,盖源于《史记》诸表的年数标注。如《史记》卷一八《高祖功臣侯者年表》"留"国下高祖栏载"六年正月丙午,文成侯张良元年",首行下方小字标注其侯国纪年〔即封侯年数〕"七"年,又惠帝栏下方标注"七"年,高后栏上方标注"二"年,合计正当"十六年";高后栏下方又载"三年,不疑元年",并标注"六"年,又文帝栏上方标注"四"年,合计正当"十年"。最后文帝栏下方载"五年,侯不疑坐与门大夫谋杀故楚内史,当死,赎为城旦,国除"。《史表》所注张良与张不疑的侯国纪年皆连受封本年而言),而后者在表现形式上却类同于《公卿表》的"实年法"。故上文只言"类似",而不称"相同"。

年"相去甚远。我们据实年法计之,"二十五年"之后当为"元狩三年"。《史记》卷一九《惠景间侯者年表》盖国栏载:"(景帝)中五年五月甲戌,靖侯王信元年。元狩三年,侯偃元年。"虽然嗣位者名字有异,但二者所指当同为其第二代,而此作"元狩三年",正可为证①。又如《外戚恩泽侯表》周阳懿侯田胜栏载:"(武帝)元光六年,侯祖嗣,八年,元狩三年,坐当归轵侯宅不与,免。"元光六年至元狩三年,以虚岁法计之为十年,以实年法计之则为九年,"元光六年""八年""元狩三年"三组数字必有一误。检《史记·惠景间侯者年表》周阳国栏载:"元光六年,侯彭祖元年。元狩二年,侯彭祖坐当归与章侯宅不与罪,国除。"用实年法计算,作"元狩二年"则相距正为"八年",是此处"三年"实为"二年"字误。

《汉书》诸表计年方法的差异,当是因为《汉书》各表不出于同一人之手以及史源不同的缘故②,不足为怪。复杂的是《外戚恩泽侯》等表,不仅混合使用"虚岁""实年"两种计年法,甚至在某一时期或某一部分又舍弃虚、实两法而采用帝王年次纪年法。因此,我们在寻绎《汉书》其他各表史例并运用史例对其进行史文校订时更要特别审慎缜密。由于该问题较为复杂,且与《百官公卿表》关涉不大,故拟另文专门讨论。

综上,《汉书·百官公卿表》"实年法"史例的揭秘,不仅可以帮助我们订正该表中的文字讹误,也可以启示我们总结寻绎《汉书》其他史表的文例,而其学术意义还在于:诸多不可确认或有误导的汉代列卿之迁转、罢贬、诛杀及薨卒年月,可以通过这一史例得到新的认定。如《百官公卿表》载:本始四年"六安相朱山拊为右扶风,一年下狱死"。《历代人物年里通谱》据该《表》

---

① 王先谦《汉书补注》卷一八引弟子苏舆曰:"自景中五年至元光二年止十三年,表误。"盖以为误在"二十五年"(第 259 页)。又按:《汉表》较《史表》多出"侯受"一代,且其第二、三两代皆不载其受封年数,当有误。

② 《后汉书》卷八四《列女·曹世叔妻传》载:"(昭)兄固著《汉书》,其八表及《天文志》未及竟而卒,和帝诏昭就东观藏书阁踵而成之。"又云:"后又诏融兄续继昭成之。"故学界一般认为《汉书》八表为班昭及马续等所撰。

定朱山拊卒年为宣帝本始四年(前 70)①,但据本文所揭"实年法",则应定在次年地节元年。又如《公卿表》载:元朔六年,"右北平太守李广为郎中令,五年免"。据此例,我们可知李广任郎中令的时间在元朔六年(前 123)至元狩五年(前 118),而不是在元狩四年免职②。此则尚有待于达人省鉴。

---

① 杨家骆主编《历代人物年里通谱》,台湾世界书局,1974 年,第 11 页。
② 按:《汉书·百官公卿表》元狩五年载有"郎中令李敢",是李敢于元狩五年代李广出任郎中令,与《汉书》本传所言"代广为郎中令"相合。

俄罗斯国立图书馆藏"宋本"《说苑》及其文献价值

丁延峰

  《说苑》是一部按类记述春秋战国至汉代遗闻轶事的小说集,以诸子言行为主,体现了儒家的哲学思想、政治理想以及伦理观念。书中取材广泛,采获历史资料丰富,可与《史记》《左传》《国语》《战国策》《列子》《荀子》等相印证,而有些则《说苑》独有,尤为可贵。《说苑》流传甚广,传抄刊印亦夥,至今宋元刻本存世者多部,其中有一部海源阁旧藏本今已流传至俄罗斯国立图书馆保存。关于这部的版本,清代版本学家黄丕烈、杨绍和等皆以为北宋本,故曾于清中晚期名重一时,近代学者经眼此书者亦笃信不疑。此本沉埋异域七十余年来,现当代学者在无法目验原书的情况下,多循前论。那么,此书究竟是否宋椠?其学术价值怎样?学术利用如何?笔者曾于2015年8月亲赴莫斯科观书,经过详验原书,多本对勘,始有所见,故不揣谫陋,遂识于兹。

一　"宋本"实为元大德七年云谦刻本

"宋本"《说苑》二十卷,清黄丕烈跋,今藏于俄罗斯国立图书馆(索书号3B/2—11/249)。其外装上下左右四面函套,封面皮纸贴签题"说苑廿卷宋刻　十册全函",除卷二第五叶用咸淳本补写外,其余都为原刻。白麻纸,线装,保存完好,无缺页及残损。卷中有朱笔标抹,个别缺字或缺笔或模糊不清者用朱笔补画,天头间有朱笔批注。

卷首有南丰曾巩撰序,首行顶格题"校正刘向说苑序",次行低五格题"南丰曾(下空三格)巩",序文顶格,序文后直接目录,首行低二格题"目录",目录正文皆低三格,目录末顶格续接刘向表序。正文卷一首行顶格题"校正刘向说苑卷第一",尾题"说苑卷第一",除卷首序题和卷一卷端所题外,其余卷端及卷尾皆无"校正刘向"四字,次行低二格题"鸿嘉四年三月己亥护左都水使者光禄大夫臣刘向上",第三行低四格题篇名"君道",正文顶格。卷末元大德七年(1303)云谦刊跋不存,而有明嘉靖佚名题款和清黄丕烈嘉庆十二年(1807)八月和九月两跋。

开本宏大,版框高广22厘米×15厘米,半叶十一行,行二十字,左右双边,白口,单鱼尾。鱼尾上题字数,下题"苑几",下题叶次及刻工姓名。刻工有:龙子明、万、子、亨、张公木、青、庸、陈元、一林、永(禾)、包、黄、今、陈。宋讳不谨,"贞""殷""弦""让""称""郭""慎"诸字不避;惟见"玄""恒""敬""构"字间有缺笔,而"桓"字缺笔较谨,如"玄"字,卷十九第四叶上半叶第二行"公始加玄端与皮弁""朝服玄冕"之"玄"字缺末笔;卷二第五叶抄补叶下半叶第八行惟见"君敬之之""所敬这也"之"敬"字缺末笔;卷八第五叶下半叶第五行"无恒治之民"之"恒"字缺末笔;卷一第八叶前半叶末行、后半叶第二行"桓公曰"之"桓"字,皆缺末笔。卷十第九叶下半叶第九行"羞小耻以构大

怨"之"构"字缺末笔。间用简体字如"弃""饥""万"等。卷六末空白叶有黄
丕烈题记。

钤印"张氏收藏""汝南郡图书记""文春桥畔□□□""平阳氏珍藏""士
礼居""士礼居藏""丕烈""黄丕烈""荛夫""丕烈之印""读未见书斋收藏""复
翁""承之""宋本""平阳汪氏""汪厚斋藏书""汪文琛印""汪士钟印""三十五
峰园主人""民部尚书郎""宋存书室""杨氏海源阁藏""海源阁""禄易书,千
万值。小胥抄,良友诒。阁主人,清白吏。读曾经,学何事。愧蠹鱼,未食
字。遗子孙,承此志""杨以增印""至堂""杨东樵读过""杨绍和""协卿""绍
龢""杨绍和藏书""东郡杨二""彦合""彦合珍玩""彦合读书""东郡杨绍和私
印""东郡杨绍和彦合珍藏""杨绍和审定""东郡杨氏鉴藏金石书画记""瀛海
仙班""杨保彝藏本""御史鹏运之章""半塘""大连图书馆藏"等,递经陶珠
琳、黄丕烈、汪士钟、汪文琛、杨以增、杨绍和、杨保彝、杨敬夫、大连满铁图书
馆旧藏。

俄藏本,诸家多以为北宋刻本或径称宋本,《求古居宋本书目》著录为宋
本,黄丕烈跋称"北宋以来旧本",《艺芸书舍宋元本书目》归入"宋本"类。至
《楹书隅录》卷三著录时明确定为北宋本,其后叶恭绰《遐庵谈艺录·海源阁
藏书》、王子霖《海源阁藏书六种善本流失情况》、郦承铨《记大连图书馆所收
海源阁藏宋本四种》均题北宋本。徐建委《刘向〈说苑〉版本源流考》在引据
黄跋后云:"据此,可知黄丕烈确实认为他所藏廿二行本为北宋本,且是原
刻。"实际上亦承认了黄丕烈的判断。潘景郑《著砚楼书跋·明嘉靖本〈说
苑〉》云:"《说苑》以海源阁所藏宋本为第一。"可见潘氏亦将其定为宋本。
与此本同刻(见下论证)的北京大学图书馆藏本,曾为袁克文、李盛铎旧
藏。袁克文跋称"北宋末刻本",李盛铎《木犀轩藏书题记及书录》定为北
宋刊本,《北京大学图书馆藏古籍善本书目》《中国古籍善本书目》皆称宋
刻本。

　　傅增湘首先认可为宋刻本，但对北宋本提出质疑，《藏园群书经眼录》卷七著录曰：“宋刊本……字体方严，与《新序》相近。”《藏园群书题记》卷六《校宋本说苑跋》曰：“嗣海源阁藏书散出，其所藏北宋本《说苑》偶得寓目，匆匆谐价不成，后为东邦人收去，至今耿耿于怀。颇忆其镌工精整，字体方严，洵为宋代佳椠，然其风范气息，与北宋刻不类，盖莞圃跋语第云‘必是北宋以来旧本’，未尝径题为北宋刻也。”程翔《发现莫斯科国家图书馆藏宋版〈说苑〉》[1]云此本在上海图书馆藏残本之后，疑“南宋末刊本”。《藏园群书经眼录》卷七著录北大本曰：“余详绎此本，虽字体方整，行款与海源阁藏宋本合，然气息屡薄，宋讳不避，疑为宋末元初覆刻之本。至木斋先生定为北宋刻，则非末学所敢知矣。”傅氏从皮相上“疑为宋末元初覆刻之本”，这是凭其多年的鉴定经验，但尚无其他证据。在此傅氏凭记忆判断，未以实物对照，故有上述所断，海源阁本（即俄藏本）与北大实为同版。

　　那么此本究竟是否为北宋刻本或宋刻本呢？笔者在莫斯科观书时，将所拍元大德七年云谦刻本[2]书影与此对照，发现两本实为同一版本，只是刷印时间有先后之别。2015年8月14号上午，国家图书馆赵前先生在目验俄藏本书影和大德本后，认为同刻无疑。俄藏本在以下方面与上图藏大德七年云谦刻本相同：第一，内容完全一致，卷首南丰曾巩序、目录及刘向叙录，二十卷文本文字及卷端、卷尾所题悉同，各部分之序次安排亦同；第二，行款、书口、边栏等皆同，版框高、广尺寸相同；第三，刻工、避讳等皆同，单字、两字、三字的刻工如龙子明、陈元、包、黄等俱同；第四，字体笔划几乎完全相同，这一点于鉴定是否同一版本最为重要；第五，有的甚至连断版都一样，如卷首目录第二叶断版位置为各行第十字，卷一第二行署名“光禄大夫”之“夫”下右竖边框位置亦有较细的断版，等等。基于以上比较，我们有充足的

①　程翔《发现莫斯科国家图书馆藏宋版〈说苑〉》，《中国典籍与文化》2014年第4期。
②　上海图书馆藏，《中华再造善本》收录。

理由相信,两本实为同一版刷印而出。至于字体笔划亦稍有差异或粗细不同者,盖因刷印时间不一,版片稍有缩涨或经修补一过。总体上,俄藏本更加清晰秀劲,而上图本则常有笔划模糊、重影及脱落笔划之处。尽管两本都不是雕版完毕即刻刷印的本子,但整体上俄藏本优于上图本。两版比较,俄藏本刷印在前,上图本在后,这从断版的大小、有无及字画的脱落等即可知道。如上举目录第二叶断版处,上图本上下断版空间距离更大一些,卷一第十三叶第十二、十一字处断版,也是同样的情况,如此者较多,说明版片存放时间长,版片开裂扩大。又如上图本首卷第一叶各行第十四字、包括左右两栏连在一起都有断版,而俄藏本无。这显然是新开裂的断版。卷一首叶前半叶第四行第七字"旷"字,上图本"日"字边缺中间一横,此本不缺。上图本卷十三末叶下半叶第二行"桓公"之"桓"字,其"亘"字边下一横及"日"字内下一横皆缺,"日"字所缺下一横显然为脱落,因之前多个"桓"字均不缺,"亘"字边下一横所缺为避讳,同之前多个"桓"字。俄藏本"日"字下一横不缺,仅缺"亘"字边下一横,避讳同前。上图本类似这样的脱落笔划现象较普遍,可见上图用的版片已经很旧,且损坏较甚。各卷末的墨版形状、深浅不同,这也说明两次刷印的间隔时间不短。俄藏本墨光莹莹,完好无损,纸质较粗糙坚硬,纤维丝及颗粒等清晰可见。周叔弢《楹书隅录》批注曰"白纸印,不及《新序》"。俄藏本和北大藏本相较,两本则基本一致,变化甚微,故两本刷印时间更近,而皆在上图本之前。北大图书馆姚伯岳教授在比较北大本和上图本后亦同意上述意见①。徐文认为北大本"可能是初印本",当非,因北大本仍然有断版出现。

　　需要特别注意的是,俄藏本和上图本最大的不同是,上图本卷末有大德七年云谦刊跋,而俄藏本割去,故而版本专家皆误认为宋刻本,又因避北宋

---

① 程翔:"版本学家姚伯岳教授在认真比对后认为,二者虽然极为相似,但仍有差别,北大残本在前,云谦刻本在后。于是笔者再次进行了比对,发现字迹确有细微差别,姚伯岳教授所言极是。"《元大德七年云谦刻本〈说苑〉考略》,《文学遗产》2009 年第 5 期。

讳,故有人认为北宋刻本也就不足为奇。傅氏的怀疑并非没有道理,如果见过带有云谦刊跋的大德本,并将之与海源阁本对照,再下结论就会言之凿凿。故此,俄罗斯国立图书馆、北大、上图所藏三个本子同为元大德七年云谦刻本,只是刷印时间不同而已。

上图本卷末所载大德七年云谦跋云:"宪使牧庵先生暇日出示刘向《说苑》,有益后学,俾绣之梓,以寿其传,诚盛事也。大德癸卯冬十月朔,文学掾河南后学云谦敬书。"据此跋,可以揭出大德本的刊梓原委。云谦,元大德间河南人,字伯让。累官宗正府掾,以母便养,迁杭州路知事。为光州定城尉牟应龙(1247—1324)女婿,据虞集《牟先生墓志铭》载,曾任建宁路总管府知事。据《中国古籍版刻辞典》载:任宁国路儒学教授时,刻印过唐李贤注《后汉书》、张参《五经文字》、唐玄度《九经字样》等。程钜夫《送云伯让序》:"云谦伯让蚤年来江南,犹及见诸老。前谒余于金陵,被服儒雅,吾固异之。别二十余年,复见于京师,见识议论益老成。又二年,复见之,则掾于宗正府。意其骅骝开路,一日千里。"[1]"掾于宗正府"是指云谦于宗正府任文学掾。大宗正府是蒙古初期掌管刑政的机构,专门负责审理蒙古、色目人和宗室的案件,是蒙古王公贵族垄断的特权审判机构。掾即副官佐或官署属员的通称,当时的云谦或任此副职,掌管文书档案并参与审理案件,是有充分条件刊印此书的,而刊印地自然是大都(今北京)。刊印的底本则是宪使牧庵先生出示之本,究竟是个什么样的本子,单从云谦跋中无从知道。但从大德本中"桓"字几乎全避,"桓"字为北宋末帝赵桓之讳名,而南宋首帝赵构之"构"字多处不避,但卷十第九叶下半叶第九行"构"字缺末笔,此叶刻工为"万",署名刻工为"万"的刻叶很多,字体悉同,不存在补刻问题,可能是此叶刻完,已至高宗登基之时。故其底本或刊于北宋末,终于南宋初。大德本在覆刻宋本时保留了底本的避讳。大德本出于北宋末南宋初刻本尚有一个坚实的

---

[1]　程钜夫著,张文澍校点《程钜夫集》,吉林文史出版社,2009 年,第 171—172 页。

证据:大德本卷十六第四叶第九行"谤道己者"章,此四字首行顶格,而上图藏南宋初杭州本"谤"字佚去,大德本则有此字。这就说明,南宋初杭州本按原本覆刻,每行字数未变,而大德本在覆刻时发现了这个佚字,于是刊印时增补此字,但在每行字数上,比原本多了一字,其做法是在此行首字位置挤入此字,致使此行变成二十一字,而其它每行仍为二十字。可见,原北宋末南宋初刻本的每行字数一定是二十字,同时不难推测,每半叶行数亦应该与大德本、南宋初杭州本相同。从大德本所挤入此字的状况看,此行开首"谤道己者心"五字占据了原四字空间,以下则和原本各字位置一一对应,且这几个字明显笔划变粗,挤刻痕迹明显。徐建委《刘向〈说苑〉版本源流考》认为上图藏大德七年云谦刻本:"根据这个刻本的跋,可以确定此本为影刻北宋廿二行本。"徐文言其影刻,但通过大德本挤刻添字即可知道,并非影刻,当言覆刻更适。覆刻本是与原刻行款、版框大小、边栏、书口等相同,而字体不一定相同,影刻者上述必须都相同。大德本的段末或文中间有小字双行注文,这些注文出现在另一南宋初杭州地区刻本上,据此可以判断大德本的底本最晚也要刊于南宋初之前。

在解决了大德本的版刻问题后,我们再看各家著录。在近现代学者中,由于未能目验海源阁所藏大德本,有不少都是推测之语。或是虽然目验,在与他本比较时仅凭记忆,匆下结论,致使版本著录或有讹误,或混淆版本。潘景郑跋《明嘉靖本〈说苑〉》云:"《说苑》以海源阁所藏宋本为第一,次则大德覆北宋本。"[①]在此,潘氏将海源阁本和大德本分作两个版本,实际上海源阁藏本就是大德本。又如关于北大本与此本的关系,《藏园订补邵亭知见传本书目》卷七著录曰:"此本(北大本)虽行款与海源阁本同,而字体不类,是翻刻本,宋讳不避。"比对两本字体,几乎完全相同,确有极个别字画稍有粗细之分,这是刷印时间稍有先后之分。程翔《元大德七年云谦刻本

---

① 潘景郑《著砚楼书跋》,辽宁教育出版社,2002 年,第 306 页。

〈校正刘向说苑〉考略》云："北大本与黄丕烈所说的'校正说苑'本是什么关系呢？当是同一版本。何以为证呢？证据就是上海图书馆现藏元大德癸卯冬十月云谦刻本《校正刘向说苑》。""其实，此本（元大德七年云谦刻本）不应是'元翻宋刻'，而是'元影宋刻'，其影刻所据底本即为北大本，也即为黄丕烈'校正说苑'本。"程文谓北大本与黄丕烈本"当是同一版本"，虽然不是十分肯定，但是已经接近事实。直到数年后，程先生目睹俄藏海源阁藏本书影后，始于《发现莫斯科国家图书馆藏宋版〈说苑〉》再次言及："发现这两个刻本字体高度吻合，几无差别，也是白纸，简直就是同一版本。""此本（元大德本）现藏于上海图书馆，笔者查看过此本，认为最接近海源阁本及北大残本。"但是，程文又认为上图藏元大德本"影刻"北大本、黄丕烈本，因而"最接近海源阁本及北大残本"，则显然讹误，因这三本实均为大德七年云谦刻本，只是海源阁本被割去云谦跋、北大为残本，遂被误认。秦桦林文曰："程文认为北大藏残本与黄丕烈旧藏本'当是同一版本'，值得商榷。北大藏残本现存十卷（卷一一至卷二〇），卷端题'说苑卷第几'（李盛铎《木犀轩藏书题记及书录》，北京大学出版社1985年版，第155页），与黄丕烈旧藏本卷端所题'校正刘向说苑卷第几'明显有别，二本并非同版。傅增湘早已指出此二本在字形方面存在区别：'余详绎此本（按：即北大藏残本），虽字体方整，行款与海源阁藏宋本合，然气息屡薄。'（傅增湘《藏园群书经眼录》，中华书局1983年版，第542—543页）虽然只是对版本'观风望气'，不够详尽具体，但由于傅增湘是为数不多的亲眼见过海源阁藏宋本《说苑》的专家，他的鉴定意见至今仍具有重要的参考价值。"①在此作者通过转引即断定两本"并非同版"，颇为武断。事实上，海源阁所藏全本仅卷首序题及卷一卷端有"校正刘向"四字，其他各卷卷端及卷尾皆无此四字，而北大本残存十卷中不包括卷首序及卷一，自然著录不同。秦文将两个不同卷次卷端所

---

① 　秦桦林《〈元大德七年云谦刻本《校正刘向说苑》考略〉补正》，《文学遗产》2010年第2期。

题混在一起,以为所有卷次皆有"校正刘向"四字,实因未目验全本而致
误。傅氏目验过两书,据《藏园群书经眼录》所载,傅氏曾两次目验北大
本,一是在甲寅即 1914 年为李盛铎代收时,二是在李氏藏书售归北大的
1940 年,从"典掌者假归,以程荣《汉魏丛书》校之"。目验海源阁本则是在
天津,时间为丁卯年,即 1927 年 10 月 29 日。但遗憾的是,并非同时并案
对校两书,而是仅凭记忆,故实难做出准确的判断。鉴书以目验实证为基
础,当是治学之科学态度。

二　版刻源流

　　元大德本除俄藏本、上图本及北大残本外,与其行款、书口、边栏完全相
同的尚有一部南宋初杭州刻本,今藏上图(788328—29),因为这个版本是现
存最早的版本,故有必要对其进行详细著录,以究其版刻详情。

　　此本存四卷二册,卷十六至十九,卷十六缺三叶,卷十九"天子、诸侯无
事则岁三田"之"益主虞,山泽"以下缺,卷二十存两叶。无序跋。卷十六首
行顶格题"说苑卷第十六",次行低二格题"鸿嘉四年三月己亥护左都水使者
光禄大夫臣刘向上",第三行低三格题篇名"谈丛",正文顶格。版框高、广为
22 厘米×14.2 厘米。刻工有洪茂、洪新、徐亮、许明、包,其他刻工辨识不
清。"玄""敬""惊""贞""征""让""襄""桓""完""莞"等讳皆缺末笔或末二
笔,无"构"或"购"字,而"慎""敦"等讳皆不缺笔。钤印"敬慈堂图书印""晋
府书画之印""子子孙孙永宝用""句吴曹氏收藏金石书画之印""曹元忠印"
"君直手痕""笺经室所藏宋椠""凌宴池"等,明晋府、清内府、曹元忠、凌宴池
旧藏。凌宴池跋曰"此南宋初年刻"。曹元忠《笺经室遗集》卷十一著录此
本,光绪二十七年(1901)十月曹氏跋曰"当是南宋初年刻本"。刻工洪茂、洪

新为南宋初杭州地区刻工,曾参与多部宋椠浙本的刊雕工作,如国图藏南宋初杭州刻本《新序》十卷(08138),与此本版框尺寸略同,行款、书口、边栏俱同,检洪茂、洪新所刻叶码之字体几乎相同,《中国版刻图录》曰:"刻工洪茂、洪新皆南宋初年杭州地区良工,因推知此书当是绍兴间杭州地区刻本。"又日本大东急纪念文库藏宋绍兴十八年(1148)刻本《大方广佛华严经》八十卷,卷末题"钱塘洪茂刻",可见其为南宋初杭州刻本不误。《第二批国家珍贵古籍名录图录》著录(02894)。

　　南宋初杭州刻本与大德本究竟有何关系?《发现莫斯科国家图书馆藏宋版〈说苑〉》认为俄藏海源阁本及北大残本出于此本[1],笔者以为有商榷之处。南宋初杭州刻本早于大德本,那么究竟有无可能大德本出于杭州本呢?或者大德本发现杭州本佚去"谤"字而进行挤刻呢? 从时间逻辑上推测,是有可能的。但如从避讳上显然不成立。首先,南宋初杭州刻本避讳较谨,而大德本除"桓"字避之较多,"敬""构"字仅有个别字避讳,如果大德本从南宋初杭州刻本出,为何仅避讳此三字而不避其他诸帝之讳呢? 这显然是覆刻并保留出于原北宋本的证据之一。我们的推测是,大德本和南宋初杭州刻本皆出于北宋末南宋初刻本,一刊在大都,一刊在杭州地区,行款都没有改变,而大德本忠实地遵从了北宋末南宋初刻本的避讳,而南宋初杭州刻本由于刊印在南宋初期,且在都府杭州,故避讳较严,改变了北宋本的避讳原况。其次,将大德本、杭州本四卷对校,异文不是很多,但仍有十一处,属杭州本误者六处,杭州本对底本的改动很少,这一点从未发现"谤"之佚去即可看出,故杭州本之误,可能主要源于底本之误,再者也许是刻印时的不谨,如"者"误作"也"、"阜"误作"负"、"由"误作"田"、"积"误作"帻"、"祢"误作"狝"等;大德本讹误五处,但有几处怀疑是初版间隔时间太久,再度刷印时有字

---

[1]　《发现莫斯科国家图书馆藏宋版〈说苑〉》"北宋本系统"版本发展脉络图表:曾巩整理本(北宋)→上图残本(南宋初)→海源阁本(同北大残本)(南宋末)→云谦本(元代)。

块脱落,如"喑"作"言",从书写位置上看,"口"字边明显有空白位置,"玉"作
"王",疑是脱落一"、","夫"作"天",疑是"天"字上脱落一竖。大德本在文字
上有所改订,但也存在讹误,两本亦有同误之处。异文之少的主要原因是底
本同源,似不能说明有覆刻关系。

　　尚有一个和大德本关系密切的明抄本流传下来,今藏国图,其传抄本被
《四部丛刊》收录①,流传较广,并为各家整理点校本所用。该本九行十五
字,左右双边,上线尾下题"说苑卷几",下题叶次,下画横线。书口无字数,
较简单。卷首依次曾巩序、目录、刘向序,以下为各卷正文。从避讳上考察,
两本大致相同。大德本全书仅一处"恒"字缺末笔,即卷八"恒治之民"之
"恒",此字在明抄本第八叶前半叶第八行,亦缺末笔,而咸淳本不缺笔。大
德本避"桓"字,明抄本虽然不如大德本避讳那样严格,但仍然有多处同字避
讳的情况出现,其中卷八仅有两处不避,其他皆避,第二叶前半叶第八行、第
四叶后半叶末行、第五行前半叶第三行与后半叶第四行、第六叶后半叶第七
行、第七叶前半叶第四、六、七、八行、第九叶前半叶第五、六、七、九行、第十
三叶前半叶第七行与后半叶第二、六(两个)行、第二十一叶前半叶第四、五
(两个)、六、七、八行与下半叶第三、五、八行的"桓"字皆避。大德本卷十第
九叶后半叶避"构"字,明抄本在卷十第十五叶前半叶第五行,亦缺末笔。大
德本有的不缺笔,而明抄本亦有缺笔的,如"构"字;有的缺笔如"桓""敬"字,
明抄本则有的不缺笔。但是有一个共同的基本事实,即"桓""恒""构"三字
皆缺笔,而且位置相同,其他均不避。可以看出,明抄本与大德本的避讳如
出一辙,只是明抄本的避讳更加随意,这可能与抄写不谨有关。杭州本避讳
严格,咸淳本的避讳亦较多,后者南宋中晚期宋讳较多,这两本与明抄本仅

---

① 明抄本卷首署"嘉靖四年己巳季冬月贵州提学副使余姚王守仁书",钤印"潘阳胡氏果泉藏书"
　"文登于氏小漠觞馆藏本""文登于氏""海盐张元济经收""涵芬楼"等印。张元济认为署名伪
　造,一是嘉靖四年为乙酉,二是明官无提学副使,三是王阳明此时不在贵州,为贾人作伪。《涵
　芬楼烬余书录》,《张元济古籍书目序跋汇编》中册,商务印书馆,2003 年,第 552 页。

避"桓""恒""构"的情况迥然不同,明抄本出于这两本的可能性不大。徐文谓"此本特征与黄丕烈描述的宋廿二行本一致,如'阳虎得罪'章,有'非桃李也'四字,'醨而不让',作'醨',及各章节异文等等,与咸淳本、明刻本皆不同,而与云谦本同,可见这个抄本抄自宋廿二行本或云谦本"①。卷六"阳虎得罪于卫"章,大德本和明抄本"今子之所树者,蒺藜也"后皆有"非桃李也"四字,而其他本均脱。黄丕烈跋:"卢抱经《群书拾补》中据《御览》以为有'非桃李也'四字,讵知宋刻初本固有之耶。"又曰:"'非桃李也'四字,诚为廿二行廿字本所独。"检其文字核对,符合实情。因咸淳本无此四字,则可以排除明抄本出于咸淳本的可能。故而徐文的推测是有道理的。从卷十六挤刻"谤"字来看,大德本与明抄本不缺,说明其出于佚去此字的北宋末南宋初刻本和南宋初杭州本的可能性不大,而只能出于有"谤"字的大德本。就全本文字对勘而言,明抄本与咸淳本异文较多,咸淳本的很多讹误,明抄本不误,而与大德本的异文不多,一些古字如"醨""醽""聰"等皆相同,而与咸淳本和诸明本的写法不同。在分章上,两本一致,而咸淳本与大德本异处很多。再者,明代是否还完整地保存北宋末南宋末刻本是个疑问。综上可知,明抄本不可能出于杭州本、咸淳本或北宋末南宋初诸本,而出于大德本则有其必然性。当然,明抄本也对大德本进行了改动,如抄本将大德本卷端"校正刘向说苑卷第一"改作"说苑卷第一",次行署名悉数删去,且改变了行款。大德本有些如"于""为"等字,抄本改作"扵""为"等,都是为了提高抄写时效而采用了简笔省写,无关内容。同时抄本亦有随手疏忽之误,大多为形近而误。但尚不足动摇明抄本出于大德本的结论。

　　在存世宋元刻本中,南宋咸淳刻元明递修本应该引起注意,今国图、上图、台湾"中研院"傅斯年图书馆各藏一部。每半叶九行,行十八字,白口间

---

① 杭州本因为卷六不存,无法证实"阳虎得罪"条是否有"非桃李也"四字(以出于北宋末南宋初刻本之事实,当有)。

有黑口,卷末有咸淳乙丑衔名刊记。咸淳本之"谤"字为卷十六第六叶前半叶第四行顶格首字,而且此叶是原刻,没有挤刻痕迹,其前后两行的字数皆为十八字。这就说明,咸淳本发现了这个佚字,但由于咸淳本有自己的翻刻版式,当然没有必要按照原本的每行字数来实施雕版,只需按已刻既定的版式雕字即可,故不存在挤刻现象。咸淳本究竟出于何本?是北宋末南宋初刻本抑或杭州本?在没有直接证据的情况下,我们可以通过对勘文字来加以判断。将大德本、杭州本、咸淳本之卷十六至十九(因杭州本只存此四卷)凡四卷对校发现,在大德本与杭州本的十一处异文中,咸淳本有七处同大德本,仅有四处同杭州本,这四处均为大德本误,杭州本改过,似咸淳本在发现讹误后亦有意改之;咸淳本与杭州本不同、与大德本同的七处皆为杭州本之误,亦即与大德本正确者同。此可视为咸淳本和大德本同一底本的坚证。再将咸淳本和大德本全本对勘发现,两本相同之处很多,如卷七第二第三叶第九行"少焉,两国有难"之"少焉"二字,大德本、咸淳本当误,明抄本将其移至第八行"子路见公"之前,文通字顺,向宗鲁《说苑校证》(中华书局 1987 年版,以下简称向本)从之。卷九第十叶前半叶第七行"请赏之,明君之好善;礼之,以明君之受谏"之"明君"二字前,明抄本有"以"字,当是,以和后句句式相合,而大德本、咸淳本皆误。卷十第三叶前半叶第九行"夫舌之存也,岂非以其治之柔耶?"之"治之"二字,当衍,大德本、咸淳本皆有。大德本中的一些讹误,有很多与咸淳本相同,说明祖本即是如此,其当是源于同一个底本。咸淳本虽然也有意改之,但远非明抄本那样多,抄本的新改之处,咸淳本并未改过。卷十一第七叶后半叶第七行"臣独何以不若榜棁之人"之"独"字,咸淳本同大德本,而明抄本移至"何以"之后,不若大德本更佳,向本从之。咸淳本之讹误除了底本之误外,更多的是本身翻刻不谨造成的。这也说明咸淳本与大德本的高度一致。前揭大德本底本即北宋末南宋初刊本,咸淳本自当亦出于此本。

　　属于咸淳本系统的首推明覆刻咸淳本，传播极广，但覆本常被误作南宋咸淳刻本。今国图存十九卷本（缺第十四卷），孙志祖、吴骞、黄丕烈跋，黄丕烈称之为"宋本之乙，仅在宋廿二行本下"，《涵芬楼烬余书录》《中国古籍版刻辞典》等均定为宋咸淳本。据徐建委《刘向〈说苑〉版本源流考》，最早翻刻咸淳本的当是元麻沙刻十三行小字本，今仅存卷一至十凡十卷，北大图书馆收藏。元大德陈仁子刻本，今藏国图，仅存两卷（卷九、十），属于咸淳本系统，"该本文字上与咸淳本接近，如廿二行本系统的'醴'作'嚼'，卷十'好战之臣，不可不察也'一句属'楚恭王'章，就与咸淳本同，故将该刻本列入咸淳本系统"。明代翻刻咸淳本者，尚有明万历新安吴勉学刻本，卷端左下题"明新安吴勉学校"字样，台图藏一部（05393），北师大藏一部。明万历程荣刻《汉魏丛书》本（国图、台图等皆藏），卷末有咸淳本刊记。《刘向〈说苑〉版本源流考》云："程荣本翻刻了咸淳本牌记，其整体上也与咸淳本大同，只是脱落了目录、木门子高一条和'尾生杀身以成其信'一句，与吴勉学本极近，与其他明刻本多不同。陆心源《仪顾堂题跋》卷六认为程荣本出自何良俊本，其依据在于程荣本有何良俊序。但细检两书，实为不同系统，程荣本依据咸淳本补足了何本脱漏的十四章，已与何良俊刻本不同。故程荣本还是属咸淳本一脉更为恰当。""程荣当是在参照咸淳本的基础上，翻刻吴勉学本。"其后，明何镗刻《广汉魏丛书》、明钟人杰刻本、日人关嘉《说苑纂注》、清王谟刻《增订汉魏丛书》、光绪崇文书局刻本等皆属这一系统。[1]　这些传本由于直接或间接出于咸淳本，其讹误一并沿袭下来，当然亦有校改，如《汉魏丛书》本。其中崇文书局本曾被向宗鲁《说苑校证》用作底本。因此，咸淳本在明清时期的利用和流传要远远高于大德本、杭州本的。

———————————

[1]　关于《说苑》版本系统梳理部分，参见徐建委《刘向〈说苑〉版本源流考》，《文献》2008 年第 2 期。

《说苑》早期版本源流图

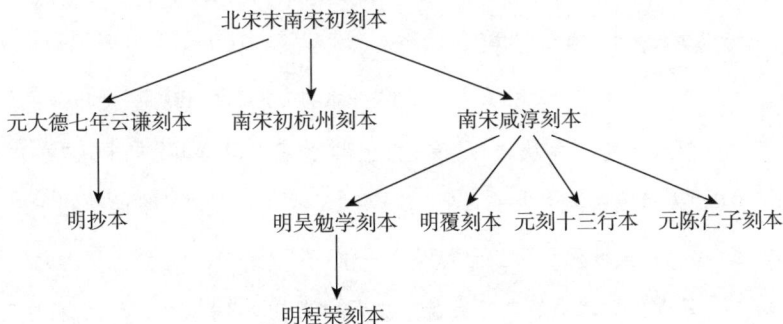

北宋末南宋初刻本

元大德七年云谦刻本　　南宋初杭州刻本　　南宋咸淳刻本

明抄本　　　　　明吴勉学刻本　明覆刻本　元刻十三行本　元陈仁子刻本

明程荣刻本

三　学术价值

尽管俄藏大德本刻印已晚,但并不影响其版本价值。关于其校勘价值,前揭嘉庆十二年(1807)八月黄丕烈跋已明言。潘景郑云:"《说苑》以海源阁所藏宋本为第一,次则大德覆北宋本,犹不改旧观,咸淳本则当逊而居乙矣。明代所刻凡五本:曰正德本(楚藩所刊大字本,每半叶十行,行十九字);曰天顺本(未见);曰嘉靖本(何良俊所刊,每半叶十行,行二十字);曰程荣本(《汉魏丛书》本);曰何镗本(《重刻汉魏丛书》)。嘉靖以前,互有得失,以视宋元椠本,则犹小巫之见大巫矣。"[①]

首先,俄藏本各段末或卷中有小字双行校记二十一处,这些校记多为后传诸本所忽视,笔者在此不惜篇幅将其辑出,以冀学者重视。

卷一一处,"楚昭王之时"条末注《史》作:今移祸,庸去是身也"。

卷二一处,"齐威王游于瑶台"条末句"何患国之贫哉"末注"一

① 潘景郑《著砚楼书跋·明嘉靖本〈说苑〉》,古典文学出版社,1957年,第167页。

作：也"。

卷三一处，"魏武侯问'元年'于吴子"章"官执民柄者不在一族"之"民"字后注"一有'之'字"。

卷七一处，"子产相郑"条末注"一本自'子产之从政也'别作一段"。

卷八三处，"春秋之时"章"将乞师于楚以取全耳"句末注"或作：身"，"宋司城子罕之贵子韦也"条末注"奚或作：可"，"子路问于孔子曰"章"中行氏虽欲无亡"之"无"后注"一作：不"。

卷九四处，"秦始皇帝太后不谨"章"蕲阳宫"末注"一本作：棫阳"，"楚庄王筑层台"章"楚又危加诸寡人"之"危"字后注"一作：色"，"荆文王得如黄之狗"章"得舟之姬"之"舟"字后注"一作：丹"，"越王勾践乃以兵五千人栖于会稽山上"之"人"字后注"一作：入"。

卷十三三处，"圣王之举事"章"上谋知命，其次知事"之"次"字后注"一有'者'字"，本章"尧之九臣诚而兴于朝"之"而"字后注"一有'能'字"，"杨子曰"条末注"其知，一作：其言"，此实指前句"杨子智而不知命，故其知多疑"之"其知"二字。

卷十五一处，"内治未得"章"大为天下笑"之"笑"前注"一有'戮'字"。

卷十六一处，"已雕已琢"条末注"一本自'直而不能枉'别作一段"。

卷十七一处，"孔子见荣启期"章"吾既已得为男，是二乐也"之"是"字后注"一有'为'字"。

卷十九三处，"春秋曰：壬申"章"曰左右之路寝"之"路"字前注"一作：大"，"天子以鬯为贽"条"鬯者，百草之本也"之"百"字后注"一作：香"，"乐者，圣人之所乐也"条末注"啴奔、慢易，一作：啴谐、慢易"。

卷二十一处，"季文子相鲁"条末句"仲孙它惭而退"末注"它，他本皆作：忌"。

　　这些校记以"某作某""一作某""一有某""某或作某""某别作某"等形式出校。一是版本校,包括刊印者的理校,如"奚或作:可""或作:身"等;引用他本的死校,如"一作:色""它,他本皆作:忌""一有'戮'字"。由于《说苑》是语录对话体,故各本在分段上常有出入,注文于此有所体现,如"一本自'子产之从政也'别作一段""一本自'直而不能枉'别作一段"等。二是引证史料,此种惜仅一条。

　　校记不多,却有很高的校勘价值。一是可校补大德本之误。这些异文为解读原文提供材料。如卷一"痛为去是人也"句的注文"《史》作:今移祸,庸去是身也",出处为《史记·楚世家》。"庸"为"岂"之意,于意相通,而"痛"显误。明抄本改作"庸",当是。向本作"庸",其《说苑校证》曰:"《史记》作'庸去是身乎',《列女传》作'庸为去是身乎',文意并同。'庸'犹'讵'也。"卷九"取皇太后迁之于萯阳宫"下注"一本作棫阳",向本转引卢文弨校曰:"《史记·始皇本纪》:'迎太后于雍。'则作'棫阳宫'为是。萯阳在鄠阳。"又案曰:《御览》引下文皆作"棫阳",是也,《始皇本纪·正义》两引及《吕不韦传·索隐》《汉书·邹阳传注》应劭注引,皆作"咸阳宫",上文云"战咸阳宫",下文云"归于咸阳",则此所迁,决非咸阳明矣,而诸引悉数皆如此,岂"棫"误为"或",因误为"咸"欤?结合上下文意,言"棫阳宫"当是。卷九"荆文王得如黄之狗"章"得舟之姬"之"舟"字后注"一作:丹"。丹,地名,即丹阳,今湖北省秭归县,当作"丹"字,大德本此"舟"字或为形近而误。通过这些校记,还可以了解这些校本的文字状况及差异等。二是可考证版本源流。如果和南宋初杭州本对校,两本卷十六至十九凡五条中除最后一条因杭州本缺文外,其他四条全同,这说明大德本据此翻刻的北宋南宋初刻本已经有了这些校记,非大德本刊印时添加。同时也说明在北宋末南宋初以前,《说苑》有多个本子流传。当然也可证大德本的底本之刊印时间不晚于南宋初杭州本,这与我们之前鉴定底本刊于北宋末南宋初的结论是大体一致的。再如卷七

"子产相郑"条末注"一本自'子产之从政也'别作一段",大德本、明抄本、咸淳本皆不分段,一本分段者究竟是哪个本子? 向本考曰:"卢曰:'元本提行。'承周案:宋本及各本皆不提行,《后汉书》《胡广传注》引此,亦连上文,今仍从各本。"即卢文弨参考的这个元本是个分段的本子。从上下文衔接来看,下句"择能而从之"正是承上而来,不分段是。卢文弨《群书拾补》中卷首序称元本为"元时坊本",当即今存北大之元麻沙小字本。麻沙本不仅脱落甚多,且讹误不少,连分段也常有误分,与卢说一致。但因这些校记都是照录覆刻的底本,故而元麻沙本的底本很可能就是大德本校记中参校的"一本"。

明抄本不载这些注文,除了对卷一末注"痛"字径改为"庸"外,其他均予删去。删去原因或认为引注与原文意思相近者或衍字者或确误者,如卷二"齐威王游于瑶台"条末句"何患国之贫哉"末注"一作:也","哉""也"相近;卷九"楚庄王筑层台"章"楚又危加诸寡人"之"危"字后注"一作:色","色"字误。但有些所删亦有可商榷之处,如卷九"舟"注"一作:丹","丹"字即不应删去。这样的处理方法显然不如咸淳,咸淳本对注文的处理有三种,一是删去八处。二是据引注径改原文四处,卷十三"尧之九臣诚而兴于朝"之"而"字后加"能"字;卷十五"大为天下笑"之"笑"前注"戮"字;卷十六"直而不能枉"句据引注提行;卷十七"是二乐也"之"是"字后加"为"字。三是移录注文九处,卷八"或作:身""一作:不""一本作:我(丁案:当"械"字之误)阳""一作:色""一作:丹""一作:入""一作:大""一作:香""它,它(大德本作"他")本皆作:忌"。删去者可能不同意注文者,但其判断间有失误,如"痛为去是人"注文。保留注文似遵原文,不作改动。径改者则表示同意注文意见。这样的处理方法,一方面体现了刊印者对原文引注异文的看法,同时也说明咸淳本对原文进行了改动,并为咸淳本和大德本源于同一底本添一证据。

其次,通过对勘,可以校正诸本之讹误。在现存诸本中,大德本、咸淳本、南宋初杭州本及明抄本是最主要的版本,现将大德本卷十六至十九凡四卷(杭州本仅存四卷)与此三种版本对校,发现异文颇多。如加上简体字、异体字、俗字等则异文更多。除去两处因杭州本卷十九残缺("主虞山泽"以下缺)而无法确定外,其中咸淳本异文最多,咸淳本与大德本对校,共有五十三处异文,其中咸淳本误三十七处,大德本误十处;咸淳本对杭州本对校,有五十处异文,咸淳本误三十三处,杭州本六处;咸淳本对明抄本有五十一处异文,咸淳本误四十一处,明抄本三处,同误者六处。大德本与杭州本异文十一处,其中大德本误四处,杭州本七处,大德本要优于杭州本,如杭州本将"皁"误作"负"、"者"误作"也"、"由"误作"田"、"积"误作"帻"、"祢"误作"狝"以及脱"谤"等均有赖大德本校补,而大德本之误如"玉"误作"王"、"笼"误作"龙"、"喑"误作"言"等又需杭州本校正;大德本与明抄本异文十九处,大德本误十二处,明抄本二处。杭州本与明抄本对校,异文十七处,其中杭州本误十二处,明抄本三处。可见,明抄本是讹误最少的本子,其次为大德本、杭州本,讹误、分章不妥最多者为咸淳本。异文最少的是大德本与杭州本,大德本之显误处,杭州本亦然,这说明两本最为接近,前揭两本并不存在覆刻关系,当即同源,其源即是北宋末南宋初刻本,而杭州本似更接近原本,大德本则做了一些改字,如挤入"谤"字就是一例。杭州本从版本史上,是现存最早的版本,故而其文物价值最高,可惜仅存四卷。咸淳本之误最多,但并非没有可取之处,亦有校正大德本和杭州本之功,其中有相当一部分与明抄本相同,是否明抄本参考了咸淳本,我们不得而知,但其改字之功不可磨灭。大德本虽不如明抄本校勘精审,但抄本亦有讹误之处,且明抄本缺文处达二百七十余字,惟赖大德本校正、补足,而讹误颇多并间有缺文、分章较乱的咸淳本则更需大德本的校补。

明抄本与大德本相比,除上举卷端题名不同、删去署名外,尚有其他特点：一是两本异文颇有，抄本有明显的改字现象。二是抄本可能为家抄本，卷中几乎所有的"基"字皆为空格，如卷六"孔子曰'德不孤必有邻'"条两"基"，卷十九第二叶下半叶第十一行"惟德之基"之"基"字等。其他亦间有空格，卷二第五叶前半叶第六行"约镇簟席"之"镇"空格。这些空格盖避家讳。三是避讳上基本同于大德本，见上。四是根据笔迹判断，此本至少由三人抄写而成。五是删去了大德本小字双行校语。六是抄本常有简体字、俗字、通假字等，显示了抄写时的字体情况。

　　尽管明抄本校改了不少讹误，但其抄录并不是完美无瑕，其讹误亦间而有之，这一点可从校勘中知晓。如大德本卷一第十三叶前半叶第六行"诗曰：弗时仔肩"之"弗"字，明抄本作"佛"，向宗鲁《说苑校证》曰："'弗'，各本皆依《毛诗》改作'佛'，惟宋本作'弗'，与《外传》合，《三家诗考》引此正作'弗'，'弗''佛'虽可通用，而经字异文，不可混淆，今改正。"卷一第十五叶前半叶第八行"怀子对曰：'范氏之亡也'"，明抄本"范"字误作"苑"。卷三第六叶前半叶第七行"何谓粪心""何谓易行"之两个"谓"字，抄本误作"为"。大德本卷五第十一叶下半叶《夏书》有之曰'一人三失'"，意指一个人总不免有些差错，而抄本"失"字误作"夫"，所误失去原意。卷六首叶后半叶第九行"拘厄之中"之"厄"字，抄本讹作"尼"。卷六第十二叶后半叶第九行"织怒"，抄本作"织怨"，据下句"而不敢怒"可知，抄本误。卷八第一叶后半叶第五行"桀用千莘"之"千"字，大德本似为形近而误，他本又作"于"者，明抄本作"有"，亦误，据《吕氏春秋·知度》《韩非子·说疑》皆作"干莘"，向本即此。卷八第四叶后半叶首行"厉公以见弑于匠丽之宫"之"匠"字，抄本误作"巨"，"匠丽"，厉公宠臣，《左传·成公十八年》作"匠"字。卷九第十一叶后半叶"女与吴俱亡"之"吴"字，明抄本误作"吾"。卷十一第四叶后半叶首行"吾安得无呼车哉？"之"哉"字，明抄本作"乎"。卷十一第六叶后半叶首行"三坐而五立"之"三"字，明抄本误作"二"，向本从"三"。卷十一第七叶前半叶第二

行"以公乘不仁为上客"之"乘"字,明抄本误作"胜"字,《说苑斠补》沿袭其
误。公乘不仁,人名,战国时魏国人。卷十一第九叶后半叶第九行"三言者,
固可得而托身耶?"之"言"字,明抄本脱。卷十一第十二叶前半叶第八行"陶
君惧,请效二人之尸以为和"之"请"字,明抄本误作"谓"。卷十一第十三叶
后半叶第五行"其贵不礼贱"之"礼",明抄本误作"理"。卷十二第七叶后半
叶第四行"诸大夫惧然,随以诸侯之礼见之"之"惧"字,抄本作"瞿",意异,向
本从"惧"。"瞿"字,《说文解字》谓:"鹰隼之视也。从隹,从䀠,䀠亦声。"意
指鹰隼通过左右之视,以表警惕、惊恐之意。"惧"为形声字,《说文》:"恐也。
从心,瞿声。"两字意义渐次深化,由揭示鸟之眼部紧张、怵惕的状态,到表现
人之内心恐慌、惊悸的情态,此处当然是用后者更适,抄本之改当非。卷二
十第十叶下半叶末行"盛之土瓴之器"之"瓴"字,明抄本作"铏",或误。"瓴"
为盛酒浆的瓦器,"铏"为盛羹的两耳三足的鼎,虽功能一样,但材料与档次
不同,据首句"鲁有俭者"及上下文意,"瓴"更适。"土铏",《韩非子·喻老》
云:"以为象箸,必不加于土铏,必将犀玉之杯。"唐李商隐《寄太原卢司空》诗
曰:"禹贡思金鼎,尧图忆土铏。"如此贵重之物,"鲁有俭者"何来之有?向本
作"铏",并加案云:"《书抄》一百四十三引此作'煮瓴肉之食而美,以遗孔
子'。"此似指以瓦器煮,以铏器呈上,但揆其上下文似无此意。

　　此外,明抄本卷十八第二叶下半叶至第三叶上半叶缺佚,亦间有空格,
如大德本卷三第九叶末行"国家所以昌炽"之"炽",抄本空格。另外,还有可
能是因避家讳而造成的空格等。由于明抄本流传之广,一些以此本为底本
的校注本则以讹传讹,需要大德本反校,以更正其误。除以上外,两本有些
异文需要进一步考证,如大德本卷二第五叶前半叶第十行"翟黄对曰:此皆
君之所以赐臣也,积二十岁,故至于此"之"二"字,明抄本、咸淳本及向本皆
作"三",向本未出校记。再如大德本卷十二第三叶前半叶末行"鲁赋五百,
郯赋二百",明本"二"字作"三",诸本皆作"三",向本从之。由于缺少史料,

究竟作何字尚待研究。因有大德本的出现，也带来一些与其他诸本不同的异文，亦为进一步研究《说苑》文本提供了旁证和基础。

再将俄藏大德本与咸淳本对校，发现咸淳本确有校改过底本。如咸淳本卷十六第六叶前半叶第四行"谤道己者"之"谤"字，杭州本佚，大德本为挤刻，而咸淳本则属正常刻入。卷十七"清冷以入"，咸淳本改作"不清以入"，符合文意。卷十八"鸷鸟击于土也"之"土"字，咸淳本改作"上"，当是。卷十九"龙狎"，咸淳本改为"笼狎"，正确。卷十九"执木以论本"之"木"改作"末"字，是。这些讹误或为原本之误，或为大德本覆刻之讹，咸淳本都有校正，此乃咸淳本之佳处。卷首曾巩序末有"书籍臣曾巩上"五字，不知是否原本即有，为大德本遗漏，或是咸淳本校添，以其书体格式推知或为前者。但与大德本、明抄本等比对，咸淳本还是诸本中讹误较多的，如开首曾巩序"旧为二十篇"讹作"二十五篇"，刘向序中"后令以类相从"之"令"误作"人"，"说苑杂事及"后三字误作"事及杂"。卷六"阳虎得罪于卫"章"今子之所树者，蒺藜也"后佚去"非桃李也"四字，大德本和明抄本皆有，属于咸淳本系统的诸本均脱；卷十八"晋平公出畋"章"三自污者"后脱去"死，今夫虎所以不动者，为驳马也，固非主君之德也"二十一字，而大德本、杭州本（卷十八例）、明抄本皆不缺，这些都成为区别大德本系统的特点之一。通校全本，其中咸淳本之原刻叶校勘精审，元明补修部分讹误较多，而抄补部分最多。再以卷一为例校之，原刻叶为第一、二、十、十四叶凡四叶，修补叶为第三至七、九、十一至十三、十五、十七至二十一叶凡十五叶，抄补叶为第八叶、十六叶凡二叶。其中抄补二叶异文达十五处，属于异体字、俗字等七字，"药"作"藥"，"择"作"擇"，"微"作"徵"，"旁"通"傍"，"数"作"數"。"楚文王有疾"章，"筦饶犯我以义，违我以礼"之"义""我"，分别作"裁""戕"，或为俗体字。其他八处则为抄写之误，第八叶"齐桓公问于宁戚"章"筦子"误作"莞子"，"筦"字为"管"的异体字，"筦子"即齐国臣管仲，"莞"字显误；本章"吾何如而使奸邪不起"之

"使"字，误作"便"，其意正反；"天下之士"之"士"字，误作"土"；"布衣屈奇之士踵门而求见寡人者"之"奇""求"两字，分别误作"音""宋"；"擅国权命"之"擅"字，误作"檀"字。第十六叶"汤曰"章，"然后闻于卑"之"卑"字，误作"乎"；"是以明上之言"之"是"字，误作"子"。这些虽然大都是抄写时的形近而误，但足以给读者阅读造成障碍。再检原刻四叶，则无讹误。而修补部分中，第七叶后半叶末行"而士不必敬"之"士"字，大德本误作"壬"；第十二叶后半叶末行"王曰"，大德本误作"主曰"。其他则皆为咸淳本修补之误，如第三叶后半叶第七行"因此险也，所以不服"之"因"字，大德本作"用"，是。第四叶后半叶"河间献王曰"未提行不分段，当提行。第十二叶前半叶第八行"此天下之至言"之"此"字后脱"闻"字。第十三叶前半叶第四行"苟有志则无事者"之"无"字后脱"非"字。第十八叶后半叶第六行"播弓失"之"失"字，大德本作"矢"，是。第十九叶后半叶"齐人弑其君"未提行分段，当提行。抄补仅有两叶，讹误达八处，修补十七叶讹误有六处，校改大德本两处，原刻无误，此即咸淳本的基本版本构成及校勘文字之差异情况。是否其他抄补亦然？再以卷八与大德本对勘，咸淳本抄补卷八第二叶后半叶第四行"杨威子鸡父"之"子"，误，大德本作"于"；第六行"也叔"，误，大德本作"世叔"；第九行"远平"，误，大德本作"远乎"。第三叶前半叶首行"大宋襄公不用公子目夷之言"之"大"，大德本作"夫"；第三行"在乎"，大德本作"存乎"；第四行"案往而视己事"之"往"字后，大德本有"世"；第九行"鲁不胜其忠"之"忠"字，大德本作"患"；后半叶第六行"无何矣何矣"，大德本作"无可奈何矣"；第九行"必趋死而救之"之"趋死"，大德本作"死趋"。第四叶前半叶第七行"胜利臣"，大德本作"媵臣"；后半叶首行"秦穆公季之以政"之"季"，大德本作"委"；第五行"年也十"，大德本作"年七十"。第五叶前半叶第三行"尧舜相是"之"是，大德本作"见"；后半叶首行"小节固足知大体矣"前为空格，大德本作"觋"，"睹"的异体字。第六叶前半叶第二行"而死不葬"之"而"，大德本作"身";第五行"唐跬",大德本作"唐雎";同行"昭主",大德本作"昭王";后半叶首行"汤去张网之三面"之"之"字前,大德本有"者"。第八叶前半叶首行"杀兄而立,善仁义"之"善",大德本作"非";第九行"周公旦白屋之士所下所下者七十人"两个"所下"两字,大德本无后一个"所下";后半叶首行"晏子所与同交食者百人"之"交"字,大德本作"衣";第四行"巍巍若太山"之"若"字前,大德本有"乎"。第九叶前半叶第五行"尊士士则君卑"之后一"士"字,大德本作"亡";后半叶首叶"主将杀之"之"主"字,大德本作"王"。第十一叶前半叶第八行《诗》曰:自堂祖基,自羊徂牛"之"祖"字,大德本作"徂"。第十三叶后半叶第二行"三外之稷"之"外",大德本作"升";第四行"太子父文侯"之"及"字,大德本作"父";第五行"君安得闻贤人之言?吾不子方以行"之"君""不",大德本分别作"吾""下"。第十六叶前半叶第九行"辞大夫",大德本有"辞诸大夫"。第十七叶前半叶第七行"欲禄则止卿"之"止",大德本作"上"。第十八叶前半叶第六行"得毋害于霸平"之"平"字,大德本作"乎";后半叶首行"诸出",大德本作"请出";第四行"数之罪子"之"子",大德本作"十";第六行"出与同衣"之"同",大德本作"共"。第十九叶前半叶第三行"吾臣之削迹技树"之"技",大德本作"拔";本条末注"奚或作可"不载;第四、五行分别有两字、三字空格,大德本作"居乡""主闻之";后半叶第三行"今日之琴一何张也"之"张",大德本作"悲";第四行"为张者,良材也"之"为",大德本作"急"。第二十一叶后半叶第二行"嚼而不让"之"嚼",大德本作"醮";第五行"臣以为无良臣故也"之前一个"臣",大德本作"君"。第二十二叶前半叶第二行"何回以来"之"回",大德本作"日";第九行"虽无亡"之"无"字前,大德本有"欲";后半叶第四行"莫子毒也"之"子",大德本作"予"。再校勘其他抄补卷次,讹误亦然。以上这些皆为抄录之误,唯有赖大德本勘正。问题是所抄为何出现如此多的讹误呢?从黄丕烈跋中可知,抄补源自于吴骞藏"宋本",但吴骞本实际上是一个明翻刻宋咸淳本。这个明刻本今存多部,我们将咸淳本卷八的抄补部分再与明翻宋本对勘,发现这些讹误几乎都在明本上。当然,亦有明本不误,抄本有误者,如明本第十五叶前半叶首行"吾闻之"之"闻"字,抄本误作"间"。但是抄录者并非原封不动地照录,而是对明本的讹误进行了校正,如明本首叶后半叶首行"伊尹"误作"伊君",抄本改之。第三叶前半叶第七行"季友之真见"之"真",抄本改作"贤"。第五叶第八行"故见虑之尾"之"虑"字,抄本作"虎",抄本有明显的描改痕迹。抄本的这些改动均同大德本,所改皆是。从中可以看出,明翻宋本之讹误之多,比诸各本,实为最差的本子。咸淳本原刻讹误不多,但是由于国图藏咸淳本的抄补第八至十三卷及其他抄补者,皆取自这个明翻宋本,从而使国图藏咸淳本的学术价值和质量大大降低。

此外,关于分章,咸淳本常有不妥者,如卷十六第七叶前半叶末行"直而不能枉"句提行,按上下文意,不应提行。卷十七第五叶后半叶第六行"西闾过东渡河"条不提行,大德本提行,是;第七叶后半叶第九行"楚昭王召孔子"条不提行,杭州本提行,是;第十八叶前半叶第五行"孔子曰"不提行,大德本提行,是。校诸他卷,类似不妥者亦然,这些惟赖大德本更正。

综上可知,咸淳本出于北宋末南宋初刻本,原刻讹误不多,而元明修补较多,但对底本讹误有所校改,分章不谨,对底本小字注文进行了选择性取舍。尽管刊印不如杭州本早,但为存世最全的宋刻本,成为元明清传本最主要的翻刻底本。国图藏本之抄补部分讹误最多,有赖台图、傅斯年图书馆藏本补校。

咸淳本的最早翻刻传本当是元刻十三行本,今存北大图书馆,惜仅存卷一至十凡十卷。此本在翻刻时脱落和错简不少,卷三至十有十条脱漏,卷三脱"子路问于孔子"章,卷四脱"尾生杀身以成其信"句,卷五脱"孟简子相梁"章,卷六脱"楚庄王赐群臣酒""赵宣王将上之绛""孝景时""遽伯玉""阳虎得罪于卫""魏文侯与田子方语""吴起为魏将"凡七章,卷九脱"赵简子举兵而攻齐"章,卷十有错简,"韩平子问于叔向"章至"其死也刚"为一章,"强万物草木之生也"至此章结尾错刻入"孔子曰存亡祸福"章"重译而朝"后,而"孔子曰存亡祸福"章末段文字错刻入"老子曰"条后,合刻为一章。"好战之臣不可不察也"章首句错刻为上一章"楚恭王"章最末一句。明初十三行本与元本版本特点全同,实为翻刻元本,首十卷脱漏及错简同,卷十一又脱"襄成君""雍门子周"两章,卷十二脱"秦王以五百里地易鄢陵""晏子使吴"二章,因此元本当共脱十五章。校勘文字发现,元本具有咸淳本的文字特点,如卷首曾巩序"旧为二十五篇",同衍"五"字;卷一"河间献王曰"章"因此险也"句,同误"因"字;"洒五湖而定东海"句,同误"洒"字,不改"酾"字;"武王问太公曰"章"士不必敬",同改"士"字,不作"壬"字;"韩武子田"章"吾好田猎也",同作"也"字,不改"矣"字;"师经鼓琴"章,两个"儛"字,同作此字,不改"舞"字。但同时也有校改,所改俱同大德本,如卷一"楚庄王好猎"章"主曰"改作"王曰",本章"苟有志则无事者"之"则"后有"非"字;"晏子没"章"播弓失","失"改作"矢"。由此可知此本还参校了大德本,进而推知其当刊于大德本之后。

再次,大德本在近现代校注本中的作用应受到重视。清儒对《说苑》进行版本校勘最为全面系统的是卢文弨,其校勘成果载《群书拾补》子部,卷首小序曰:"汉刘向定。卷数与《隋书·经籍志》合,《唐书·艺文志》作三十卷,或转写之误。宋本前有刘向奏,又《复恩》篇内多'木门子高'一条。又有元时坊本,脱落甚多,然间有是处。又有明楚府本亦可参考。但章怀注《后汉书》,及《困学纪闻》等书所引尚有出于今本之外者。考《唐志》,刘贶有《续说苑》,似不必皆出中垒。今但取语意相近者略系数条于后。吾乡孙侍御诒谷有校订《新序》《说苑》本,甚精细。今取之以校程荣本,正字大书,注其讹字于下,他书有可参考者,亦注之。"此"宋本"指宋咸淳本,元本指元麻沙坊刻本,可能由于当时条件限制,未用元大德本及明抄本、杭州本校勘,如卷六

"阳虎得罪于卫"章,注"《御览》有'非桃李也'四字",其实大德本本身即有此四字。由于没有大德本参校,咸淳本、麻沙本的很多讹误并未校勘出来,故有缺憾。黄丕烈校勘使用了大德本,可惜只校至第六卷,且有漏校,固以浮签形式夹注原书之内,其成果未能公诸于世。而其后的诸家校记如俞樾《说苑读书余录》、孙诒让《说苑札迻》、戴清《说苑正误》、日本汉学家关嘉《说苑纂注》等皆未利用大德本。

自 20 世纪 50 年代至今,《说苑》的译注校点本有十余部,但在选择底本与校本上,大都以《四部丛刊》影印明抄本或咸淳本为主。其中明抄本的传抄本由于为《四部丛刊》收录,广为流传,且诸家经过校勘均认为此本是最好的本子,从而成为通行本,利用率最高。如赵善诒《说苑疏证·前言》曰:"今以《四部丛刊》本(影印平湖葛氏传朴堂藏明钞本)为底本,参考了陈鳣、黄荛圃校宋本、朱骏声校宋本、旁及诸子和类书征引以及前人有关本书的考订专著及资料,校正缪误,删补衍脱,并加以标点,便于阅读。校记则择要夹注在正文内,一般则概从省略。"卢元骏《说苑今注今译》虽未言所据何本,实亦以明抄本为底本。而大德本一直未能利用,甚至连作为参校本的资格都未获得。直到 2009 年由程翔整理的《说苑译注》才首次以大德本为底本,其版本价值才得到利用。但程本作为普及读物,亦未能全面反映大德本的原貌。

在以上诸本中,最具权威的点校整理本当是向宗鲁《说苑校证》,校释并举,引证丰富,其卷首《叙例》中说:"所据校者,有宋咸淳本、明楚府本、何良俊本、程荣本、杨锐本、何锐本、天一阁本,及世俗通行王谟本、崇文局本、新景印明钞本。诸本以明钞为最善。黄荛圃谓北宋本与咸淳本异者,皆北宋本为佳。惜未一见。他日苟得此本,或更有足匡今本之缪者,跂予望之。"向本不仅用诸本校勘,还用如《论语》《周礼》《礼记》《管子》《吴越春秋》《孔子家语》《国语》《史记》《水经注》《太平御览》及卢文弨《群书拾补》等史料参证,纠正了诸本之误。此《叙例》未言所据底本,云"新景印明抄本"者即《四部丛刊》影印明抄本。又据屈守元《说苑校证序言》道："原稿是批注在湖北崇文书局《百子全书》本的眉端脚底和行间字隙的，引用之书，往往只举篇卷，未录全文。"可见，向本所据底本为崇文书局本，同时参校诸本。向本之佳，为世公认，许多校勘成果为后著者所用。例如，卷十七"子贡问曰"章，向本"受恶不让，似贞；包蒙不清以入，鲜洁以出，似善化"，此句出自《大戴礼记·劝学》："受恶不让，似贞；苞裹不清以入。"其中"贞"字，诸本未见，向本据此补之。诸本则作"受恶不让，似包蒙；不清（或清冷）以入，鲜洁以出，似善化"，玩味其意，不如向本更佳。再如卷十七"夫临财忘贫"章"是以孔子家儿不知骂，曾子家儿不知路"之"路"字，诸本皆同，于意不可解，向本引《少仪外传》作"怒"，其后左松超《说苑集证》、卢元骏《说苑今注今译》等皆释为"怒"。卷十九"天子、诸侯无事则岁三田"章"不夭殀"句，向本据《礼记·王制》作"不殀夭"，而径改作此，与后句"不覆巢"在句式上更搭配。向本录文，多据文通字顺者（据作者理解其意）改之，如卷十六"蒲且修缴"条大德本"痛于矛戟"之"矛"字，向本作"柔"，曰："'柔'，卢改'矛'。案：宋本、明抄本、局本并作'矛'，而经厂、程、王本作'柔'。《淮南·泛论篇》云：'槽柔，木矛也。'（今本作'矛'，王氏《杂志》有说）则作'柔'必有所据……"显然向本将崇文书局本之"矛"字径改为"柔"。诸本之显误者，不出校记，如卷十六"曾子曰"章"忠行乎群臣，则仕可乎"，咸淳本"仕"误作"士"。卷十六"道微而明"条大德本"得而失之"之"失"字，咸淳本误作"夫"字。但也有遗憾之处，由于向本没有用大德本校之，故用大德本反校明抄本之误，未能利用，如向本卷十七"曾子曰：'吾闻夫子之三言……'"章末句"吾学夫子之三善，而未能行"之"善"字，大德本作此字，明抄本和咸淳本俱作"言"，文中出现三次"善"，末句"学""善"，意谓学习三个优点，而首句"三言"亦当为"三善"。向本作"言"，未出校记，当赞同"言"字。但揆其上下文意，先"闻""善"，再"学""善"，其意当一以贯之，自不如"善"字于句式、文意上更胜。卷十九"知天道者冠钺"章"故望五貌而行能有所定矣"句,大德本"五"作"玉"字,咸淳本作"五"。玉貌,古意谓容颜,如《战国策·赵策三》:"辛垣衍曰:'今吾视先生之玉貌,非有求于平原君者。'"此处实指玉佩貌,这与本句后接句《诗》曰:'芄兰之枝,童子佩觿。'说能行者也"相合。咸淳本本为形近误写,但向本据卢校本径作"五貌",后著者引用,意谓五官容貌,此乃后起之意,虽也可解,然未必合作者初衷,值得商榷。卷十九"子路鼓瑟有北鄙之声"章"孔子曰,由之改,过矣",大德本"过"作"进",向本引《孔子家语·辩乐》"过而能改,其进矣乎",又"承周案:宋本作'由之改进矣';明抄本、经厂本、范本为长。与《家语》异意"。细味《家语》与此并非"异意",皆指"改过以进",而径作"过",则无"进"之意。卷十七"子贡问曰"章"遍与而无私"之"与"字,大德本作"予"。卷十二"楚使使聘于齐"章"刁勃",《战国策·齐策》卷十六"貂勃常恶田单"章作"貂勃",《风俗通》作"刀勃",两字音同,诸本皆作"刁",独向本径作"刀",未出校记,当误。再者,向本未录大德本校记,而校记之价值,于文本研究不能忽视。

此外,向本在分章上,亦有可商榷之处,如卷四首条是阐述士人君子的"义节",先明义,后以举申包胥等四子为例,最后引孔子语、诗作结,非常条理、系统,但向本将其分为三段,颇有割裂之感。大德本及明抄本等将其作为一整段,更符合原文之意。此外,亦有手民之误,如大德本卷九第四叶后半叶第五行"口正沫出"之"沫"字,诸本有误作"沫"者,向本曰:"《御览》亦作'沫',明抄本、程本皆作'沫'。"经核,明抄本仍作"沫",不误。卷十一第十三叶后半叶首行"穷而事贤则不侮"之"而"字,此句之后连用三个"而"字句排比,向本作"以",不妥,虽出校记"明抄本'以'作'而'",然并未改过。大德本卷十四"秦、晋战,交敌"章"秦使人谓晋将军曰:二军之士皆未息,明日请复战"之"二"字,咸淳本亦作"二",可见原本即此,明抄本作"三",向本从之,未出校记。然据上下文意,"三军"乃指上中下三军,意指全军,而"二军"者特指秦、晋两国军士,故改作"三"或非。查明抄本将大德本多处"二"改为

"三",然所改并无史征,未知何故,而向本皆从之,足可商榷。向本出版后,虽有肖旭《说苑校证补校》等,但都是从文法上校补,未用他本校之,所误并未根除。

程翔《说苑译注》是最新的译注本,该本以上图大德本为底本,校以明抄本、咸淳本等。但因其专事译注,只对部分异文出校记,出校标准并不统一,因此从版本学意义上,尚不能算是校勘本。譬如虽以大德本为底本,但有的异文直接改过,如大德本卷一第九叶下半叶第四行"未尝千婴之过",抄本"千"改为"干",所改当是,程本径作"干",从抄本。卷二"田子方渡西河"章"戴华盖"句,程本径作"载",云:"载华盖。'载',卢改'戴',承周案:明抄本亦作'戴','戴''载'古通,无劳改也。"细味字义,不如"戴"字更适。卷八第十三叶前半叶第十行"清阳婉兮"之"阳"字,抄本作"杨",程本径作"扬",不出校记。卷八第十四叶上半叶第七行"入与共食,出与共衣"之后一"共"字,程本作"同",从咸淳本(此卷为抄补)和抄本。卷二十第四叶下半叶末行"闻古之明正,食足以饱,衣足以暖","正"字作"王",实出于明抄本。由于不出校记,误以为大德本之底本亦作此字。关于大德本的校记,程本并未全部移录,如卷十五有一处小字双行注文,"内治未得"章"大为天下笑"之"笑"前注"一有'戮'字",程本未录此注,"戮"有羞辱、侮辱之意,向本从"戮"。咸淳本有此字,全句作"大为天下戮咲",以上下文意度之,较胜。因此,大德本的原始全貌,以程本之利用,尚不能全部反映出来。

俄罗斯国立图书馆所藏的这部《说苑》,清代至近现代学者皆以为宋刻本或北宋刻本,实为元大德七年云谦刻本,只因卷尾大德七年云谦刊跋被书估割去,遂被误认。大德本存世三部,俄藏本长期庋藏海外,无人知晓;北大本由于是残本,一直未受重视;上图本直到 2005 年由北京图书馆出版社影印,才首次为程翔《说苑译注》利用。上图本不如俄藏本刷印早、刊印质量佳。大德本是一个校勘精审的本子，一般而言，佚去一个"谤"字，并不易发现，大德本能够检出，说明其校刊之认真，当然在覆刻北宋末南宋初刻本的过程中，亦出现了一些讹误。明抄本是被公认的最佳本子，源于大德本，对其有所校改，但亦有讹误。南宋初杭州本是存世最早的本子，间有讹误，惜仅存四卷。南宋咸淳刻元明递修本流传较广，传刻颇夥，原刻较精，而元明修补部分讹误较多。考察现存的宋元明诸本，实际上与大德本有直接关系的仅明抄本一种，而后世元明清诸传刻之本，皆直接或间接出于咸淳本，虽有校改，但仍有不少讹误或脱文沿袭下来。向宗鲁《说苑校证》是目前较权威的校点本，亦有可商榷之处。程翔《说苑译注》并非严格意义上的校本，未能将大德本的全貌反映出来。俄藏大德本保存完好，是现存《说苑》诸本中版本与学术价值较高的版本，但没有得到充分利用，应当引起学界重视。上述诸本如以大德本校之，当可避免很多讹误。整理点校《说苑》当以明抄本为底本，以大德本为主要校本，以咸淳本、明吴勉学刻本、程荣本等为参校本，并附以《太平御览》《群书治要》《国语》等类书、史书校勘，进行系统、完善的校点整理，当是一个符合现存版本状况的合理科学的选择。

论《史记·项羽本纪》中的叙事写人照应关系

凌朝栋

司马迁《史记》是中国史学经典和文学名著。就文学而言,《史记》是部史传文学,这是学界不争的命题。因此,其叙事内容重在"叙事"和"写人",经由叙事视角的变化,或由客观的史官角度,叙事写人;或用类似小说家的手法,由对话中,在类似戏剧情境的场景中,令人现身说法。《项羽本纪》是司马迁精心打造的篇章,向来是历代学者所推崇的精华部分,且古今中外的选本多选取它。本文结合《项羽本纪》中出现的重要照应关系,探讨司马迁《史记》叙事与写人方面的照应。

一 运用照应法叙事写人的缘起

司马迁在结构《史记》这部鸿篇巨著时,也广泛吸纳了前人的优秀成果,正如班固在《汉书·司马迁传》中谈及司马迁的《史记》取材所云:"司马迁据《左氏》《国语》,采《世本》《战国策》,述《楚汉春秋》,接其后事,讫于天汉。"[①]

---

① 班固《汉书》,中华书局,1962年,第2737页。

后代学者对司马迁取材和继承先秦典籍，有自我创新的做法均有论述。司马贞的《补史记·序》、郑樵的《通志·总序》、赵翼的《廿二史札记》、章学诚的《文史通义》、梁启超的《中国历史研究法》等均有精辟的评论。如梁启超曰："迁书取材于《国语》《世本》《战国策》《楚汉春秋》……以十二本纪、十表、八书、三十世家、七十列传组织而成。其本纪以事系年，取则于《春秋》；其八书详纪政制，蜕形于《尚书》；其十表稽牒作谱，印范于《世本》；其世家列传，既宗雅记，亦采琐语，则《国语》之遗规也。诸体虽非皆迁所自创，而迁实集其大成，兼综诸体而调和之，使互相补而各尽其用，此足征迁组织力之强而文章技术之妙也。"①可见，司马迁《史记》是对前人史学著作的继承与创新。

　　司马迁不仅在文献史料方面取材先秦典籍，而且许多叙事方法与技巧也为他所借用与完善。专门从事《史记》写作文化研究的杨丁友先生特别强调了这一点："司马迁的《史记》继承了《左传》《国语》《战国策》的叙事方法，并有了新的发展，从而把纷繁复杂的历史事实叙写得条理明晰，来龙去脉一清二楚，人物形象鲜明突出，文章结构富于变化，历史事实具体、全面。"②《左传》叙事的照应法就为司马迁所借用。如吴楚材、吴调侯评点《左传·石碏谏宠州吁》认为"庄姜以为己子"应"无子"句，即照应前面的"美而无子"。③又《左传·臧僖伯谏观鱼》前有伏案"凡物不足以讲大事，其材不足以备器用，则君不举焉"，则后面接着分别用三段文字"应讲大事句""应备器用句""应君不举句"④指出前后照应部分所在。再如《左传·郑庄公戒饬守臣》：在"吾将使获页佐吾子"处标记"伏下"，接着在相应的文字之后评点"似极有照应"等。⑤乾隆年间所编选的《古文释义》相关篇章也提到许多《左

①　梁启超《中国历史研究法》，东方出版社，1996年，第18—19页。
②　杨丁友《史记写作文化研究》，四川大学出版社，2009年，第93页。
③　吴楚材、吴调侯《古文观止》，中华书局，1959年，第7页。
④　吴楚材、吴调侯《古文观止》，第10页。
⑤　吴楚材、吴调侯《古文观止》，第12页。

传》中行文照应的笔法。如在《郑伯克段于鄢》开始"初,郑武功娶于申,曰武姜"后评点曰:"披头一笔直提武姜,伏下'城颍如初'。"又在"遂为母子如初"后指出回应的特点:"'遂'字与篇首'遂'字应,'初'字与篇首'初'字应。"①清人唐彪《读书作文谱》云:"若周秦汉古文,其照应有异,多在闲处点染,不即不离之间超脱变化。"②张新科教授专门对《左传》的叙事艺术结构进行了研究,也提及《左传》的"前埋伏笔"与"后文应对"的手法,认为:"善作文者,结构上往往采取的'前埋伏笔'与'后文应对'的方法,使整个文章首尾呼应,浑然一体。"③

《国语》中的照应叙事方法也是不少的,如清人余诚评点《召公谏厉王止谤》"国人莫敢言,道路以目"曰:"此一段叙厉王之命人监谤,末句伏'流王于彘'。"并于文末"于是国人莫敢出言"后曰:"应前'莫敢言'及'乃不敢言'。"总评这篇文章曰:"至前后叙次处描写王与国人,以及起伏照应之法,更极精细,最是《国语》中遒炼文字。"④《国语》中其他篇章中采用照应方法,再如余诚总评《单子知陈必亡》篇曰:"至前以叙事为起,伏中以四段为照应,后以总束收煞,章法复极严密锤炼之工,孰能逾此?"⑤类此的例子较多,恕不再列举。

《战国策》叙事中照应例子较多,后人评点时有所发现。如吴楚材、吴调侯评点其《范雎说秦王》"一段应亡不足以为臣忧""一段应不足以为臣耻""应身以孤危句""呼应紧甚"等⑥,将前面所伏的句子也在应句中一一列出了。再如其《苏秦以合纵说赵》,余诚于文末评点行文中的照应关系曰:"此段以苏秦之说行于赵作结。照应起处,结得老横。"⑦

---

① 余诚《古文释义》,北京古籍出版社,1998年,第2—4页。
② 唐彪《读书作文谱》,岳麓书社,1989年,第91页。
③ 张新科《左传叙事文的艺术结构》,载《人文杂志》1989年第3期。
④ 余诚《古文释义》,第117—118页。
⑤ 余诚《古文释义》,第128页。
⑥ 吴楚材、吴调侯《古文观止》,第136—137页。
⑦ 刘向《战国策》,上海古籍出版社,1985年,第846—847页。

其他如《春秋公羊传》《礼记》等这些司马迁所接触到的文献,均有许多叙事时采用的照应法,但是司马迁在《史记》叙事中所采用的照应法已经对此进行了发展和完善,其叙事效果更具趣味性,更为吸引读者。由此可知,司马迁不仅从先前典籍中选取史料,而且还总结和借用了先秦著作的叙事方法。

二　运用人物对话的照应,叙写重大事件

利用人物对话的照应,叙写重大事件,是司马迁的重大创意,他能够通过人物对话,让叙事显得有条不紊,增强事件的真实感和趣味性。

第一,人物对话照应与叙事相结合。例如鸿门宴事件,虽然鸿门宴中曹无伤的照应是故事的开端、高潮、结束标志。但这个重大事件中,有不少人物对话的照应关系。这组照应关系较为典型:先有伏笔,接着中间照应,最后结尾照应。鸿门宴的起因除了项羽因刘邦先破秦入关,派兵把守函谷关,让项羽大怒外,更直接的原因是:"沛公左司马曹无伤使人言于项羽曰:'沛公欲王关中,使子婴为相,珍宝尽有之。'"①这里便是不动声色的伏笔。

行文中间,项羽将曹无伤向他透露刘邦有欲称雄天下先王关中的想法脱口说出:"此沛公左司马曹无伤言之。"这里既是对前面的回应,又是下文的伏笔。鸿门宴故事由此转入高潮期,既泄露了项羽准备攻打刘邦的真实起因,又使故事冲突逐步升级,刘邦必须应对真正产生的危机。

鸿门宴结束后,刘邦终于摆脱了范增等人所设的陷阱,返回霸上军中,有一个更重要的举措,就是"立诛曹无伤"的结局,照应前面两者。这里司马迁虽没有用人物对话,却用自己的文字叙事照应了前者。

上述典型的叙事照应关系深受明代学者凌稚隆的肯定:"楚汉鸿门之

---

① 司马迁《史记》修订本,中华书局,2013年,第393页。

会,起于曹无伤之谗,故太史公叙事,首曰'曹无伤言于项羽',及会则曰此'曹无伤言'以实之,至还军又曰'立诛曹无伤'以结之,此条理精密处。"①

第二,三组人物对话照应,成为刘邦韬光养晦策略的链条。即鸿门宴前后刘邦与项伯、刘邦与项羽、樊哙与项羽的对话照应,使刘邦为"欲王关中"、再王天下而欺骗项羽获得成功,逃过一劫。

根据《史记》所载,楚怀王熊心曾经与起义军将领们约定:谁先打败秦军、攻入秦的京城咸阳,就可以封为关中王。当项羽渡河北上,跟秦王朝主力军大战的时候,沛公刘邦趁秦王朝的后防空虚,从黄河南面进入关中,攻下了咸阳,还派兵把守住函谷关,想阻挡项羽西进。客观讲,刘邦已经实现了先入咸阳的这样一个约定目标。下一步的发展方向:雄踞关中,称王天下。对于这个宏伟目标,刘邦志在必得,也是当时各方势力有目共睹的发展趋势。

然而,刘邦的这一雄心勃勃的愿望,首先被沛公刘邦的左司马曹无伤所掌握,派出了密使,告知了项羽:"沛公欲王关中,使子婴为相,珍宝尽有之。"②惹得项羽大怒,准备第二天上午就犒劳士卒,打败沛公军队。其次,刘邦称雄天下的想法也被项羽的谋士范增察觉,范增便将他对刘邦的看法告知了项羽:"今入关,财物无所取,妇女无所幸,此其志不在小。吾令人望其气,皆为龙虎,成五采,此天子气也。"③问题在于刘邦这时的苗头暴露过早,其军事实力比较弱,差距较为悬殊,项羽屯兵四十万于戏西,刘邦只有十万兵力,现在决一雌雄为时尚早,时机还未成熟。所以,刘邦及时将已经露出的锋芒迅速掩饰起来,从而避免遭受项羽强大的军事打击。他掩饰这一称雄天下的内心宏大理想,是通过张良宴会前夜游说项伯、刘邦宴会的谢辞、樊哙的闯帐慷慨陈词等三组人的对话互相印证,前后呼应表现出来,这

---

① 凌稚隆《史记评林》影印版第二册,天津古籍出版社,1998年,第35页。
②③ 司马迁《史记》修订本,第393页。

样既忽悠了项伯、项羽,又使刘邦成功躲过一劫。

刘邦在宴会前夜说与项伯的一席话,故意掩饰自己欲王关中、王天下的目标。如:沛公奉卮酒为寿,约为婚姻,曰:"吾入关,秋毫不敢有所近,籍吏民,封府库,而待将军。所以遣将守关者,备他盗之出入与非常也。日夜望将军至,岂敢反乎!愿伯具言臣之不敢倍德也。"①说服了项伯,相信刘邦没有称雄天下的野心,并让项伯从中斡旋,迫使项羽也相信了这些天大的谎言,遵从他这个打败秦军主力的英雄,打消了"旦日飨士卒,为击破沛公军"的念头,还项羽以诸侯军总盟主的尊严和荣耀感。

刘邦赴会见面时对项羽的一段说辞,与刘邦和项伯的对话如出一辙。"臣与将军戮力而攻秦,将军战河北,臣战河南,然不自意能先入关破秦,得复见将军于此。今者有小人之言,令将军与臣有隙。"②让项羽产生了无限的愧疚之感,为其之前所言"为击破沛公军"而感到对不住刘邦,前后两段说辞虽然刘邦告诉的对象不同,但却是前后一致的,因而增加了谎言的可信度。

樊哙闯帐的酒后之言,与刘邦在项伯、项羽面前所讲的话基本意思一样,数落了项羽,掩饰了刘邦王天下的意图,让项羽感到无言以对。"夫秦王有虎狼之心,杀人如不能举,刑人如恐不胜,天下皆叛之。怀王与诸将曰:'先破秦入咸阳者王之。'今沛公先破秦入咸阳,毫毛不敢有所近,封闭宫室,还军霸上,以待大王来。故遣将守关者,备他盗出入与非常也。劳苦而功高如此,未有封侯之赏,而听细说,欲诛有功之人。此亡秦之续耳,窃以为大王不可取也。"③樊哙能讲这一席话,与刘邦前面所言,语句虽不完全相同,但能够前后默契照应。这个掩饰刘邦雄心大志,欲王天下目标的意见,似乎天衣无缝。从文本解读来看,他们先前没有召开会议,统一口径,然而却能够忽悠项羽,让其产生窘态,似乎先前与范增相谋"击破沛公军"等都是误会,

---

① 司马迁《史记》修订本,第 394 页。
② 司马迁《史记》修订本,第 395 页。
③ 司马迁《史记》修订本,第 396 页。

让项羽不由得内心特别愧疚,觉得愧对刘邦这个有功于项羽的人,更不用说在宴席上对刘邦下手。

第三,环环相扣的人物许诺对话照应,使项羽"击破沛公军"军事行动目标流产。鸿门宴时,有几处彼此的承诺对话,这些承诺也是相互照应的。这许诺的主意最初还是张良给刘邦出的,他要求刘邦"请往谓项伯,言沛公不敢背项王也"。首先是项伯向刘邦的许诺。刘邦要其在项羽面前替他求情:"愿伯具言臣之不敢倍德也。"项伯许诺。其次是刘邦对项伯的许诺。项伯告诉刘邦:"旦日不可不蚤来谢项王。"刘邦答曰:"诺"。第三是项羽接受了项伯的规劝,即项王许诺项伯要对沛公"善遇之"。所以在整个鸿门宴中,项羽之所以未杀刘邦,让其最终逃脱,也与这一组互相的承诺有关。

司马迁《史记》可谓大手笔,精彩纷呈,叙事的方法多种多样,在《史记》中有许多照应关系,是创造性的,除了首尾照应或者前后照应外,我们发现,还有的情况是前面只有一语,后面用事件性的史实照应。所有这些照应使文字前后相互衔接,故事完整,天衣无缝,令人读来兴味盎然。事实上,《项羽本纪》中关于项羽少时从学经历的记载是一段颇耐人寻味的伏笔性文字。如项羽少年时代的从学经历,往往有始无终,预示着他人生事业的有始无终:"项籍少时,学书不成,去;学剑,又不成。项梁怒之。籍曰:'书足以记姓名而已;剑一人敌,不足学,学万人敌。'于是项梁乃教籍兵法,籍大喜,略知其意,又不肯竟学。"①

学书不成,放弃了,再去学习击剑术,又是半途而废,有始无终;接着又发出了让人震惊的话语。这些可以说是总的伏笔,与以后多项历史事件相照应,从而预示着项羽有始无终,未能获得事业成功的悲剧人生。在某种意义上讲,这也是一种重要的照应关系。当然,这种照应关系与下面所列举的照应关系相比,则是一种较大的伏笔或照应。类此的叙事方法在其他的人

----

① 司马迁《史记》修订本,第376页。

物传记中还有许多,成为司马迁叙事的一种常用方法,如《李斯列传》中的"仓鼠之叹",对李斯命运的预示;《陈涉世家》中陈涉垄耕时与佣者的对话,对陈涉人生未来的预示等。

三　运用类似事件的前后照应,塑造人物形象

司马迁在《项羽本纪》中刻画了以项羽为中心的多个人物形象,其中利用类似事件的前后照应精心刻画人物形象,是其重要的方法之一。这里不妨以司马迁《项羽本纪》中出现的项羽、项梁、项伯三位项氏人物为例。

(一) 对项羽人物形象的塑造

第一,类似事件使项羽威武形象更为逼真。项羽与叔父项梁在浙江观看秦始皇出巡的一句对话中所言"彼可取而代也",而在以后的人生经历中,项羽就展演了"取而代之"的类似事件。从《项羽本纪》文本来看,项羽人生中至少通过自己的实际行动演示过两次"取而代之"的事件。如与其叔父项梁在浙江会稽演示了杀死郡守殷通,取而代之,"于是梁为会稽守,籍为裨将"的惊人一幕;接着在项梁兵败身死之后,项羽从以前的参与取而代之,发展成为以自己为主角上演的杀死卿子冠军宋义的斩首行动。"项羽晨朝上将军宋义,即其帐中斩宋义头"[①],"怀王因使项羽为上将军",照应项羽以前所言:"彼可取而代也。"正是这两次"彼可取而代也"的展演,奠定了项羽人生发展的基础。

第二,"惮籍"照应项羽具有令人敬畏的勇力与气魄。项梁项籍叔侄在吴中时,由于"籍长八尺余,力能扛鼎,才气过人","虽吴中子弟皆已惮籍

---

① 司马迁《史记》修订本,第386—387页。

矣"①——与后面两次事件中项羽分别杀死殷通、宋义,诸多部将惊恐万状、惧怕项羽相照应。如项羽杀了会稽郡守殷通时,司马迁以叙事者身份称:"一府中皆慑伏,莫敢起。"②当宋义被杀以后,宋义的诸部下也是非常怕项羽,司马迁写到:"诸将皆慑服,莫敢枝梧。"③两处军事行动既有类似的地方,也有差别。前者是倒下皆不敢起来,而后者则是从内心被震慑,连话也不敢说,不敢出声。

第三,"义"字照应展现项羽重视恩义的豪情。"义"字的照应,折射出项羽集团最高准则。最初是由张良对项羽集团性格的准确揣摩得出的,如项伯让张良逃走,不要与刘邦一起被项羽杀掉,张良这时提及较为正当的理由是"亡去不义,不可不语",一定要将项羽欲"击破沛公军"的军事部署告知刘邦。接着,项伯游说项羽时,也是以"义"字为最高准则。如项伯所言:"沛公不先破关中,公岂敢入乎? 今人有大功而击之,不义也。不如因善遇之。"④这些说明张良和刘邦很好地利用了项伯、项羽这些将个人私交的"义"放置于项羽集团与刘邦集团两个大的利益之上的特点,因而必然使鸿门宴的斗争以刘邦集团胜利、以项羽集团失败而告终。

第四,二"狱掾"照应展现项羽怀德报恩的赤子之心。"蕲狱掾曹咎栎阳狱掾史欣"的照应,反映出项羽重视恩德的情怀。《史记评林》引王维祯曰:"二狱掾事非漫载,后皆有故。"又凌稚隆在旁批注曰:"为后项王信任张本。"⑤项籍少时,曾经发生了一件事情,让他终生难忘:"项梁尝有栎阳逮,乃请蕲狱掾曹咎书抵栎阳狱掾司马欣,以故事得已。"分封十八大诸侯时,司马迁特别提到了项羽对二位的关照:"长史欣者,故为栎阳狱掾,尝有德于项梁……故立司马欣为塞王,王咸阳以东至河,都栎阳。"接着是彭越在梁地再

---

① ② 司马迁《史记》修订本,第 376、377 页。

③ 司马迁《史记》修订本,第 387 页。

④ 司马迁《史记》修订本,第 394 页。

⑤ 凌稚隆《史记评林》影印版第二册,第 2 页。

次谋反时,项羽对曹咎的一番安排:"项王乃谓海春侯大司马曹咎等曰:'谨守成皋,则汉欲挑战,慎勿与战,毋令得东而已。我十五日必诛彭越,定梁地,复从将军。'"①然而正如项羽所料想的,汉军果然来挑战,大司马咎不堪其辱,出渡汜水而遭袭,最终与长史欣皆兵败而自刎。叙述到这里,司马迁又补叙道:"大司马咎者,故蕲狱掾,长史欣亦故栎阳狱吏,两人尝有德于项梁,是以项王信任之。"④通过这两部分的照应,可以看出项羽与他们关系的深远,是一个重义气,知恩回报之人。

第五,"八千人"的照应展现项羽浓重的乡土情结。这个以"八千人"的照应为代表。凌稚隆《史记评林》曰:"按此伏八千人案,为后以八千人渡江与亭长言江东子弟八千人张本。"②在项梁项羽叔侄俩斩了会稽郡守殷通之后,他们"使人收下县,得精兵八千人"。而在项梁被召平矫陈王命,拜为楚王上柱国后,"项梁乃以八千人渡江而西"。待到项羽兵败乌江,亭长规劝他江东"亦足王也"的时候,他笑着说了一番话:"天之亡我,我何渡为! 且籍与江东子弟八千人渡江而西,今无一人还。"这三处提及了"八千人"的江东子弟,前后照应,反映出他具有强烈的家乡本土观念,同时也不愿愧对江东父老,也"不愧于心",决心以战败自刎,解脱这种愧疚之情。

(二) 对项梁人物形象的塑造

司马迁对项梁人物形象的刻画,主要是通过对人物的叙事与话语照应表达出来,从而展现其善于运用用人策略。项梁在吴中时,"每吴中有大徭役及丧,项梁常为主办,阴以兵法部勒宾客及子弟,以是知其能"③。此为伏笔,与其后的项梁项羽叔侄俩杀死会稽郡守殷通时项梁任用人员相照应:"梁部署吴中豪杰为校尉、侯、司马。有一人不得用,自言于梁。梁曰:'前时某丧使公主某事,不能办,以此不任用公。'"对于前面伏笔部分,明人凌稚隆

---

① ④　司马迁《史记》修订本,第 413、414 页。

②　凌稚隆《史记评林》影印版第二册,第 5 页。

③　司马迁《史记》修订本,第 376 页。

早已发现,并旁批曰:"伏后以此不任用公。"后面照应部分则曰:"应前以兵法部勒宾客。"[1]说明项梁是一个注重将兵法用于社会实践的人,并由此形成自己的实践经验,用于以后的军事官员的任用。

(三) 对项伯人物形象的塑造

《项羽本纪》中关于项伯的照应,也是采用先叙事,再对话的方式进行的,从而展现出他是项羽集团里彻头彻尾的内奸。项伯可以说是项羽人生成败的一个至为关键性的人物。司马迁在《项羽本纪》叙事中让他出现过四次。第一次,他在鸿门宴前夜出卖项羽最高军事机密"旦日飨士卒,为击破沛公军"给张良,最终通过张良又将这一情报透露给目标人刘邦;第二次是在鸿门宴会上,范增令项庄舞剑,意在刺杀沛公时,"项伯亦拔剑起舞,常以身翼蔽沛公,庄不得击";第三次则是"彭越数反梁地,绝楚粮食",项羽大怒正要烹杀刘邦父亲太公时,项伯却奉劝项王"天下事未可知,且为天下者不顾家,虽杀之无益,只益祸耳";第四次是在最后司马迁的论赞中,只是很不起眼的一句"乃封项伯为射阳侯"。至此,项伯这样一个长期藏在项羽阵营里的"内奸"身份暴露无遗。

结　语

综上所述,司马迁结撰《史记》时不仅在文献方面取材于先秦时期的《尚书》《左传》《国语》《战国策》、秦汉时期的《楚汉春秋》等史料,具有一定的继承与创新,这一点也为中国《史记》研究的学界所认同;[2]而且也继承和发展了先秦文献中如照应等许多叙事方法。《项羽本纪》则是最能体现其高超绝

---

① 凌稚隆《史记评林》影印版第二册,第 3 页。
② 中国史记研究会《史记教程》,商务印书馆,2011 年,第 123—150 页。

妙叙事方法的精彩篇章,也是历代选本必选的名篇之一,近代学者李景星最为激赏这篇文字:"《项羽本纪》是太史公本色出力文字。叙次摹写,无不工妙。"①尤其是诸如前述多组"照应"叙事方法的采用,使我们在阅读《史记·项羽本纪》时,能够及时解除心中的遗留悬念,使文章线索有始有终,文章结构前后勾连,完整严谨。其实,司马迁这种在篇章开头部分写人物早年志向不凡以展示其性格及其为日后发展设置铺垫的做法,也可以说是一种照应法。除了《项羽本纪》以外,他还在《高祖本纪》《陈丞相世家》《商君列传》《李斯列传》等篇成熟运用这一手法,表明其不仅为司马迁所独创,并已成为《史记》中所惯用的一种艺术手法。正如赵志远先生在评介《陈涉世家》所言:"本篇叙事严谨,前后照应,故事完整。"②说明司马迁在叙事中采用照应法不仅仅局限于《项羽本纪》,而是具有一定的普遍性。

　　司马迁《项羽本纪》中不仅在叙事方面使用了许多照应的方法,而且在人物形象的塑造方面也有大量的照应方法。包括三位项氏人物:项羽形象的塑造、项梁形象的塑造、项伯形象的塑造等,其中项羽形象最为丰满。项羽形象的塑造主要是通过类似的"取而代之"的事件照应,塑造项羽的威武形象;通过"惮籍"照应使项羽具有令人敬畏的勇力与气魄;"义"字照应展现项羽重视恩义的豪情;"义"字照应展现项羽重视恩义的豪情;二"狱掾"照应展现项羽怀德报恩的赤子之心;"八千人"的照应展现项羽浓重的乡土情结等。类此的方法在其他篇章也是不少的,不仅在《项羽本纪》中存在,更在其他的人物纪传中也具有一定普遍性。

---

① 李景星著,陆永品点校《史记评议》,东北师范大学出版社,1985年,第9页。
② 赵志远《史记小说选注评介》,社会科学文献出版社,1996年,第31—32页。

《汉晋印章图谱》版本考

方小壮

引　　言

　　《汉晋印章图谱》原为南宋王厚之（1131—1204，字顺伯）摹集、考定的一部集古印谱。《汉晋印章图谱》流传至元代，为吴叡（1298—1355，一作睿，字孟思）所得，并加以扩充摹集、考定。吴叡殁后，此谱传至门人朱珪（字伯盛）①，后为能仲章所得；元至正二十五年（1365）五月，揭汯为之序。《汉晋印章图谱》流传至明代，又经沈津（字润卿）加以扩充摹集、考定而付诸剞劂，被称为《复斋印谱》《汉晋印谱》《吴孟思印谱》《王厚之印谱》②。沈津之后，经两次扩充摹集、考定的《汉晋印章图谱》，再经归安茅一相（字国

---

① 朱珪（生卒未详），字伯盛，室号静寄轩，昆山（今苏州）人。活动于元末明初。年五十不娶妻，从吴叡学书法；喜为人刻印，茅山道士张雨誉称"方寸铁"。辑有《印文集考》《名迹录》。
② 徐上达《印法参同·参互类》之"王厚之《复斋印谱》"条下称："元王厚之，即宋王顺伯，其谱一名《汉晋印谱》。""《吴孟思印谱》"条下又称："子行弟子也，亦精篆隶，摹顺伯之不及见者为册，长洲沈润卿又摹孟思之不及见者，并刻之。"徐上达《印法参同》第七卷"参互类"，明万历四十二年刻钤本。黄姬水《顾氏集古印谱·序》称："尝览王厚之《印谱》、赵孟頫《印史》，寂寥无几，每以为恨。今后二公三百余年，而所得不啻百倍焉。"王常编、顾从德校《印薮》，明万历年间刻本。

佐)及钱塘沈乔等明人的多次翻刻,流传至清代,又被称为《吴氏印谱》《复斋汉晋印章图谱》《吴叡集古印谱》《复斋印章图谱》。至民国后,《汉晋印章图谱》则又被称为《沈润卿刻谱》《复斋印谱》①。《汉晋印章图谱》在明清两代的流传中,其名实往往不为人详知,导致现当代研究者常于此纠缠不清。

《汉晋印章图谱》在明清两代的流传中,共见六种版本,即明正德六年沈津辑刻《欣赏编》本、明茅一相重刻沈津《欣赏编》本、明茅一相覆刻《初续欣赏编》本、明沈乔摹勒本、《说郛》本、文渊阁《四库全书》本,且各版本之间互有异同。为厘清此谱在七百多年流传中的版刻情况,消除后人的种种讹误,兹以所见各版本考析如下。

一　明正德六年沈津辑刻《欣赏编》本

沈津(生卒未详),字润卿,明长洲(今苏州)人。家世业医,武宗正德年间(1506—1521)入选太医院,充唐藩医正。著有《邓尉山志》一卷、《吏隐录》四卷、《忠武录》五卷等;今存《忠武录》五卷。

沈津于正德年间汇辑元朱德润《集古考图》一卷、宋王厚之《汉晋印章图谱》一卷、宋林洪《文房图赞》一卷、宋罗先登《续文房图赞》一卷、宋审安道人《茶具图赞》一卷、宋高似孙《砚谱》一卷、宋黄长睿《燕几图》一卷、宋司马光

---

① 倪灿《补辽金元·艺文志》认为《吴氏印谱》与《复斋汉晋印章图谱》是两部印谱,实皆为《汉晋印章图谱》;钱大昕《元史·艺文志》称《汉晋印章图谱》为《吴叡集古印谱》;卢文弨《补辽金元·艺文志》称之为《复斋印章图谱》;罗福颐《印谱考》引沈明臣《顾氏集古印谱·叙》称之为《沈润卿刻谱》;叶铭《印谱目》、王敦化《古铜印谱目》皆称之为《复斋印谱》;柴子英曾指出《吴氏印谱》就是王厚之的《汉晋印章图谱》,其《印学年谱》"(1355)至正十五年"条下称:"吴氏摹补宋王厚之(顺伯)原考《汉晋印章图谱》,未及出版。明人始用木版摹刻印行,世或称《吴氏印谱》。"

《古局象棋图》一卷、宋洪遵《谱双》五卷、宋李清照《打马图》一卷,以天干十字为序,凡十四卷,为十册而成《欣赏编》,并付诸剞劂,称"正德六年沈津辑刻本"。因今见沈津辑刻的《欣赏编》卷首,有沈津族叔沈杰(良臣)作于明代"正德六年春三月朔旦"之《欣赏编·序》①,故推知此书约刊行于 1511 年。此书版刻精美,张钧衡(1872—1927)《适园藏书志》卷八著录称:

> 《欣赏篇》十集(明刻本)。明沈津撰,津字润卿,吴县人。明刊本。图绘甚精,分甲至癸十集。每集首行下书"欣赏篇某集"五字,凡甲、乙等字,悉作阴文。《四库》收入《存目》,云:"徐中行《序》称书十卷,然实八册,不分卷数。《序》称始于《诗法》,终于《修真》,而书中诗品、词评乃在第三册,尤颠舛无绪。所载出陶宗仪《说郛》者十之八九,皆移易其名。至于改窜屠龙《碑帖考》,尤多舛戾。"按,《四库》所著录与此全不相类,明非一书;盖后人但知其名而妄剽窃他书以充之,以冀鱼目之混珠。中行之《序》,亦伪托无疑。今幸出真本,足以证之。明人作伪,往往如此;虽曰小技,亦艺林之胜赏也。
>
> 《古玉图考》。元朱德润泽民撰,有至正《自序》、吴匏庵《跋》。
>
> 《印章图谱》。临川王厚之顺伯考、古村李宗吕(召)迂叟编,有昆山黄云《跋》。
>
> 《文房图赞》。宋林洪龙发撰,有《自序》、祝允明《后序》。
>
> 《续文房图赞》。宋罗先登瑞卿撰,有宝祐《自序》、元统樊士宽《序》、长洲沈周《跋》。
>
> 《茶具图赞》。题审安道人撰,有咸淳《自序》,后有长洲朱存理《跋》。
>
> 《砚谱》。高氏似孙修,后有文徵明跋。

---

① 沈杰(生卒未详),字良臣,号静庵,明长洲(今苏州)人。成化二十年(1484)进士,官归德知州,迁右军都督府经历,出知南雄府,以忧不起。后补衢州知府,擢山西左参政,进河南右布政使,卒年七十一。

《燕几图》。宋黄长睿伯思撰,有绍熙《自序》,又陈植《跋》。

《古局象棋图》。司马温公述,有开禧无名氏《序》,又徐祯卿《跋》。

《谱双》五卷。宋洪迈(遵)撰,有绍兴《自序》、吴郡唐寅《跋》。

《打马图》。宋易安居士李清照撰,有绍兴《自序》,有长洲朱凯《跋》,又莳门邢参《跋》。①

王重民(1903—1975)《中国善本书提要》子部第十一"谱录类"亦著录此书:

> 《欣赏编》十种,十册(北图)。明正德间刻本(八行十四字,16.2×12.4)。原题:"吴郡沈津润卿编集。"凡十集,为书十种,详目列后。《存目》卷一百三十一载茅一相编残本《欣赏编》,馆臣误以为是书。《提要》云:"至于改窜屠龙《碑帖考》,尤多舛戾。"殊不思津为正德间人,焉能改串屠龙所著书? 其误甚明! 卷内有"读杜草堂""六合徐氏孙麒珍藏书画印""南陵徐乃昌校勘经籍记""延古堂李氏珍藏"等印记。
>
> 《集古考图》一卷,元朱德润撰;《汉晋印章图谱》一卷,原题:"临川王厚之顺伯、考古村李宗召迂叟编";《文房图赞》一卷,宋林洪撰;《续文房图赞》一卷,宋罗先登撰;《茶具图赞》一卷;《砚谱》一卷,宋高(似)孙撰;《燕几图》一卷,宋黄长睿撰;《古局象棋图》一卷;《谱双》五卷,宋洪遵撰;《打马图》一卷,宋李清照撰。沈杰《序》,正德六年(1511)。②

张均衡、王重民所录为同一版本,即明正德六年沈津辑刻之《欣赏编》。"正德六年沈津辑刻《欣赏编》本"之《汉晋印章图谱》,一卷一册,共 42 页,无前序,末有黄云后跋。封面钤朱文印"读杜草堂",首页钤朱文印"读杜草堂""六合徐氏孙麒珍藏书画印""徐乃昌马韵芬夫妇印"诸鉴藏印(如图 1—3);

---

① 张均衡《适园藏书志》卷八"欣赏编"条,1916 年"南林张氏家塾本"。
② 王重民《中国善本书提要》,上海古籍出版社,1983 年,第 303 页。

黄云跋后钤白文印"孙麒氏使东所得"(如图4)。首页《汉晋印章图谱》篇名大题之下,分三行署"《欣赏编》乙集""临川王厚之顺伯考""古村李宗召迁叟编",刊"纽制"名目八种并手绘"纽式"六图。版框 162mm×124mm,黑口,单黑鱼尾,乌丝栏左右双边;版心中署"印章",下为页码,无刻工姓氏。

图 1   读杜草堂(摹本)

图 2   六合徐氏孙麒珍藏书画印

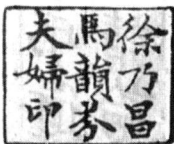

图 3   徐乃昌马韵芬夫妇印

图 4   孙麒氏使东所得

徐承祖(1842—?),字孙麒,清六合(今南京六合)人;鼐子,承禧弟。光绪三年(1877)出使美利坚合众国;光绪十年(1884)继黎庶昌任驻日使臣,十三年召回,后因铜案被议罢职。

徐乃昌(1869—1943),字积余,室号积学斋,安徽南陵人。举孝廉,雅材博物。侨寓扬州,搜访扬郡诸耆儒著述,为付诸梓刻。纂有《安徽通志金石古物考稿》《民国南陵县志》《南陵金石志》等;辑有《后汉儒林传补逸》《宋元科举三录》《南陵先哲遗书》《皖词纪胜》《随庵徐氏丛书》《积学斋丛书》《小檀乐室汇刻闺秀词》等。其"积学斋丛书"多收海内学者罕见之本,嘉惠后学。

李盛铎(1859—1937),字椒微,室号木斋、延古堂,江西九江人。光绪十五年(1889)殿试一甲第二名,授翰林编修。历任江西乡试副考官、江南道监察御史、京师大学堂总办、使日钦差大臣、驻比利时钦差大臣、山西布政使、山西巡抚、袁世凯政治顾问兼密使。民国五年(1916)与熊希龄等组织"民彝社",后历任农商总长兼全国水利局总裁、参议院议长、国政商榷会会长等职。民国十年(1921)与罗振玉等主持"敦煌经籍辑存会"。曾获剑桥、牛津两校名誉博士学位。

在正德六年沈津辑刻的《欣赏编》卷首之《欣赏编·序》上,尚钤有"积学斋徐乃昌藏书""南陵徐乃昌校勘经籍记""延古堂李氏珍藏"及"国立北平图书馆收藏"诸印(如图5、6)。《欣赏编》各册首页,亦均钤有"读杜草堂""六合徐氏孙麒珍藏书画印""徐乃昌马韵芬夫妇印"诸印。

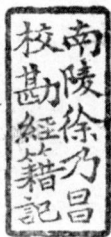

图5　南陵徐乃昌校勘经籍记　　　图6　延古堂李氏珍藏

据以上考述并诸收藏印钤印位置推知,明正德六年沈津辑刻的《欣赏编》善本,最早由"读杜草堂"主人收藏,此后流入东瀛。徐承祖使东后,从日本购归;又经徐乃昌、马韵芬夫妇收藏,复归"延古堂"主人李盛铎,最后入国立北平图书馆,今藏台湾"国立中央图书馆"。

"正德六年沈津辑刻本"之《汉晋印章图谱》首页辑录的"纽制"名目及"纽式"以下,分《官印篆式》《古人私印式》《汉官仪》及沈津扩充摹集、考定的印章四部分。各页版式大多为上列印章,下具印章释文、印材、纽制并官印制度的释义考证或私印持有者的姓氏字号(偶作上下两横行或三行排列),

间附印章出处、收藏者姓氏字号;释义文字排列作 10 行,每行 13 字。每页所收印章数量,视印章释文、印材、纽制并官印制度释义考证的字数多寡而定,收录印章一至八方不等;四部分共计收录印章 186 方 192 面。

《官印篆式》首起"中山王宝",止于"部曲督印",实收官印共计 71 方,然其后注云收印 73 方:

> 右计七十三方印,皆于古印册内选出,经前贤考辨有来历者收入。一可见古人官印制度之式;又可见汉人篆法敦古,可为模范。识者自有精鉴也。①

《古人私印式》首起"张幼君",止于"白记",共收私印 9 方 14 面,分排三半页。其中,"冯照白牋"为一印六面,另五面分别为"冯照言事""冯祖高""臣照""冯照""白记";分排三横行,每行二印。

《汉官仪》首起"冠军侯印",止于"建安司马",共收官印 58 方。后并附私印 12 方 13 面,起于"卫青",止于"新莞私印"(其中,"贾山"一印附顶刻"山"印)。

沈津扩充摹集部分的印章,首起"雪堂",止于"金紫光禄之裔",共收官、私印 36 方,其中以私印居多。

在《汉官仪》部分之"汉官仪"条后、"冠军侯印"一印之前,标注有"已上王顺伯所摹";而在沈津扩充摹集部分的"雪堂"一印之前,则标注"已上吴孟思所摹"。此谱末后,黄云跋谓:

> 印之为制,肇于符契。至秦汉而下,可以考见者,得之山水墟墓及好古者所袭藏。宋王顺伯辨文考制,集而成书,名《汉晋印谱》,可谓精博矣!元赵子昂祖之而为《印史》,吾子行弟子吴孟思精篆隶,摹顺伯之不及见者为册;长洲沈润卿嗜古甚笃,又摹孟思之不及见者,通计若干。

---

① 《欣赏编》,明正德六年沈津辑刻本。

印谱无刻本,润卿刻之,以孟思与己之所摹者并刻焉,用继顺伯、子昂之遗轨。由是,古人制度、文字得以考见于千载之下,其为幸于后来,不亦大哉！昆山黄云题(刻钤朱文印"飞花亭"、白文印"应龙私印"、朱文印"包山真逸"三印)。①

　　根据上述黄云的题跋并徐上达《印法参同·参互类》之"王厚之《复斋印谱》"条下所载之"元王厚之,即宋王顺伯,其谱一名《汉晋印谱》",以及"《吴孟思印谱》"条下所载之"(吴叡)子行弟子也,亦精篆隶,摹顺伯之不及见者为册,长洲沈润卿又摹孟思之不及见者,并刻之"②,可以知道"正德六年沈津辑刻本"之《汉晋印章图谱》四部分中,《官印篆式》与《古人私印式》两部分由王厚之所摹集、考定,《汉官仪》部分由吴叡扩充摹集、考定,最后部分由沈津扩充摹集、考定。换言之,沈津辑刻的《汉晋印章图谱》,实际上汇录的是由王厚之、吴叡及沈津自家所摹集、考定的三部分印章。史称之《王厚之印谱》《复斋印谱》《汉晋印谱》《复斋汉晋印章图谱》以及《复斋印章图谱》,实均指《汉晋印章图谱》中《官印篆式》与《古人私印式》两部分;史称之《吴孟思印谱》《吴氏印谱》以及《吴叡集古印谱》,实亦均指《汉晋印章图谱》中《汉官仪》这一部分;而《沈润卿刻谱》,实指《汉晋印章图谱》中沈津自家所扩充摹集部分的印章。

　　据黄云跋中所云,赵孟𫖯《印史》祖于王厚之《汉晋印章图谱》,吴叡所摹集者,为"顺伯之不及见者";而沈津所摹集者,则为"孟思之不及见者",而且此前"印谱无刻本"。又据明沈明臣《顾氏集古印谱·叙》称"长洲沈润卿始以顺伯、子昂、钱舜举、子行及子行弟子吴孟思所摹及其所未摹者,作刻谱以

---

① 《欣赏编》,明正德六年沈津辑刻本。黄云(生卒未详),字应龙,号丹岩,明昆山人。原籍分宜,明初其祖泽入籍昆山。少从沈鲁游,家贫好学,弘治中以贡生授瑞州训导;丁外艰归,绝意仕进。为文得眉山遗意,一时碑版之作多出其手。卒年七十余。著有《黄丹岩先生集》十卷,其中多与沈周、文徵明诸人往来题咏之作。
② 徐上达《印法参同》第七卷"参互类",明万历四十二年刻钤本。

传"①，由此可以推知，在沈津所辑刻的《汉晋印章图谱》中，至少沈津自家所摹集的这一部分的印章来源，应与赵孟𫖯的《印史》、吾丘衍的《印式》及钱舜举的《集古印谱》诸谱有关。经查对，"正德六年沈津辑刻本"之《汉晋印章图谱》中，吴叡扩充摹集的《汉官仪》"安昌亭侯"一印之下，夹行小注称："制度字画极佳，赵子昂学士于都下得之。"以此可推知，沈明臣《顾氏集古印谱·叙》中所称，当有信可采。但赵、吾、钱诸谱今皆不可见，今见"正德六年沈津辑刻本"之《汉晋印章图谱》中，所收录的诸印与赵、吾、钱诸谱之间关系的密切程度俟考。

二　明茅一相重刻沈津《欣赏编》本

　　茅一相（生卒未详），字国佐，号泰峰、芝园外史、东海生、花溪懒道人、万卷楼主人；因慕韩康伯为人，又号康伯，明归安（今浙江吴兴）人。茅坤（1512—1601）侄，以例为光禄寺丞。著有《字学毫厘辨》《古今金石考》二卷。

　　茅一相"重刻沈津《欣赏编》本"之《汉晋印章图谱》一卷，与《欣赏编》甲集之《集古考图》合为一册，共 40 页，所收印章各部均与"正德六年沈津辑刻本"相同，计收印章 186 方 192 面。首页有揭汯《吴氏印谱·序》一篇，次页《汉晋印章图谱》篇名大题之下仅署"临川王厚之顺伯考"，仍录"纽制"名目八种并手绘"纽式"六图（如图 7）。版框 174mm×123mm，黑口，单黑鱼尾，乌丝栏四周单边；释义文字排列作 15 行，每行 14 字。版心上方署"欣赏印章"，下为页码，偶署刻工姓氏。

―――――――――

① 　沈明臣《顾氏集古印谱·叙》。王常编、顾从德校《印薮》，明万历年间刻本。

漢晉印章圖譜

臨川王厚之
順伯攷

紐制
一曰黃金橐駝鈕
二曰金印龜鈕
三曰銅印駝鈕
四曰塗金龜鈕
五曰銅印龜鈕
六曰塗銀龜鈕
七曰銅印環鈕
八曰銅印臭鈕

欣賞印章 二

鈕式
駝鈕　龜鈕　環鈕　臭鈕
環鈕　連環
壽亭侯印及關南司馬皆此鈕

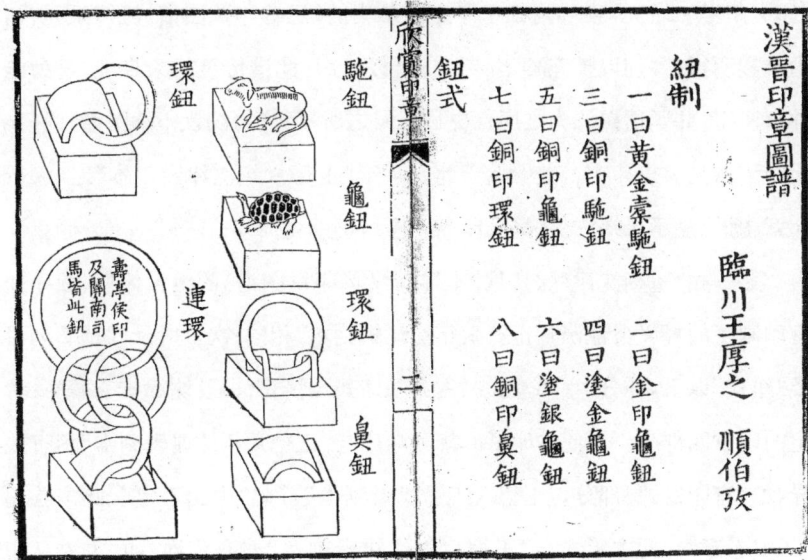

图7　茅一相"重刻沈津《欣赏编》本"之次页

此谱末后,有黄云后跋,与"正德六年沈津辑刻本"同。篇首揭法《吴氏印谱·序》载:

> 印章之来尚矣!制式之等、纽绶之别,虽各有异,所以传令示信一也。是编自汉至晋,凡诸印章,搜访殆尽,一一摹拓;类聚品列,沿革始末,标注其下。不惟千百年之遗文旧典、古雅朴厚之意粲然在目,而当时设官分职、废置之由,亦从可考焉。吴氏孟思素以篆隶名,而是编皆其手录,尤可宝也。能君仲章得之以示余,故书此而归之。至正二十五年五月甲子,豫章揭法识。①

揭法的序文作于元至正二十五年(1365),其时吴叡已下世十年。从前文对"正德六年沈津辑刻本"《汉晋印章图谱》的考述及揭法的序文,并卢熊

① 《欣赏编》,明万历年间茅一相"重刻沈津《欣赏编》本"。

《印文集考·序》所载①,可知王厚之所摹集的《汉晋印章图谱》流传至元代,为吴叡所得,并加以扩充摹集、考定;吴叡殁后,此谱传至门人朱珪,复为能仲章所得,并延请揭汯为之序。史称王厚之所摹集的《汉晋印章图谱》为《吴氏印谱》《吴孟思印谱》,盖肇始于此。至于"正德六年沈津辑刻本"之《汉晋印章图谱》盍不录揭汯的《吴氏印谱·序》,仍不得而知。

　　茅一相"重刻沈津《欣赏编》本"之《汉晋印章图谱》的编辑体例、顺序及官印制度的释义考证,与"正德六年沈津辑刻本"相同;次页所录"纽制"名目及"纽式"以下,亦分《官印篆式》《古人私印式》《汉官仪》及沈津扩充摹集、考定的印章四部分。但此本印章的排列顺序与"正德六年沈津辑刻本"稍有差异,如《官印篆式》部分,"正德六年沈津辑刻本"首起"中山王宝",此本首起"乐安王章"。此本版式与"正德六年沈津辑刻本"亦有不同,如《古人私印式》之六面汉印"冯照白牋",于"正德六年沈津辑刻本"为半页分排三横行,每行二印;此本则单行排列,分排三半页。又如,《汉官仪》之后所附12方私印中的后8方,在"正德六年沈津辑刻本"为半页分排三横行;此本则分排二横行。此外,茅一相"重刻沈津《欣赏编》本"之《汉晋印章图谱》的文字刊刻亦偶有讹误②。

　　茅一相"重刻沈津《欣赏编》本"之《汉晋印章图谱》版心下方,间署刻工姓氏。其中,《官印篆式》首页的刻工署"洪赞";《古人私印式》两页与沈津扩充摹集、考定部分的第一页,刻工皆署"刘";《官印篆式》第七页及黄云后跋亦皆署"邹彦刻"。经比较,此本的版刻虽稍逊于"正德六年沈津辑刻本",但较之茅一相编集的另一"覆刻《初续欣赏编》本"为精良,而且所署的部分刻工姓氏亦与茅氏"覆刻《初续欣赏编》本"相同。因此,可证今见茅一相编集

① 卢熊《印文集考·序》载:"(朱珪)暇日取宋王顺伯并吾、赵二家印谱,旁搜博取,纂为凡例……名曰《印文集考》。"因推知此谱曾入朱珪家。朱珪《名迹录》,文渊阁《四库全书》本。
② 如《官印篆式》第四方印"关内侯印"注称出自"钱参处和氏",应为"钱参虞和氏"之误。

的另一"《初续欣赏编》本"为覆刻本(详见下文)。

茅一相重刻之沈津《欣赏编》经多次翻印,有五册装、六册装、十二册装。今见南京图书馆、国家图书馆、北京大学图书馆皆有藏本,但均为残本。故而,此本除《汉晋印章图谱》一册之外,其余各分卷的具体情况及全书的册数仍不可详知。

三　明茅一相覆刻《初续欣赏编》本

万历初年,茅一相又搜集《诗法》《奕选》《妙绘》《词评》《曲藻》《十友》《茶谱》《色谱》《牌谱》《修真》诸编,凡十种十卷,例仿"正德六年沈津辑刻《欣赏编》本",以天干十字为序,延请徐中行撰写《续欣赏编·序》,次第编为《欣赏续编》。茅氏复于万历八年(1580)翻版补修"重刻沈津《欣赏编》本",合刊沈津的《欣赏编》与自辑的《欣赏续编》为《初续欣赏编》,称茅一相"覆刻《初续欣赏编》本"。今见南京图书馆、国家图书馆均藏有残本。

茅一相"覆刻《初续欣赏编》本"之《汉晋印章图谱》一卷,共 40 页,计收印章 192 方。首页收揭法《吴氏印谱·序》一篇,次页《汉晋印章图谱》篇名大题下署"临川王厚之顺伯考",仍录"纽制"名目八种并手绘"纽式"六图。编辑体例、顺序及官印制度释义考证,乃至版式、版框,一如茅氏"重刻沈津《欣赏编》本"。但此本版刻的刻工与茅氏"重刻沈津《欣赏编》本"互有异同。其相同之处有三:其一,《官印篆式》首页的刻工均为"洪赞";其二,《古人私印式》两页及沈津扩充摹集、考定部分的第一页,刻工均署"刘";其三,《官印篆式》第七页及黄云后跋亦均署"邹彦刻"。其相异亦有多处:茅氏"覆刻《初续欣赏编》本"之《官印篆式》第二页的刻工为"洪赞",第十一页的刻工为"周",第十六页的刻工为"顾仁";《汉官仪》第一、二页的刻工为"金",第三、四页的刻工为"洪赞",第五、六页的刻工为"仁",第十一页的刻工为"刘"。而在茅氏"重刻沈津《欣赏编》本"中,上述诸页均不署刻工姓氏。以此推测,茅一相"覆刻《初续欣赏编》本"之《汉晋印章图谱》应为茅氏翻版补修"重刻沈津《欣赏编》本"之《汉晋印章图谱》而成。因茅一相《欣赏续编》所收各部中,见有王逸民诸人序文,署为"万历庚辰秋七月"所作,故推知茅一相"覆刻《初续欣赏编》本"当约刊行于万历八年(1580)。①

茅一相"覆刻《初续欣赏编》本"之《续欣赏编·序》,由天目山人徐中行撰写。然而,徐氏《续欣赏编·序》后来却被移于另一明季"《正续欣赏编》合刊本"(亦称"钱塘沈乔摹勒本")之沈津《欣赏编》前,改称《欣赏编·序》,以致《四库》馆臣对沈津的《欣赏编》訾议尤甚(详见下文)。

四　明钱塘沈乔摹勒本

今见明季《正续欣赏编》合刊本(即"钱塘沈乔摹勒本"),八卷十六册,为沈津所辑的《欣赏编》与茅一相所辑的《欣赏续编》合刊,具体刊行时间暂不可考,现藏首都图书馆,刘承幹《嘉业堂藏书记》卷三著录。明刊《正续欣赏编》之沈津《欣赏编》,所收各部书目亦与"正德六年沈津辑刻本"相同,然而,卷首却移录徐中行《续欣赏编·序》,改称《欣赏编·序》云:

> 余往见《欣赏编》十卷,吴郡沈润卿所定也。茅子康伯爱之,颇有中郎之私;复以己意为续,将梓而谒余序。余览之欣然,喜已怃然悲也!夫人生于世,政如白驹之过隙耳。乃入游其樊而感其名胶胶辖辖,日掘其和而不知所税驾,曾未瞬目而耄及之。其间,开口而笑者能有几何

也？又况能自得其得、自适其适、取欣赏乎哉！即余所遭，自解褐至今，浮湛中外二十余年发种种矣，而卒不得一愉快焉。徒寄梦于华胥而已。夫重外者拱内，吾悔不以求真我而侥失之也。今观茅子是编，其重内者耶？始乎《诗法》，和之以天倪，因之以曼衍也；终于《修真》，呼吸吐纳，熊经鸟伸之木，则又进于赤松羡门之所逍遥者焉。至若词也、曲也，即诗之余也。其《奕选》《妙绘》《茶谱》《山房十友》之类，则又仿佛润卿之意而次之，皆所谓"潇洒送日月"者也。其要归以自得自适而已，岂徒玩物云尔哉！知其趣者，一领略之，当必有心神俱爽、豁然而得，所为真我者矣！若余言，则亦何能为是编增色也。天目山人徐中行撰。①

其实，此序乃徐中行为茅一相辑刻的《欣赏续编》所作（仅于原序"为续"之后夺"卷十"二字），原题《续欣赏编·序》，由"东吴宋之儒"写刻（如图 8）。

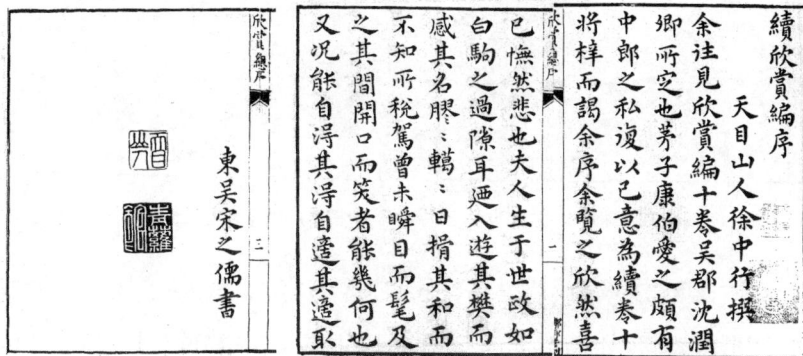

图 8　茅一相"覆刻《初续欣赏编》本"之徐中行《续欣赏编·序》（局部）

明刻合刊《正续欣赏编》之《汉晋印章图谱》一卷，计 25 页，与《玉古图》《希夷坐功图》《八段图书》合为一册，共收印章 93 方（面），无前序、后跋。版框 199mm×140mm，白口，单白鱼尾，乌丝栏左右双边；版心上方署"印章图

---

① 徐中行《欣赏编·序》，明万历年间《正续欣赏编》刻本。

谱",下为页码。版式上为印章,下列印章释文、印材、纽制并官印制度释义考证与私印持有者姓氏,每半页收印章两方(如图9),末页收"公孙弘印"一方。首页《汉晋印章图谱》篇名大题之下署"临川王厚之顺伯考",刊"纽制"名目八种并手绘"纽式"六图;末页刊有"钱塘沈乔摹勒"梓行牌记(如图10),称"钱塘沈乔摹勒本"。

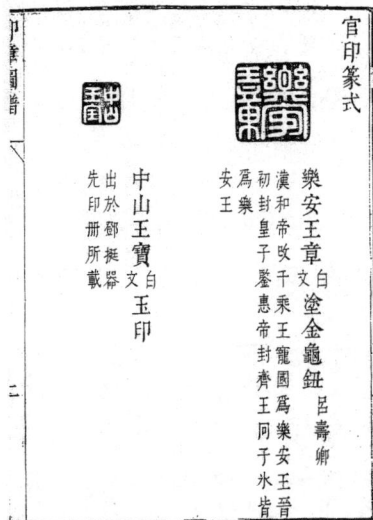

図9　"钱塘沈乔摹勒本"之次半页

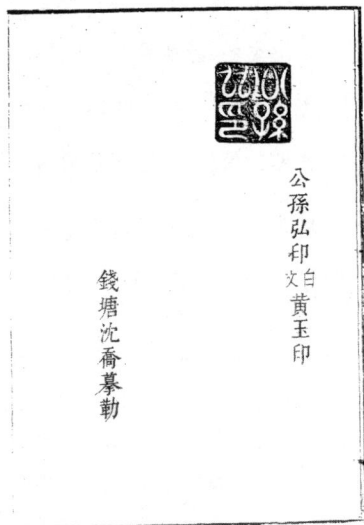

図10　"钱塘沈乔摹勒本"之末半页

　　考"钱塘沈乔摹勒本"之《汉晋印章图谱》,《官印篆式》起于"乐安王章",止于"部曲督印",计收官印38方,皆出于"正德六年沈津辑刻本"之《汉晋印章图谱》,而官印制度的释义考证即为随意删减"正德六年沈津辑刻本"而成。

　　《私印式》(按:他本均作《古人私印式》)起于"张幼君",止于"臣照",计收私印7方。"正德六年沈津辑刻本"中,"臣照"一印为六面汉印"冯照白牋"中的一面,并不标注印材质地,而此本却标注为铜印。

　　《汉官仪》计收官私印30方。其中,官印22方,起于"冠军侯印",止于

"汉归义胡师长";私印 8 方,起于"卫青",止于"徐延年印"。官印制度的释义考证,亦为删减"正德六年沈津辑刻本"而成;私印中的"周昌信印"一印,于"正德六年沈津辑刻本"为白文,此本却刻成朱文。而且其"汉官仪"条下也不标注"已上王顺伯所摹";沈津摹集扩充部分的"雪堂"一印之前,亦不标注"已上吴孟思所摹"。

"钱塘沈乔摹勒本"沈津摹集扩充部分的印章,首起"雪堂",止于"公孙弘印",共收官私印 18 方;印章释文、印材、纽制悉依"正德六年沈津辑刻本",只是排列顺序与"正德六年沈津辑刻本"稍有差异。

综上可证,"钱塘沈乔摹勒本"之《汉晋印章图谱》为改窜删减"正德六年沈津辑刻本"而成。

此外,明刻合刊《正续欣赏编》其余所收各部,亦多有改窜舛误之处,其版本来源较为复杂。《四库全书总目》之《欣赏编》提要评云:

> 不著撰人名氏,徐中行《序》但称沈润卿。以《千顷堂书目》考之,乃沈津所编,润卿其字也,所著《邓尉山志》已著录。《序》中所云茅子康伯续者,亦不著其名。卷中有茅一相补阅字,盖即其人矣。《序》称书十卷,然实止八册,不分卷数。《序》称始于《诗法》,终于《修真》,而书中诗品、词评乃在第三册,尤颠舛无绪。所载书出陶宗仪《说郛》者十之八九,皆移易其名;其《说郛》所无一二种,亦皆妄增姓氏,别立标目,非其本书。①

因《四库全书总目》之《欣赏编》所据为"浙江巡抚采进本",根据《提要》所评,《四库全书》所据的《欣赏编》底本,应是明刻合刊《正续欣赏编》残本,由此招致馆臣对沈津《欣赏编》的訾议。这从《提要》中所云"书出陶宗仪《说郛》者十之八九",亦可反证这一判断,因为陶宗仪《说郛》一百二十卷本之《汉晋印章图谱》,实际上采用的正是"钱塘沈乔摹勒本"。

---

① 永瑢等《四库全书总目》,中华书局,1965 年,第 1119 页。

五　《说郛》本

　　《说郛》为元末明初学者陶宗仪编纂。陶宗仪（生卒未详），字九成，号南村，浙江黄岩人。《说郛》原本久佚，今见有一百卷本与一百二十卷本两种，均为明以后重辑本。《说郛》一百卷本为近人张宗祥（1882—1965）据六种明抄本校理成书①，并于民国十六年（1927）由上海商务印书馆印行，通称"涵芬楼一百卷本"。此本为当今学者据以研究、考据的主要版本，然《说郛》一百卷本不录《汉晋印章图谱》。

　　在《说郛》一百卷本问世之前，已有《说郛》一百二十卷本通行，署为"天台陶宗仪纂、姚安陶珽重辑"，通称"宛委山堂本"。此本收书一千二百余种，然其版刻来源极为复杂，至今所见各部收录的书目和内容，较之他本均有差异之处。张宗祥于《说郛·序》称：

> 　　今世通行本为一百二十卷，乃清顺治丁亥姚安陶珽编次，其中错误，指不胜屈。如《四库》目录所载《春秋纬》九种之后，别出一《春秋纬》；《青琐高议》之外，别出一《珩璜新论》；周密《武林旧事》，分题九部；段成式《酉阳杂俎》，别立三名；陈世崇之《随隐笔记》，诡标二目。又王逵《蠡海集》，其人于宗仪为后辈；《杂事秘辛》出杨慎，而其书并列其中。各条已足证明非南村原本，而揉杂窜改之可笑矣。乾嘉前辈往往叹息于《说郛》之亡，亡于剞劂……②

由此可知，《说郛》一百二十卷本各部所据的底本，应为清"顺治丁亥（1647）"之前的刊本。《说郛》一百二十卷本之"卷九十七"，收录王厚之《汉晋印章图

---

① 即由"原北平图书馆藏约隆庆、万历间残本""傅氏双鉴楼藏明抄本三种""涵芬楼藏明抄残存九十一卷本""瑞安孙氏玉海楼藏明残抄本十八册"诸种校理成书。

② 张宗祥《说郛·序》，1927年涵芬楼刊本。

谱》,称"《说郛》本"。

　　"《说郛》本"之《汉晋印章图谱》一卷,共 26 页,末页之后,亦刊有"钱塘沈乔摹勒"梓行牌记(如图 11)。考之此本,除首页增收揭汯《吴氏印谱·序》外,其余如收印数量、版框、版式,以及印章释文、印材、纽制并官印制度释义考证,悉与"钱塘沈乔摹勒本"毫无二致。故可知"《说郛》本"《汉晋印章图谱》采用的是"钱塘沈乔摹勒本",而且《说郛》一百二十卷本既为"顺治丁亥"重辑而"非南村原本",亦足可证明"钱塘沈乔摹勒本"早于"《说郛》本"。时下或云"《说郛》本"为改窜删减"正德六年沈津辑刻《欣赏编》本"而成者,实为未见"钱塘沈乔摹勒本"所致。

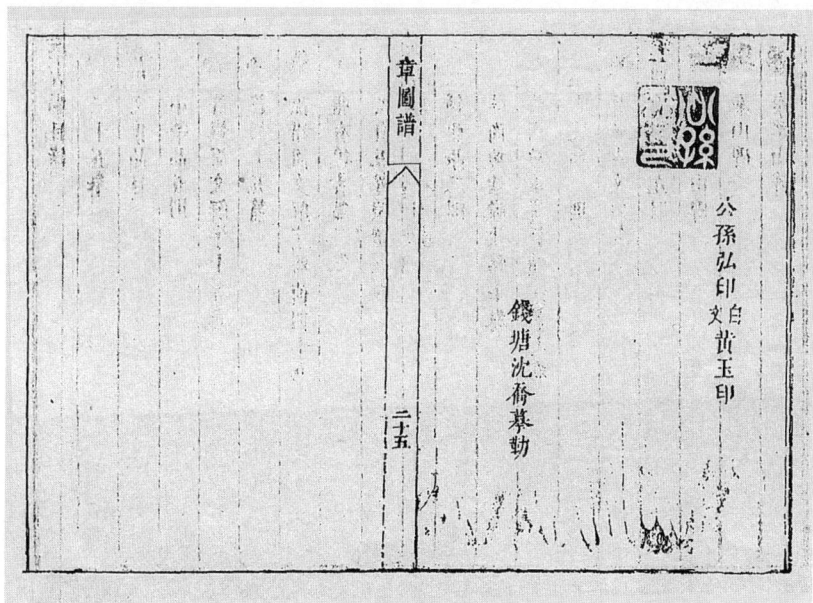

图 11　"《说郛》本"之末页

六　文渊阁《四库全书》本

文渊阁《四库全书》本《汉晋印章图谱》,指的是文渊阁《四库全书》中所收录的《说郛》之《汉晋印章图谱》。《四库全书》之《说郛》所据的底本为一百二十卷本,因而,文渊阁《四库全书》本《汉晋印章图谱》所录各部及印章释文、印材、纽制并官印制度释义考证,悉如"《说郛》本"。但文渊阁《四库全书》本的版框、版式略有差异(如版框为朱丝栏四周双边,图12;又如手绘"纽式"六图分列三半页,每半页横列两图),且揭汯《吴氏印谱·序》与黄云后跋均删去不录。

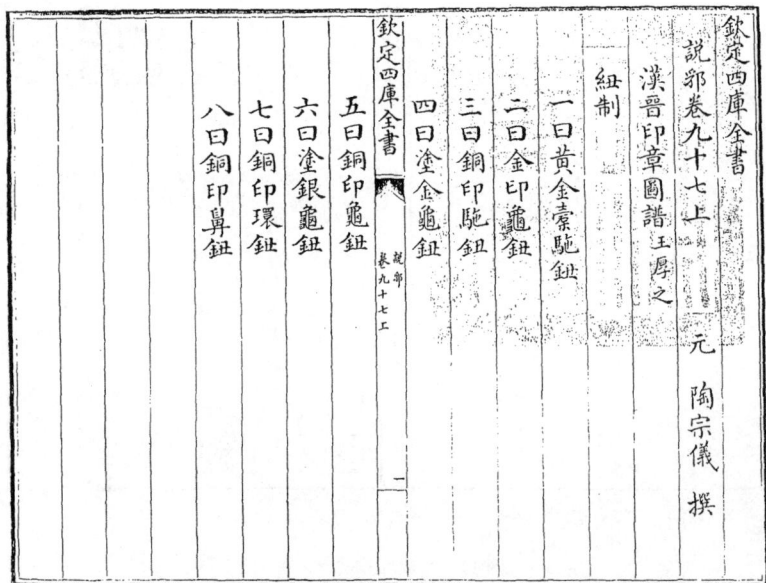

图 12　文渊阁《四库全书》本之首页

结　　语

　　《汉晋印章图谱》在沈津付诸剞劂之前,是以手摹本的形式出现的;到了沈津将之付诸剞劂后,开始赋予它广泛传播的功能。尽管《汉晋印章图谱》的行世尚未能完全摆脱对丛书的依附,然而,它却是今见最早的一部以单卷、单册形式刊刻行世并具备广泛传播功能的"集古印谱"。虽然《汉晋印章图谱》的内容仍局限于对古代印章"遗文旧典""设官分职"的考辑,但是,它的刊行直接引发明代中期后苏松一带"集古印谱"的大量涌现。《汉晋印章图谱》的刊行,同时也催生了晚明文人们自刻、自辑以展示篆刻艺术为目的的印谱刊行。

花蕊夫人宫词悬疑之定谳

王育红

曾大兴撰《浦江清先生的词学贡献》一文刊于《清华大学学报》(哲学社会科学版)2006年第1期,指出:"浦江清在词学方面的第二个贡献,是采用'以史证诗,以诗补史'的方法,对花蕊夫人《宫词》的作者及其真伪问题做了令人信服的考证,解答了词史上的'千年之惑'。"①该刊次年第1期又发文《关于花蕊夫人〈宫词〉作者的再探讨》,其副标题虽名曰"与曾大兴先生商榷",实则欲反正浦江清的结论。该文多处语焉不详。2017年谢桃坊教授发表《花蕊夫人宫词补考》,肯定了浦江清的考证,其撰因,一是时过数十年,蜀中仍有不少学者力主花蕊夫人宫词之作者为"后蜀孟昶之妃徐氏,并在近年地方文化开发中成为定论而广为宣传",二是"浦江清先生的考证虽然周详,但缺少对历史文献进行辨伪的工作",故予以补证。②

研究这九十八首《宫词》的难点有二。其一是作者问题。宋神宗熙宁五年(1072),王安国"奉诏定蜀民、楚民、秦民三家所献书可入三馆者"③,从崇

---

① 曾大兴《浦江清先生的词学贡献》,《清华大学学报》(哲学社会科学版)2006年第1期,第31页。
② 谢桃坊《花蕊夫人宫词补考》,《西华大学学报》(哲学社会科学版)2017年第4期,第7—12页。
③ 文莹《湘山野录·续湘山野录》,中华书局,1984年,第81页。

文院故书中发现二敝纸所书花蕊夫人《宫词》。稍后刘攽《中山诗话》、陈师道《后山诗话》皆认定其作者为后蜀后主孟昶妃花蕊夫人。自此后几无异议。其二是逸诗问题。宋释文莹亲于王安国处"得副本,凡三十二章",录入其《续湘山野录》。宋人刘攽《中山诗话》称王安国"因治馆中废书,得一轴八九十首,而存者才三十余篇"①。胡仔云:"花蕊又别有逸诗六十六首,乃近世好事者旋加搜索续之,篇次无伦,语意与前诗相类者极少,诚为乱真矣。"②可知当时除本诗三十二首外,又有六十六首逸诗传世。南宋赵与时《宾退录》卷十、廖莹中《江行杂录》、扈仲荣《成都文类》等书皆仅录二十八首。③ 此后,即以三十二或二十八首为"夫人亲笔",或曰"本诗",以六十六首为"逸诗",成为共识。

　　直至二十世纪四十年代初,浦江清撰文《花蕊夫人宫词考证》,不但清理了九十八首《宫词》之次序与异文,且考知作者乃前蜀先主王建妃、后主王衍之母,号花蕊夫人者。其考证缜密精当,"自谓可以解千古之惑",又言"写此文时,感参考书籍之不足,待日后补出之"④。有鉴于此,今补入可资考证的史料三十余则,如他引以为憾的是"《宫词》无宋元刊本传世",今查知南宋临安陈道人刻本《十家宫词》(含花蕊宫词),即有毛晋影钞本与胡介祉谷园刻本、史开基重修贞曜堂本、田中玉重刊本传世。浦氏因行文之需,将史料与其所支持的诗作散于各论点,有的则不避重复引用,今将"诗"与"史"次第集中便一目了然。采录花蕊宫词版本二十五个;浦氏引文颇与原文相出入,今核实,并注出处;原所谓逸诗者,其后注"逸诗"二字,并以史料证其非逸诗;凡有反证之史料,一并附焉,并加按语略论。借此可证《宫词》实为前蜀之

① 刘攽《中山诗话》,中华书局《历代诗话》本,1981 年,第 290 页。
② 胡仔《苕溪渔隐丛话》后集卷四〇,人民文学出版社,1993 年,第 350 页。
③ 赵与时《宾退录》,上海古籍出版社,1983 年,卷一第 1 页,卷十第 131 页。廖莹中《江行杂录》,《说郛》本卷四七上。扈仲荣《成都文类》卷一五,文渊阁《四库全书》本。
④ 浦江清《花蕊夫人宫词考证》,见《浦江清文录》,人民文学出版社,1989 年,第 47—101 页。

作,而所谓的"本诗""逸诗"等问题也迎刃而解。

一　前蜀后主诞日

花蕊夫人《宫词》第七十六首写到皇帝的诞日"中元节":

> 法云寺里中元节,又是官家诞降辰。满殿香花争供养,内园先占得
> 铺陈。(逸诗)

中元节在七月十五日,乃前蜀后主王衍之诞日,《蜀梼杌》卷上云:"咸康元年七月丙午,衍应圣节,列山棚于得贤门。"①按是岁七月丙午为十五日,故应圣节即七月十五日。《十国春秋》卷三七云:"乾德元年秋七月庚辰应圣节(原注:十五日为后主诞生日),堋口镇将王彦徽得白龟于罗真人,宫内以进。"②乾德、咸康皆王衍年号,公元919年七月庚辰、925年七月丙午皆为十五。浦氏引《十国春秋》此条云"惜未注出",因而,据此二则材料证王衍诞日为七月十五,尤嫌不足。今查知,此条出自前蜀杜光庭《录异记》卷五"异龟",云:"蜀皇帝乾德元年己卯,七月十五日庚辰,降诞应圣节,堋口镇将王彦徽于罗真人得白龟宫内以进。"③杜光庭(850—933),光启二年(886),随僖宗奔兴元(今陕西汉中)。后入蜀,依蜀帅王建。建称帝,光庭为太子之师。通正元年(916),拜户部侍郎,封蔡国公。光天元年(918)六月,王衍即位。乾德三年(921)八月,王衍从其受道箓,封光庭为传真天师、崇真馆大学士。虽然《录异记》"皆荒诞不足信"(《四库全书总目》卷一四四语),但尚不至于误书当朝皇帝的生辰。其书称"蜀皇帝乾德元年"云云,则知其撰写当在

---

① 张唐英《蜀梼杌》卷上,中华书局,1985年,第13页。
② 吴任臣《十国春秋》卷三七,中华书局,1987年,第534页。
③ 杜光庭《录异记》,《四库全书存目丛书》本,齐鲁书社,1997年。又见明徐应秋《玉芝堂谈荟》卷三五,上海古籍出版社,1993年,第837页。

王衍为帝之时。因此,王衍诞日为七月十五日无疑,那么,传为逸诗的第七十六首亦必前蜀人所作。

而后蜀后主孟昶生于十一月,据《旧五代史·僭伪列传》卷一三六、《宋史·西蜀孟氏世家》卷四七九、《十国春秋》卷四九,孟昶乃孟知祥第三子,母李氏,"本庄宗嫔御,以赐知祥,天祐十六年已卯十一月,生昶于太原"。而据《五国故事》,知孟昶十一月诞日"伪号明庆节"。宋黄休复《益州名画录》卷上载:"道士张素卿者,简州人也。……唯画道门尊像。……蜀检校太傅安公思谦好古博雅……甲寅岁十一月十一日,值蜀主诞生之辰,安公进素卿所画《十二仙真形》十二帧。蜀主耽玩欣赏者久,因命翰林学士礼部侍郎欧阳炯次第赞之。"①

以上《旧五代史》《十国春秋》引文后尚有按语,引花蕊这首"法云寺里中元节",即疑七月十五日为孟昶生辰。其意乃该诗作者为后蜀花蕊。而历来传《宫词》者,皆以此首为逸诗。元陆友仁《研北杂志》卷下载"余平生见黄筌画雪兔凡三四本,盖伪蜀孟昶卯生,每诞辰,筌即画进",清俞正燮《癸巳类稿》卷十二引此语后云:"筌以雪兔进昶,则史言昶以十一月生无疑。"②《癸巳类稿》"书旧五代史僭伪列传三后"条中还推论此诗作者为前蜀花蕊。浦江清云:"此皆俞之创见。俞氏为对此问题认真注意之一人。"俞正燮之功是拈出问题,但没深究,误中元节以为王建生日,仍以三十二章宫词归后蜀花蕊,问题则不了了之。浦氏之功,又在于推知"本诗""逸诗"出自同一底本,当考得中元节为王衍生日,遂可证《宫词》为前蜀花蕊之词。浦江清云此首提及皇帝诞日,"最可珍贵,吾人幸赖此首之指示,得以探索全诗之事实"③。

---

① 黄休复《益州名画录》,四川人民出版社,1982年,第24—25页。
② 俞正燮《癸巳类稿》卷十二,辽宁教育出版社,2001年,第400页。
③ 浦江清《花蕊夫人宫词考证》,见《浦江清文录》,人民文学出版社,1989年,第57、66页。

二　宣华苑中建筑

宣华苑，"在华阳县东南十二里，故蜀王宫，王衍宣华苑也"①。《宫词》组诗中有十首写到宣华苑中的宫殿、亭台、楼阁、龙池，依次为第二、三、五、六、十三、二十五、四十六、四十九、五十七、六十首：

> 会真广殿约宫墙，楼阁相扶倚太阳。净甃玉阶横水岸，御炉香气扑龙床。（其二）

> 龙池九曲远相通，杨柳丝牵两岸风。长似江南好风景，画船来去碧波中。（其三）

> 殿名新立号重光，岛上亭台尽改张。但是一人行幸处，黄金阁子锁牙床。（其五）

> 安排诸院接行廊，外槛周回十里强。青锦地衣红绣毯，尽铺龙脑郁金香。（其六）

> 旋移红树斫新苔，宣使龙池更凿开。展得绿波宽似海，水心楼殿胜蓬莱。（十三）

> 翔鸾阁外夕阳天，树影花光远接连。望见内家来往处，水门斜过罨楼船。（二五）

> 舞头皆著画罗衣，唱得新翻御制词。每日内庭闻教队，乐声飞出跃龙池。（逸诗）

> 丹霞亭浸池心冷，曲沼门含水脚清。傍岸鸳鸯皆著对，时时出向浅沙行。（逸诗）

> 春日龙池小宴开，岸边亭子号流杯。沈檀刻作神仙女，对捧金尊水

---

① 清雍正七年黄廷桂等奉敕重修《四川通志》，文渊阁《四库全书》本。

上来。(逸诗)

　　晚来随驾上城游,行到东西百子楼。回望苑中花柳色,绿阴红艳满

池头。(逸诗)

其中的会真殿、重光殿、蓬莱亭、翔鸾阁(飞鸾阁)、丹霞亭等皆为前蜀宣华苑
中的建筑,而宣华苑则为王衍所建,龙池即龙跃池、宣华池,也是在王衍时广
大。《新五代史》卷六三《前蜀世家》载:"(王)衍年少荒淫,……起宣华苑,有
重光、太清、延昌、会真之殿,清和、迎仙之宫,降真、蓬莱、丹霞之亭,飞鸾之
阁,瑞兽之门;又作怡神亭。"《蜀梼杌》卷上所载略同:"乾德元年,以龙跃池
为宣华池。三年五月,宣华苑成,延袤十里,有重光、太清、延昌、会真之殿,
清和、迎仙之宫,降真、蓬莱、丹霞之亭,土木之功穷极奢巧。"又《十国春秋》
卷三七引文亦略同《新五代史》,且明确时在"乾德三年夏五月"。诗第五首
"殿名新立号重光",则重光殿新立于乾德三年宣华苑建成时。浦氏云,《宫
词》屡言苑中、苑内、龙池、池水、池头、池岸,"所可怪者,此数十首诗从不曾
点出宣华之名,遂使后人迷失事实,不然王安国辈不致误认为后蜀之诗
矣"①。诗中多次写的"龙池",原称"摩诃池",蜀先主王建武成元年(908)改
为"龙跃池",《王氏开国记》载"(王)建将薨前两月,摩诃池有鹈鹕来集。衍
即位,仍改龙跃池为宣华池"②。乾德元年(919)王衍即位,改名"宣华池"。
而"龙跃池"之称已十余年,人以为便,故诗中仍习称"龙池",而不出"宣华"
之名。至孟蜀,池名复为摩诃池。以上十首宫词所写,皆可以史料证其为宣
华苑中建筑,后四首"逸诗"确当其列。而罕有后蜀史料佐证之。按《五国故
事》卷上"(王)衍降中原,宫妓多沦落人间",则宣华苑之盛,盖随前蜀灭亡而
烟消云散。

　　又《宫词》第十四首写到"凌波殿":

———

① 浦江清《花蕊夫人宫词考证》,见《浦江清文录》,人民文学出版社,1989年,第62页。
② 明曹学佺《蜀中广记》卷四引,文渊阁《四库全书》本。

太虚高阁凌波殿,背倚城墙面枕池。诸院各分娘子位,羊车到处不教知。(十四)

《蜀梼杌》卷下云"广政十六年(953)五月端午,昶侍其母游凌波殿竞渡",附注"前蜀宣华苑也"。《十国春秋》卷四八所载同。广政乃孟昶年号,此条虽记后蜀孟昶事,但视其注,可见凌波殿亦为前蜀所有,在宣华苑中。浦江清还考知宣华苑在蜀宫之北,"南连蜀宫,北逼城根"。总之,以史实考察"逸诗",其中所写的景物、建筑、人物皆属前蜀,与前三十二首之描摹宣华苑情事相谐,故浦氏云:"前诗为宣华苑《宫词》,逸诗亦为宣华苑《宫词》,实是前诗之续,并无二致。"那么,"逸诗"之说或谓无稽之谈。

再如《宫词》第六十一首写到移牡丹一事:

牡丹移向苑中栽,尽是藩方进入来。未到末春缘地暖,数般颜色一时开。(逸诗)

关于移牡丹事,浦江清曰:"唐时西蜀尚无牡丹之种,自王蜀开国,始自京洛移植。"而由以下史料皆可证其事确在前蜀:

西蜀自李唐之后未有此花,凡图画者,唯名洛州花。考诸旧说,谓之木芍药,牡丹之号盖出于天宝初。……至伪蜀王氏,自京洛及梁洋间移植。广开池沼,创立台榭,奇异花木,怪石修竹,无所不有,署其苑曰宣华。其公相勋臣,竞起第宅,穷极奢丽。时元舅徐延琼新创一宅,雕峻奢壮,花木毕有,唯无牡丹,或闻秦州董城村僧院有红牡丹一树,遂赂金帛,令取之,掘土方丈,盛以木匣,历三千里至蜀,植于新宅。花开日,少主(按指王衍)临幸,叹其屋宇华丽,壮侔宫苑,命笔书孟字于柱上。(《茅亭客话》卷八"瑞牡丹")

蜀自李唐后未有此花,凡图画者,唯名洛州花。伪蜀王氏,号其苑曰宣华。权相勋臣,竞起第宅,上下穷极奢丽,皆无牡丹,惟徐延琼闻秦州董成村僧院有牡丹一株，遂厚以金帛，历三千里取至蜀，植于新宅。至孟氏，于宣华苑广加栽植，名之曰牡丹苑。广政五年，牡丹双开者十，黄者白者三，红白相间者四，后主宴苑中……（《全蜀艺文志》卷五六引胡元质《牡丹谱》）

又《蜀梼杌》卷上载"（徐）延琼，即衍之舅，衍尝幸其第，悦其华丽"，此与《茅亭客话》"花开日，少主临幸"云云相参合，则知"三千里取牡丹"的是徐延琼，乃王衍之舅，其事在前蜀。而《牡丹谱》所载孟蜀于宣华苑广植牡丹，与该诗之牡丹初移不合。

三　宣华苑中人物

《宫词》组诗中的人物亦可作论证之资，如第十五、八十五首提及的修仪、昭仪：

> 修仪承宠住龙池，扫地焚香日午时。等候大家来院里，看教鹦鹉念宫词。（十五）
>
> 昭仪侍宴足精神，玉烛抽看记饮巡。倚赖识书为录事，灯前时复错瞧人。（逸诗）

据《成都文类》《蜀中名胜记》，李珣，"梓州人，其妹为蜀王衍昭仪，有词藻，即所称李舜弦夫人矣"[①]。《十国春秋》卷三八："昭仪李氏，名舜弦，梓州人。酷有辞藻，后主立为昭仪，世所称李舜弦夫人也。所著《蜀宫应制诗》《随驾诗》《钓鱼不得诗》诸篇，多为文人赏鉴。同时宫人李玉箫者，宠幸亚于舜弦。后主常宴近臣于宣华苑，命玉箫歌己所撰《月华如水宫词》，侑嘉王宗

---

① 曹学佺《蜀中名胜记》，重庆出版社，1984年，第44页。

寿酒,声音委婉,抑扬合度,一座无不倾倒。"①故昭仪定为李舜弦,亦可证第
八十五首非逸诗。浦江清云,李玉箫善唱《宫词》,诗中"看教鹦鹉念宫词",
颇合于李玉箫,疑其为修仪。

又《宫词》第三十、七十首都写到婕妤:

> 婕妤生长帝王家,常近龙颜逐翠华。杨柳岸长春日暮,傍池行困倚
> 桃花。(三十)

> 夜深饮散月初斜,无限宫嫔乱插花。近侍婕妤先过水,遥闻隔岸唤
> 船家。(逸诗)

《十国春秋》卷三八有载:"元妃韦氏,故徐耕女孙也。有殊色。后主适
徐氏,见而悦之,太后因纳之宫中。后主不欲娶于母族,托言韦昭度孙。初
为婕妤,累封至元妃。"由此可证婕妤乃王衍的表妹,浦江清曰,徐后早纳之
宫中,故曰"生长帝王家",二诗尚称其为婕妤,知《宫词》之作,在其晋封元妃
前。这又一次证明"逸诗"之说为妄。

再如第七十一首也是逸诗,提到太妃:

> 宫娥小小艳红妆,唱得歌声绕画梁。缘是太妃新进入,座前颁赐小
> 罗箱。(逸诗)

前蜀王建纳徐耕二女,为大徐妃、小徐妃。按《铁围山丛谈》卷六、《资治
通鉴》卷二七〇胡注、《新五代史》卷六三《前蜀世家》、《十国春秋》卷三七所载
之小徐妃花蕊夫人为太妃,大徐妃为王衍之母、为贤妃、为太后,皆误。

后蜀何光远《鉴诫录》卷五云:"前蜀徐公耕二女,美而奇艳。初太祖搜
求闺色,亦不知徐公有女焉。徐写其女真以惑太祖,太祖遂纳之,各有子焉,
长曰翊圣太妃,生彭王;次曰顺圣太后,生后主。"②又《蜀梼杌》卷上载,王建

---

① 吴任臣《十国春秋》卷三八,中华书局,1987 年,第 562—563 页。
② 何光远《鉴诫录》卷五,见傅璇琮等主编《五代史书汇编》,杭州出版社,2004 年,第 5901 页。

闻徐耕二女"有姿色,纳于后房,姊生彭王,妹生衍。建即位,姊为淑妃,妹为贵妃。衍即位,册贵妃为顺圣太后,淑妃为翊圣太妃"。则知小徐妃花蕊夫人生王衍,为太后;而大徐妃为太妃。又《益州名画录》卷中载,王衍继位后,"命杜龌龟写先主、太妃、太后真于青城山金华宫"。按,此言画王建像而以徐氏姊妹配之,太妃居上,太后居下。而《十国春秋》卷四四《杜龌龟传》所载太妃、太后次序改动,其云:"又命龌龟写高祖貌及太后太妃真于青城山金华宫。"

以上可证花蕊夫人为太后,则《宫词》必前蜀之作。但花蕊夫人又有为太妃、为太后二说。最可佩服的是,浦江清通过此首"逸诗"洞察出此花蕊正是生王衍的顺圣皇太后,即小徐妃。因花蕊如为太妃,诗中的"太妃"断不可是其自指,所以只能是花蕊之姊为太妃。《鉴诫录》卷五载,徐氏姊妹常巡游圣境,恣风月烟花之性,凡经过之所,宴寝之宫,悉有篇章,如顺圣皇太后题青城夫人观云:"早与元妃慕至玄,同跻灵岳访真仙。云云(按略)。"又题三学山夜看圣灯云:"虔祷游灵境,元妃凤志同。云云(按略)。"浦氏据顺圣太后二诗中的"元妃"明证姊为太妃、妹为太后,还以二人配享王建像之次序证之,其论相当丰富。又云:《宫词》遍及苑中之人物,惟不及太后。因有此诗,诸多疑难则解。

四　王蜀宫中服饰

《宫词》第三十六、四十、四十六、六十四、七十四、七十五首写到服饰:

罗衫玉带最风流,斜插银篦慢裹头。闲向殿前骑御马,挥鞭横过小红楼。(逸诗)

六官一例罗冠子,新样交镶白玉花。欲试澹妆兼道服,面前宣与唾盂家。(逸诗)

舞头皆著画罗衣,唱得新翻御制词。每日内庭闻教队,乐声飞出跃龙池。(逸诗)

明朝腊日官家出,随驾先须点内人。回鹘衣装回鹘马,就中偏称小腰身。(逸诗)

会仙观内玉清坛,新点宫人作女冠。每度驾来羞不出,羽衣初著怕人看。(逸诗)

老大初教学道人,鹿皮冠子澹黄裙。后宫歌舞今抛掷,每日焚香事老君。(逸诗)

前蜀王衍好奇装异服,又好道,其宫中盛行道教,有史为证:

衍好戴大帽,每微服出游民间,民间以大帽识之,因令国中皆戴大帽。又好裹尖巾,其状如锥。而后宫皆戴金莲花冠,衣道士服,酒酣免冠,其髻鬌然,更施朱粉,号"醉妆",国中之人皆效之。(《新五代史》卷六三《前蜀世家》)

(衍)好戴大裁帽,盖欲混己。……衍建上清道宫,塑玄元及唐朝列帝,宫中伪尊王子晋为圣祖至道玉宸皇帝,塑其形,仍塑建与衍,侍立其侧。……衍之末年,率其母后等同幸青城,至成都山上清宫。随驾宫人皆衣画云霞道服。(《五国故事》卷上)

蜀后主自裹小巾,卿士皆同之。宫妓多衣道服,簪莲花冠,每侍宴酣醉,则容其同辈免冠,鬌然其髻,别为一家之美。因施胭脂,粉颊莲额,名曰醉妆。国人效之。(《北梦琐言》"逸文补遗")

再以王衍年号次第来看,亦复如此:

乾德二年八月,衍北巡。以宰相王锴判六军诸卫事,旌旗戈甲,百里不绝。衍戎装,披金甲,珠帽锦袖,执弓挟矢,百姓望之,谓如灌口神。(《蜀梼杌》卷上)

乾德三年八月,衍受道箓于苑中,以杜光庭为传真天师、崇真馆大学士。(同上)

乾德四年三月,命士民皆著大裁帽。蜀人富而喜遨,俗竞为小帽,而帝好戴大帽,酒肆倡家,无所不到,索笔题曰"王一来"。(《十国春秋》卷三七)

乾德五年,起上清宫,塑王子晋像,尊以为圣祖至道玉宸皇帝,又塑建及衍像,侍立于其左右;又于正殿塑玄元皇帝及唐诸帝,备法驾而朝之。(《新五代史》卷六三《前蜀世家》)

咸康元年十一月,衍至成都,宫人及百官迎谒于七里亭,衍入妓妾中,作回鹘队以趋城中。(《蜀梼杌》卷上)

由以上史料皆可见王衍与二徐妃及宫中之好道,修道观、著道服、戴大帽、好戎装及回鹘装,而此六首宫词所述之道教特色及"回鹘衣装回鹘马"等,正与王衍行事颇合,故"逸诗"之说,不攻自破,亦当在宣华宫词之列。

五　王蜀宫中歌舞乐戏

《宫词》第十一、十二、十九、八十四首还写到了宫中乐舞:

离宫别院绕宫城,金版轻敲合凤笙。夜夜月明花树底,傍池长有按歌声。(十一)

御制新翻曲子成,六宫才唱未知名。尽将檀篥来抄谱,先按君王玉笛声。(十二)

梨园子弟簇池头,小乐携来候宴游。旋炙银笙先按拍,海棠花下合梁州。(十九)

新翻酒令著词章,侍宴初闻忆却忙。宣使近臣传赐本,书家院里遍抄将。(逸诗)

　　王衍能自为曲子,好艳词解音律,沉溺声色,多见载籍。其童年"即能属文,甚有才思,尤酷好靡丽之辞,常集艳体诗二百篇,号曰'烟花集'。凡有所著,蜀人皆传诵焉"(《十国春秋》卷三七)。乾德二年九月,泛舟巡阆中,"衍自制《水调银汉曲》,命乐工歌之";乾德三年,"衍命宫人李玉箫歌衍所撰宫词",词曰"辉辉赫赫浮五云,宣华池上月华新。月华如水浸宫殿,有酒不醉真痴人";乾德五年三月上巳,"宴怡神亭,妇女杂坐,夜分而罢。衍自执板,唱《霓裳羽衣》及《后庭花》《思越人曲》"(《蜀梼杌》卷上)。咸康元年九月,王衍"率其母后等同幸青城,至成都山上清宫。随驾宫人皆衣画云霞道服,衍自制《甘州曲辞》,亲与宫人唱之,……宫人皆应声而和之。衍之本意,以神仙而在凡尘耳"(《五国故事》卷上),"其辞哀怨,闻者凄惨"(《十国春秋》卷三七)。

　　比较而言,后蜀后主孟昶则好学为文,尝谓其臣李昊、徐光溥曰:"王衍浮薄,而好轻艳之词,朕不为也。"[1]王衍所作艳曲,除以上所载的《水调银汉曲》《宫词》《甘州曲辞》外,还有一首"这边走,那边走,只是寻花柳。那边走,这边走,莫厌金樽酒"[2],也是轻艳至极。

　　又《宫词》第二十一、二十四、三十二、八十三首写到打球、斗鸡:

　　　　小球场近曲池头,宣唤勋臣试打球。先向画楼排御幄,管弦声动立浮油。(二一)

　　　　自教宫娥学打球,玉鞍初跨柳腰柔。上棚知是官家认,遍遍长赢第一筹。(二四)

　　　　寒食清明小殿旁,彩楼双夹斗鸡场。内人对御分明看,先赌红罗被十床。(三二)

　　　　西球场里打球回,御宴先于苑内开。宣索教坊诸伎乐,傍池催唤入

---

① 吴任臣《十国春秋》卷四九,中华书局,1987年,第712页。
② 孙光宪《北梦琐言》"逸文补遗",中华书局,2002年,第457页。

船来。（逸诗）

前蜀王衍好击球、斗鸡之戏,《资治通鉴》卷二七〇云:"蜀太子衍好酒色,乐游戏。蜀主尝自夹城过,闻太子与诸王斗鸡击球喧呼之声,叹曰:'吾百战以立基业,此辈其能守之乎!'"①《五国故事》卷上载王衍"又好击鞠,常引二锦障以翼之,往往至于街市。衍为步障,所蔽而亦不知"。《十国春秋》卷三五、三七引此二则,记衍奢酒色游戏,雅好斗鸡蹴鞠;而卷四九、五四复载后蜀孟昶亦好击球,"明德二年九月,帝雅好击球","后主初嗣位,酷好击球,虽盛暑不已,左右多不敢谏"。按帝王之好蹴鞠游乐,比比皆是。以上三首"本诗"同一版本,所谓"逸诗",亦当作一体来看,所书击球事,于王衍颇合。孟昶虽"酷好击球",但史料却无其好"斗鸡"之记载。

六　前蜀王衍劣迹

宫词,实际就是宫中行乐词,这组宣华《宫词》记前蜀之宫中行乐,无意中却将王衍的劣迹也反映出来,如第十一、四十八首写其长夜之饮:

> 离宫别院绕宫城,金版轻敲合凤笙。夜夜月明花树底,傍池长有按歌声。(十一)
> 半夜摇船载内家,水门红蜡一行斜。圣人正在宫中饮,宣使池头旋折花。(逸诗)

王衍色荒,耽于宴饮,《蜀梼杌》卷上载,乾德三年五月,宣华苑成,"衍数于其中为长夜之饮,嫔御杂坐,乌履交错"②。王衍又作怡神亭,"与诸狎客、

① 司马光编著,胡三省注《资治通鉴》卷二七〇,中华书局,1963年,第8824页。
② 张唐英《蜀梼杌》卷上,中华书局,1985年新1版,第9页。

妇人日夜酣饮其中"①。《十国春秋》卷三七所载与此二则略同。不惟如此，《宫词》第三十五、八十七首还写其宫中诸般怪异之事：

> 苑东天子爱巡游，御岸花堤枕碧流。新教内人供射鸭，长将弓箭绕池头。（逸诗）

> 管弦声急满龙池，宫女藏钩夜宴时。好是圣人亲捉得，便将浓墨扫双眉。（逸诗）

如果说天子"爱巡游""教内人射鸭"，尚可理解，那么宫女藏钩时若被"圣人亲捉得""便将浓墨扫双眉"则愈发出奇。在花蕊夫人眼里，这固然可笑而入诗，然而却将王衍之怪异表露无遗。参合以下史料，更可见王衍行事荒诞，性格淫戾，侈荡无节，荒淫无度，劣迹斑斑，书之不绝：

> 王后主咸康年，昼作鬼神，夜为狼虎，潜入诸宫内，惊动嫔妃，老小奔走，往往致卒。（《鉴诫录》卷七）

> 蜀衍荒于游幸，乃在平底大车，下设四卧轴，每轴安五轮，凡二十轮，牵以骏马。骑去如飞，谓之流星辇。（《清异录》卷下）

> 衍即伪位，荒淫酒色，出入无度。尝以缯彩数万段结为彩楼山，上立宫殿台阁，一如居常栋宇之制。衍宴乐其中，或逾旬不下。又别立二彩亭于山前，列以金银锜釜之属，取御厨食料，烹燀于其间。衍凭彩楼以视之，谓之当面厨。（《五国故事》卷上）

> 王建子衍，嗣于蜀，侈荡无节，庭为山楼，以彩为之。作蓬莱山，画绿罗为水纹地衣，其间作水兽芰荷之类，作折红莲队，盛集锻者于山内鼓橐，以长篇引于地衣下，吹其水纹，鼓荡若波涛之起。复以杂彩为二舟，辘轳转动，自山门洞中出，载妓女二百二十人，发棹行舟，周游于地衣之上，采折枝莲到阶前，出舟致辞，长歌复入，周回山洞。（《儒林公议》）

---

① 欧阳修《新五代史》卷六三《前蜀世家》，中华书局，第791页。

郡民何康女有美色，将嫁，衍取之，赐其夫家百缣，其夫一恸而卒。（《蜀梼杌》卷上）

乾德四年夏四月，夺军使王承纲女，承纲请之，帝怒，流之茂州。承纲女剪发赎父罪，不许，遂自杀。……乾德五年夏四月，复命大内造村坊市肆，令宫嫔著青衫，悬帘鬻食，男女杂沓，交易而退。（《十国春秋》卷三七）

乾德六年，以王承休为天雄节度使。天雄军，秦州也。承休以宦者得幸，为宣徽使。承休妻严氏，有绝色，衍通之。（《新五代史》卷六三《前蜀世家》）

与王衍相反，后蜀孟昶可算作爱民之君。宋太祖乾德三年成书的《野人闲话》，首篇即为《颁令箴》，"载蜀王孟昶为文颁诸邑云：'朕念赤子，旰食宵衣……'凡二十四句。昶区区爱民之心，在五季诸僭伪之君为可称也"①。

余　论

以上所述三十四首诗是解开花蕊夫人《宫词》之谜的关键，含"本诗"十五首（第 2、3、5、6、11—15、19、21、24、25、30、32 首），"逸诗"十九首（第 35、36、40、46、48、49、57、60、61、64、70、71、74—76、83—85、87 首）。我们按题列诗，同一问题下的"本诗""逸诗"与史料皆可相互为证，说明实出一本。浦江清先生也正是通过诗史互证的方法，解开了一个千年之惑，将《宫词》归之于前蜀花蕊，其功甚伟。然而却未免使人有惋惜之情。九十八首《宫词》的整体风格，浦氏以"空灵"二字概括，读之，确实有灵动之感。这许多的好诗，

① 洪迈《容斋随笔·续笔》卷一，上海古籍出版社，1978 年，第 216 页。

人们实在不愿其诗主为前蜀花蕊，因其人"游燕淫乱"而"亡其国"①；而宁愿它属于"才貌双全"的后蜀花蕊。后蜀花蕊，史料奇缺。盖因蜀亡后，入宋宫，"尝进毒，屡为患"，不幸被惨杀的缘故，或小说附会的原因，而盛传有美德，"故读其诗，悲其遇焉"②。亦或因此，千百年来，人皆以这组《宫词》为后蜀花蕊诗，不再深究之。而谢桃坊先生《花蕊夫人宫词补考》"补证浦江清之说，论定所谓后蜀花蕊夫人在历史上根本不存在"，认为"后蜀之徐妃乃属附会而讹传，并无其人"③。令人不解的是宋神宗元丰五年（1082），苏轼有《洞仙歌》一阕，其小序明确载有后蜀之花蕊夫人："仆七岁时，见眉山老尼，姓朱，忘其名，年九十余。自言尝随其师入蜀主孟昶宫中。一日大热，蜀主与花蕊夫人夜起，避暑摩诃池上，作一词。朱具能记之。今四十年，朱已死，人无知此词者，独记其首两句。暇日寻味，岂《洞仙歌令》乎？"④难道苏轼之言也不足为凭吗？

其次，浦江清《花蕊夫人宫词考证》，1941年初稿，1943年修订，1947年收入《开明书店二十周年纪念文集》。之后又多次出版，但至今普遍认同者少。1943年，孙昌荫《花蕊夫人考》一文持后蜀花蕊之说，但其所据史籍非常有限，失考之处颇多，故不足为凭。⑤ 之后，傅璇琮主编《唐五代文学编年史·五代卷》即从浦考，认为"所考可信"，而为作《宫词》的前蜀花蕊夫人编年。然而，学界绝大多数却一仍故旧，持后蜀花蕊《宫词》之说。⑥《都江堰

① 蔡絛《铁围山丛谈》卷六，中华书局，1983年，第108页。
② 浦江清《花蕊夫人宫词考证》，见《浦江清文录》，人民文学出版社，1989年2版，第54页。
③ 谢桃坊《花蕊夫人宫词补考》，《西华大学学报》（哲学社会科学版）2017年第4期，第7—12页。
④ 邹同庆、王宗堂校注《苏轼词编年校注》，中华书局，2002年，第413页。
⑤ 孙昌荫《花蕊夫人考》，《志林》1943年第4期。
⑥ 此类文章如缪志明《小议花蕊夫人宫女诗》，《社会科学研究》1982年第6期。罗树凡《也议花蕊夫人及其宫女诗》，《社会科学研究》1985年第1期。王文才《花蕊夫人氏籍辨》，《成都大学学报》1991年第2期。经美英《花蕊夫人和她的宫词》，《古典文学知识》1992年第5期。陈桥生《一支姊秀花蕊词》，《成都大学学报》1995年第1期。李法惠《花蕊夫人宫词的独特价值》，《南都学坛》1998年第1期。

市文史资料》第十辑《后蜀·花蕊夫人宫词》专辑①且不论,徐式文的《花蕊宫词笺注》贻误学界不浅:一是所据版本甚寡,出校不全;二是据有限史料将《宫词》归于后蜀花蕊;三是笺释多以王衍所建的宣华苑建筑释以他所认为的后蜀《宫词》,最令人遗憾的是将王安国作孙安国。② 岁月流转,随着研究的不断深入,正确的结论必然经得起历史的考验。

---

① 《都江堰市文史资料》第十辑《后蜀·花蕊夫人宫词》,1994 年。
② 后蜀花蕊夫人撰,徐式文笺注《花蕊宫词笺注》,巴蜀书社,1992 年。

"困学工夫岂易成"：朱熹藏书考论

周生杰

朱熹是藏书家吗？要回答这个问题，首先要知道学术界是如何给古代藏书家定义的，但遗憾的是，迄今未有权威的解释。赵国璋、潘树广《文献学大辞典》定义为"指私家藏书的主人或于藏书事业作出重要贡献的人"，范围太广，难以清晰界定。清乾隆三十九年（1774）一则上谕说："其一人而收藏百种以上者，可称为藏书之家。"①仅从收藏数量而言。范凤书先生并不认可乾隆帝的这个说法，并进一步给藏书家界定了三个必备基本条件：藏书多，藏书质量高，对藏书进行整理和利用。② 而事实上，无论按照上述哪种说法，朱熹都完全都称得上藏书家。但是，笔者检索各类藏书学研究成果，如叶昌炽《藏书纪事诗》、袁同礼《宋元明私家藏书概略》、吴晗《江浙藏书家史略》、李希泌和张椒华《中国古代藏书与近代图书馆史料（春秋至五四前后）》、李玉安和陈传艺《中国藏书家辞典》、梁战和郭群一《历代藏书家辞典》、傅璇琮和谢灼华《中国藏书通史》、范凤书《中国私家藏书史》、肖东发《中国私家藏书》、潘美月《宋代藏书家考》，等等，均把朱熹排除藏书家之列，匪夷所思。史书虽

---

① 《谕内阁著四库全书处总裁等将藏书人姓名附载于各书提要末并另编〈简明书目〉》，《纂修四库全书档案》上，上海古籍出版社，1997年，第228页。

② 范凤书《中国私家藏书史》，大象出版社，2001年，第7—8页。

然没有记载朱熹藏书数量，也没有明确说他是"藏书家"，但考诸史料可知，其藏书来源多端，从事各种藏书活动，每到一处都设藏书室用于读书、贮书，创作多首藏书诗，还从理论上提出藏书理念，应是一位不折不扣的藏书家。

一　朱熹藏书来源

朱熹成为藏书家与宋代文化高度发达密切相关。陈寅恪先生说："华夏民族之文化，历数千载之演进，造极于赵宋之世。"①著名史学家邓广铭先生也认为："宋代是我国封建社会发展的最高阶段，两宋期内的物质文明和精神文明所达到的高度，在中国整个封建社会历史时期之内，可以说是空前绝后的。"②作为宋代文化重要组成部分的藏书，同样出现了前所未有的繁荣景象，藏书家人数与藏书数量之多，藏书活动之丰富，都是前代所无法比拟的，潘美月先生考证宋代有藏书家126人③，而范凤书先生统计，宋代藏书万卷以上的藏书家就有213人之多④。在繁荣的宋代藏书背景下，朱熹自然不能远离这一活动，终其一生，与书为伴，致力于藏书事业。其藏书来源约有以下几途。

一是得自家传。

朱熹祖辈世代做官，为望族著姓，以儒传家。据江永编著的《近思录集注·考订朱子世家》记载，婺源朱氏始祖为唐末朱古寮，自朱古寮传至朱森为第七代，是朱熹之祖父，森生松，为朱熹之父。朱松字乔年，号韦斋，不到20岁中进士，授建州政和尉，后在吏部做官。朱松喜欢研究历史，"取经子

---

① 陈寅恪《邓广铭〈宋史职官志考证〉序》，载《陈寅恪文集之三　金明馆丛稿二编》，上海古籍出版社，1980年，第245页。
② 邓广铭《关于宋史研究的几个问题》，载《社会科学战线》1986年第2期。
③ 潘美月《宋代藏书家考》，学海出版社，1980年，第7页。
④ 范凤书《中国私家藏书史》，第82页。

史传,考其兴衰治乱,欲应时合变"①,著有《韦斋集》12 卷《外集》10 卷。朱松有诗说:"故乡无厚业,旧箧有残书。"②说明其家别无赀财,唯有藏书,给朱熹留存一笔丰富的文化遗产。

在如此浓厚的家学氛围中,10 岁的朱熹每天痴迷攻读《大学》《中庸》《论语》《孟子》等,以此可知所读之书为家藏无疑。

朱家藏书中礼书最多。《朱子语类》记载说:"某自十四岁而孤,十六而免丧。是时祭祀只依家中旧礼,礼文虽未备,却甚齐整,先妣执祭事甚虔。及某年十七八,方考订得诸家礼,礼文稍备。"③早年家中所藏礼书不全,及至朱熹考订之后始备。

其次是二程理学著述。朱熹说:"熹家有先人旧藏数篇,皆著当时记录主名,语意相承,首尾通贯。"④朱熹在学术史上的角色是理学家,其思想形成首先是继承周敦颐、二程而来,兼采释、道各家思想,最后形成了一个庞大的哲学体系。毋容置疑,其家多藏周、程之书,便于时时研读,也为日后成为理学集大成者打下基础。

家藏中还有大量法帖。朱熹云:"予少好古金石文字,家贫,不能有其书,独时时取欧阳子所集录,观其序跋辨证之辞以为乐⋯⋯来泉南,又得东武、赵氏《金石录》观之,大略如欧阳子书,然诠序益条理,考证益精博,予心亦益好之。于是始胠其橐,得故先君子时所藏,与熹后所增益者凡数十种,虽不多,要皆奇古可玩,悉加标饰,因其刻石大小,施横轴悬之壁间。坐对循

---

① 周必大《周文忠公全集》卷七〇《史馆吏部赠通议大夫朱公神道碑》,刘峙 1937 年刊本,第 10 册第 117—118 页。
② 各种文献称朱松此诗《送五二郎读书诗》出自《韦斋集》卷四。按,《韦斋集》无此诗。今摘自丰顺朱氏族谱修编委员会编《朱氏族谱》(1997 年,第 141 页),题为《松公勉文公从学五言诗》。
③ 黎靖德编《朱子语类》,岳麓书社,1997 年,第 2081 页。
④ 朱杰人、严佐之、刘永翔主编《朱子全书》第 21 册,上海古籍出版社、安徽教育出版社,2002 年,第 203 页。

行卧起，恒不去目前，不待披筐箧，卷舒把玩而后为适也。"①家藏法帖可考知者还有刘子翚遗帖、罗从彦《韦斋记》、曹伟《韦斋铭》等。此外，父亲朱松酷爱书法，最喜王荆公体，临写王安石的字几可乱真。朱熹天姿敏慧，随父学习书法，从小受到书法艺术熏陶，得益于父亲所藏各种法帖。

二是友人相赠。

朱熹平生足迹半天下，与当世名人多有交往，如赵汝愚、陆游、辛弃疾、真德秀、蔡元定等皆为朱府座上宾。与友人交往过程中，朱熹获得了大量赠书，充实典藏。如朱熹19岁那年，离开临安南归，路经江山县时，专程拜访程颐再传弟子徐存，"（逸平）得龟山正心之学，高遁不仕，隐于邑之南塘，从之者千数。朱晦庵疑孟子放心之说，造而问焉。先生作《心铭》遗之"②。朱熹如获至宝，倍加珍藏。需要说明的是，文中的"《心铭》"应为"《潜心室铭》"之简称。徐存字诚叟，号逸平，江山人。北宋宣和年间曾师事理学家杨时。南宋初，隐居南塘，设书院讲学，门下子弟前后达千余人，中多理学名士。著有《六经讲义》《书籍义》《中庸解》《论语解》《孟子解》等，均已失传，仅存《潜心室铭》。《潜心室铭》中有关《孟子》"放心"一词之解释，对朱熹"存天理、去人欲"理学思想之形成影响至大。

友人赠书帮助朱熹完成编纂前人文集的愿望。如乾道二年（1166），朱熹着手编纂《张载集》。此前，张载文集已有《张横渠崇文集》10卷行世，但收文不全，另有《正蒙》《易说》《经学理窟》等单行。朱熹立志为之补全，但苦于资料散逸。时张载曾孙流落在蜀，携有张氏《语录》《文集》等，皆私家传授，世所未见。好友汪应辰出为四川制置使，知成都府，设法通过张载曾孙得到张载文集多种，于是不远千里寄赠给朱熹，朱熹十分高兴说："汪丈寄横

---

① 《朱子全书》第24册，第3608页。

② 徐霈《徐逸平先生正学书院跋》，载束景南《朱熹年谱长编》卷上，华东师范大学出版社，2001年，第123页。

渠三书来,此为校补甚多,势须刊作一本乃佳,盖补缀不好看也。"①

朱熹对于友朋所赠之书十分珍重。如淳熙六年(1179)八月,大儒周敦颐曾孙周直卿自九江来访,把周敦颐《爱莲说》墨本及《拙赋》刻本赠给朱熹,朱熹一见惊喜,为之作跋,并建爱莲馆、拙斋典藏。② 正因朱熹如此精心爱护藏书,所以友人们愿意相赠,形成了良性循环,获赠之书盈箧满笥,充溢书楼。

三是各地搜访。

淘书、买书,称之为访书,古代藏书家大都费尽心思,节衣缩食,百般访求。朱熹也一样,为官讲学时,每到一处先访典籍。如绍兴二十六年(1156)五月,朱熹在泉州寻访收集境内先贤碑碣事传,接着又往金门、金榜山等处寻访史料。在金榜山,朱熹收获颇多,得到了唐人陈黯《裨正书》3 卷,他说:"得此书及墓表于其家。表文猥近不足观,然述其世次为详。书杂晚唐偶俪之体,而时出奇涩,殆难以句读也。相传寖久,又多伪谬,无善本可相参校,特以意私定其一二,而其不可知者盖阙焉。"③朱熹将访来之书进行校定整理,去其伪谬,存其本真,传之后世,体现了一位藏书家谨严负责的态度。

四是其他途径。

朱熹藏书中,还有或抄、或借、或购……得自多方。他曾说:"某旧时亦要无所不学,禅、道、文章、楚辞、诗、兵法,事事要学,出入时无数文字,事事有两册。"④"事事有两册",可以推知朱熹勤于抄写,常常把家中藏书录一副本,以备无虞。上文已经说过,朱熹尤爱北宋理学家之书,藏书中此类较多,他自言:"近世大儒如河南程先生、横渠先生……熹自十四五时,得两家之书

① 《朱子全书》第 25 册,第 4748 页。
② 束景南《朱熹年谱长编》卷上,第 635 页。
③ 《朱子全书》第 24 册,第 3607 页。
④ 黎靖德编《朱子语类》卷一〇四,第 2368 页。

读之，至今四十余年，但觉其义之深，指之远。"①有的是借来之书，如北宋著名史学家司马光撰写一部哲学著作，以"虚"为万物的本原，取名《潜虚》，有探索隐秘本原之意，朱熹四处求购不得，最后"从炳文借得写本藏之"②。"炳文"为洛阳人范仲彪的字。绍兴二十年(1150)夏，范仲彪避章杰之祸远走崇安，与朱熹游，朱熹从其借抄典籍较多。

通过各种渠道，朱熹积聚了大量藏书，惜乎史料缺载朱熹藏书目录和数量。朱熹藏书四部皆备，而尤以儒家经典为最。藏书中，明确标明"家藏"者，有《家藏石刻》一书。关于该书编纂，束景南先生说："先是朱熹往(泉州)境内各地访得先贤碑碣事传，遂得以将访得石刻碑碣并旧藏石刻汇编成《家藏石刻》一书……朱熹往同安境内各地访先贤碑碣事传在(绍兴二十五年，1155)五月间。"③

还要说明一点的是，朱熹勤于访书，但并非全部为私藏，史书记载他多次为书院、县学等访求藏书，有益士林。绍兴二十五年，朱熹奉檄至福州帅府，见安抚使方滋，为县学募集官书985卷，又料理县学故匮藏书，得227卷，建经史阁藏之。通过募集和整理，朱熹帮助县学所购之书，完全是当时一个中等藏书家的藏书量了。淳熙七年(1180)，位于庐山的白鹿洞书院建成，时任江西提举者为陆游，于是朱熹向其求藏书，并遍干江西、江东两路诸使乞书，所获甚多，如刘仁季送来先人所藏《汉书》，刘子澄送来家藏钞本《孟子》《管子》等。④

---

① 《朱子全书》第 23 册，第 2771 页。
② 《朱子全书》第 24 册，第 3831 页。
③ 束景南《朱熹年谱长编》卷上，第 206 页。
④ 束景南《朱熹年谱长编》卷上，第 659 页。

二　朱熹藏书活动

古人早就指出,衡量藏书家的标准绝不仅仅是收集图书这一项,还要看其是否参与藏书相关的活动。清人洪亮吉就把藏书家分为考订家、校雠家、收藏家、鉴赏家、掠贩家,近人叶德辉修订为著述、校勘、收藏、赏鉴、掠贩,洪、叶二人对藏书家的分类,体现出藏书家所应具备的各种素养。朱熹一生热衷学术研究,积极参与各种藏书活动,多有建树。

第一,抄录图书。

雕版印刷术产生之前,书籍一直是由人手工抄写并在社会流传的,随着民间文化教育事业发展,读书人增多,社会对于文化典籍的需求不断增大,读书人抄书活动愈益普及。即便是印刷术普遍使用之后,抄书活动依然长盛不衰,是古代藏书家丰富典藏的重要手段之一。朱熹也一样,早在孩童时期即勤于抄书,他说:"熹儿侍先君子宫中秘书,是时和静先生实为少监。熹尝于众中望见其道德之容,又得其书而抄之。"[1]"和静先生"即尹焞,字彦明,一字德充,洛(今河南洛阳)人。靖康初召至京师,不欲留,赐号和靖处士。尹焞乃伊川先生之高足,道德学问为时人敬重。

朱熹所抄之书,多为稿本、孤本,且能发抒作者之见,有益问学者。明胡应麟说:"先生生宋南渡,及考亭朱氏游。考亭尝过先生,而会先生出,顾案上,得所撰《心箴》,读之,大击节赏叹,手录以归,今附载《孟氏》书中是也。"[2]文中的"先生"指范浚,字茂明,浙江兰溪人。其人不喜荣利,笃志求道,隐居香溪,人称"香溪先生"。朱熹无意中读到范浚所撰《心箴》后,一下子被吸引了,随即抄录,不久又郑重地将《心箴》原文收入自己的《孟子集注》

---

① 《朱子全书》第 23 册,第 2631 页。
② 胡应麟《少室山房类稿》卷八三《范浚先生集序》,影印文渊阁《四库全书》第 1290 册,上海古籍出版社,1987 年,第 597 页。

中,这表明朱熹对范浚始终有一种发自内心的景仰。

第二,校勘图书。

古代藏书家从事校勘活动由来已久,他们广搜善本,闭门埋首旧书堆,为古代典籍流传做出贡献。读朱熹文集,随处可见其校勘典籍之勤且精。如朱熹把北宋著名理学家张载所著《横渠集》一书作为案头书,为建构自己的哲学体系有重要参考作用。淳熙六年(1179),朱熹下了一番功夫校补完《横渠集》后,交给黄灏在隆兴重新付梓,他说:"比日秋凉,……又尝附隆兴书,浼子约借《精义》(按,指吕祖谦《系辞精义》),补足横渠说定本,欲与隆兴刻板,亦乞为子约言,早付其人,或径封与彼中黄教授可也。"①可知朱熹为重刻《横渠集》,先后进行了搜集遗文、比较版本、是正文字等工作,用功实多。

朱熹校勘典籍,常常撰写校勘记,总结校勘方法和心得,以贻后人。如他多次校勘周敦颐《太极通书》,第一次是在乾道二年(1166)校订"长沙本",第二次在乾道五年(1169)校订"建安本",第三次在淳熙六年(1179)校订"南康本"。而对于"延平本",他没有校刻,只是以九江故家传本校正,他总结两本不同之处有19处,一一加以辨析,并"希望学者得以考焉"②。

校书日久,朱熹积累了丰富经验,并凭借敏锐眼光可以从事图籍鉴别工作。如其鉴别《潜虚图》说:"近得泉州季思侍郎所刻(潜虚),则首尾完具,遂无一字之阙。始复惊异,以为世果自有完书,而疑炳文语或不可信。读至刚行,遂释然曰:'此赝本也。'"③又如鉴别《麻衣心易》说:"顷岁尝略见之,固已疑其词意凡近,不类一二百年前文字。今得黄君所传,细读之,益信所疑之不谬也。"④在朱熹精心鉴别下,两部伪书渐渐露出真容。

---

① 《朱子全书》第21册,第1489页。
② 朱熹《跋延平本太极通书后》,束景南《朱熹佚文辑考》,江苏古籍出版社,1992年,第126页。
③ 《朱子全书》第24册,第3831页。
④ 《朱子全书》第24册,第3833页。

第三，刊刻图书。

自宋以来，古代藏书家但有经济实力，便从事刻书工作，藏书和刻书结合催生文化繁衍无穷，利于后世，善莫大焉。朱熹就是这样的大学者，他把藏书和刻书完美结合，在古代藏书和刻书史上留下美誉。朱熹积极从事刻书目的在于：一是出版自己的学术成果，及时传播学说；二是整理北宋理学大师周、张、二程等人著述，便于继承广大；三是解决所办书院经费困境；四是弥补俸禄之低，维持生计。总其一生，所刻书种数达三十几种之多，闽、浙、赣、湘四省宦迹所到，均有刻书，而以在福建建阳所刻为最多。①

朱熹刻书注重校勘和底本选择，尽可能减少讹误，因此，其所刻之书近乎善本。如乾道元年（1165）刻周敦颐《通书》说："右周子之书一编，今春陵、零陵、九江（指林栗编刻本）皆有本，而互有同异。长沙本最后出，乃熹所编定，视他本最详密矣。"②因为刻书严谨，校勘精审，朱熹所刻之书当时即为学界重视，如陆九渊门人彭也昌尝从江西来建阳，"访朱子于家。问其何故而来，先生以书院颇少书籍，因购书故至此"③。

第四，撰写序跋。

姚鼐《古文辞类纂》称序跋"推论本原，广大其义"④，说明序跋对于图书是不可缺少的。为藏书题写序跋传统古已有之，序跋是书籍中的重要组成部分，放置在书之首尾，内容以评论得失、考证源流、辨别真伪、鉴定版本、聊记掌故等为主，深受历代藏书家看重。朱熹在藏书活动中，常为藏书撰写序跋。据《朱文公文集》记载，朱熹为藏书所撰序有 69 则，跋要多些，共 285则。序跋涉及藏书范围兼及四部，可见朱熹读书之全，藏书之富。

---

① 方彦寿《朱熹刻书事迹考》，《福建学刊》1995 年第 1 期。
② 《朱子全书》第 24 册，第 3628 页。
③ 黄宗羲等《宋元学案》卷七七《槐堂诸儒学案》，中华书局，1986 年，第 2574—2575 页。
④ 姚鼐《古文辞类纂》目录附，中国书店，1986 年，第 3 页。

第五,勤于著述。

从事编纂和著述是古代藏书家又一文化贡献,朱熹于此居功至伟,张立文先生称"朱熹著作丰富,在中国哲学史上罕有"[①],并为其 38 种著述考释编著大致时间。而事实上,朱子一生编著绝不止张氏所谓之 38 种。朱子著述多有失传,学者们多方从事考证,如吴其昌《朱子著述考》[②]、牛继昌《朱熹著述分类考略》[③]、方彦寿《朱子著述考(一)(二)(三)》[④],不过这些考证皆未备,阙失甚多。束景南先生认真钩稽史料,共辑出朱子著述 144 种,其中经部 44 种、史部 10 种、子部 54 种、集部 36 种,应该说是迄今为止较为完备的朱子著述。

三　朱熹与藏书室

随着藏书发展,私人藏书家逐渐重视建立专门藏书之所,见于文献记载最早的当属东汉"曹氏书仓"。宋以后,私人藏书数量剧增,专门藏书楼不断涌现,并且大多有专名,"在长期的封建时代,私家藏书楼相对地说开放性最大,对中国学术的发展推动作用也最大"[⑤]。作为藏书家,朱熹一生虽然辗转各地为官讲学,但每到一处必辟室以贮书。关于朱熹藏书室,李方子《紫阳年谱》载:"初,居崇安五夫,榜读书之室曰'紫阳书堂',识乡关常在目也。后筑室建阳卢峰之巅,号曰云谷,其草堂曰'晦庵',自号云谷老人,亦曰晦庵,因自号晦翁。晚居考亭,作精舍曰'沧洲',号沧洲病叟。最后号遁

---

① 张立文《朱熹评传》,长春出版社,2008 年,第 23 页。
② 吴其昌《朱子著述考》,《国学论丛》1927 年第 1 卷第 2 号。
③ 牛继昌《朱熹著述分类考略》,《师大月刊》1933 年第 1 卷第 6 期。
④ 载方彦寿《朱熹学派与闽台书院刻书的传承和发展》,福建教育出版社,2015 年。
⑤ 范凤书《私家藏书风景》,河北教育出版社,2007 年,第 183 页。

翁。"①李方子仅提及紫阳书堂、晦庵、沧洲 3 处藏书室,显然朱熹藏书室不止此,笔者考诸史料,尚有如下几处:

1. 牧斋

绍兴二十一年(1151),秦桧当政,废二程理学,朱熹回乡读书,建藏书室名牧斋。朱熹说:"余为是斋而居之三年矣。饥寒危迫之虑,未尝一日弛于其心,非有道路行李之劳,疾病之忧,则无一日不取《六经》百氏之书,以诵之于兹也。"②书斋名"牧"与禅师名"谦",同出于《周易》谦卦,谦卦《象》云:"谦谦君子,卑以自牧也。""牧"与"谦"之意义相同,因此,束景南先生以为"朱熹之牧斋自谦亦即师事道谦修禅之意"③,甚得其意。四年以后,朱熹奉檄去福州帅府,但仍十分怀念在牧斋读书治学的时光,于是编诗集,将其牧斋自牧时所作之诗编订成集,名《牧斋净稿》,以示纪念。

2. 畏垒庵

绍兴二十七年(1157),朱熹借县人陈良杰之馆居住,名其藏书室曰畏垒庵。朱熹撰有《畏垒庵记》说:"自县西北折行数百步,入委巷中,垣屋庳下,无巨丽之观,然其中粗完洁,有堂可以接宾友,有室可以备栖息,诵书史,而佳花异卉、蔓药盆荷之属,又皆列莳于庭下,亦足以娱玩耳目而自适其意焉。……客或谓予所以处此,庶乎庚桑子之居畏垒也,因名予居曰'畏垒之庵'。自是闭门终日,翛然如在深谷之中,不自知身之系官于此,既岁满而不能去也……予惟庚桑子盖庄周、列御寇所谓有道者,予之学既不足以知之,而《太史公记》又谓凡周所称《畏累虚》《亢桑子》之属,皆空言无事实,然则亡是公、非有先生之伦也。此皆不可考,独周之书辞指经奇,有可观者,予是以窃取其号而不辞。"④文不长,但对藏书室方位、布局、功用、命名缘由等,一

---

① 李方子《紫阳年谱》附载束景南《朱子大传》,华东师范大学出版社,2001 年,第 1540 页。
② 《朱子全书》第 24 册,第 3699 页。
③ 束景南《朱子大传》,第 147 页。
④ 《朱子全书》第 24 册,第 3697—3698 页。

一作出解释。

3. 困学斋

绍兴二十八年(1158)，朱熹将书斋命名曰"困学"，他解释说："孔子曰：'生而知之者上也，学而知之者次也，困而学之又其次也，困而不学，民斯为下矣。'夫生知者，尧、舜、孔子也；学知者，禹、稷、颜回也。困也者，行有不得之谓也。知其困而学焉，以增益其所不能，此困而学之之事也，亦以卑矣。然能从事于斯，则其成犹不在善人君子之后；不能从事于斯，则靡然流于下民而不知反。均之困耳……予尝以'困学'名予燕居之室，而来吾室者亦未尝不以此告之。"①通过"困学斋"之名，朱熹表达了不断学习，向慕先贤的思想。

4. 寒泉精舍

乾道六年(1170)，朱熹庐墓守丧期间，建寒泉精舍，以待学者，于此讲学著述。他说："别后两日，稍得观书，多所欲论者。幸会期不远，此只八九间下寒泉，十一二间定望临顾也。"②

5. 敬斋、义斋

二斋在徽州潭溪。乾道八年(1172)建。朱熹解释斋名由来说："堂旁两夹室，暇日默坐、读书其间，名其左曰'敬斋'，右曰'义斋'。盖熹尝读《易》而得其两言，曰'敬以直内，义以方外'……及读《中庸》，见其所论修道之教，而必以戒慎恐惧为始，然后得夫所以持敬之本。又读《大学》，见其所论明德之序，而必以格物致知为先……因以'敬''义'云者名吾二斋。"③朱熹还作《敬斋箴》，书于斋壁以自警。

6. 爱莲馆、拙斋

此二斋在南康君署。淳熙六年(1179)八月，大儒周敦颐曾孙周直卿自九

---

① 《朱子全书》第24册，第3617页。
② 《朱子全书》第25册，第4673页。
③ 《朱子全书》第24册，第3731—3732页。

江来访,把周敦颐《爱莲说》墨本及《拙赋》刻本赠给朱熹,朱熹一见惊喜,为之作跋,并建爱莲馆、拙斋典藏。① 他解释爱莲馆得名由来说:"属来守南康,郡实先生故治。然寇乱之余,访其遗迹,虽壁记文书,一无在者,熹窃惧焉。既与博士弟子立祠于学,又刻先生象、《太极图》于石,《通书》遗文于版。会先生曾孙直卿来自九江,以此说之墨本为赠。乃复寓其名于后圃临池之馆,而刻其说置壁间,庶几先生之心之德,来者有以考焉。"②他解释拙斋得名说:"辟江东道院之东室,牓以'拙斋'而刻置焉。既以自警,且以告后之君子,俾无蹈先生之所耻者,以病其民云。"③从这个意思来说,爱莲馆和拙斋应为专业藏书室,专门典藏先儒周敦颐遗书、遗文,当然,亦有今日纪念馆性质。

7. 武夷精舍

武夷精舍又称紫阳书院、武夷书院、朱文公祠,位于隐屏峰下平林渡九曲溪畔,是朱熹于宋淳熙十年(1183)所建,为其著书立说、倡道讲学之所。内有精舍、仁智堂、隐求室、止宿寮、石门坞、观善斋、寒栖馆、晚对亭、铁笛亭、钓矶、茶灶、鱼艇等景点。陆游《寄题朱元晦武夷精舍》说:"蝉蜕岩间果是无? 世人妄想可怜渠。有方为子换凡骨,来读晦庵新著书。"④可知武夷精舍中典藏朱熹本人著述较多,引四方学者来此阅读。

四　朱熹藏书诗创作

古人咏藏书可以追溯到隋朝,李巨仁《登名山篇》中云:"藏书凡几代,看博已经年。"⑤这是"藏书"一词最早现身于古诗,可知李氏为藏书世家。唐

---

① 束景南《朱熹年谱长编》卷上,第635页。
② 《朱子全书》第24册,第3844页。
③ 《朱子全书》第24册,第3845页。
④ 陆游撰、钱仲联、马亚中主编《陆游全集校注3》,浙江教育出版社,2011年,第28页。
⑤ 逯钦立《先秦汉魏晋南北朝诗》(下)《隋诗》卷七,中华书局,1983年,第2726页。按,关于此诗,明人杨慎《升庵诗话》卷一以为庾信所作。

人藏书诗创作渐多,韩愈《送诸葛觉往随州读书》诗中说:"邺侯家多书,插架三万轴。——悬牙签,新若手未触。"①"邺侯"是唐德宗时宰相李泌,因其累封邺县侯,时人有此称呼。"插架三万卷",足见李泌藏书之多。但是,受时代风习和诗人审美趣味所限,隋唐为古代藏书诗创作初始期,还没有形成蔚然成风的局面,藏书诗普及而颇具影响力的创作时代是在两宋时期,宋代诗人,尤其是藏书家诗人咏藏书之作,内容丰富,形式多样,影响深远。

朱熹在长期藏书生涯中,多有感触,于是行诸歌咏。朱熹所创作的藏书诗数量虽不多,但形象而真实地反映其读书和藏书生活,拓展诗歌创作内涵,丰富藏书活动,深具文化意义。

一是阐释藏书斋名,表达读书志趣。绍兴二十八年(1158),朱熹将藏书斋命名"困学斋",并有诗作说:

> 旧喜安心苦觅心,捐书绝学费追寻。困衡此日安无地,始觉从前枉寸阴。

> 困学工夫岂易成,斯名独恐是虚称。傍人莫笑标题误,庸行庸言实未能。②

关于"困学"二字,朱熹已经撰文详释,诗作主要在表达心志,一心向学,心无旁骛。朱熹还创作《南城吴氏社仓书楼为余写真如此因题其上庆元庚申二月八日沧州病叟朱熹仲晦父》诗作:

> 苍颜已是十年前,把镜回看一怅然。履薄临深谅无几,且将余日付残编。③

这首诗是题画诗,属于藏书诗中的一类。诗作后面署曰"庆元庚申二月八日沧州病叟朱熹仲晦父","沧洲"指的是福建建阳,而庆元庚申则为庆元

---

① 《全唐诗》卷三四二,中华书局,1960 年,第 10 册,第 3838 页。
② 《朱子全书》第 20 册,第 284 页。
③ 《朱子全书》第 20 册,第 541 页。

六年（1200）。是年朱熹71岁的老人了，"且将余日付残编"一句，表明他的一生注定是与书为伴的一生。

二是描写读书生活，总结读书方法。朱熹有一首脍炙人口、流传千古的诗作《观书有感》：

> 半亩方塘一鉴开，天光云影共徘徊。问渠那得清如许？为有源头活水来。①

自来论诗者都把《观书有感》看作哲理诗，诗人描写风物信手拈来，明丽清新，而抒发读书体会，又蕴涵理性东西。其实这也是一首藏书诗，把宋代读书人生活写活了，他们并非困守书楼、老死蠹鱼一类形象，相反，他们的读书生活（当然包括藏书生活）丰富多彩，为古代藏书文化涂上一抹亮色。

三是赞美友朋藏书室。朱熹一生频繁结交学者文人，友朋中如陆游、尤袤、郑樵、程大昌、袁枢、赵汝愚等都是当时著名藏书家，朱熹创作的藏书诗对友朋的藏书楼多有描写。如《题郑德辉悠然堂》：

> 高人结屋乱云边，直面群峰势接连。车马不来真避俗，箪瓢可乐便忘年。移筇绿幄成三径，回首黄尘自一川。认得渊明千古意，南山经雨更苍然。②

郑德辉，生平不详，其藏书室悠然堂建在山巅，地理位置比较特殊，此处乱云缭绕，无车马喧嚣，真是读书治学好去处，朱熹诗作满是钦羡之情。再如《寄题浏阳李氏遗经阁》二首：

> 老翁无物与孙儿，楼上牙签满架垂。更得南轩亲嘱付，归来端的有余师。

---

① 《朱子全书》第20册，第286页。
② 《朱子全书》第20册，第352页。

读书不见行间墨,始识当年教外心。个是侬家真宝藏,不应犹羡满
籯金。①

遗经阁为隆兴二年(1164),浏阳李作义、李日南父子在城南所建藏书
楼,藏书量十分丰富,是浏阳历史上第一座藏书楼,也是宋代湖南六家大藏
书楼之一。遗经阁建成后,湖湘理学传人张栻及朱熹等数十人赋诗赞颂,朱
熹还为之题匾。张栻在《赋遗经阁》诗中勉励李氏子弟继承颜渊、孟子遗风。
诗作中的"南轩"是张栻的号。

五 朱熹藏书理念

说朱熹是藏书家,不仅在于他从事古代藏书家应有的藏书活动,而且,
他还能够站在理论高度,阐释藏书理念。

淳熙六年(1179),建阳县宰姚耆寅为县学聚藏书,朱熹为作《建宁府建
阳县学藏书记》一文,又作《建阳县学藏书橱铭》曰:"建邑名庠,司教有儒。
何以为训?具在此书。非学何立?非书何习?终日不倦,圣贤可及。"②铭
文很短,但概括出藏书重要性。书是教育子弟的依据,是儒生立于世的基
础,是成圣成贤的途径,而事实上,朱熹本人就是通过阅读大量藏书,而终成
大儒的。

朱熹还对藏书的聚散问题有较为开明的理念。淳熙十四年(1187),陆
九渊门人彭世昌来贵溪建象山书院,请陆九渊来此讲学,彭氏到处夸耀象山
书院之幽美,但苦于藏书太少而下山求书,朱熹得知后说:"紧要书能消得几

---

① 《朱子全书》第20册,第352页。
② 朱培《文公大全集补遗》卷六,《朱熹年谱长编》,第615页。

卷？某向来亦爱如此。后来思之，这般物事聚者必散，何必役于物?"①言语
虽短，但是道出了藏书家如何看待藏书聚散的问题。古代私家藏书的一大
主要特征就是秘惜所藏，在私有制度下，个人对于知识载体具有垄断性，私
家藏书乃个人及其家庭花费无数心血和钱财搜罗所致，故一般不愿意对公
众开放，唐杜暹云："清俸买来手自校，子孙读之知圣道，鬻及借人为不
孝。"②博得众多认可。但是，朱熹不是这样认识的，他正确看待藏书的聚散
问题，深知藏书不可能永远密保于个人之手，散出是迟早的事，因此奉劝藏
书家不要被藏书所左右，认识十分开通。

正是在这种观念下，朱熹藏书也多，散书也快。淳熙三年（1176），婺源
县学藏书阁建成后，朱熹积极将私家藏书捐出，充实县学藏书阁。洪嘉植考
证这次所捐书目：《程氏遗书》、《外书》、《文集》、《经说》、司马氏《书仪》、
《高氏送终礼》、《吕氏乡仪》、《乡约》等。③ 晚年，朱熹还把藏书多送给学生
和友朋，其中黄榦得书最多。

"私家藏书之风，至宋代而大盛。"④明末清初，藏书研究开风气之后，学
界随即对宋代藏书家作多方研究。清人叶昌炽撰《藏书纪事诗》为五代以后
藏书家共计 739 人立传，其中宋代藏书家 120 人。而宋代 120 位藏书家中
有多位生平不详、藏书史实不清者，如南都戚氏、九江陈氏、亳州祁氏、饶州
吴氏、信阳王氏、遗经堂主人、濡须秦氏、东平朱氏、莆田李氏和刘氏等，叶氏
仅仅依靠史书中只言半语便为之立传，称之为"藏书家"。与他们相比，朱熹
确乎可以算作藏书大家了，朱熹的藏书生涯是与其学术生涯相辅相成的，还
原其藏书家的身份有助于进一步研究其学术成就。

---

① 黎靖德编《朱子语类》卷一二四，第 2694 页。
② 周辉撰，刘永翔校注《清波杂志校注》卷四，中华书局，1997 年，第 134 页。
③ 洪嘉植《朱熹年谱》，转引自束景南《朱熹年谱长编》卷上，第 563 页。
④ 潘美月《宋代藏书家考》，第 2 页。

中国古代文学流派的桐城模式

——基于萧穆咸同时期日记的研究

徐雁平

引　言

　　文学流派研究,无论在古代文学还是在现代文学,都是受关注的问题。何谓文学流派? 在诸家论说中,当以《中国大百科全书》界定较为完备:"文学发展过程中,一定历史时期内出现的一批作家,由于思想倾向、艺术主张、审美观点和创作风格相近,自觉或不自觉地形成的文学集团和派别,通常是由一定数量的作家群与其代表人物组成的。"①然或因篇幅限制,这一界说未对流派形成和发展的动力、机制等重要问题予以论说。此外,这一定义也只宽泛地提及"一定历史时期",对流派延续的时间及其意义,亦未能展开。桐城派作为一个延续二百余年的文学流派,在中国文学史或世界文学史上,无论

① 参见《中国大百科全书》第 23 册"中国文学"(第 2 版),中国大百科全书出版社,2009 年,第 327 页。此词条所涉流派构成诸要素如自觉意识、艺术风格以及命名方式等问题,陈文新也有较充分论说,参见陈文新《中国文学流派意识的发生和发展》第 2 版,武汉大学出版社,2007 年。古代文学流派研究,陈文新、陈才智皆认为程千帆 1983 年提出并实践的"唐宋诗歌流派研究"具有标志意义,参见陈才智《中国传统文化中诗歌流派范畴的理论性建构》,《河北大学学报》2018 年第 2 期。

如何评量，都是一个令人瞩目的文学现象。因桐城派所涉问题的深广、流派意识的明确、作家群体的庞大、留存文献的丰富、传衍时间的久远，对于全面研究中国文学流派而言，是十分难得的"样本"，具有难得的典型性。欲探寻这一文学流派延续及拓展的机制，有必要回到"较长时间"（近似"中时段"）并落实到具体空间来考察①，也就是说研究桐城派要回到桐城本土。萧穆（1834—1904）咸丰十年（1860）至同治十一年（1872）的日记②，是桐城一地文人活动及书籍交流的详细记录。本文虽选择较短时段的日记作为分析讨论的材料，但萧穆日记颇具"延展性"，所记录的诸多活动是未完成状态，是"进行时"，从中可预推桐城派的未来发展；同时因为萧穆所记种种书籍，是过去诸多书籍或学术活动的延续，不是一个静态的存在，其中暗涵"前史"或是"过去进行时"状态，如桐城文人掌故、批点本流传、戴名世著述的保存与复活，在日常记录中皆有或显或隐的轨迹。日记所记录的诵读、抄写、过录批点、重编选本、互批习作等活动，有较明显的"手艺"特征。桐城派研究中引入"手艺"概念或视角，有助于重新思考桐城派发展和延续的机制；同时由萧穆日记所记，可以在一定程度上回溯性地重现嘉道时期甚至更早时期桐城境内人文生态，还可以利用作为媒介的书籍重构一个萧穆所经历的基层文人世界。基于萧穆咸同时期日记的研究，不但能揭示桐城可以作为清代地域文化研究的样本③，而且能证明内涵丰充的桐城派可作为中国文学流派中的"桐城模式"。

---

① "中时段"概念，借鉴年鉴学派学说。参见费尔南·布罗代尔著，刘北成、周立红译《论历史》，北京大学出版社，2008年，第32—33页。

② 萧穆自咸丰六年二十二岁时记日记，至光绪三十年年七十卒。今存日记七十二册，缺咸丰六年至九年前四册及光绪二十八年一二册。萧穆的日记时间跨度较大，此处选用他现存日记前面一部分，即从咸丰十年至同治十一年，共计十三年作为研究范围。之所以选择咸丰十年至同治十一年，是因为这一时期萧穆与桐城联系密切，同治十二年后主要在上海广方言馆编书，故暂不讨论。这十三年中有四年多在汴梁、安庆、金陵等地，故可真正利用的日记有八年。本文所利用萧穆日记收录在周德明、黄显功主编《上海图书馆藏稿抄本日记丛刊》中，共11册，"丛刊"共86册，其中第29册、第30册为本文讨论内容，故在注释中简称为《敬孚日记》第29册、《敬孚日记》第30册。

③ 参见徐雁平《论桐城可作为清代地域文化研究的范本：以世家联姻与文献编刊为例》，《安徽史学》2019年第7期。

一　桐城县境内的"家家桐城"

书籍作为文化积累的重要表征,对一地人文风气的形成具有涵养之功。桐城境内的书籍交流网络背后有同宗同族、姻亲、师承等人际关系网作为依托。因姻缘、学缘的拓展,以同宗同族的血缘关系缔结群体的方式得以改变,特别是学缘,较大地改变或丰富了桐城文人结交的方式。桐城文人多以主讲书院或作塾师为谋生职业,作为地方文人群体中的一员,萧穆亦多年以授徒为业,这一职业的流动特征为他们与读书之家接触提供了有利条件,从而推动书籍在桐城境内的交流。

萧穆是嘉道以来基层文人群的代表,这一数量不小的文人群,因无科名,主要依靠教书、帮显达或知名学者、藏书家编书为生[1],而清代社会中存在这种空间,也可能成为古代学术向近现代学术转变的铺垫。萧穆在举业之外致力乡邦文献的搜集与编刊[2]。他一生好学、志向明确以及行迹记录完整,使得萧穆的人生轨迹较为连续、明晰;循此轨迹进入桐城一县之内,众多的文人学者或读书之家,得以串连呈现。经统计,在桐城八年的日记中,萧穆借阅的私人藏书有 68 家,这些"碎金"式的藏书散布在桐城一县各地。

萧穆在日记内对山野间路线及里程数的记录,无意中勾勒出有特色、有辨识度的"地方空间",其中有书籍的流动,也有在途中或其他人家偶遇其他读书人之事。正是这些不经意的记录与人事,桐城日常生活的一面才得以呈现。68 个"藏书点"可以用咸同时地名确定者分列如下:马心锴,王家嘴;

---

[1] 参见陈鸿森《朱文藻年谱》,《古典文献研究》第 19 辑下卷,凤凰出版社,2017 年。徐雁平《用书籍编织世界:黄金台日记研究》,《学术研究》2015 年第 12 期。

[2] 马其昶曾论及萧穆"家世为农,小时父督之耕,泣而受杖,潜入塾中问字,遇名流宿学必敬礼,随所往,辄手提布帙,裹书数册。闻某所有异本,必钩致之。……益留意乡邦文献,叩以前闻轶事,其所不知,未有能知者也"。马其昶著,彭君华点校《桐城耆旧传》,黄山书社,2013 年,第 445—446 页。

程锦,双溪;方振卿,双溪;马木庵,宕村;"某家",新圩;谢省莽,水围大村;鲍氏,陈家洲;马慎甫,县城东门小街;吴棣村,吕庄;徐宗亮,皋庄;周宪印,南山巷;张星五,县城;光慎伯,石庄;左鸿遇,宕村;吴汝纶,刘庄(离县城较远);张大谷,石门冲(离县城十余里);程曦之,唐家湾;周苊诒,老庄;程际云,孔城镇。

在以上所列68家之中其他诸家,住在县城的可能有几家;此外,据新修《枞阳县志》,姚莹家在牛集乡,方受畴家在浮山乡,吴汝纶家在会宫乡,汪志伊家在双铺乡(属西乡),方履中家在南乡,光昇家在北乡,刘大櫆住陈家洲(属东乡)。总体看来,这些大大小小的读书之家,大多分散在各村庄。相较那些聚居型的家族,如苏州平江街区、常州白云溪、常熟虞山脚下南泾堂西泾岸一带,以及福州三坊七巷等等,桐城境内呈现的是"满天微星式"分布样态,这一样态更有利于整个区域的文化多方面发展。在萧穆日记和姚永概日记中,还有更多声名较小的文人以及散布在桐城一县之内的小型藏书,这是桐城派生长的厚土。星散状态而不是过分集中,使得以家为单位的文化传承在空间分布上呈现相对"均衡",有利于整体性的地方文化生态的形成。

家有几种书,乃读书之家的常态;桐城读书之家更进一步,颇在意保存旧书旧物,并视之为一种"文化标准"。姚濬昌说:"与诸儿谈人家能出得高曾以上旧物数件,不独知为旧家,且子孙必贤。若示人不过珠玉锦绣,则其子孙必不肖。何也?不重祖宗手泽,则心地浇薄;不好古,则感气轻浮。天下未有浮而能久长者也。"①重视"旧物"与"祖宗手泽",造就了桐城"满天微星"的读书之家。

68家藏书总量或不如江浙一大藏书家之规模,对于萧穆而言,这一散布山野的藏书犹如一个隐伏的网状书库,他要看到书,必须与人交往,或有中间人介绍,必须与人交谈。萧穆日记中出现频率最高的句式是"与某某

---

① 　姚濬昌《叩瓴琐语》附《五瑞斋遗文》,民国铅印本。

谈"。交谈，或谈文论学，或谈掌故轶事，或谈乡间琐事，或谈外间动态。因为密集的交谈，萧穆发现了许多书籍收藏线索，其中有些量小的藏书，他可以一次翻阅，还可将书目借回抄录，如同治九年抄录过叶章民的书目。也有不少人的藏书是渐次向萧穆开放，如日记中有"抵押式"的"质借"，一部大书册数较多，先借数册还后再借，还有一些书，必须通过深入的交谈，或者被萧穆热爱终乡邦文献的诚心所打动，一些稀见之书才露出真面目，因此如程际云、方涛、许子受、吴棣村、马起升、姚振之、徐宗亮、张星五、方宗诚、张大谷、方小梁、程曦之等人的藏书，萧穆曾多次借阅，其中方涛、方宗诚的藏书在日记中有长时间借阅记录。

　　而这种藏书分布格局的"发现之旅"，应该得益于萧穆对《桐城文录》以及《桐城县志》"艺文志"的编修。特别是《桐城县志》，因"掌故"与"文征"类目，故对桐城众多文人或读书之家有号召力，更是让他接触到诸多私家旧藏，并得知与旧藏有关的故事。或可如此理解，因为机缘以及萧穆的诚心，那些散布在桐城乡野的"花朵"应召唤而"绽放"，因为这一特别时节的存在，桐城地方文化生态也较为全面呈现。

　　若仅有藏书之家，桐城也只能视为有书香、有文化，并未见其特出之处。在萧穆日记中，这 68 家所藏书籍数量有限，只有几家有书目，超过百种的不多见；然在有限的藏书中，几乎都有桐城派文献或桐城地方文献，如桐城人物画像、书札、条幅、试卷、家谱、著作的稿抄本和刻本、过录的批点本等等。如此集中出现，是因为萧穆的有意搜求。他甚至将友朋所藏"地方特色文献"列出书单，以备借阅，如张大谷、张二谷藏书①，从另外一角度来看，在萧穆视野之外，可能还有不少藏书之家未被查访记录，或者有更为丰富的桐城文献存在。

　　桐城人保存桐城派文献，可以分为两类：一是著作者的后人；一是在著

---

① 　参见萧穆辑《萧敬孚丛钞》(五)，《晚清四部丛刊》本，第 2377—2378 页。

作者后人之外、对这些著作热爱或珍视的读书人，如方宗诚、方振卿。在此之外，还有一批"桐城派爱好者"，如许子受、吴棣村。许子受所藏书中，"望溪十本"，或即《方望溪集》；而《古文辞类纂》所谓有苏惇元临方、刘、姚批点，并不是方、刘批点过这部书，而是苏氏将方、刘某些古文的批点过录到选本中；吴棣村藏书中的"海峰选本"，或指刘大櫆精选茅坤的《唐宋八大家文钞》，且有批点。这类收藏，既是家族后人保存先辈著述的责任感，又出于乡人希贤慕古的珍惜之意。

萧穆所借阅的诸家藏书中，多有零碎容易散落之物，如同治五年正月，观张星五所藏张廷玉遗像二幅，"一为冠带像，一小像也，然与端甫所藏《龙眠山庄图》小像各有不同"①，此语亦顺带指出"端甫"也有收藏；同治八年正月萧穆到周庄刘二姑家，见刘大櫆曾祖刘心曜、刘大櫆弟画像，其中后者有刘大櫆题诗。"刘二姑"或是刘大櫆一族后人，她出嫁之后，仍有传承保护之责。这些画像，与那些稿抄本、零星墨迹一同构成与单纯刻本有别的文献类型；这一类型文献对于收藏者而言更具有亲切性，能昭示那些过去的先人或乡贤前辈"此时此刻与我同在"。同治五年二月四日日记，萧穆记录一则并不十分要紧的文字："（方小梁）五婶母为取惜翁破手札一纸。"②这如"刘二姑"的行为一样。虽说读书之家，保存文献，"人人有责"，但此处"人人"或多是男性，两位没有全名的女性无意中被写出，真可见桐城一县的文化基准。

此举对于桐城独特的文化氛围或文化传统有一种"晕染"作用，形成"虽无老成人，然典型犹在"的氛围。如果说桐城人文或文学传统在某一时刻有衰败、断裂、解体之事，其迹象应是这类"亲切性""与我同在"的文献类型从民间的消失。而这种消失，至少从萧穆的日记看来，在太平天国战争中，因为众多桐城民众或读书之家的抱残守阙，虽遭文献损毁厄运，然大体犹存。

---

① 萧穆《敬孚日记》第29册，国家图书馆出版社，2017年，第543页。书名《古文辞类纂》，萧穆日记中一律作"篡"，今统一用常用字"纂"字。

② 萧穆《敬孚日记》第29册，第543页。

　　萧穆的日记中,有头有尾的文献收集、编辑之事颇多,就以"惜翁破手札"关联的姚鼐尺牍入手查看,萧穆同治元年三月开始借阅《惜抱轩尺牍》,此后着手搜辑,日记中留下搜集"进程"。在搜求姚氏尺牍的同时,萧穆对方苞、刘大櫆尺牍亦用力。萧穆在搜求姚氏尺牍时,还应同乡郑福照(容甫)之请,分享所得文献:"又为郑容甫抄海峰尺牍三首,惜翁文一首尺牍一首,又为杂考事数则并录毕,后又抄惜翁尺牍三四页。"郑福照辑《姚惜抱先生年谱》,有同治六年五月方宗诚序。萧穆同治七年五月收到郑氏所寄赠年谱四部。得赠书四部,或是萧穆提供了尺牍并帮助考订姚氏年谱中事实。

　　对于桐城文献的保存和传统的弘扬,桐城人一方面做一种"连续性"的工作,如不断出现的桐城地方总集;另一方面也在有意无意中做一种"互补性"的工作,譬如,同是"桐城耆旧传",萧穆用辑录的方式,马其昶则撰写新篇。同是姚鼐著述,萧穆编尺牍集,郑福照编姚氏年谱。现存的桐城文献有难得的体系性,这是今之视昔式的总结;然萧穆、郑福照等在着手做时,尚不能说有整体规划,然至少彼此之间应该多有交流,"走动"及萧氏日记中频频出现的"谈"定然在发挥作用。从交流或互动的角度来看,萧穆只是桐城境内书籍交流网络中的一个节点,还有更多、更早的一批读书人在做保存、传承工作,尤其是对本土文献,他们特别尽心尽力,这一集体行为关系到一地的教化、民风或者精神,逐渐积淀为地方文化底蕴。

　　桐城一地"家家桐城"氛围的形成,还与地方文人口述桐城前辈掌故有关,这为桐城文化在纸本文献记载之外增添一个生动的日常生活层面。一地掌故、逸事之多少,如同前文所言书籍的散布一样,也是测量一地人文底蕴的指标之一。其中关键部分可能暗示"天下文章出桐城"的优越感以及文论生成发展的现场感,如桐城派吟诵传统。张裕钊说:"往在江宁,闻方存之云:'长老所传,刘海峰绝丰伟,日取古人之文,纵声读之。姚惜抱则患气羸,

然亦不废哦诵,但抑其声使之下耳﹒'是或一道乎?'"①此外,掌故轶事的感
染力或远在文献之上,借助于事件的选择、细节的编排,可将所讲人物置于
一个"新奇"的语境中,其形象更加鲜明,如姚永概光绪二十四年回忆光绪九
年听方常季讲掌故情形:

> 忆昔癸未之春,余与伯兄应童子试,借楼之北屋寓焉,时先生新自
> 北归,年逾六十矣。日坐楼下,点读《通鉴》,数十翻不倦,夜则召余兄弟
> 侍谈先辈文学师承及生平轶事。洪声大口,须眉开张。②

方常季传承的桐城文学的"口述历史",是有"洪声"或略有"表演"的过往。
然而桐城文学和学术,通过旧闻轶事,融入日常生活,部分实现精英文化向
民间文化的转换;通过讲述,绘声绘色的演绎,以及润饰,这些点滴史事变为
一种"活态文献",成为有现场、情境、地方特色并不断再生的文化。

逸事、掌故成为读书人或乡野间的谈资,是流动的文献,是一种风气;同
时融入文章,形成一种文体,一种叙写方法。桐城文集中,就暗含一条撰述
辑录掌故的思想脉络。就专写桐城人物而言,戴名世有《书光给谏轶事》,方
苞"纪事类"文中标题名"轶事"者有 8 篇,其中最有名的是《左忠毅公逸事》,
此后如马树华,以及比萧穆稍晚的马其昶、姚永概皆有以"逸事"名篇写桐城
人物者。萧穆更是对桐城乡贤旧闻轶事有偏爱,撰述较多,以"逸事"名篇的
有《书方望溪先生汤司空逸事后》(二篇)、《记方恪敏公轶事二则》《记姚薑坞
先生轶事》等;以轶事掌故入文的有《追录旧游何氏青山石屋寺后记》《记方
恪敏公画像》等。

而日记作为一种私密性的文本,相较公开的文本,则更能体现搜求相关
掌故的生动真实鲜活的一面。桐城人的日记中记录谈先辈掌故之事并不
少,萧穆更是具有搜集的兴趣:

①　张裕钊著,王达敏点校《张裕钊诗文集》,上海古籍出版社,2007 年,第 85 页。
②　姚永概《姚叔节先生文存》,国家图书馆藏抄本。

　　同治元年正月二十七日,(刘开弟子彭泽柳)谈孟翁行状及翁无时不看书、力学等情,余甚思而慕之。①

　　同治元年三月八日,到(马)顺如处辞行,并坐谈一切。顺如其令祖元伯翁及光栗翁、方植翁、姚石翁诸老之规模动静,娓娓可听,令人神往。②

他自小沉浸在桐城文人掌故的氛围中,相较于纸上文献,这种口述传统可能对他有更多熏染。上录两则日记片断只是日记中意图稍为明显者,观其遣词造句,萧穆是主动寻求,且对前辈充满神往之意,如萧穆日记记录了听说的姚鼐经学不如方苞的谈论,晚清有马其昶不作诗专力作文的掌故。

　　对于类似的掌故辑存,姚永概的日记中也有不少记录,如光绪七年五月姚永概与其兄谈方东树事,七月记录其祖端恪公《外集》感应事;光绪八年四月,姚永概夜与大伯父谈对联之佳者,其中有姚鼐联语;七月,姚永概大伯父讲桐城左氏、周氏之发达与卜穴的故事。③ 在萧穆、姚永概之后,桐城文人掌故仍在流传,同时也在新生。桐城派收结期人物李诚就有一篇《民初桐城文人轶事》④,显示掌故的生命力。这些未被写定、或写定后仍在口传的旧闻轶事,出自桐城一县各乡各镇,在流动中形成桐城特有的文化氛围。

　　西方学者指出谣言是世界最古老的传媒,以为谣言是议论过程中产生的即兴新闻,是一种信息的扩散过程,同时又是一种解释和评论的过程。掌故和谣言相比,自然有不同之处,然也有相似甚至重合之处,如挪用此论来理解掌故的作用,则掌故已由即兴的新闻变成较稳定的故事,每一次传播,不像谣言边流传边衰竭,而是在演变为一个结构完整、具有完美形式的述说。掌故

---

① 萧穆《敬孚日记》第 29 册,第 196 页。
② 萧穆《敬孚日记》第 29 册,第 211 页。
③ 姚永概著,沈寂等点校《慎宜轩日记》,黄山书社,2010 年,第 9、17、57、70 页。
④ 参见李诚《李诚全集》下册,海天出版社,2019 年,第 960—962 页。此文有吴汝纶、马其昶、姚永朴、姚永概掌故多则,其中谈及桐城读书之家秘藏批点本事;马其昶家藏方苞批改柳文,姚永概家藏姚鼐批点《今体诗选》,与后来刻本有不同处。

不仅仅具有维持聊天、彼此娱乐的作用,还有教育与激励的功能。①

　　对于桐城而言,口传的轶事掌故可能一直作为谈资流传,其中一部分被文献固定后,渐形成"稳定的叙说",当然,有些文字还可重新回到桐城乡村城镇的讲谈之中,同其他形态的文化一起塑造或丰富文化和文学传统、习俗、记忆或价值判断模式。

二　桐城派的"手艺"

　　编选、抄录、批点是清人较为常见的阅读或撰述方式,然在桐城文人中采用此方式者更多,时间延续更长,留存文献也更为突出,而且这些书籍之间、读者作者代际之间,有更为丰富的联系,故可视为一种"典型的群体行为"。这一读书法,大致是划分段落、圈点、附以批语,武义内雄以为这是姚鼐之法,后来桐城众人效仿,变成"桐城派的读书法"。② 这种读书法,在桐城境内近似一种匠人的"手艺"③,是成为"家"的必须经历的磨炼。这种行为近似做工,是手工艺中的"耗时手工"。看似简单的抄录与圈点,蕴涵"隐性知识"④,从做工、技艺的习得,从重复、单调或无止境的磨砺式日课中体

---

① 此节文字据《谣言:世界最古老的传媒》推衍。让-诺埃尔·卡普弗雷《谣言:世界最古老的传媒》,郑若麟译,上海人民出版社,2018 年,第 8、117、148 页。
② 武义内雄《桐城派之圈识法》,参见朱修春主编《桐城派学术档案》,武汉大学出版社,2016 年,第 44—45 页。将此法归于姚鼐,至少从萧穆日记所记来看,欠妥。
③ 引入"手艺"这一概念或视角,就是强调研究桐城派要回到桐城本土,回到桐城人的日常读书生活,关注"器物的制作",这两种传统提示研究桐城派其他文学流派,甚至文学传承,要重视基本的"手艺"、器物以及日常交往形式,参见爱德华·希尔斯《论传统》,傅铿、吕乐译,上海人民出版社,2009 年,第 85 页。
④ "耗时手工"(chronomanual)、"隐性知识"(tacit knowledge)借用自摩尔·利的说法,参见摩尔·利《编织时光的手艺:时间投入在当代西方手工艺中的价值》,《碧山》2015 年第 6 期。"隐性知识"是指日常习得的技术或技艺,其中有肢体动作的融入,有"手感"等精神方面的体认。此节论说还受到张桃洲讨论诗人的"手艺"一文启发,参见张桃洲《诗人的"手艺":一个当代诗学观念的谱系》,《文学评论》2019 年第 3 期。

认、领悟形而上的"义法""神理气味格律声色"等理论。在萧穆日记中，围绕书籍的收藏流动，也呈现出一幅鲜活的画面。

萧穆所置身的书籍交流网络有层次之分：其一，一般书籍的借还；其二，较为珍稀的、各家秘藏的先人文献的借阅；其三，特定文人群体内的批点本的流通与分享。① 他在书籍交流网络中，在多方搜求吸纳的过程中，也逐渐成为"珍稀资源"的输出者②，从咸丰十年到同治十一年萧氏日记中有 12 次为他人代临批点本的记录，其中有孙吉甫、方涛、方振卿、吴汝纶、徐晋生，他们也是萧穆所阅书籍的提供者。③ 咸丰十年至十一年，萧穆为孙吉甫临批点本包括刘大櫆批点茅抄八家文、刘大櫆圈点《孟子》、刘大櫆圈点《庄子》。咸丰十一年萧穆为方振卿临刘大櫆圈点《左传》，同治十年为徐晋生临刘大櫆圈点《唐人万首绝句选》，以及同治十年日记中所记载的刘大櫆批点"渔洋古诗选二本"，则可知萧穆对刘大櫆的批点本用心搜求并有一定数量的积累。

在过录批点或借阅的过程中，刘大櫆著述的多种形态也有展现。咸丰十一年二月，萧穆临刘选《历朝诗选》七律圈点于刘选《七律正宗》上，此年四月五月，临刘大櫆圈点《文选》《左传》；同治八年九月借阅刘氏批点《高青邱集》，十二月临刘氏圈点八家文；同治十年二月临刘选《楚辞》。刘大櫆的诗文也被桐城后辈编选，同治四年三月萧穆从吴棣村处借到"海峰选本"④；同治八年七月二日，"取左叔固先生删定《海峰文集》，以徐椒岑赠本照录之"⑤；同治十年二月，萧穆为编《桐城文征》，选择"海峰文抽存三册"⑥。刘氏选本并未固定，或者刘氏所选在以各种"组成单元"流传，同治二年十月日

① 参见徐雁平《批点本的内部流通与桐城派的发展》，《文学遗产》2012 年第 1 期。
② 参见萧穆辑《萧敬孚丛钞》（五），《晚清四部丛刊》本，第 2377—2378 页。
③ 方涛是方东树之孙，与萧穆往来密切，萧穆为方涛临《屠龙子》圈点、方世举批苏诗。
④ 萧穆《敬孚日记》第 29 册，第 498 页。
⑤ 萧穆《敬孚日记》第 30 册，第 248 页。
⑥ 萧穆《敬孚日记》第 30 册，第 454 页。

记记录姚小五有刘氏选五言律诗一本,同治六年正月借到刘选"茅抄韩柳欧王四家文十本"①,同治八年八月,借方小东所藏刘氏选订古文,同治十年八月,借到朱伯平藏朱歌堂抄录刘选七古诗一册,同治十一年,借到程曦之藏无名氏抄刘氏五古诗选一本。

刘氏在评点、编选、删订过往经典时,本人所撰作、所编选的诗文也不断被评点、编选、删订。萧穆的众多编选、圈点书籍中,有两种书他尤为用力,或者说是他的志业。同治九年九月廿五日日记中就有此志业的表白:

> 整理刘海峰先生《唐宋八家文选》,并以初选之文拟订四册,附二三次定本十册,可存玩。又取《历朝诗选》十四册,前为题跋,合存《海峰全书》定本,置一处。倘余尚能延年,必将此二书及搜辑先辈遗书次第刊板,且倩有力者各为刊行也。②

编辑刘氏选八家文定本一事,早在咸丰十一年已初具规模,"临刘本圈点,久之,成。乃以茅本前所临批点订成一本,此本皆序也。余数年谋临刘选八家文全本,至今日乃告成十本。此部多凑成,批点不整齐,俟他日谋得茅抄全本重订一部,而以李、晁、归三家文各抄附之,以成海峰先生唐宋八家文选定本,他日谋以刊行于世"③。此后所做诸事,只是不断充实而已。拼凑、整合,以求刘选八家文定本;萧穆整合刘氏的《历朝诗选》,也有与八家文定本近似的意图,也是持续多年的事业。上文所提数种刘氏诗选零册,多是《历朝诗选》的"抽选本",这些选本或与刘氏原选已有差异,同治八年三月,萧穆见到光聪谐手抄《历朝诗选》十余册,乃光氏"以意选录"④,与刘氏原选本比较,已有增减。

多种方式的汇合批点及有意增减的编选,如上文所提到的光聪谐手抄

---

① 萧穆《敬孚日记》第 30 册,第 4 页。
② 萧穆《敬孚日记》第 30 册,第 401 页。
③ 萧穆《敬孚日记》第 29 册,第 279 页。
④ 萧穆《敬孚日记》第 30 册,第 210 页。

《历朝诗选》，左坚吾（叔固）删定《海峰文集》、萧穆编辑海峰文抽选本，使得至少在桐城境内或特定桐城派文人圈中，各种选本及其批点的源流因不断变异、汇集而有"纷纭"之态。其中，王士禛的《唐人万首绝句选》已被刘大櫆圈点，并有"删益"，而萧穆所藏旧抄本又与刘氏圈点本存在差异，经其过录，遂成一新本。

桐城境内文人，传承此种模式，并积极加入选本的编选与改造中。王灼《历代诗约选节本》《增定唐宋五七言近体诗选》、朱雅《历代诗约选》、姚鼐《五七言古今体诗抄》、方东树《五七言古今体诗抄》等选本，都留下刘大櫆《历朝诗选》《五七言古今体诗抄》的痕迹。在刘大櫆的两种诗选基础上经删益、节选而形成的选本当然不只以上数种，结合上引各种批点本和选本，可大致看出"新本"产生的路径。"新本"不仅是文献的版本问题，也是文学观念的传承与新变的记录。

在诸路径中，过录圈点、批注形成"累积性"的版本，多为桐城文人采用。作为一种"手艺"，有较多的"器物制作"，如《古文辞类纂》《韩昌黎文集校注》《孟子文法读本》等等。就诗选而言，方东树《昭昧詹言》乃在其"家塾诗选"上批注辑录成书。方东树依据的选本，主要是王士禛《古诗选》《盛唐诗选》《唐诗正宗》等。[1] 统计《昭昧詹言》引述桐城诸家之说，姚范最多，有 37 条；姚鼐有 29 条，"先君云"（方绩）有 17 条，姚莹有 7 条，"姚云"（或是姚鼐）5 条。方东树依据的诸多诗选，在桐城特有的范围中，很可能已有过录的批点，这些批点，经其取舍，又在"家塾诗选"中部分得以穿插，如论中唐刘文房《献淮宁军节度李相公》，方东树在引其父之说外，引刘大櫆《七律正宗》，又引姚鼐之说。[2]《昭昧詹言》作为诗选批点本的独立产物，自其刊行后，与其他知名诗选相似，也有不少读者。仅萧穆日记中所记，向他借阅或借抄的人

① 方东树著，汪绍楹点校《昭昧詹言》，人民文学出版社，1961 年，第 539 页。
② 方东树《昭昧詹言》，第 421 页。

就有姚濬昌、方小东、左绳甫、章耀奎、左润皇、"吉甫"。

　　桐城派的编选与批点，既有有意的保存弘扬，又有无意的个人兴趣与偏爱，然合而观之，这一行为颇具规模，或有长远的用意，已显示桐城文人抱残守阙的心态；而对归有光及方、刘、姚的推扬，则更大张旗鼓、不遗余力。归有光文经桐城派文人的前呼后应，到萧穆手中，应该是编选出"最佳状态"的刘、姚批点选本。萧穆同治九年闰十月十八日日记云："是日取刘、姚所选归震川古文一册，临二家批点于上（此乃咸丰丁巳左鸿遇抄本），刘选用朱笔，姚选用黄笔。刘选三十四首，姚选三十二首，同选者二十三首。震川集文佳篇大略在此矣。"[1]经萧穆之手，合成一种全新且有权威性的归文选本。此外，桐城读书之家，或多有归评《史记》。萧穆同治三年七月六日日记，揭示有方苞评点本、张若需过录本、姚范过录而形成的新本，三种新本皆以归评本为基础[2]，三个评点及评点过录本，隐约形成一条评点史线索。

　　特别是《古文辞类纂》，萧穆记录有众多借还记录，因而此书以丰富的样态存在。咸丰十年萧穆所教桐城弟子借《古文辞类纂目》二本去，同治八年三月孙吉甫赠送《古文辞类纂》一部，同治十年正月萧穆送吴汝纶一部，八月萧穆向姚子襄"借其考廌青太史手抄《古文辞类纂》二本"[3]，同治十一年一月为苏求庄临《古文辞类纂》圈点，五月在金陵书肆购买湖南重刊吴刻《古文辞类纂》，八月将该集（或是批点本）送孙诒让，并嘱孙诒让转呈其父孙衣言一阅。《古文辞类纂》作为一个文选范本，被借阅、抄录、购买，被作为礼物；同时，也因为"附加值"的增加，完成了文献再生产。在流传过程中，出现一种苏惇元临方、刘、姚三家批点《古文辞类纂》。[4] 所谓"方、刘、姚批点本"，按方、刘的辈份、年岁以及《古文辞类纂》形成的时间，方、刘不可能对该书批

① 萧穆《敬孚日记》第30册，第419页。
② 萧穆《敬孚日记》第29册，第466页。
③ 萧穆《敬孚日记》第30册，第512页。
④ 萧穆《敬孚日记》第29册，第447页。

注。这种看起来近似"时代错误"的批点本,在萧穆的日记中有"错误"酿成的轨迹:

> 咸丰十年八月廿六日,临刘选韩、柳"序""书"圈点于姚本上。
>
> 同治二年三月十五,临望溪古文圈点于《古文辞类纂》上,用蓝笔。
>
> 同治二年四月一日,家居,临古文圈点,用朱笔,"盖遵惜抱晚年定本"。①

上录三则日记,第三则是萧穆过录姚鼐晚年《古文辞类纂》;而第一、二则是将方、刘其他古文选本中保留的评点,过录到姚选对应篇章中,经过汇合,塑造出一个权威性的桐城三祖注本。萧穆在塑造心目中"完美批点本"时,尚不知一年之后借到苏惇元的《古文辞类纂》三家批注本。苏氏在他之前已完成这一工作,并且还有《古文词读本》,与姚鼐的《古文辞类纂》很可能有关联。《古文辞类纂》的谱系较为丰充,除黎庶昌、王先谦的两种续选之外,还有梅曾亮的《古文词略》、曾国藩的《经史百家杂钞》,都在简化或调整姚选结构与容量。在《桐城文学撰述考》中,尚有游甸荣《古文辞汇编》、薛福成《古文读本》、方宗诚《斯文正脉》《古文简要》、曾士玉《古文类选》。不约而同,皆有编选之举,是桐城派文人群体追求完美注本、选本的表现,这种现象较为普遍,只是相较"三祖批注《古文辞类纂》"而言,典型性稍逊而已。

　　方苞在萧穆日记中的笔墨不及刘姚,然亦有可观;此外在现所存萧穆的笔记中有一份方苞文集"评论资料"的汇集,萧穆亲手抄录并名之为《望溪文集自记并诸家评识》,这一汇集,收方苞自记外,录自钱澄之至方道希 138 家评语,有不少评语出自桐城本土文人,如方世举、方辛元、方城、方醴、方观承,以及左文韩、刘大櫆、叶酉等等②,更有出自桐城以外诸家评语。资料汇集无疑是萧穆日积月累的结果,较为真实地展现方苞集被认可、被评说以及

---

① 萧穆《敬孚日记》,第 29 册第 206、384、387 页。
② 萧穆辑《萧敬孚丛抄》(二),《晚清四部丛刊》本,第 3705—3792 页。

逐渐成为"新经典"的过程。方、刘、姚三大家之外,桐城派中期文人的诗文集也进入批点流程之中,萧穆咸丰十一年日记记录戴钧衡、马三俊(融斋)、方宗诚批点方东树文一部,同治四年日记记录方东树批点管同《因寄轩文集》,同治八年日记记录所见刘开《刘孟涂集》抄本,有圈点,且所收内容与刻本不同。

此处可以切换"镜头",看桐城文人如何延续过录圈点,保存本土文献的"惯习"。姚永概称其兄姚永楷"博观于诗歌古文,所取忻诵者手抄之若干册,见一人评点本,必手临之"①。姚永概现存日记始于光绪七年,其时十六岁,五月初九日,过录姚鼐评点《渔洋精华录》,七月初一过录姚鼐圈点《五七言今体诗抄》。光绪八年七月二十七日日记又及此事:"予家有惜抱公自订《五七言今体诗抄》,乃初刻本,而复增删加圈点批注者,与刻本圈点有异,取校之。"②十月十九日姚永概为二姊姚倚云临《五七言今体诗抄》圈点。光绪九年七月二十八日,"抄《古文约选》目录,圈点批语,以此书明年二兄欲携之湖口也"③。这一过录批点的惯习,据姚永概日记所记,仍旧在传承;在吴汝纶著述、被类编的日记及其子吴闿生的记述中,亦有迹可循。

就萧穆日记所记诸多别集、选本,可看出在桐城本土对诗的推崇并不在文章之下,然在全国性的影响,却远不如桐城文章,其中原因有多方面。从作为文学流派拓展利器的选本而言,桐城派的诗选,可能在王士禛的诗集以及诗选笼罩之下,主张及特色并不明显,主要是在桐城本地流传。相比之下,桐城文章既有理论,又有创作,还有类似《古文辞类纂》等大力推扬。以选本为依据推测,桐城文章观念的扩散,就《古文辞类纂》较为广泛的传播,应是在嘉庆年间有刻本之后,产生普遍性影响应在咸同年间。而嘉庆之前,先于《古文辞类纂》为桐城文章发挥推波助澜作用的应是桐城诸家奉为宝典

---

① 姚永概《姚叔节先生文存》,国家图书馆藏抄本。
② 姚永概《慎宜轩日记》,第76页。
③ 姚永概《慎宜轩日记》,第134页。

的归评《史记》。

"一个社会是一个连续的存在。连续性是一种跨时间的一致性,它取决于同一性在某种程度上的稳定性",而这种一致性、稳定性要依靠不断的"重复"和"自我复制"完成,自我复制既出现在个人内心,也发生于个人之间,"复制的机制赋予社会以持续性"①。复制作为一种机制,当然不是模型化生产,对于桐城一邑读书人而言,诵读某些经典或选本,以及不断批点或借阅、过录、批点,可以视为日常性的"手艺"学习,桐城派诸多层面的传承有"手艺"特征,这一特征是保持桐城学术和文学传统一致性、稳定性的重要条件。

三　戴名世著述的复活与桐城的精神氛围

戴名世的被诛,对桐城人而言是一巨大的"精神创伤",是一极端事件。戴廷杰著《戴名世年谱》十二卷所附《戴名世先生后谱稿》,似仿《史记》"其后……年"之意,记录戴名世被诛多少年之后与戴名世相关之事,戴名世的"后谱稿"自咸丰十年起到同治十一年,就是以萧穆搜集、整理、传播戴氏著述之事形成脉络。因为萧穆对戴氏文献热心,年谱这一时段条目细密,同治八年十月七日日记记录了他保存文献的承续之功:"夜检阅戴订《四书朱子大全》诸条记,此方存翁藏本,传为南山手所批订。欲他日照此重刊,后归戴孝廉钧衡,今归存翁,余往年曾借藏过,今仍向方氏借回,欲以前在金陵赵季翁赠本照此朱墨笔临一副本珍藏也。"②萧穆日记中所记乃当下所见所闻,大多与戴氏著述有关;而戴氏著述何以能保存流传,则有必要追溯其"前史"。

①　爱德华·希尔斯《论传统》,第 180—181 页。
②　萧穆《敬孚日记》第 30 册,第 284 页。

据《戴名世先生后谱稿》所记，戴名世著述自乾隆三十三年（1768）起被严苛查禁，至道光年间管控稍松弛。道光二十一年（1841）戴氏宗人戴钧衡为所编《潜虚先生文集》撰"书后"。其时乃戴氏被诛后一百二十八年。此后方东树与方宗诚论文，极推崇戴氏之文。咸丰二年，方宗诚与戴钧衡编辑《桐城文录》，方宗诚遂向马三俊（命之）借《潜虚先生文集》，方宗诚有题识云：

> 此吾友戴存庄所编辑，而吾友马命之之藏本也。咸丰二年，余纂《桐城文录》，借读之，见其多闲杂之文，乃为删节而慎取之。其后此书为方子观借去，而命之又殉节，其家播迁靡定，故此书竟未归马。今年子观归于吾，复为删节，选为定本。①

方宗诚咸丰七年删定钱澄之、戴名世文集，咸丰八年《桐城文录》编成，"授萧生敬甫编校之，是书搜罗编订已六年矣"②。由此推之，道光末年咸丰初年，至少在桐城境内，戴名世的著述可以在文人圈里谈论、阅读、编辑。其后戴氏著述在桐城的流传情况，有不少保存在萧穆日记中。通过萧穆日记所记及其他文字追溯并合理推测，萧穆这则日记中提及方宗诚、戴钧衡以及江苏丹徒赵彦修（见同治八年日记）皆记录戴氏《四书朱子大全》。方、戴二人之事就是咸丰二年方宗诚题识所述保存戴氏文献之事的延续，然咸丰二年所述之事中提及一位更早且具悲剧意义的保存者马三俊（马宗琏孙），这些关键人物事迹可连结形成保存戴氏文献"历史"的主脉，在主脉之外，萧穆的日记中还记录了其他保存者。

同治八年九月二十，萧穆看余作霖藏书，其中有余氏先人著述，"作翁又出示所藏，有田间、南山、海峰诸集。作翁又云《南山全集》刊本约有数尺，盖数十大册，咸丰间兵燹失之云云。然翁语似非妄言者，穆以为《南山全集》未

---

① 戴廷杰《戴名世年谱》，中华书局，2004 年，第 1008 页。
② 戴廷杰《戴名世年谱》，第 1009 页。

闻刊本如是之多,疑未能决也。"①

　　据萧穆自咸丰十年至同治十二年日记所记,保存戴氏著述的读书人有周丙申、姚濬昌、徐晋生、马起升、余作霖等 12 人,此外还有前文提及的方宗诚、戴钧衡、马三俊,15 人中黄业良、赵彦修为外地人,其他皆为桐城人。其中几人可确定是桐城知名家族之后,如马氏、姚氏、张氏,而戴钧衡为戴名世族裔。他们的戴氏著述很可能是承袭先人所藏,先人所藏亦或具较长时间的传承,而乾隆三十年以降的严酷查禁,这些家族必有一段保存戴氏著述的隐秘历史。同治八年余作霖所述《南山全集》刊本有数十大册,至咸丰战乱失去,可见如此"显眼"的大书已经渡过乾隆朝危险期。戴名世著述在桐城一邑私密保存及在咸同朝的复出,可以看出以下四方面问题:

　　其一,制度、法令或因人情及地点在执行过程发生变异,产生"弹性",并没有出现从制度、法令落实时理应出现的效果。

　　其二,桐城的家族或"姻亲联盟"在关键时刻可能是地方文化传统的一道保护屏障。

　　其三,桐城的重文氛围或传统,涵育出一种较为独立的、以道统为内核的评判标准,故戴名世被诛最初若干年,关于他的回忆及文章选编之事并没有消匿;而戴氏著述历经乾隆朝文字狱的大风大浪,也可见桐城的这一氛围或传统并未断绝。诺伯舒兹在论建筑现象学时指出,"任何人为场所最明显的品质就是包被",这些场所是精神氛围(spiritualaura)的场所②,挪用此意,桐城已不是地理上的空间,而是有精神氛围,有"包被感"或安全感的场所,这一场所的长期延续,是桐城文章学术生生不息的重要精神资源。

　　其四,从萧穆日记及桐城后人文字所存零星记录或掌故中,可判断戴氏

---

① 萧穆《敬孚日记》第 30 册,第 276 页。
② 诺伯舒兹(Christian Norberg-Schulz)著,施植明译《场所精神:迈向建筑现象学》,华中科技大学出版社,2017 年,第 59、195 页。

文章、学术成就之高,不能抹杀;且与方苞等几位人物关系密切,论方苞等人或桐城文章、学术时,戴氏不得不被关联。

萧穆在致力于戴氏文献之外,还接触其他"违碍"人物,如孙学颜(号麻山),雍正末年因序刊吕留良书,牵连弃市。咸丰十年作《孙麻山先生遗集后序》。同治十年正月十二日,萧穆向吴汝纶借书数种,其中还有外地作者禁书"吕晚村文集五本"①。这条记载,说明吴汝纶家藏中也收存禁书。在收藏之外,可能还有秘密的借阅与传抄,如萧穆日记记载其整理禁书时,就有不少桐城友朋向他借阅,包括方涛、吴棣村、苏求庄等。从家族到地方,从康熙、雍正、乾隆三朝到咸同两朝,官方文字狱及多次查禁,对桐城一地似乎没有如官方文书所推衍出的强势"杀伤力";就地域而言,不如江苏、浙江那般严酷,其中原因,是由于桐城一邑位置稍偏,所谓"山高皇帝远"? 还是另有原因?

尝试回答这一问题,可能要回到桐城本土,要留意桐城二十多个知名家族自明代以来不断强化、密集的联姻而结成的婚姻集团所发挥的作用。就桐城文化而言,虽有家族文化与地域文化互动之说,然实际上就是这些家族代表地方,家族的联盟是一种潜在的、扎根深入的力量。考察这种力量时,虽不必刻意在与官方对抗的格局中拔高,但可确定在有大灾难时,他们会同情、团结,主动避让以求自保。王汎森曾十分敏锐地捕捉到家族的力量,指出官方搜查,人力有限;同时,地方上的读书人因地缘血脉形成人际网络,予以阻挡。② "清代在官方功令[名]之学的鼓励与千钧压力禁忌之下,公开流行的书籍,与乡邦里巷之间所藏的,似乎存在相当距离。"③戴名世在桐城的传播以及王汎森所论,涉及一个重要的问题,就是传统社会的"皇权不下县"。20 世纪 40 年代,费孝通在《基层行政的僵化》《再论双轨政治》中形成对中国社会结构的"双轨制"认识,即皇权并不直接针对每个家庭。"中央所

---

① 　萧穆《敬孚日记》第 30 册,第 446 页。
② 　王汎森《权力的毛细管作用》,联经出版事业股份有限公司,2013 年,第 610—611 页。
③ 　王汎森《权力的毛细管作用》,第 618 页。

派遣的官员到知县为止,不再下去了。自上而下的单轨只筑到县衙门就停了,并不到每家人家大门前或大门之内的。"①此意就是基层社会基本由乡绅和宗族管理。近年胡恒对"皇权不下县"有质疑和反思,认为县以下有其职官体系,并有杂职官、佐贰官等行使权力,在基层社会发挥作用。② 胡恒所作的细密文献梳理及研究,确实对"皇权不下县"说具有挑战性;然此类官员的作用可能较小,从一些清代文献所记,并结合萧穆所记清代桐城境内禁书的留存和传播情况来看,他们作为一个阶层的力量并不明显。故此处还是认同"皇权不下县"所代表的"双轨制"。

戴名世著述的保存,作为一个"事件化过程",有助于看清包括桐城在内的"任何社会生活的逻辑和规则都不会自行空转",戴名世著述流传的前前后后,可将这些逻辑和规则激活,看到内部的运作节奏与风格;由萧穆日记所展现的诸人的"生命历程"③,更能理解文学和文化传统如何得到传承和延续。从萧穆日记所记,还原这一事件的余波,看戴氏著述的隐伏与复出,所关注的已经不是作为个体的戴名世,因为多层关联,必须注目桐城文人群体,这一群体是指从前人到萧穆身处的群体,以及这一群体所寓居的"精神氛围"。没有这种氛围,桐城文章或学术可能就是几大名家短时的闪耀,而不会有前辉后映的群星闪耀的流派。

余 论

笔者曾以家族联姻与地方文献编刊的独特性作为切入点,指出桐城可

---

① 费孝通《基层行政的僵化》,《费孝通文集》第四卷《乡土重建》,群言出版社,1999 年,第 337—338 页。
② 胡恒《皇权不下县? 清代县辖政区与基层社会治理》,北京师范大学出版,2015 年。
③ 参见渠敬东《探寻中国人的社会生命:以〈金翼〉的社会学研究为例》,《中国社会科学》2019 年第 4 期。

作为清代地域文化或文学研究的典型性区域。① 萧穆咸丰十年至同治十一年的日记,再一次强化桐城这一区域的"样本特征",并可将这一"样本"设想予以拓展和深入。以萧穆所记对于桐城派及桐城地域文化研究的意义而言,在于呈现出较为细致的桐城本土文化图景,更重要的是显示一种演化过程或"未完成状态",从书籍的保存和流动中可见文化土壤的深厚,从戴名世案和太平天国战事的极端事件中,可见一地人物的文化责任感和异于时趋的精神持守,从批点本的过录、融合与追求"完美选本"中,可见桐城文学的多种滋养,以及不拘守、求变通的生发机制。

通常论桐城派,多集中于文章,实际上桐城文章的光焰遮掩了桐城经学、史学、诸子学②;或可换一角度,桐城文章的长盛不衰,得益于桐城的读书风气以及经史子集并重的传统。以批点或过录批点而言,萧穆日记记录了《诗经》《书经》《礼记》《周礼》《左传》《史记》《汉书》《南史》《三国志》《孟子》《荀子》《老子》《庄子》《管子》《扬子法言》《世说新语》《楚辞》《昭明文选》等等要籍③。桐城境内诸家批点或阅读经史子集要籍,是一种多样性并存的文化生态,他们并不拘守某一部或某几种书,四部之中集部的批注及创作多得益于其他三部。较为通俗的比拟,就是桐城自有深厚的文化土壤,土壤中有充足适合的营养。研究桐城派,不能孤立地研究文章,要关注其他诸多学问;研究桐城文章,不能孤立地研究创作,要研究阅读、保存、编选、圈点、评论等多种问题,要重视氛围和传统。

在桐城文章、诗学、经学的承继和弘扬过程中,技术、物质这两种传统呈现的样态颇为丰富,甚至可加深拓展希尔斯的论说,如关于文章技法、诗法

---

① 参见徐雁平《论桐城可作为清代地域文化研究的范本:以世家联姻与文献编刊为例》,《安徽史学》2019 年第 7 期。
② 欧明俊提出研究桐城派首先应关注桐城学派,不能误解姚鼐主张,将桐城派理解为桐城文学流派。欧明俊《"文学"流派,还是"学术"流派——"桐城派"界说之反思》,《安徽大学学报》2011 年第 6 期。
③ 萧穆日记所记录姚氏圈点或批点之书有"九经"、《逸周书》《庄子》《荀子》《扬子法言》等。

及读书治学的方法,独具特色;而关于物质传统的论述,除一般性保存之外,还关联朝代更替、突发政治事件、大规模战争等外在不可控因素与文献保存及复活等重要问题,以及桐城一邑文人内部的保存,如家族性保存,亲密家族内部批点本流通,志趣相投或有师承关系文人的书籍交流,批点的过录、汇合以及"断以己意"的文本新生,诸如此类,皆可以丰富关于传统的论说。

在中国文学传统中将桐城派视为文学流派的"桐城模式",既是因为它所拥有的丰富资源,有助于后来者从多方面考察这一流派延续二百余年生生不息的机制;又是因为桐城派在以文章为主导时密切关联桐城诗学、桐城经学等学问,更能体现中国文学流派的内涵与包容性质。生长机制的形成,需要各种因素和力量的和合,而回到桐城本土中,引入"手艺"视角探寻,可从其他地方性的手艺中得到启发与印证,如湖笔、端砚、宣纸的制作,如徽州的雕版工艺、建阳的出版业、景德镇的瓷器制作、宜兴的陶艺等等。从这些匠艺的地方特色、匠艺规则、工艺步骤以及延绵时间等方面来思考桐城派的"手艺"特征,应该不是贬抑,而是提供一种新思路,可在成套理论和系列选本中再思"日常慢功夫"的意义:"每个优秀的匠人都会展开具体实践和思考方式之间的对话;这种对话慢慢演变成持续的习惯,而这些习惯又在解决问题和发现问题之间确立起一种节奏。"①桐城文人有一系列的手工实践活动,还有一系列的读书方法和作文规则,这些法则在一定范围内可以共享和传达,并且能让学艺者有"入手"之处。由实践锻炼到文章观念的把握,由器物的制作到道的体悟,"手艺"将桐城派的规则、知识"内化",在不断的比照与磨合中,形成一种身与心、感性与理性、经验与理论融合生长的机制;这一实实在在、生生不息的机制,表面上是个案或桐城独有,然在与其他艺术形式的映照中又呈现出典型性或普遍性,因而由"桐城模式"可思考中国文学流派或古代文学传统演进的路径。

---

① 理查德·桑内特著,李继宏译《匠人》,上海译文出版社,2015年,第12页。

明代博学思潮发生论

吕　斌

一　问题的提出

　　明代学术的特色是什么？我们认为可以"博杂"来概括。其实，前贤对此特色早有认识。如晚清学者朱一新就曾指出："近人学为大言，未知其生平读书若何，而开口便斥明人不读书，不知此嘉、万以后则然耳，乌可以该一代！国朝惟小学骈文优于明代，其他理学、经济、朝章、国故及诗、古文之学皆逊之。至说经之书，明人可取者固少，而不肯轻为新说，犹有汉儒质实之遗。近人开读书之门径，有功于后世者固多，而支离穿凿以蠹经者亦正不乏。康熙时，儒术最盛，半皆前明遗老。乾、嘉以后，精深或过之，博大则不逮也。"①以"博大"与"精深"概括明代与清代乾嘉学术各自的优势所在，即是说，"博大"是明代学术的主要特色。王国维认为"国初之学大，乾嘉之学精，而道咸以来之学新"②，将清代学术分为三个时期并概括出了各期的特色。值得注意的是，王国维虽称"国初之学"，但他也特别指出，国初"学者多

---

①　朱一新《无邪堂答问》，中华书局，2000 年，第 150 页。
②　王国维《观堂集林》卷二三《沈乙庵先生七十寿序》，河北教育出版社，2003 年，第 574 页。

胜国遗老"①，即这一时期的学者主要是由明入清的遗民学者，他们既是明代学术的承传者，又是清代学术的开启者。由此可见，王氏对明清学术的认识与朱一新是一致的。顾颉刚也曾对明代学术的特色作过概括，他说："我常觉得明代的文化是艺术的，诗文、戏剧、书画、雕刻都有特殊的造就，但在学问方面则无甚精采，既不及宋代人的创辟，又不及清代人的缜密。倘使一定要说出他们的优点，或者还在'博'上，他们读书的态度并不严正，什么书都要读，因此他们受正统思想的束缚较轻，敢于发议论，敢于作伪，又敢于辨伪。他们的广而疏，和清代学者的窄而精，或者有互相调剂的需要。"②这段话虽有值得商榷之处，但他对明代学术"博""广"的特色和清代学术"窄而精"特色的概括，则是与朱一新、王国维所论一脉相承的。前贤的这些认识为我们把握明代的学术特色提供了思路和借鉴。我们认为，有明一代确实存在着一种与空疏的学风完全不同的崇尚博学的学风。在这种学风的影响下，明代出现了为数众多的博学鸿儒，他们往往通贯古今，兼综百家，博涉经史子集诸多门类，将学术视野扩大到广阔的知识领域，在创作和研究方面均取得了令人瞩目的成就，使明代学术呈现出"博杂"之特色，并为清代全面整理和总结中国传统学术奠定了雄厚基础。然而，对于明代学术"博杂"之特色，学术界至今缺乏一个具有共通性的从整体上把握和阐释明代学术真实状况及其特色的理论，而对于明代学术为什么会呈现如此特色，我们应如何把握、阐释其特色等问题的解决，不但有助于改变以往人们对明代"空疏无学"这种明显有失偏颇的学术成见，而且有助于明代学术史研究的拓展，更有助于描绘明代学术的全息图像，揭示明代学术特色产生之根源及其对后世学术的影响。本文拟对明代学术特色的生成原因进行尝试性探讨。

---

① 王国维《观堂集林》卷二三《沈乙庵先生七十寿序》，第 574 页。
② 顾颉刚《四部正讹序》，《四部正讹》，朴社，1929 年，第 3 页。

二 "博学思潮"概念的提出

在既往对明代学术的评价中,"空疏无学"这种"一言以蔽之"式的评价一直居于主流地位,其结果是给人们造成了一种假象,即明代学术不值一提或毫无可取之处,换句话说,就是中国古代学术史在明代似乎断裂了。造成这种认识的主要原因,一是明中叶以后的学者在探究社会危机的症结时,往往归罪于理学与心学末流的空疏迂阔学风,尤其是明清鼎革后,遗民学者痛定思痛,更是对空疏迂阔学风口诛笔伐。这种基于亡国教训的认识夸大了学风对政治的影响,带有鲜明的时代特点和强烈的主观、政治的色彩,正如有学者所指出的:"封建社会的腐败,其原因归根到底在于这种制度本身,学风固然重要,但不是实质所在。"[①]然而,这些出于当时学坛巨擘之口的评价却产生了巨大而深远的影响。二是清儒往往对胜国学术加以贬抑,借此昭显本朝学术之盛,故也难以允执厥中。这在《四库全书》的编纂中得到了充分体现。一方面采用"寓禁于征"的方式,使大量明人著述得不到流传,甚至失传;另一方面借助《四库全书总目》对明人著述进行诋毁。所以,郑振铎曾说:"明人集浩如烟海,四库失收者多矣,或出于有意,或出于无意。当时四库馆臣诋諆明人著作,无所不用其极,是自有其政治作用。"[②]

不可否认,明代确实存在空疏不学之风。其实,不惟明代,可以肯定地说,任何一个时代都有"不读书""学风空疏"的现象。例如,常被引以批评明人的"束书不观,游谈无根"一语,即出自北宋苏轼的《李氏山房藏书记》:"近岁市人转相摹刻诸子百家之书,日传万纸,学者之于书,多且易致如此,其文词学术,当倍蓰于昔人,而后生科举之士,皆束书不观,游谈无根,此又何

---

① 陈鼓应、辛冠洁、葛荣晋《明清实学思潮史》,齐鲁书社,1989 年,第 7 页。
② 郑振铎《西谛书跋》,文物出版社,1998 年,第 252 页。

也?"①由此可见,空疏不学之风在宋代已普遍存在了。但人们为何对类似于宋代的空疏不学现象避而不谈、视而不见呢? 概言之,主要是由于这些时期之空疏往往被视为"空疏自误",而明清学者对于明代的空疏学风是有意识地将其范围和影响夸而大之,其主观目的就是为了将其上升到"空疏误国"的高度来加以批判,这更多的是一种基于政治层面的批判。这一问题以及与清代学术、学风等问题,将作专门辨析,此不论。值得注意的是,在学术层面上,明清以来的学者对明代学术、学风还是给予了较为客观地肯定。如刘师培说:"明人之学,近人多议其空疏。……此皆近人贬斥明人学术之词。然由今观之,殆未尽然。"②并在系统列举了十条"明代学术之可贵者"之后说:"近儒之学多赖明儒植其基,若转斥明学为空疏,夫亦忘本之甚矣。"③不但指出了空疏之风是宋元以来普遍存在的一个现象,而非明代特有,并且揭示了明代学术的成就和特色及其与清代学术的渊源关系,从而将整个中国古代学术史贯穿了起来。张舜徽说:"有明一代学术,尚有超越往代而不容一概抹杀者。首在官私刻书之业,远过前人。……至于实学专家,在明代兴起尤众。……兹但就世人所常知者言之,即已各有专精,卓然不废。孰谓明之学术尽空疏乎!"④亦是言之凿凿,令人信服。值得庆幸的是,随着时间的推移,特别是二十世纪七八十年代以来,明代学术研究日益成为学界的热点,不仅研究者的队伍不断壮大,而且研究的深度和广度也在不断深入拓展,正如郑振铎所说:"今日我辈正应实事求是,为许多明代作家鸣不平也。"⑤

我们从学者们对明代学术、学风所作的包括政治与学术层面、主观与客

① 苏轼《苏东坡全集》卷七七,燕山出版社,1997年,第4330页。
② 刘师培《国学发微》,《刘申叔遗书》,江苏古籍出版社,1997年,第501页。
③ 刘师培《国学发微》,第502页。
④ 《张舜徽学术文化随笔》,中国青年出版社,2001年,第286—287页。
⑤ 郑振铎《西谛书跋》,第252页。

观等方面诸多相互矛盾的评价中,可以得到这样一个事实,即明代的学术、学风是多样化的,既存在流于空疏的一面,也存在崇尚博学的一面。就博学而言,正如嵇文甫所说:"在不读书的环境中,也潜藏着读书的种子;在师心蔑古的空气中,却透露出古学复兴的曙光。世人但知清代古学昌明是明儒空腹高心的反动,而不知晚明学者已经为清儒做了些准备工作,而向新时代逐步推移了。试看上章所述云栖、紫柏、憨山、藕益诸大禅师,都是读书很多,主张博学广览。……晚明时代以读书稽古著称的,有胡应麟、焦竑、陈第、方以智等,稍前则有杨慎、陈耀文,而王世贞亦颇有根柢。"①这些崇尚博学的明代学者,他们一方面继承了学术传统中的博学思想,以博学相砥砺并躬身践履;另一方面,他们针对"束书不观,游谈无根"之风,提倡读书,主张积学博观以救敝振衰。就是在这种反思和批判由隐到彰的空疏不学之风的情势下,明代学界逐步形成了一股具有时代特征和广泛影响的主张博学会通以批判空疏不学的思想潮流。我们称之为"博学思潮",并认为"博学思潮"是使明代学术呈现"博杂"特色的根源。就是说,正是由于"博学思潮"的存在和影响,明代学者将学术视野扩大到广阔的知识领域,以一种博大的气象、宽广的治学途径,在经学、史学、文学艺术、科学技术等诸多领域都取得了令人瞩目的成就,创造了丰富的学术成果,其中既有总结前代学术并集其大成者,也有筚路蓝缕以启后代学术者,从而使明代呈现出有别于其他时代的学术特色。

梁启超曾对思想与思潮之关系作过论述,他说:"今之恒言,曰'时代思潮'。此其语最妙于形容。凡文化发展之国,其国民于一时期中,因环境之变迁,与夫心理之感召,不期而思想之进路,同趋于一方向,于是相与呼应汹涌,如潮然。始焉其势甚微,几莫之觉;浸假而涨——涨——涨,而达于满度;过时焉则落,以渐至于衰熄。凡'思'非皆能成'潮',能成'潮'者,则其

---

① 嵇文甫《晚明思想史》,东方出版社,1996年,第144—145页。

'思'必有相当之价值，而又适合于其时代之要求者也。"①我们据此来考察"博学思潮"。首先，"博学"思想之于学者读书治学乃至个人修养都具有相当之价值。"博学"就是要求学者广闻博识，通贯综涉，兼收并蓄，强调学者自身知识储备的丰富性、深厚性。它不但是获取知识的途径，即通过各种方式方法积学储宝以待用，即所谓"学、问、思、辨、行皆所以为学"②；而且还是学者治学的根基，即所谓"为学第当知有归宿耳，始基固不可不博也"③；同时又是学者自身知识修养的目标和境界，即所谓"君子之学，必自闻见始。闻见以多为贵，必慎乎其所择。……学者求之不可不博，而择之不可不审也"④。其次，"博学思潮"是适应了明代这一特定的历史时期的时代要求而产生的。"博学思潮"是指在明代学界形成的具有时代特征和广泛影响的主张博学会通以批判空疏不学的思想潮流。与博学思想相比，博学思潮具有很强的现实针对性和影响的广泛性。所谓影响的广泛性，是指博学思潮不仅反映在少数学者的创作和主张之中，而且表现为众多学者自觉继承崇尚博学的传统，并最终汇聚成一股遍及整个学界的思想潮流。所谓现实的针对性，是说博学思潮是作为与当时社会上空疏不学之风相对立的批判思潮而出现的。

"博学思潮"在明代这一特定的历史时期发生不是偶然的，而是有其广泛而复杂的原因，其荦荦大者，主要包括三个方面：思想文化渊源、科举制度和明代社会的思想现实与风气。

① 梁启超《清代学术概论》，东方出版社，1996年，第1页。
② 王守仁《王阳明全集》卷二《传习录(中)》，上海古籍出版社，1992年，第45页。
③ 朱一新《无邪堂答问》卷四，第157页。
④ 叶梦得《春秋考·序》，中华书局，1991年新1版，第1页。

三 思想文化渊源之因素

从思想文化渊源方面看,博学是中国历代学者根深蒂固的一种治学观念,它不但被历代文人学者视为治学之根基,而且是他们追求的目标和境界,以至于有"一事不知,儒者之耻"[①]的极端说法。基于此,我们认为,博学思想是明代博学思潮发生的不可或缺的条件,它为明代博学思潮奠定了坚实的思想基础,并使博学思潮具有了发生可能。

博学思想的根源至少可以追溯到先秦时期的孔子。《论语》记载了孔子及其弟子的言行,是研究孔子及其学说最基本、最重要的史料。《论语》使用单字 1500 个左右,使用频率在 60 次以上的字词(作为固定词组的不计,如"子"431 次,而不计"子张""子夏""子贡"等)仅三十多个[②],见下表(括号内数字为使用次数):

人（162）、问（120）、知（116）、仁（109）、礼（74）、行（72）、见（67）、学（64）、道（60）、闻（58）	曰(755)、之(596)、不(548)、也(469)、子(431)、而(319)、其(254)、者(202)、于(174)、有(154)、以(152)、乎(140)、矣(138)、言(126)、可(122)、则(121)、与(119)、吾(113)、无(113)、如(111)、君子(107)、焉(88)、谓(78)、必(76)、斯(71)、能(69)

众所周知,孔子所处的时代是中国古代社会一个极为重要的制度变迁或转型时期,社会动荡,秩序混乱。为了改变"礼坏乐崩"的社会现实,孔子一生致力于重构以"仁""礼"为核心的社会伦理道德和政治秩序。我们从上表所显示的孔子对"人""仁""礼""行""学""道""闻"等字的频繁使用中可以清楚地看到他对这些问题的关注程度,而从孔子对这些问题的思考和认识中,我们又可以窥见蕴含其中的思想观念。

---

① 曾慥《尔雅图重刊影宋本叙》,《尔雅音图》卷首,中国书店,1985 年。事见《南史·陶弘景传》: "读书万余卷,一事不知,以为深耻。"
② 据杨伯峻《论语译注》附《论语词典》,中华书局,1980 年,第 2 版。

孔子非常重视"学"，上表中的"学、问、知、行、闻、见"六者都与"学"直接相关。《论语》开宗明义提出"学而时习之"①就足以说明"学"在孔子学说中的重要性，故刘宗周说："学字是孔门第一义，时习一章是二十篇第一义。"②颜元更是认为："孔子开章第一句，道尽学宗。"③客观地说，孔子提出的这一命题并非单纯的学习论，其最终目的是要将"学"落实到现实政治和伦理道德上。就孔子所谓的"学"而言，其内涵非常宽泛，不仅包含了"六艺"（礼、乐、射、御、书、数和《诗》《书》《易》《礼》《乐》《春秋》）等文本和技能方面的内容，也包含了为学的方法和要求等方面的内容，还包含了社会政治和伦理道德方面的内容。同时，孔子还强调学与习（或知与行）的结合，重视从实践经验中获取知识并返诸实践。与"学"的内容和对象的宽泛性相适应，"学"的方式、方法也应是广泛的，或是基于此，孔子主张通过各种途径、各种手段去广泛学习，提倡"博学"。"博"字在《论语》中出现 7 次，其中有 6 次是表示"广博"之意（包括副词和使动用法），而最值得我们注意的是关于博约的论述。在《论语》中，博与约并举者凡三次，"博学于文，约之以礼"分别在《雍也》和《颜渊》二篇中重复出现④，另有颜渊所云"夫子循循然善诱人，博我以文，约我以礼"⑤。尽管孔子在对博与约、文与礼关系的强调上有所侧重（如果联系孔子的政治观、人生观和价值观来看，他的侧重点应该是在"约之以礼"方面），所论明显超出了为学的范围，但他提出的博约命题却对后世治学思想产生了深远影响，并成为贯穿历代治学思想的基本主题。后世学者往往将博与约视为既互相矛盾又密切联系的统一体，言博不离约，言约不离博。正如刘师培所说："孔门之论学也，不外博约二端。孔子曰：'君子博学

---

① 朱熹《论语集注·学而》，《四书章句集注》本，上海古籍出版社，2001 年，第 55 页。
② 刘宗周《论语学案》卷一，文渊阁《四库全书》本。
③ 颜元《颜习斋先生言行录》卷下"学须"第十三，中华书局，1985 年，第 40 页。
④ 朱熹《论语集注》，第 105、161 页。
⑤ 朱熹《论语集注·子罕》，第 130 页。

于文,约之以礼,亦可以弗畔矣夫!'故儒书所记,悉以博、约为治学之宗。"①
然而,在对待博约关系上,学者们的认识并不统一,这主要是由他们的治学
方法与路径的差异决定的。明清之际的唐彪就曾对此有过精辟论述:"学人
博约工夫,有可合成一串者,有可分为两事者。《孟子》博学详说,似先博而
后约也。《中庸》博学审问,是博之事,慎思明辨,是约之事。颜子博文约礼,
皆似同时兼行,不分先后。外更有先约后博者,志道、据德、依仁之后,又有
游艺工夫也。此三者,虽有或先或后,或同时之异,然皆可合为一串也。"②
所谓"分为两事者"就是把博与约作为治学的不同阶段或境界,故有主张由
博返约者,如汪琬说:"善读书者,始乎博,终乎约。"③有主张先约后博,博而
再约者,如朱熹说:"为学须是先立大本,其初甚约,中间一节甚广大,到末梢
又约。"④这就是博与约的先后之分。所谓"合为一串者"就是把博与约视为
一体,主张博约合一,如王夫之说:"约者博之约,而博者约之博。"⑤除此之
外,对博与约的侧重或重视程度也存在差异。有强调博学的,如张载说:"惟
博学然后有可得以参较琢磨。学博则转密察,钻之弥坚,于实处转笃实,转
诚转信,故只是要博学,学愈博则义愈精微。"⑥阮元认为:"孔门论学,首在
于博。"⑦也有强调约(专精)的,如戴震说:"学贵精不贵博。吾之学,不务博
也。"⑧章学诚说:"学必求其心得,业必贵于专精。"⑨事实上,贵约(专精)论
者都是博学硕儒,他们主张贵约(专精)并不是要否定博,而是强调在博的基

① 刘师培《孔门论学之旨》,张先觉编《刘师培书话》,浙江人民出版社,1998年,第16页。
② 唐彪《家塾读书法》,华东师范大学出版社,1992年,第48—49页。
③ 汪琬《尧峰文钞》卷二三《传是楼记》,《四部丛刊》本。
④ 朱熹撰,黎靖德编《朱子语类》卷一一《读书法下》,中华书局,1994年,第188页。
⑤ 王夫之《读四书大全说》卷六《卫灵公篇》,《船山全书》第6册,岳麓书社,1991年,第820页。
⑥ 张载《经学理窟·气质》,章锡琛校点《张载集》,中华书局,1978年,第270页。
⑦ 阮元注释《曾子十篇》,中华书局,1985年新1版,第3页。
⑧ 段玉裁《戴东原先生年谱》,《戴东原集》,《四部丛刊》本。
⑨ 章学诚《文史通义·博约下》,叶瑛校注《文史通义校注》,中华书局,1985年,第166页。

础上做到约(专精)。如章学诚说:"博详返约,原非截然分界"①,"学欲其博,守欲其约。学而不博,是贷乏而不足应人求也;守而不约,是欲尽百贷而出于一门也"②,"博而不杂,约而不漏,庶几学术醇固"③。他们之所以提出贵约(专精)主张,主要是针对前人尤其是明人务博而不求约(专精)之弊而发。如戴震所指出的:"凡学未至贯本末,彻精粗,徒以意衡量,就令载籍极博,犹谓思而不学则殆也。"④博与约的关系是辩证关系,若偏执一端,那只能是"徒博无益,径约则谬"⑤。博是基础,约(专精)是在博的基础上的深化和升华,二者必须有机地结合起来。所谓"学之杂者似博,其约者似陋,惟先博而后约,然后能不流于杂,而不掩于陋也"⑥,正揭示了这一道理。

孔子对后世治学思想的影响不仅表现在历代学者对其博学思想的继承和发展上,还表现在读书治学的实践上。众所周知,孔子以博学著称,在当时即有"大哉孔子! 博学而无所成名","仰之弥高,钻之弥坚。瞻之在前,忽焉在后"⑦的赞美。他也自称是"博学多识者"⑧,这就表明了孔子是在有意识地躬行践履自己的博学思想。随着儒家正统地位在中国封建社会的逐步确立和发展,作为儒家创始人的孔子更是"学者宗之。自天子、王侯,中国言六艺者折中于夫子,可谓至圣矣!"⑨由于孔子作为万世师表的典范作用,博学也成了中国历代学者在读书治学乃至修养上追求的目标和境界,学者们往往以博学励己勉人,此类论说见诸文献者历代不绝,如汉代王充说:"夫壮士力多者,扛鼎揭旗;儒生力多者,博达疏通。故博达疏通,儒生之力

① 章学诚《与族孙汝楠论学书》,仓修良编《文史通义新编》,上海古籍出版社,1993 年,第 673 页。
② 章学诚《又答沈枫墀》,仓修良编《文史通义新编》,第 586 页。
③ 章学诚《文史通义·博约下》,叶瑛校注《文史通义校注》,第 166 页。
④ 戴震《戴东原集》卷九《与任孝廉幼植书》。
⑤ 王夫之《读四书大全说》卷九《离娄下篇》,《船山全书》第 6 册,第 1021 页。
⑥ 朱熹《晦庵先生朱文公文集》卷四六《答汪太初》,《四部丛刊》本。
⑦ 朱熹《论语集注·子罕》,第 127、130 页。
⑧ 《列子·仲尼》,杨伯峻《列子集释》,龙门联合书局,1958 年,第 75 页。
⑨ 司马迁《史记·孔子世家》,中华书局,1975 年,第 1947 页。

也。……使儒生博观览，则为文儒。文儒者，力多于儒生。""人不博览者，不闻古今，不见事类，不知然否，犹目盲耳聋鼻者也。……学士之才，农夫之力，一也。能多种谷，谓之上农;能博学问，谓之上儒。"[1]南朝梁刘勰说:"将赡才力，务在博见，……综学在博，取事贵约，校练务精，捃理须核，众美辐辏，表里发挥。"[2]北齐颜之推说:"爰及农商工贾，厮役奴隶，钓鱼屠肉，饭牛牧羊，皆有先达，可为师表，博学求之，无不利于事也。""夫学者，贵能博闻也。"[3]唐代刘知几说:"'一物不知，君子所耻。'是则时无远近，事无巨细，必籍多闻，以成博识。"[4]宋代苏轼主张"博观而约取，厚积而薄发"[5]。明代王廷相说:"学博而后可约，事历而后知要。"[6]胡应麟认为:"凡著述贵博而犹贵精，……博也而精，精也而博，世难其人。"[7]清代章学诚认为:"大抵学问文章，须成家数，博以聚之，约以收之。"[8]如此等等，俯拾皆是，以博学擅名者更是举不胜数了。

综上所述，博学思想源远流长，历代学者在治学过程中或有意识或潜意识地受到博学思想的支配和影响，由此也形成了贯穿古今的崇博尚通的治学传统。这一思想为明代这一特定历史时期兴起的反拨空疏不学之风的博学思潮奠定了坚实的思想基础，随着空疏不学之风的由隐到彰，个体性的博学思想汇聚为群体性的博学思潮的可能性也逐渐增大并最终形成。所以说，博学思想是明代博学思潮发生的不可或缺的条件。

---

① 王充《效力篇》《别通篇》，刘盼遂《论衡集解》，古籍出版社，1957年，第265—266、272—274页。
② 刘勰《文心雕龙·事类》，王利器《文心雕龙校证》，上海古籍出版社，1980年，第235页。
③ 颜之推《颜氏家训·勉学》，王利器《颜氏家训集解》，上海古籍出版社，1980年第2版，第157、209页。
④ 刘知几《史通·杂说(中)》，张振珮笺注《史通笺注》下册，贵州人民出版社，1985年，第607页。
⑤ 苏轼《苏东坡全集》卷八三《稼说(送张琥)》，第4705页。
⑥ 王廷相《慎言》卷五《见闻》，《续修四库全书》本，第84页。
⑦ 胡应麟《诗薮》外编三"唐上"条，上海古籍出版社，1979年新1版，第163页。
⑧ 章学诚《与林秀才》，仓修良编《文史通义新编》，第610页。

四　科举制度之因素

从科举制度方面看，明代是科举制度的完善期和鼎盛期。虽然利弊兼有，但科举弊端较之唐宋更加明显和突出，集中体现在学术视野狭窄、徒务虚文空言等方面，为空疏不学之风的滋长提供了有利的条件和氛围，同时也为固守博学传统的学者提供了反思和批判的目标和对象，促成了博学思潮的发生。

科举制度为深受儒家"学而优则仕"[1]思想影响的读书人搭建了一个实现由学入仕的平台。因此，自科举制度确立以来，中国古代绝大多数的知识分子都与科举结下了不解之缘，甚至有"居今之世，虽孔子复生，也不免应举"之说[2]。且不论科举制度本身的优劣，仅从影响方面来看，它对人们（不仅仅是知识分子）的人生观、价值观、思维方式等所产生的影响都是巨大而深远的：在客观上，它促成了鼓励读书的社会风气；在主观上，它促成了尊重知识的社会观念。然而，这只是问题的一个方面，另一方面，科举制度所造成的弊端也是显而易见的，此就与本文关系最密切者稍作论述。

首先，科举制度造成了学术视野狭窄、知识结构单一的弊端。众所周知，自科举制度确立以来，经学便一直是科举考试最基本、最重要的内容。明代是科举制度的完善期，主要表现在内容和形式的规范化、程式化上。明以前，虽然对儒家经典及注本已经做过许多规范化的工作，如唐代的《五经正义》、宋代的《十三经》注疏、元代的《四书》《五经》等都是儒家经典及其注本规范化的结果，但这种规范化的工作至明代才得以最终完成。"（明）太祖时，士子经义皆用注疏，而参以程朱传注。成祖既修《五经四书大全》之后，

---

[1]　朱熹《论语集注·子张》，第224页。
[2]　文庆、李宗昉等编《钦定国子监志》卷二"乾隆五年训饬太学士子及司训等官"，北京古籍出版社，2000年，第20页。

遂悉去汉儒之说，而专以程、朱传注为主"①。因而士人只能以程朱理学为准的而不能有丝毫的怀疑、异议。"世之治举业者，以《四书》为先务，视《六经》可缓以言《诗》《易》，非朱子之传义弗敢道也；以言《礼》，非朱子之家礼弗敢行也。推是而言《尚书》，言《春秋》，非朱子所授，则朱子所与也。……顾科举行之久矣，言不和朱子，率鸣鼓百面攻之"②。由此而在社会上形成了一种普遍性的认识："学者治一经四书外，即能作制义，中甲乙科。后生有窃看《左氏传》《太史公书》，父兄辄动色相戒，以为有害。"③这样，士人的思想、言行完全被钳制在程朱理学的藩篱之中，"自洪、永至化、治，百余年中，皆恪遵传注，体会语气，谨守绳墨，尺寸不逾"④。这种高度规范化的科举考试使士人的学术视野从博大精深的传统经学逐渐转向了一种狭隘的科举规范下的经学，"舍圣人之经典、先儒之注疏与前代之史不读，而读其所谓时文"⑤，从而造成了士人学术视野狭窄、知识结构单一的流弊，并且随着规范化程度的日益加深，这一流弊也越来越凸显。

其次，科举制度造成了徒务虚文空言、不切实用的弊端。明代统治者举办科举考试的目的是为国家选拔人才，但从结果来看，却背离了统治者的初衷，诚如朱之瑜所说："明朝以制义举士，初时功令犹严，后来数十年间，大失祖宗设科本旨。主司以时文得官，典试以时文取士，竞标新艳，何取渊源。父之训子，师之教弟，猎采词华，埋头占毕，其名亦曰文章，其功亦穷年皓首，惟以剽窃为工，掇取青紫为志，谁复知读书之义哉！既不知读书，则奔竞门开，廉耻道丧，官以钱得，政以贿成，岂复识忠君爱国。"⑥无怪朱元璋自己也感叹道："朕设科举，求天下贤才以资任用。今所司多取文词，及试用之，不

---

① 何良俊《四友斋丛说》卷三，中华书局，1959年，第22页。
② 朱彝尊《曝书亭集》卷三五《道传录序》，商务印书馆，1935年，第297页。
③ 李邺嗣《杲堂文钞》卷五《戒庵先生生藏铭》，浙江古籍出版社，1988年，第512页。
④ 方苞《进四书文选表》，刘季高校点《方苞集》，上海古籍出版社，1983年，第579—580页。
⑤ 顾炎武《顾亭林诗文集》卷一《生员论》，商务印书馆，1937年，第193页。
⑥ 朱之瑜《朱舜水全集·阳九述略》，中国书店，1991年，第294页。

能措诸行事者甚众。朕以实心求贤，而天下以虚文应之，甚非所以称朕意也。"①造成这种徒务虚文空言、不切实用流弊的因素是多方面的，最直接、最主要的原因是士人受到功名利禄的诱使，困顿于场屋，"敝精疲神，穷年皓首，所得者章句训诂之美，所安者吟咏诵读之勤，求其本旨，则颠迷惑乱，旷荡忘返，上不足以事君亲，下不足以抚民物"②，将大部分精力都放在考试内容的记诵和考试形式、技巧的揣摩上。从内容方面看，由于程朱理学是科举考试的唯一依据，士人只能在钦定的程朱理学的传注中寻章摘句，更养成了一种脱离实际、死背教条的投机心理，从而导致了士人的抱残守缺，不究实用。从形式、技巧方面看，八股文是一种具有规范格式且具特色的文体。客观地说，作为一种文体，八股文本身是无可厚非的。问题在于统治者把它作为"载道"工具的考试专用文体，遂使这一文体形式带上了浓厚的功利色彩，因而为服从钦定的意识形态的内容需要而不免削足适履，为适应考试规范化的要求而趋于程式化。正如有的学者所说："随着这种八股模式日益固定和僵化，形式和技巧至高无上，至于能否表达真情实感、能否反映真才实学则变得并不重要。往往一篇标准的八股文，形式非常完美，但内容空疏，废话连篇。"③前贤时彦对此已有颇多论述，兹不赘。

当然，学术视野狭窄、徒务虚文空言的流弊并非明代独有的现象。如宋代叶梦得曾指出："熙宁以前，以诗赋取士，学者无不先遍读五经。余见前辈，无科名人，亦多能杂举五经，盖自幼习之，故终老不忘。自改经术，人之教子者，往往便以一经授之，他经纵读，亦不能精。教者亦未必皆读五经，故虽经书正文，亦率多遗误。"④正是由于士人埋头于举业这一狭窄的知识领域之中，而对此外的广阔知识领域充耳不闻，视而不见，完全背离了传统学

---

① 谷应泰《明史纪事本末》卷一四，上海古籍出版社，1994 年，第 57 页。
② 无名氏《群书会元截江网》卷三三，文渊阁《四库全书》本。
③ 王炳照、徐勇主编《中国科举制度史》，河北人民出版社，2002 年，第 202 页。
④ 叶梦得撰，田松青、徐时仪校点《石林燕语·避暑录话》，上海古籍出版社，2012 年，第 70 页。

术的博学精神,所以有识之士往往视之为"束书不观",斥之为"无根"之学。
而明代科举的完善和鼎盛,使其弊端表现得尤为突出。如戴名世云:"古者
先王之教兴,士自小学以入大学,举正心修身齐家治国平天下之理,莫不犁
然具备,以故施于天下后世,而功名直昭垂至今。其理载之于书,书具在,后
之人弃而不务,而研精覃思以从事于场屋之文。夫从事于场屋之文,不可以
谓读书也,世之人第以是为读书之事已毕矣。夫以从事于场屋之文为读书,
以科第富贵为功名,是故世之无功名者,由世之无读书者也。"①

　　由上述可见,科举制度造成学术视野狭窄、徒务虚文浮言等弊端,为空
疏学风的形成提供了条件,即如顾炎武所说:"今之经义论策,其名虽正,而
最便于空疏不学之人。"②另一方面,由于这些流弊与博学传统相抵牾,因此
受到了当代学者的批判。如杨慎说:"本朝以经学取人,士子自一经之外,罕
所通贯。近日稍知务博,以哗名苟进,而不究本原,徒事末节。五经诸子,则
割取其碎语而诵之,谓之'蠡测';历代诸史,则抄节其碎事而缀之,谓之'策
套'。其割取抄节之人,已不通经涉史,而章句血脉,皆失其真。有以汉人为
唐人,唐事为宋事者,有以一人析为二人,二事合为一事者。"③徐乾学说:
"自经义之作,足以投天下之学士敝耗岁月,以干禄仕,于其他古文辞皆不暇
以为,至于无一能则已矣。"④廖燕说:"明制,士惟习《四子书》,兼通一经,
试以八股,号为制义。中式者录之。士以为爵禄所在,日夜竭精敝神以攻
其业。自《四书》一经外,咸束高阁,虽图史满前,皆不暇目,以为妨吾之所
为。于是天下之书不焚而自焚矣。非焚也,人不复读,与焚无异也。"⑤张
岱认为:"我明人物埋没于帖括者甚多,我明文章埋没于帖括中者亦甚多。

① 戴名世《狄向涛稿序》,王树民编校《戴名世集》,中华书局,1986 年,第 87 页。
② 顾炎武《日知录》卷一六"经义论策",黄汝成集释,栾保群、吕宗力校点《日知录集释》,上海古
　籍出版社,2014 年,第 368 页。
③ 杨慎《升庵全集》卷五二"举业之陋"条,商务印书馆,1937 年,第 601 页。
④ 徐乾学《计甫草文集序》,《徐大司寇憺园全集》卷二一,光绪九年刻本。
⑤ 廖燕《明太祖论》,林子雄点校《廖燕全集》,上海古籍出版社,2005 年,第 13 页。

盖近世学者,除《四书》本经之外,目不睹非圣之书者比比皆是。间有旁及古文,怡情诗赋,则皆游戏神通,不著要紧,其所造诣,则不问可知矣。"①等等。学者们不仅对科举之弊进行反思和批判,而且在学术实践上也能贯彻其博学思想,为明代博学思潮的发生提供了理论和实践以及学者群体上的保障。可以说,正是科举制度导致的空虚无学,从反面促成了博学思潮的发生。

五　政治思想现实及风气之因素

明朝是中国文化史上承上启下的重要朝代,既有对前朝往代积淀深厚的文化遗产的总结,集中国传统文化之大成者,又有创新和开拓,对后世尤其是对清朝产生了直接而重要的影响者。明朝建国之初即在政治、经济、文化等方面采取了一系列的措施并取得了良好的效果,至中后期,社会政治、经济、文化状况都发生了巨大的变化,一方面,封建统治阶级内部矛盾尖锐,出现了严重的政治危机。由于统治者穷于应付这些纷至沓来的危机,所以对思想领域的控制也就自然而然地有所减弱了。另一方面,经济的发展,商业的繁荣,士商的频繁互动,使整个社会的思想、文化及风气产生了一些新的变化。在这种背景下,明朝初期创立的基本体制已难以适应新的社会形势的要求,有识之士开始寻求学术和政治上的突破,在思想文化领域形成了"百家争鸣"的局面。明代这一特定的政治思想现实及风气既为空疏学风、卑弱士风滋生提供了土壤和环境,也为博学思潮提供了批判的对象和发生的契机。陈献章、王守仁即是开启明代学术分化之端的关键人物。

---

① 张岱《石匮书》卷二〇二《文苑列传总论》,《续修四库全书》本。

　　陈献章为学"以自然为宗,而要归于自得"①。他清醒地认识到当时学者"各标榜门墙,不求自得,诵说虽多,影响而已,无可告语者"②,于是提出学贵"自得"以救其弊。同时,他针对当时士人因循附合、谨守程朱理学的僵化学风而提倡"学贵知疑"这些主张对于正统的程朱理学无疑是巨大的冲击。继之而起的王守仁创立的以"致良知"为核心的学说在思想学术领域的影响更是既深且广。王守仁将造成矛盾激化、危机日深的社会现实的原因归结为士风衰薄、学术不明。究其原因,则是士人蔽于物欲,奔趋于名利之途而不知圣贤之学,这种功利性的风气不仅不能补偏救弊,反而促成了社会的腐败。因此,王守仁提出了"明学术,变士风,以成天下治"③的救世主张。王守仁殁后,王门后学继续推广先师学说,使阳明之学得到了进一步的丰富发展和更为广泛的传播,故黄宗羲说:"阳明之学,得门人而益彰。"④但是,亦如黄宗羲所说:"阳明先生之学,有泰州、龙溪而风行天下,亦因泰州、龙溪而渐失其传。"⑤衍至末流,背离师说宗旨、趋于禅化的趋势更为明显,突出表现在对阳明学说的极端的片面的发挥。在此情势下,王学末流空谈明心见性而不务经世之学、束书不观等弊端暴露无遗,也促使曾风靡一时的阳明学说的式微。这里需要对常为学者诟病的王学末流束书不观之风稍作辨析。

　　王守仁对于读书的认识具有两面性。王畿说:"或谓先师尝教人废书,否,不然也。读书为入道筌蹄,束书不观,游谈无经,何可废也? 古人往矣! 诵诗读书而论其世,将以尚友也,故曰:'学于古训乃有获。'学于古训,所谓读书也,鱼兔由筌蹄而得,滞筌蹄而忘鱼兔,是为玩物丧志,则有所不可

① 黄宗羲《明儒学案》卷一《师说》"陈白沙献章"条,《四部备要》本,第4页。
② 陈献章《白沙子》卷二《遗言湛民泽》,《四部丛刊》本。
③ 王守仁《王阳明全集》卷二二《送别省吾林都宪序》,第884页。
④ 黄宗羲《南雷集·吾悔集》卷二《吏部左侍郎章格庵先生行状》,《四部丛刊》本。
⑤ 黄宗羲《明儒学案》卷三二《泰州学案》,第241页。

耳。"①一方面，王守仁否认有"生而知之"者，圣人也不例外，故而主张通过读书以获知，尤其是读经书。通过读经书就有可能获得蕴于其中的"吾心之常道"（良知）。所以他说"六经原只是阶梯"②，这可以说是王守仁的"读书工具论"。基于此，他强调读书要明确目的，去除私蔽，这样才有益于致良知。同时，他也认识到语言文字与思想之间存在差异，如果拘泥于经书文字就会受到束缚。因而他反对盲从经书，主张学贵自得，发挥主体的作用，从而达到不以圣人之言意所左右的境界。另一方面，王守仁认为"良知"是一种与生俱来的本性，强调良知的"自在性"，因此，他认为"良知不假外求"③，反对通过外在的形式把握内在的良知。语言文字只是思想的载体，二者之间存在着差异，强为之言只会使良知更加隐晦，因而反对以语言文字、见闻把握良知。这种认识其实也是"读书工具论"的一个方面，但由此出发，自然就会造成一种轻视读书、忽视知识才能的倾向。轻视读书并非不读书，王畿对此说得很明白："吾人时时能够对越上帝，无闲漫之时，然后可以无藉于书。书虽是糟粕，然千古圣贤心事赖之以传，何病于观？但泥于书而不得于心，是为法华所转，与游谈无根之病其间不能以寸。"④显然是对王守仁"读书工具论"的继承。但衍至末流，轻视读书的一面就被极端片面地发展为"束书不观"了。

　　我们应该看到，明代士风卑弱、学风空疏与拘守程朱理学和阳明学的极端化有着直接关系，其根源还是在于封建制度与明代的社会政治文化现实，它为这种士风、学风的形成提供了条件和制度上的保证。当世学者多能从博学的角度对空疏不学之风提出批评。如杨慎指出："先辈读书博且精，不

① 王畿《龙溪王先生全集》卷十《答吴悟斋》，《四库全书存目丛书》本，第439页。
② 王守仁《王阳明全集》卷二〇《林汝桓以二诗寄次韵为别》，第786页。
③ 王守仁《王阳明全集》卷一《传习录（上）》，第6页。
④ 王畿《龙溪王先生全集》卷一《抚州拟岘台会语三》，第266页。

似后生之束书不观,游谈无根也。"①焦竑说:"余惟学者患不能读书,能读书矣,乃疲精力于雕虫篆刻之间,而所当留意者,或束阁而不观,亦不善读书之过矣。夫学不知经世,非学也;经世而不知考古以合变,非经世也。"②"今子弟饱食安坐,典籍满前,乃束书不观,游谈无根,能不自愧!"③这些学者不但对空疏不学之风提出批评,而且都能以博学自励自勉,在学术上取得了多方面的成就,并得到了学界的肯定。如《明史》称杨慎曰:"明世记诵之博,著作之富,推慎为第一。"④称焦竑:"博极群书,自经史至稗官杂说,无不淹贯。"⑤四库馆臣称胡应麟:"应麟独研索旧文,参校疑义,以成是编。虽利钝互陈,而可资考证者亦不少。朱彝尊称其'不失读书种子',诚公论也。"⑥黄宗羲称黄佐:"得力于读书,典礼乐律词章无不该通。"⑦

　　由上述可见,明代的政治思想现实及风气虽为空疏学风、卑弱士风提供了条件和制度上的保障,但也为有识之士提供了反思和批判的目标和对象。这些学者继承和发扬了学术传统中的博学精神,他们以自身的博学和多方面的学术成就使中国的博学传统得以延续,也为博学思潮的发生提供了理论和实践以及学者数量上的保障,并最终促成了博学思潮的发生。

　　综上所述,明代"博杂"的学术特色是由明代学术崇尚博学的一面决定的,其根源在于当代兴起的博学思潮,而博学思潮之所以在明代这一特定历史时期发生又绝非偶然,究其原因,主要包括三方面内容:思想文化渊源、科举制度和明代的政治思想现实及风气。其中,学术传统中的博学思想为博学思潮的发生奠定了坚实的思想基础,明代的科举制度和政治思想现实及

①　杨慎《升庵全集》卷五二"邵公批语",第605页。
②　焦竑《澹园集》卷一四《荆川先生右编序》,中华书局,1999年,第141页。
③　焦竑《焦氏笔乘》续集卷四《韩献忠》,上海古籍出版社,1986年,第300页。
④　《明史》卷一九二,上海古籍出版社,1986年,第537页。
⑤　《明史》卷二八八,第806页。
⑥　永瑢等《四库全书总目》卷一二三《少室山房笔丛》提要,中华书局,1965年,第1064页。
⑦　黄宗羲《明儒学案》卷五一《诸儒学案》,第391页。

风气在为空疏不学之风的滋长提供条件和制度保障的同时,也为博学思潮的发生准备了批判、反思的目标和对象,并提供了理论和实践以及学者群体上的保障,这两个原因又是促成博学思潮在明代发生的决定性因素。可以说,空疏不学之风在明代的确存在,这是造成人们诟病和贬抑明代学术的主要原因;同时,崇博尚通的风气在明代也确实存在,这是中国博学传统未能中断和形成明代学术特色的决定性因素,而这一方面更值得我们关注和深入研究。

唐代以前宫殿赋的描写内容及其建筑史料价值

刘雨婷

　　宫殿是中国古代建筑最高成就的代表,也是中国建筑史学研究的重要组成部分,但由于木构建筑耐久性差和皇权更替所带来的毁灭和废弃等历史原因,我国目前能够看到的较为完整的皇家宫殿建筑只有北京明清故宫和沈阳清初故宫两处,对于此前宫殿建筑的情况只有借助文献研究与建筑考古来说明问题,二者各有千秋,同时又在具体的研究中形成相互补充的态势。

一　宫殿赋的文献特点及其现存情况

　　从文献的角度看,一般来讲经、史、子、集四部文献中以史部文献对建筑的记载最多、最详细,可信度也更高。大量存在于集部的文学作品,尤其是其中的诗词歌赋,则以其夸张、想象甚至虚构的特性和以抒情为主的事实成为记录历史最疏略、最难以获得具体内容的文献,一般不作为重要的历史考据资料使用。但唐代以前的情况却有所不同,在经、史、子三部缺少体量大且相对集中记载建筑的图书的情况下①,集部中唐以前的赋就显得特别重要。与同时期的诗歌等文学体裁相比,唐以前的赋中与建筑有关的题材创作占比更高,且多为散体大赋,结构宏大、篇幅长,长于铺陈,虽多有夸张、想象,但涉及建筑的部分却因建筑本体依托于技术层面发展的实际而虚构有限。尤其是其中占据很大比重的以皇家宫殿建筑为主要描写对象的作品,带有天然的政治属性,基本写实,而且不吝笔墨,反复铺排,描写细致,成为了解唐以前宫殿情况的重要资料。以其创作体量和题材的重要性,《文心雕龙》《文选》《历代赋汇》等文论和文集将其单设一类称为宫殿赋,《艺文类聚》《太平御览》《玉海》《古今图书集成》等按义系编排的类书也多散入以居处部、宫室部、宫殿命名的类目,辑录相对明确集中。

　　以现今收赋最多的总集《历代赋汇》来看,卷七十二至卷七十七宫殿类所录除以宫、殿、堂、阙、楼、台、观、阁等具体建筑及其门、阶、柱础等构件为对象的篇章外,还有一部分是对皇家宫苑园林、山池进行描绘的作品,如梁裴子野的《游华林园赋》,审其意,盖在搜集所有描写与皇家建筑有关的作品,宫殿建筑并非该类文献的主要描写内容,故本文不以其为宫殿赋对待。按这一标准统计,已知唐代以前的宫殿赋共计 32 篇(详见文后附表),其中汉魏和北朝是铺张扬厉、奋力辞藻的宫殿大赋创作繁荣的时代,作品占已知宫殿赋总数近 72%;汉魏之作则占据了全部作品的一半以上,虽年代较远但保存最好,目前所见基本完整的 2 篇作品王延寿《鲁灵光殿赋》、何晏《景福殿赋》都产生于这一时期,只有枚皋和东方朔的作品共 3 篇仅剩存目,其他虽或有残缺,但由于所述建筑内容时代久远,也是建筑史研究的珍贵资

---

① 经、史、子三部唐代以前的文献中,除经部《周礼》《尔雅》等礼书、小学著作有相关类别集中记载之外,史、子两部只有原成书不早于东汉末年的《三辅黄图》、晋陆翙《邺中记》、北魏杨衒之《洛阳伽蓝记》和郦道元《水经注》等少量书籍记载建筑内容体量较大。唐以后尽管不乏对此前建筑情况的集中记录和研究整理,但毕竟相隔时代较远,且为二次或三次文献,在文献价值上与唐代以前的遗存无法相比。

料;十六国和北朝的作品除邢劭《新宫赋》以外,皆已不存;两晋南朝之作以赋文的时代特点和现存作品分析,体制稍短,但行文流畅,艺术水平较高,已知作品虽数量不多但大多残存,其中两晋只有张协《玄武馆赋》1 篇。

二　宫殿赋的主要描写对象与具体涉及建筑

按描写对象划分,唐代以前已知宫殿赋大致可以分成以下几类:

一是以皇家建筑群的整体为描写对象的作品,也是现今存目最多的一类。刘歆、王褒两篇《甘泉宫赋》描写的上林苑甘泉宫是西汉最壮丽的宫苑建筑群之一,杨修、缪袭、卞兰三篇《许昌宫赋》写曹氏所建汉末[①]和魏两代许都皇宫,沈璞、王彬两篇《旧宫赋》所赋分别是南朝宋刘裕京口旧宫[②]和齐萧赜生地建康青溪宫[③],邢劭《新宫赋》和魏收《皇居新殿台赋》皆为北齐高

[①] 许昌宫盖始建于建安元年(196),曹操"将迎天子"(陈寿《三国志》,中华书局,1982 年,第 2 版,第 13 页)至许昌时为汉献帝所建。据《三国志》卷三《魏书·明帝纪》记载,魏明帝于太和六年(232)"夏四月壬寅,行幸许昌宫""九月,行幸摩陂,治许昌宫,起景福、承光殿"(《三国志》,第 99 页),卞兰和缪袭所赋即此重修后的宫殿;杨修于建安二十四年(219)在曹丕代汉之前被曹操所杀,此前未见史料记载许昌宫有修缮的记录,故以杨修此赋为最初汉献帝所居旧宫。

[②] 沈璞《旧宫赋》见《宋书》卷一百《自序》:"(沈)璞尝作《旧宫赋》,久而未毕,(始兴王)浚与璞疏曰:'卿常有速藻,《旧宫》何其淹耶,想行就耳。'璞因事陈答,辞义可观。"(沈约《宋书》,中华书局,1974 年,第 2461 页)但未云旧宫在何地。今《艺文类聚》六十二《居处部二》存有宋孝武帝《巡幸旧宫颂》,以其称"永慕徐京"即宫临山,思甲陵寝"(欧阳询《艺文类聚》,汪绍楹校,上海古籍出版社,1965 年,第 1115 页)等句分析,当京口(今江苏镇江市)之地。京口是南朝通向北方的门户,宋时称北京,徐州、南徐州皆治于此,宋武帝刘裕以此成帝业,并葬于丹阳建康县蒋山初宁陵(今镇江东南部)。沈璞所谓旧宫亦当此地无疑。

[③] 《南史》卷二十二《王昙首传》附《王彬传》:"彬字思文,好文章……齐武帝起旧宫,彬献赋,文辞典丽。"(李延寿《南史》,中华书局,1975 年,第 611 页)《南齐书》卷三《武帝本纪》记武帝萧赜"生于建康青溪宅""(永明元年春正月)甲子,为筑青溪旧宫"。永明二年(484)秋七月诏以青溪宫"缮筑之劳"未暇与及,拟"克日小会"。后"八月丙午,车驾幸旧宫小会,设金石乐,在位者赋诗"(《南齐书》,中华书局,1972 年,第 43 页、第 47 页、第 48—49 页)。则旧宫必青溪宫无疑,王彬之赋盖作于这两年间。《建康实录》卷二"赤乌四年十一月凿清溪"条注:"陶季直《京都记》云:典午时,京师鼎族,多在清溪左及潮沟北。"(中华书局,张忱石点校本,1986 年,第 50 页)青溪宫当即在此。

欢新建之邺北城三台宫①而作，段业的《龟兹宫赋》则以西域龟兹城壮丽的宫殿②为描写对象。但除描写甘泉宫和许昌宫的作品之外，余皆不存。

刘歆、王褒两篇《甘泉宫赋》现存赋文以总貌描写为主，其描写对象甘泉宫是上林苑中的离宫别馆，并非布局规整的建筑群，以扬雄《甘泉赋》中对甘泉宫的描写突出通天台、洪台、大厦、云阁等有特色的建筑来看，刘、王二赋恐亦如此，今见刘歆作品残文有"云阙蔚之岩岩，邪星接之皑皑"③之句，王褒其文描写高台建筑时称"十分未升其一，增惶惧而目眩"④。三篇《许昌宫赋》就存文较多的卞兰之作来看，以主殿景福殿为描写重心，余则简略，盖如都邑赋以最壮丽的皇宫为描写重点一样，对宫殿建筑群进行描绘的作品以主殿描写为中心是非常正常的事情。惜仅此三篇，且除卞兰赋外，杨修之作仅存对宫殿的总貌略写，缪袭的作品则惟赋序见存，无涉建筑。

二是题名为皇（王）宫主殿的作品。如李尤为东汉北宫德阳殿所作《德阳殿赋》，王延寿摹写西汉鲁恭王灵光殿的《鲁灵光殿赋》，何晏、夏侯惠、韦诞赋魏明帝许昌宫景福殿的《景福殿赋》，名称主殿，但实际表现的都是一个以主殿为中心构成的小建筑群，并且由于其在整个宫殿建筑群中主殿的地

---

① 天保九年(558)八月，邺城新三台(金凤台、圣应台、崇光台)成(《北齐书》卷四《文宣帝纪》，见李百药《北齐书》，中华书局，1972年，第65页)。文宣帝高洋命臣下作赋，魏收上《皇居新殿台赋》，"其文甚壮丽。时所作者，自邢劭以下咸不逮焉"(《北齐书》卷三十七《魏收传》，见《北齐书》，第490页)。霍松林主编《辞赋大辞典》以此记载认为邢劭《新宫赋》亦当此时为同一建筑而作(霍松林《辞赋大辞典》，江苏古籍出版社，1996年，第639页)。但从今存《新宫赋》残文看其所刻画的建筑并无十分鲜明特征，实际上不论《北史》还是《北齐书》魏收本传都没有说当时邢劭所上为何赋。初以其所云"拟二仪而构路寝，法三山而起翼室"(《艺文类聚》，第1114页)，疑与史籍记载颇详的东魏兴和元年(539)十一月所成之南宫主殿两旁有东西堂三殿并立的建筑布局有关，但赋多虚写，状皇宫常以天象拟之，且虽说史无对北齐新成之三台的描述，但亦不能因此孤证贸然否定。又以《北齐书》卷三十七《魏收传》称论作赋"邢虽有一两首，又非所长"(《北齐书》，第492页)，《艺文类聚》卷六十二《居处部二》引此赋于邢子才名前标明"北齐"(欧阳询《艺文类聚》，第1114页)故，仍系之于北齐邺城三台宫。

② 《晋书》卷一百二十二《吕光载记》："又进攻龟兹城……光入其城，大飨将士，赋诗言志。见其宫室壮丽，命参军京兆段业著《龟兹宫赋》以讥之。"(房玄龄《晋书》，中华书局，1974年，第3055页)

③ 鲍明远《代君子有所思》李善注引，见萧统《文选》，上海古籍出版社，1986年，第1450页。

④ 左思《魏都赋》李善注引，见《文选》，第273页。

位进而连带起对整个皇宫建筑的全景式扫描。这一点在两篇现存基本完整的作品中表现尤其明显,特别是何晏的《景福殿赋》。景福殿由南端门、东建阳门、西金光门围合而成①,端门内设有相对而陈的钟虡,门屋内两侧各置金人,院内种植芸草、杜若等香草,以及槐、枫、万年、紫榛等佳木、美材②。以景福殿为中心,"右个清宴,西东其宇,连以永宁,安昌临圃。遂及百子,后宫攸处";"于东③则有承光前殿""其西则有……讲肄之场";"碣以高昌崇观,表以建城峻庐",可以"俯眺三市"。整个皇宫内除景福殿外,还"镇以重台,是曰永始","屯房列署,三十有二",并"建凌云之层盘,浚虞渊之灵沼",佳木芳草,沟洫纵横,"陆设殿馆,水方轻舟"④。由此推知,王规《新殿赋》赋梁建康宫太极殿⑤、秃发归《高昌殿赋》写南凉高昌殿、游雅《太华殿赋》状北魏平城西宫主殿⑥,虽如今作品皆已不存,但恐亦与以上诸作反映的情况类似。

第三,其他单体宫殿建筑。描写礼制建筑的作品,李尤《辟雍赋》赋东汉洛阳辟雍,李昶《明堂赋》议北魏洛阳明堂⑦;楼观建筑有枚皋《平乐馆赋》、

---

① "而乃南端之豁达""开建阳则朱炎艳,启金光则清风臻。"(《文选》,第526、529页)

② "而乃南端之豁达,张筍虡之轮囷。华钟杌其高悬,悍兽仡以儦儦。……爰有遐狄……坐高门之侧堂……芸若充庭,槐枫被宸。缀以万年,绵以紫榛。"(《文选》,第526—527页)

③ 《文选》原文作"于南"(诸本皆同,见《文选》,第533页),傅熹年主编《中国古代建筑史》第二卷《两晋南北朝隋唐五代建筑》第一章第二节论及此疑"南"为"东"之误。详见中国建筑工业出版社,2001年版,第30页注[55]。

④ 《文选》,第532—535页。

⑤ 《梁书》卷四十一《王规传》:"规字威明……天监十二年,改构太极殿,功毕,规献《新殿赋》,其辞甚工。"(姚思廉《梁书》,中华书局,1973年,第581页)

⑥ 《魏书》卷五《高宗纪》:太安四年(458)"三月……起太华殿。九月……辛亥,太华殿成。"(魏收《魏书》,中华书局,1974年,第116—117页)

⑦ 《周书》卷三十八《李昶传》:"时洛阳创置明堂,昶年十数岁,为《明堂赋》。虽优洽未足,而才制可观,见者咸曰'有家风矣'。"(令狐德棻《周书》,中华书局,1971年,第686页)据本传,李昶卒于周武帝保定五年(565),时年五十,则其生在北魏孝明帝熙平元年(516),以《魏书》卷一百八之二《礼志二》记载,"世宗永平、延昌中,欲建明堂。……频属年饥,遂寝",熙平二年复议明堂,"诏从五室。及元叉执政,遂改营九室。值世乱不成"(《魏书》,第2767页),此后北齐、北周都不见有建明堂的记载。考元叉于世宗时拜员外郎,专权在孝明帝灵太后临朝以后,约神龟(518—520)末年开始(《魏书》卷十六《道武七王列传》附《元叉传》,见《魏书》,第403—405页),及孝昌元年(525)夏四月元叉被削为民(《魏书》卷九《肃宗纪》,见《魏书》,(注转下页)

李尤《平乐观赋》《东观赋》、张协《玄武馆赋》①；殿堂建筑除萧统《殿赋》似总写高殿之美外，刘骏、刘义恭、何尚之的《华林清暑殿赋》和江总《云堂赋》写的都是园林中殿堂；阙有繁钦《建章凤阙赋》。虽云单体，但描写亦非孤立进行，一般都在描写中心之外根据不同情况对周边景观、建筑有所交代，借以衬托主景。如《建章凤阙赋》在写完凤阙之后，云及建章宫内景色："华钟金兽，列在南廷。嘉树蓊薆，奇鸟哀鸣。台榭临池，万种千名。周栏辇道，屈绕纡萦。"②而《玄武馆赋》则与上两类题材的描写程式大致相同，先总写建筑群："崇墉四匝，丰厦诡谲。……接栋连阿，岬崿参差。朱户青铺，幽闼秘闱。"然后突出高楼："于是高楼特起，竦峙岩荛。"③

　　还有两篇仅存篇名的作品，一是东方朔的《殿上柏柱赋》写建筑构件，另一篇枚皋《殿中赋》的内容无从判断。

三　宫殿赋的描写特点及其建筑史料价值

　　如上所述，由于宫殿赋的描写有主有次，在总体勾勒建筑群情态、细描

（续上页注）第 240 页），昶年仅十岁，北魏亡国（534）昶年十九，故推知昶《明堂赋》当为叉所定之九室明堂，作于北魏时期。后北齐、北周都不见有建明堂的记载。

① "观，观也，于上观望也。"（刘熙《释名》卷五《释宫室》，见王先谦《释名疏证补》，上海古籍出版社，据光绪二十二年本影印，1983 年，第 279 页），多指游观之所。馆从食，一般都是客舍，也用于称呼与文教有关的建筑，可食宿。但史书大都"观""馆"通用，如对枚乘所赋西汉长安上林苑中平乐馆，《汉书》卷六《武帝纪》曰"馆"（班固《汉书》，中华书局，1962 年，第 198 页），《汉书》卷九十六下《西域传下》则称"观"（《汉书》，第 3905 页）；李尤所赋东汉洛阳平乐观，《后汉书》卷十六《邓骘列传》称"平乐观"（范晔《后汉书》，中华书局，1965 年，第 614 页），《汉书》卷六《武帝纪》应劭注"飞廉馆"称此则"平乐馆"（《汉书》，第 193 页）。张协所赋玄武馆是魏明帝所建，以其称"既号玄武，是曰石楼"和赋文的描写来看，符合明帝最初要建一座台观的设想，故也可以称观。而李尤所赋东观，则是一处典藏和校阅五经、诸子、传记和百家艺术的地方，据《后汉书》卷五《孝安帝纪》注引《洛阳宫殿名》："南宫有东观。"（《后汉书》，第 215 页），此"观"也可以和馆通用，如后来唐代修文馆、宋代崇文馆等便是，但未见"东观"称"东馆"。

② 《艺文类聚》，第 1117 页。
② 《艺文类聚》，第 1140 页。

主体或重要建筑的同时,对建筑之间相邻位置也多有交代,而且尽管对所涉及的宫、殿、堂、观、楼、阁、台、榭、阙等具体建筑形式大都是云及,或仅略作勾画,如《鲁灵光殿赋》写"渐台临池,层曲九成。屹然特立,的尔殊形。高径华盖,仰看天庭。飞陛揭孽,缘云上征。中坐垂景,俯视流星"①,却也把建筑的外观特征表现得十分清晰,对我们了解唐代以前宫殿群的整体建筑布局、不同建筑之间的空间关系,以及由此构成的周边环境和高低错落的建筑天际轮廓线有很大的帮助。

在对具体宫殿的描写中,以较为完整的宫殿赋来看,赋文根据所描写建筑的具体情况,对它们的建造者、建筑时间、建造的起因、建筑的地理位置或方位,以及建筑的主要用途等,都有或简单扼要或详细铺排的描写,为我们研究不同时代和地域的建筑历史情况、考察建筑遗址,以及分析不同建筑或建筑类型的功能和用途,提供了很大的帮助。如在《鲁灵光殿赋》中,作者差不多在开篇第一段就把这些情况都交代得清清楚楚:"鲁灵光殿者,盖景帝程姬之子恭王馀之所立也。"首先点出了建造者为鲁恭王刘馀。接下句:"初,恭王始都下国,好治宫室,遂因鲁僖基兆而营焉。"点名建筑时间在恭王初在鲁国为诸侯时。查《汉书》卷五十三《景十三王传》,刘馀"以孝景前三年徙王鲁"②,知此殿建于公元前 155 年以后的几年中。建殿的原因:好治宫室。建筑地点为春秋时鲁僖公宫殿遗址,即公子奚斯所建姜嫄庙或文公之宫所在地。以后文称"承明堂于少阳,昭列显于奎之分野"李善注"言承汉明堂而在少阳之位"的解释③,殿在当时曲阜城的城东,即今曲阜孔庙东南古泮池东北一带。灵光殿至作者去时仍"岿然独存",考王延寿卒于延熹六年(163)从山东归家途中④,上推一年,知此殿历时 300 余年,至公元 162 年时

①　《文选》,第 516 页。
②　《汉书》卷五十三《景十三王传》,见《汉书》,第 2413 页。
③　《文选》,第 510 页。
④　详见陆侃如《中古文学系年》上册有关考证,人民文学出版社,1985 年,第 223—224 页。

仍坚固完好。何晏《景福殿赋》的叙述虽不及《鲁灵光殿赋》简明扼要,却也在对建筑事件前因后果的回顾中,交代了建筑时间:魏明帝太和六年三月①,筑殿原因、动议双方及选址依据、功用:群臣昌言,先贤"莫不以不壮不丽,不足以重威灵。不饰不美,不足以训后而永厥成。故当时享其功利,后世赖其英声。且许昌者,乃大运之攸戾,图谶之所旌。苟德义其如斯,夫何宫室之勿营?"帝曰"俞哉!"于是乃"立景福之秘殿,备皇居之制度"②。其他赋文不全,以今见者,刘歆、王褒《甘泉宫赋》都写明甘泉宫建筑在甘泉山,"仍巇嶭而为观,攘抗岸以为阶"(王褒)③,在巇嶭山上建有高大的楼观;李尤《东观赋》以"步西蕃以徙倚,好绿树之成行。历东厢之敞座,庇蔽茅之甘棠。前望云台,后匝德阳"这样对周边情况的描述说明东观的位置所在,和"道无隐而不显,书无阙而不陈。览三代而采宜,包郁郁之周文"说明其为藏书、校书的场所④;《平乐馆赋》称其"南切洛滨,北陵仓山","处金商之维陬",在洛阳城西,其功用是"章秘玮之奇珍,习禁武以讲捷",为珍奇物品展览和讲武、进行搏击表演的地方⑤;繁钦《建章凤阙赋》言明建章双阙的功能是"表大路以遐通"⑥;张协《玄武馆赋》称馆为曹魏所建,处于"地势夷敞"的"张氏之旧墟","是曰石楼"⑦,为游观之所;宋孝武帝刘骏《华林清暑殿赋》"起北皋而置悬湖,沿西原而殿清暑"⑧和宋江夏王刘义恭同题赋"构御暑之清宫,傍测景之西岑"⑨都简明地交代了清暑殿的位置在华林园的西山下,并何尚之之作,三篇作品都紧扣清凉避暑的主题说明了清暑殿的功用,等等。

① 赋文:"岁三月,东巡狩,至于许昌。"(《文选》,第523页)事见《三国志》卷三《魏书·明帝纪》(《三国志》,第98—99页)。
② 《文选》,第523—524页。
③ 《艺文类聚》,第1114页。
④ 《艺文类聚》,第1135页。
⑤ 《艺文类聚》,第1134页。
⑥ 《艺文类聚》,第1117页。
⑦ 《艺文类聚》,第1140页。
⑧ 《艺文类聚》,第1124页。
⑨ 《艺文类聚》,第1125页。

　　对于所涉及建筑,尤其是主要建筑的具体情况,汉魏大赋大多按游览参观的顺序,对建筑形制、空间结构、墙壁、台阶、柱础、梁、柱、橡、枋、门、窗、斗栱、天花、藻井等有比较细致的描画,但着笔最多的大都是充满繁复之美感的梁架结构,尤其是斗栱、藻井等木质构件上的雕刻、彩绘,墙上的壁画等色彩内容丰富、容易引起视觉冲击的建筑细部。其中以《鲁灵光殿赋》最为突出,它用大约三分之一的篇幅对灵光殿的木架结构及其雕刻、彩绘和宫室内部的壁画进行了极为细致的描写:

　　……万楹丛倚,磊砢相扶。浮柱岧嵽以星悬,漂峣(山兒)而枝拄。飞梁偃蹇以虹指,揭蘧蘧而腾凑。层栌磥垝以岌峩,曲枅要绍而环句。芝栭欑罗以戢香,枝牚杈枒而斜据。傍夭蟜以横出,互黝纠而搏负。下岪蔚以璀错,上崎嶬而重注。捷猎鳞集,支离分赴,纵横骆驿,各有所趣。

　　尔乃悬栋结阿,天窗绮疏。发秀吐荣,菡萏披敷。绿圆渊井,反植荷蕖。秀房紫的,窏咤垂珠。云㮰藻棁,龙桷雕镂。飞禽走兽,因木生姿。奔虎攫挐以梁倚,仡奋??而轩鬐。虬龙腾骧以蜿蟺,颔若动而躩跜。朱鸟舒翼以峙衡,腾蛇蟉虬而绕榱。白鹿孑蜺於欂栌,蟠螭宛转而承楣。狡兔跧伏於柎侧,猿猴攀椽而相追。玄熊舑舕以龂龂,却负载而蹲跠。齐首目以瞪眒,徒眽眽而狋狋。胡人遥集於上楹,俨雅跽而相对。仡欺愢以雕眮,鸇颣鹍而睽睢。状若悲愁于危处,憯嚬蹙而含悴。神仙岳岳於栋间,玉女窥窗而下照。

　　图画天地,品类群生。杂物奇怪,山神海灵。写载其状,托之丹青。千变万化,事各缪形。随色象类,曲得其情。上纪开辟,遂古之初。五龙比翼,人皇九头。伏羲鳞身,女娲蛇躯。洪荒朴略,厥状睢盱。焕炳可观,黄帝唐虞。轩冕以庸,衣裳有殊。下及三后,淫妃乱主。忠臣孝子，烈士贞女。贤愚成败，靡不载叙。恶以戒世，善以示后。①

这些不仅是我们了解灵光殿建筑唯一而且是最详细的资料，同时也是我们对古代建筑结构、木构件名称、雕刻、彩绘、壁画进行分析的绝佳文字。相对于这些具体构件，赋文对于建筑的形制描写一般都很少。如对于鲁灵光殿，赋文仅有"三间四表，八维九隅""西厢踟蹰以闲宴，东序重深而奥秘"②几句进行说明；而三篇《景福殿赋》并三篇《许昌宫赋》，对景福宫说得最多的何晏《景福殿赋》也不过是"温房承其东序，凉室处其西偏""阴堂承北，方轩九户"③，让我们知道这个宫殿在两侧和向北的部分分别隔出三个空间。其他东观"上承重阁，下属周廊"（《东观赋》）④，辟雍"辟雍岩岩，规矩圆方。阶序牖闼，双观四张。流水汤汤，造舟为梁"（《辟雍赋》）⑤，建章宫凤阙"上规圜以穹隆，下矩折而绳直""抗神凤以甄蔁"（《建章凤阙赋》）⑥，等等，也大多笔墨经济。

南朝诸作则对这些都不再浪费笔墨，而代之以对周边环境、气氛的营造烘托建筑情调。如江总《云堂赋》对建筑本身的描写仅有"若乃三阶八户，百栱千楹。莹以玉琇，饰以金英。绿芰悬插，红渠倒生"⑦寥寥几句；刘骏《华林清暑殿赋》除对清暑殿周边山石、池沼、林木的描写外，边述建筑边写景："辟西楹而鉴斜月，高东轩而望初日。"⑧把晨昏之景与建筑之美融为一体；萧统的《殿赋》以现存赋文看，尽管不乏对建筑本身彩绘和装饰之美的描写，但其"椽并散节，若山若谷。或象翔鸟，或拟森竹"⑨等描绘，散发出来的却

① 《文选》，第513—516页。
② 《文选》，第512—513页。
③ 《文选》，第529页、第532页。
④ 《艺文类聚》，第1135页。
⑤ 《艺文类聚》，第690页。
⑥ 《艺文类聚》，第1117页。
⑦ 《艺文类聚》，第1136页。
⑧ 《艺文类聚》，第1124页。
⑨ 严可均《全上古三代秦汉六朝文》，中华书局，1958年，第3059页上。

是一股清新之气,与汉魏之作富贵繁华的气象完全不同。当然从具体建筑研究的角度来讲,这些作品显然不及汉魏之赋的史料价值丰富。

　　综上所述,宫殿赋从多方面为我们提供了有关唐以前宫殿建筑的方方面面,是建筑史研究不可多得的宝贵资料。然而不可否认的是,这些作品尤其是汉魏大赋的描写,存在着非常突出的类型化特点,于此万光治先生曾经引述布瓦洛《诗的艺术》第一章中一段对于西方古典主义作家的嘲讽作为说明:"如遇到一座宫殿,便先写它的正面;然后又写些平台请你去留连忘返;这里是一个台阶,那里是一个走廊;那里又是一个阳台,栏杆都发着金光;他数着天花板上圆的和椭圆的藻井;到处是雕花呀,到处都是缓带形;我跳过了二十页想看看是否结束,哪知道还是在园里,简直是无法逃出。"①尽管建筑情况不同,但这种对建筑类型化的描写程式却极为相似,尤其是汉魏大赋流连于斗栱、藻井和建筑彩绘的细部刻画,以及全景式描绘中对周边建筑景观的描写,简直如出一辙。不过从中倒也看出,不论中外,文学家对于建筑的欣赏主要还是集中在对建筑细部的雕绘及其色彩、光感和建筑与周边环境的协调关系方面,其对于藻井、栏杆、阶、柱、门、窗的描写仅仅是出于美的欣赏,即使对斗拱、屋顶和承托屋顶的木结构梁柱形态繁复的描写也是如此。他们惊叹于这种复杂的结构,但更关注的却是由这些结构部件上的彩绘、雕刻,以及它们各自的外在形态和相互之间交错、支撑所呈现出来的美感,至于是否穿斗、抬梁,举折、收分多少等建筑学家所关注的技术则不在他们的关注范围。写建筑群的庞大、宫殿之多,则状其不同建筑之间"交错而曼衍"、弥山遍谷的分布状态,"离宫特观,楼比相连。云气波骇,星布弥山"(刘歆《甘泉宫赋》)②;称其高大,则曰"却而望之,郁乎似积云;就而察之,霏乎若太山"(王褒《甘泉宫赋》)③;写屋顶则"飞櫚翼以轩翥,反宇轛以高

---

① 万光治《汉赋通论》,巴蜀书社,1989 年,第 275 页。
② 《艺文类聚》,第 1113 页。
③ 何晏《景福殿赋》李善注引,见《文选》,第 526 页。

瓖。……若乃高甍崔嵬，飞宇承霓。……鸟企山峙，若翔若滞”(何晏《景福殿赋》)①；写其布局、建筑的原则，大都称法天而建，或“规矩应天，上宪觜陬”(王延寿《鲁灵光殿赋》)②，或“仪北极以遒撩，希形制乎太微”(杨修《许昌宫赋》)③，“览黄图之栋宇，规紫宸於太清”(江总《云堂赋》)④，“拟二仪而构路寝，法三山而起翼室”(邢劭《新宫赋》)⑤，等等，多数是神化宫殿建筑的一种手段，很难从中看出多少比较明确的建筑布局。而也正是这种以比喻、夸张和主观的视觉感受代替科学说明的文学手段的运用，使赋文尽管对建筑进行了远观、近看，仰视、俯察、从外到内等多角度、多方位的描写，但对于建筑的开间、面阔、进深，以及究竟多高、多大等具体问题，我们很难从中得到需要的答案。即使如前所述赋文对宫殿内建筑的相关位置多有交代，也因注重文学表现，并不追求有如建筑说明式的展示和面面俱到，而表现得并不完整，也不十分明确。如卞兰《许昌宫赋》现存赋文对除景福殿以外的建筑仅称“历神芝之峻观，幸安昌之巍巍”⑥“设玉座于鞠城，观奇材之曜晖”⑦，对它们的位置并没有交代；韦诞《景福殿赋》现存除“北看高昌，邪睨建城”“践高昌以北眺，临列队之京市”⑧残句，比较明显地揭示出高昌观在宫城北墙上之外，残留的大段描写：“离殿别馆，粲如列星。安昌延休，清宴永宁……又有教坊讲肆……”⑨，都未交代宫殿的位置；其他比较明显的还有《鲁灵光殿赋》描写宫内建筑情况的文字：“于是连阁承宫，驰道周环。阳榭外望，高楼飞观。长途升降，轩槛曼延。渐台临池，层曲九成。”⑩且如前所述，赋文对建筑形制的描写也都非常简单。

① 《文选》，第525—536页。
② 《文选》，第512页。
③⑤⑥ 《艺文类聚》，第1114页。
④ 《艺文类聚》，第1136页。
⑦ 何晏《景福殿赋》引，见《文选》，第523页。
⑧ 何晏《景福殿赋》引，见《文选》，第534页、第535页。
⑨ 《艺文类聚》，第1124页。
⑩ 《文选》，第516页。

　　但这样说并不意味着否定宫殿赋的这些描写对于建筑史研究的意义，因为近乎雷同的描写从客观上讲也正是对中国建筑实际的反映，大同小异的描写除了不易于反映建筑个体的独特之处以外，对我们研究古代宫殿建筑的称谓、各部件名称，了解古代建筑的建筑思想、建筑特点、美学追求却有很大帮助，这些都是中国古代建筑研究的重要方面。如建筑要法天而建、上应星宿，四面围合，主殿居中，古代建筑的结构布局大体相同；追求大壮之美，以建筑群展现宏观、壮丽的气势，而少单体建筑的独立；斗拱、梁柱和大屋顶不仅是建筑结构，同时也是建筑美学的重要组成元素，而梁柱交错扶植，斗栱重叠累施，屋顶反宇如飞，四阿顶等则是古代宫殿建筑的普遍形制特征；建筑彩绘和装饰以及由此带来的生动美丽的图案、色彩和光韵是中国建筑美的重要表现，而藻井多绘以莲花，皇室建筑山节藻棁，梁柱多施朱，彩绘以龙凤图案等则是等级制度的规定；建筑与周边环境互相依存，植树种草、堆山叠石、浚河造池，追求建筑与环境、人与自然之间和谐的美感效应，也是中国建筑一贯追求，等等。这也是造成赋文描写类型化、雷同化的客观实际。

附：唐代以前宫殿赋一览表

篇　名	作者	时代	出处[注1]	位置	存佚[注2]
《甘泉宫赋》	刘歆	西汉	《全汉文》卷四十、《先唐赋辑补》	长安甘泉山（今陕西淳化县西北）	残
《甘泉宫赋》[注3]	王褒	西汉	《全汉文》卷四十二、《先唐赋辑补》	长安甘泉山（今陕西淳化县西北）	残
《殿中赋》	枚皋	西汉	《汉书》卷五十一《枚皋传》	不详	存目
《平乐馆赋》	枚皋	西汉	《汉书》卷五十一《枚皋传》	长安上林苑内	存目
《殿上柏柱赋》	东方朔	西汉	《汉书》卷六十五《东方朔传》	宫殿	存目

续表

篇　名	作者	时代	出处	位置	存佚
《辟雍赋》	李尤	东汉	《全后汉文》卷五十	洛阳	残
《德阳殿赋》	李尤	东汉	《全后汉文》卷五十、《先唐赋辑补》	洛阳北宫内	残
《平乐观赋》	李尤	东汉	《全后汉文》卷五十、《先唐赋辑补》	洛阳西北，上西门外、白马寺南	残
《东观赋》	李尤	东汉	《全后汉文》卷五十、《先唐赋辑补》	洛阳南宫内	残
《鲁灵光殿赋》(并序)	王延寿	东汉	《全后汉文》卷五十八	曲阜	存
《建章凤阙赋》	繁钦	东汉	《全后汉文》卷九十三	长安建章宫	残
《许昌宫赋》	杨修	东汉	《全后汉文》卷五十一	许昌	残
《许昌宫赋》(序)	缪袭	魏	《全三国文》卷三十八	许昌	残
《许昌宫赋》	卞兰	魏	《全三国文》卷三十	许昌	残
《景福殿赋》	何晏	魏	《全三国文》卷三十九	许昌宫主殿	存
《景福殿赋》	夏侯惠	魏	《全三国文》卷二十一	许昌宫主殿	残
《景福殿赋》	韦诞	魏	《全三国文》卷三十二、《先唐赋辑补》	许昌宫主殿	残
《玄武馆赋》	张协	西晋	《全晋文》卷八十五	洛阳芒山	残
《华林清暑殿赋》	刘骏	宋	《全宋文》卷五	建康宫华林园内	残
《华林清暑殿赋》	刘义恭	宋	《全宋文》卷十一	建康宫华林园内	残
《华林清暑殿赋》	何尚之	宋	《全宋文》卷二十八、《先唐赋辑补》	建康宫华林园内	残
《旧宫赋》	沈璞	宋	《宋书》卷一百《自序》	京口（今江苏镇江市）	存目
《旧宫赋》	王彬	齐	《南史》卷二十二《王彬传》	建康青溪宫，盖当清溪左、潮沟北	存目
《殿赋》	萧统	梁	《全梁文》卷十九	宫殿	残
《新殿赋》	王规	梁	《梁书》卷四十一《王规传》、《南史》卷二十二《王规传》	建康宫主殿太极殿	存目
《云堂赋》	江总	陈	《全隋文》卷十	建康宫华林园内	残
《龟兹宫赋》	段业	前秦	《晋书》卷一百二十二《吕光载记》	龟兹城	存目

篇　名	作者	时代	出处	位置	存佚
《高昌殿赋》	秃发归	南凉	《太平御览》卷六百二引《十六国春秋·南凉录二》^(注4)	高昌城	存目
《太华殿赋》	游雅	北魏	《魏书》卷五十四《游雅传》	平城西宫主殿（今山西大同）	存目
《明堂赋》	李昶	北魏	《周书》卷三十八《李昶传》、《北史》卷四十《李昶传》	洛阳	存目
《新宫赋》	邢劭	北齐	《全北齐文》卷三	邺北城三台宫	残
《皇居新殿台赋》	魏收	北齐	《北齐书》卷三十七《魏收传》、《北史》卷五十六《魏收传》	邺北城三台宫	存目

注 1：凡《全×文》者皆为(清)严可均所辑《全上古三代秦汉三国六朝文》中分集，中华书局 1958 年据广雅书局本影印，以后陆续有重印；《先唐赋辑补》是程章灿先生《魏晋南北朝赋史》(江苏古籍出版社 2001 年版)书后附录一，所补均为严氏漏辑者。为避免繁琐和方便检索，凡有文字遗存者，赋文出处本表仅以这两个辑录给出。

注 2：本表中残佚的著录，以保存基本完整为存，仅有段落或句子保存者为残。

注 3：《艺文类聚》卷六十二《居处部二》引此作《甘泉宫颂》(《艺文类聚》，第二册，第 1114 页)，严可均《全汉文》从之，并疑《文选·魏都赋》注引王褒《甘泉宫赋》赋乃颂之误(严可均《全上古三代秦汉三国六朝文》，中华书局，1958 年，第 358、359 页)。按汉人赋、颂多通用，且以此篇残文观之，为赋体，故从《文选》注，以为赋。

注 4：李昉等撰《太平御览》卷六百《文部·思疾》、卷六百二《文部·幼属文》皆引，详见李昉《太平御览》，上海古籍出版社，影印文渊阁四库全书本，2008 年，第 522 页上、537 页上。

略论乾隆敕编金石、书画鉴藏目录的编纂体式及其对书籍版本目录的影响

杨洪升

引　言

　　历经康熙、雍正两朝的文治武功，至乾隆初年，清政权日益稳固，国家日趋强盛。乾隆帝弘历即位之初即重文治，敕命刊刻经史旧籍①，令各省督抚学政搜访遗编，随时进呈，"以广石渠、天禄之储"②。同时，弘历又敕令对内府的文物进行整理编目。乾隆初年的这些文化、学术活动，无疑推动了清代文化与学术的繁荣与进步。前人对于乾隆朝初期刊刻旧籍，尤其是刊刻武英殿本《十三经注疏》与《二十二史》的学术意义多有讨论，而对其整理文物编纂而成的金石、书画、书籍鉴赏目录的学术意义探讨较少。本文欲探讨各目录编纂的内在联系，从而揭示其对清代版本目录学的影响，同时也是用来回答清代版本目录学形成与发展的部分学术内因。

---

① 其尤著者为武英殿《十三经注疏》与《二十二史》。据乾隆朝《起居注》，乾隆三年（1738）弘历即与大臣议重刊《十三经注疏》与《二十二史》，乾隆四年（1739）开工，于乾隆十一年（1746）两套经典刊成。中国历史第一档案馆编，《乾隆帝起居注》，广西师范大学出版社，2002 年。
② 《清实录》乾隆六年（1741）正月一日条，中华书局，2012 年。

一　三种鉴藏目录的编纂及体例

(一) 三书的编纂时间、纂者与内容

乾隆朝初期,弘历曾敕命诸臣编纂了三部内府所藏文物目录。一是《秘殿珠林》24卷。乾隆八年(1743)弘历谕诸臣整理内府书画,收录其中有关释典道教者及顺治、康熙、雍正、乾隆四帝之翰墨,张照、梁诗正、励宗万、张若霭编集中土琳琅,章嘉、胡士克图阅认西天贝叶。① 是书始编于乾隆八年十二月,成于九年(1744)五月。一是《石渠宝笈》44卷。乾隆九年(1744)二月乾隆皇帝再次下令,命张照、梁诗正、励宗万、张若霭等诸臣整理内府所藏非宗教类的书画,仿照《秘殿珠林》编纂《石渠宝笈》。是编始於乾隆九年二月,成于乾隆十年(1745)冬十月。一是《西清古鉴》40卷。乾隆十四年(1749)十一月初七日弘历命尚书梁诗正、蒋溥、汪由敦率同内廷翰林,取内府庋藏古鼎、彝、尊、罍之属而纂此编,乾隆十六年(1751)夏五月编成。②

(二) 三书的鉴藏性质

这三种书画与金石类书目均是鉴藏性质的书目。从被著录的对象来看,三种书目著录的都属于文物,具有很高的鉴藏价值。乾隆皇帝也正是出于鉴藏的目的命廷臣编纂的。他在敕编《秘殿珠林》的谕旨中说:"国家承平百年,品汇繁庬,然列朝家教从不以珍玩为尚,时或怡情烟翰,与古为徒,是以内府缣缃盈千累万……着张照、梁诗正、励宗万、张若霭编集中土琳琅,章嘉、胡士克图阅认西天贝叶,何者贮乾清宫,何者贮万善殿、大高殿等处,分别部居,无相夺伦,仍仿照《书画谱》例辑成一书,俾后人披籍而知其所在。嗣后复有归藏内府者,按号续编亦,承平胜事也。"③这里他更多的在强调编

---

① 《秘殿珠林》卷首谕旨,台湾商务印书馆年影印文渊阁《四库全书》本,1986年。
② 《西清古鉴》卷首谕旨、卷末梁诗正等跋,文渊阁《四库全书》本,1986年。
③ 《秘殿珠林》卷首谕旨。

纂目的是便于贮藏与检阅。而在敕纂同样体例的《石渠宝笈》的谕旨中则更强调鉴赏："三朝御笔藏之金匮者,焜煌典重,实为超越前古,朕每一捧观辄增永慕,所当敬为什袭,贻我后人。又内府所储历代书画,积至万有余种,签轴既繁,不无真赝,顷释道二典已编为《秘殿珠林》一集,此外并宜详加别白,遴其佳者荟萃成编。朕少年时间涉猎书绘,登极后每缘几暇,结习未忘,弄翰抒毫,动成卷帙,应一并分类诠次,用志岁月。至臣工先后经进书画,暨传入御府者往往有可观览,选择排比,亦足标艺林之雅。且我列圣贻留墨宝,历久逾新,即前贤断纸零缣,用是有所稽考。朕于清宴之余,偶一披阅,悦心研虑,左图右史,古人岂其远哉。"①在《西清古鉴》谕旨中则说:"我朝家法不事玩好,民间鉴赏概弗之禁,而殿廷陈列与夫内府储藏者,未尝不富,朕于几务晏闲间,加品题夷考,旧图多所未载。因思古器显晦有时,及今不为之表章,载之简牍考索者,其奚取征焉? 爰命尚书梁诗正、蒋溥、汪由敦率同内廷翰林,仿《博古图》遗式,精绘形模备摹款识,为《西清古鉴》一编,以游艺之余,功寄鉴古之远思,亦足称升平雅尚云。特谕。"②鉴藏是其编纂该书的重要原因。

(三) 三书的鉴藏体例

编纂三书的鉴藏目的决定了三书的编纂体例。对于《秘殿珠林》,弘历敕命"仿照《书画谱》"。此当是指康熙皇帝敕命编纂的《佩文斋书画谱》。该书是书画类的大型类书,计分论书、论画、历代帝王书画、书家传、画家传、无名氏书、无名氏画、御制书画跋、历代帝王书跋、历代帝王书画跋、历代名人书跋、历代名人画跋、书辨证、画辨证、历代鉴藏等类,分门列目,搜采文献,征事考言,凡 100 卷。然此断非书画目录的体例。廷臣张照、梁诗正等变通体例,对《秘殿珠林》的分类,首载四世清帝的释、道类翰墨,先经轴、经册,后

---

① 《石渠宝笈》卷首谕旨,文渊阁《四库全书》本,1986 年。
② 《西清古鉴》卷首谕旨。

图轴、图册,每类先释后道。下依次载名人、无名氏、臣工及刻本释、道类经、图册,亦依此分类,按时代排次,每类并分上等、此等。对于入载的各经、图轴、册、卷,首标题其名,下有双行小字记注其等次及排号,正文首记其材质及著色,款识、钤印、幅数及幅高、广等,对书、画作尽可能的客观描述,兹举《文徵明书金刚经一轴》来说明:

> 明文徵明书金刚经一轴上等

> 　　朝鲜墨笺本。泥金小楷书。经末款识云:"嘉靖乙卯四月廿二日,余敬扫静室,神明其虑。兹以高丽笺制丝,研将金汁,焚香拜书宝经,若对如来,浃旬而功聿成。然毫衰目眵,而幸点画不贋,稍惬鄙愿。敬授实父仇英肃绘大慈胜境,共成连幅,以纪同时弟子诚意。谨识。长洲文徵明,时年八十有六。"下有"徵明"印一,上有横书篆字"金刚般若般罗密经"八字。引首有"停云馆"印一,左下角有"周文玉制丝"五字,下一印漫漶不可识。右下角有"式古堂书画印""澍""虚舟"三印,下方有绢本仇英著色画世尊像款云:"弟子仇英拜写。"下有"十洲"印一。画上左角押缝有"子孙保之"印,右角有半印不可识,左角下有"澍""虚舟"二印,右角下有"卞令之鉴定"印一。经笺高三尺九寸七分,广一尺三分,画绢高七寸六分,广同笺。御笔题签,签上有"乾隆宸翰"小玺。①

此段叙录文字对该轴书画做了客观描述,阅之其形制、来历、递藏情况及款识均明了可知,其文献价值与文物价值也尽见。当然,这种描述与记录,是需要识鉴能力的,对后人的鉴别、收藏、欣赏也很有助益。此外,必要时编纂者会在客观描述之后,加上主观考证性的按语,说明其真贋、品第等,如《宋李公麟画洗象图》其二条末按语:

> 　　按此卷与前卷位置相同,惟绘像须眉面目稍有分别,要其神彩工力

---

① 《秘殿珠林》卷七。

各皆入妙,的是一稿而两作,为公麟真迹无疑。①

《石渠宝笈》收录了内府所藏非宗教类的书画,编纂诸臣在卷首凡例中记其体例称:"仿《秘殿珠林》体例,顾此书卷帙更繁,叙录不无小异,而大段规模总规一致也。"是其体例与《秘殿珠林》基本相同。《西清古鉴》的体例则是先摹绘所收录鼎彝尊罍等古器物原图,次篆摹铭文并为之释文,次客观叙录器物高、深、阔、腹围等尺寸以及重量,次参考《博古图》《考古图》等,而参以欧阳修、董逌、黄伯思、张抡、薛尚功诸家之论说,并援据经史辨讹析疑。该书搜采诸家论说,援据经史辨讹析疑,当与金石古器释文较难,鉴别难度较大有关。

对于《秘殿珠林》与《石渠宝笈》的体例,四库馆臣在论《秘殿珠林》时说:"记载先书后画,先册,次卷,次轴,用赏鉴家著录之通例,而于绢本、纸本、金书、墨书、水墨画、着色画,一一分别,以及标题款识,印记题跋,高广尺寸,亦一一详列,较之《铁网珊瑚》之类,体例更详焉。"②馆臣说其体例较《铁网珊瑚》更详,盖指其仅辑录题跋而言,它是题跋集录体,于其他各项并不录载,藏印亦仅偶一见之。其实《秘殿珠林》与《石渠宝笈》的体例与康、乾时期的私家书画目录有很大关系。康熙时期书画目录体例最为完善的是高士奇《江村消夏录》。高士奇善书法,精鉴赏,入值南书房期间,常为康熙帝讲书释疑,评析书画。该书是其告归平湖所作,每条首载标题,下小字注而于绢本、纸本,高广尺寸,行数钤印,金书、墨书,水墨、着色等,书帖则释其文,并以双行小字录前人题跋。晚清文献学家缪荃孙曾论之:"书画题跋,自宋以来夥矣。然于古人书画真迹,详记其位置、行墨长短阔狭、题跋、图书,必推平湖高詹事《江村消夏录》为冠。孙退谷之记精矣,然不载本文及尺寸。《式古堂汇考》《清河书画舫》备矣,然得之传闻及他书,亦汇入,究难以为确据。

---

① 　《秘殿珠林》卷九。
② 　永瑢等著,《四库全书总目》卷一一三《秘殿珠林》条,清乾隆六十年(1795)浙江刻本。

故《消夏录》特开此派，而后谈书画者，自宋至今，始臻完善之境。"①《秘殿珠林》《石渠宝笈》与其体例最近。考编纂《秘殿珠林》《石渠宝笈》两书的诸臣，中坚并同，其中署衔居首者俱为张照。考张照，字得天，江南娄县人，康熙四十八年（1709）进士。为康熙、雍正、乾隆三朝文臣，书法大家。其书法从董其昌入手，出入颜、米，天骨开张，气魄浑厚，为康熙所喜，康熙五十四年（1715）入值南书房。乾隆二年（1736），再入值南书房，常为乾隆代笔。他深通释典，兼能画兰写梅，精于书画鉴赏。更为重要的一点，他是高士奇的长孙女婿。作为一位高水平的书画家，并与高士奇有直系姻亲关系，他对《江村销夏录》必然深悉。《秘殿珠林》《石渠宝笈》的体例应该是很大程度上借鉴了该书而稍加变通。然四库馆臣在考查《秘殿珠林》体例时溯源及阮孝绪《七录》，以及《铁网珊瑚》《宣和画谱》等，独于此点不提及，其贵远贱近的心态颇值得玩味。

　　《西清古鉴》的体例则有其明确的源头。此点四库馆臣早已指出，称"其体例依仿《博古》《考古》二图，而参以欧阳修、董逌、黄伯思、张抡、薛尚功诸家之论说……"②其体例仿照了王黼《博古图》、吕大临《考古图》，考之信然。

二　《天禄琳琅书目》的编纂及其体例渊源

（一）《天禄琳琅书目》的编纂

　　乾隆九年（1744），甲子重开，弘历益加重视文治。该年十月，他敕命重修翰林院讫工，遂于二十七日亲临翰林院，并召张廷玉、张照、汪由敦、梁诗

①　缪荃孙著，《艺风堂文漫存·辛壬稿》卷二《爱日吟庐书画录》序，民国间艺风堂刻本。
②　《四库全书总目》卷一一五"西清古鉴"条。

正、张若霭等臣赐宴饮并赋柏梁体,首句即赋:"重开甲子文治昌。"①是年在弘历敕令诸臣整理内府所藏非宗教类的书画编纂《石渠宝笈》前后,亦敕命整理内府所藏善本书,将其汇集于昭仁殿。这次活动历时三年至乾隆十二年(1747)完成,弘历改昭仁殿为天禄琳琅。此次整理活动为其敕命整理内府文物活动的重要组成部分,不知为何并未即时编目。直至乾隆四十年(1775),因编纂《四库全书》之故,乃重启编纂工作。《清续文献通考》载《天禄琳琅书目》条陈述这一过程:"乾隆四十年奉敕撰。臣等谨按,乾隆九年,内直诸臣奉诏编排内廷秘籍,列架庋藏于昭仁殿,赐名曰天禄琳琅。近因编纂《四库》,广构遗书,宛委丛编悉登秘府,乃命重为补辑,定著此目。"②弘历亦曾赋诗记录此一经过,《重华宫茶宴廷臣及内廷翰林等用天禄琳琅联句是日复成二律》其一云:"甲子琳琅辑天禄,辨订旧版书为天禄琳琅自甲子年始。因之内殿庋昭仁。三旬阅岁编维旧,四库于今书荟新。体固参差置应别,品资检校得求真。笑咨迩日抽增者,旧所辨宋版中颇有未确今经订正改撤者,亦有原办疏漏今为考定增人者。岂乏当时预选人。"③两处均将编纂《天禄琳琅书目》视为乾隆九年前后整理文物活动的延续。故《天禄琳琅书目》与《秘殿珠林》《石渠宝笈》一样,同是乾隆皇帝这次大规模内府文物整理活动的产物。

(二)《天禄琳琅书目》的性质与体例

《天禄琳琅书目》也是鉴藏书目。弘历在《题昭仁殿诗》中说:"好书敢谓承先志,新德惟期澡我身。"④读书修德,固然是弘历贮建天禄琳琅的目的。实际上此处贮藏的藏书更是被当作文物看待的,此点读其卷首相当于全书序文的《天禄琳琅鉴藏旧版书籍联句并序》可知。该目的体例,从整体来论,

---

① 《清实录·乾隆朝》乾隆九年十月二十七日条,中华书局影印,2012 年。
② 弘历敕编《皇朝文献通考》卷二百二十四,文渊阁《四库全书》本,1986 年。
③ 弘历《御制诗集》四集卷二十五《重华宫茶宴廷臣及内廷翰林等用天禄琳琅联句是日复成二律》,文渊阁《四库全书》本,1986 年。
④ 《天禄琳琅书目》卷首,台湾商务印书馆年影印文渊阁《四库全书》本,1986 年。

该书按代以宋、元、明板分类,每代中再分经、史、子、集。以重在鉴藏不嫌故,一书两椠均工,或同一刻两印具妙者均入选。对具体每一书条目来说,标题列书名,下以双行小字注明函数册数,叙录正文首举篇目,次详考证镌刻,次订鉴藏,次卢阙补。一书中于御制题跋及前人题跋均详录,藏印亦摹入。前人之题跋及印章,首见则详考之。其中考证部分尤为重要,主要是对镌刻的考证,可以该书首条宋版经部"周易"条为例说明:"是书不载刊刻年月,而字法圆活,刻手精整,且于宋光宗以前讳皆缺笔。又每卷末详记经注音义字数,宋版多此式。其为南宋刊本无疑。"又重对递藏情况的考证,以凸显该书的鉴藏价值,该条考证云:"琴川毛晋,藏书类以甲乙为次。是书于宋本印记之下复加'甲'字印,乃宋椠之最佳者。晋,元名凤苞,字子晋,苏州常熟人。好古博览,构汲古阁藏书数万卷,刻'十三经'、'十七史'、古今百家之书,手自校雠,僮仆皆能抄书,著述甚富。见《苏州府志》。"①

(三)《天禄琳琅书目》体例的渊源

《天禄琳琅书目》的这种鉴藏体例,为古来藏书目录所始见,属于创体。此点该书编纂者在凡例中略有提及:"至考证于镌刻加详,与向来志书目者少异,则是编体例宜然。"②此外考订鉴藏人,详录题跋,摹写藏印等方面,也均系书目体例的首创。据卷首凡例,沈初是该书编纂者之一,曾谈其体例云:"甲午岁命重辑《天禄琳琅书目》,略仿《郡斋读书志》而详记收藏家姓名、图识于上。"③其说法显然是不符合事实的,《郡斋读书志》各书叙录重在述一书内容大旨而不及版本鉴藏。《天禄琳琅书目》这种详载书籍形制,明其原委,凸显文物价值的体例,明显是承《秘殿珠林》《石渠宝笈》《西清古鉴》的鉴藏思路而来,对其体例加以吸收并结合书籍鉴藏实际变通的结果。其思路的一致性,也可以从禁毁角度得到明证,笔者曾撰《略谈乾隆敕编鉴藏目

---

① 《天禄琳琅书目》卷一。
② 《天禄琳琅书目》卷首凡例。
③ 沈初著,《西清笔记》卷一"记典故"第九则,清《功顺堂丛书》本。

录对〈四库〉禁毁限制的"违背"——以对钱谦益的禁毁为例》一文①,探讨钱谦益等是乾隆帝组织编纂《四库全书》禁毁的典型,而唯独在《四库》本《秘殿珠林》《石渠宝笈》《钦定天禄琳琅书目》三部鉴藏目录中,同样录有大量钱谦益等禁毁典型的题跋文字,并有很多关于钱谦益等藏印的记载。这些文字并非删削未尽所致,而是有意为之,是鉴藏目录的体例决定的:完整录载鉴藏家的题跋与藏印,才可以了明该藏品的递藏链条,凸显其文物与鉴藏价值。这种现象在《四库》中他类书中是没有的。

　　从本质上讲,文物的鉴赏思想是一致的。首要的是根据体制、形态及笔法、收藏等方面的特征断其生成的时代、地域、本末原委等,并以此见其文物价值及文化价值。书籍鉴藏虽然也很早就有了,我们读李清照的《金石录后序》能深切地体会到她和赵明诚夫妇二人的书籍鉴藏之乐。但是中国学术史上,书籍的鉴藏到了清代才真正大盛,此前其兴盛程度远远不能与书画、金石的鉴藏同日而语。书画、金石的鉴藏唐宋以来产生了一系列的重要著述,如唐张彦远撰《历代名画记》、唐张怀瓘《书断》、宋董逌《广川书跋》《广川画跋》、宋米芾《宝章待访录》、明都穆《寓意编》、明郁逢庆《郁氏书画题跋记》、明张丑《清河书画舫》、清孙承泽《庚子销夏记》等,宋欧阳修《集古录》、宋洪适《隶释》、宋王俅《啸堂集古录》、宋黄伯思《法帖刊误》、明吕震等《宣德鼎彝谱》等,而书籍的鉴赏专著,清代以前未见著录,晚明清初也只见明高濂《遵生八笺》、孙丛添《藏书纪要》偶一及之。至康熙间《读书敏求记》问世,才算出现了一部具有鉴藏性质的书志。然其体制尚未规范,内容颇类笔记体。金石、书画和书籍的鉴藏原理是相通的,收藏书籍的士人往往也鉴藏金石、书画,赵明诚、李清照就是典型的例子。在书籍鉴藏方法、水平以及编目尚落后于书画、金石鉴藏的情况下,它必然要从后者那里得到借鉴。若《天禄

---

①　杨洪升,《略谈乾隆敕编鉴藏目录对〈四库〉禁毁限制的"违背"——以对钱谦益的禁毁为例》,《文津学志》第七辑,国家图书馆出版社,2014年,第121—127页。

琳琅书目》通过分析字体断年代,重视通过题跋或前人论证断其真伪、递藏等,凸显其文物价值,这些无不是书画与金石鉴藏早已运用纯熟的手段。

三 《天禄琳琅书目》与清代版本学的兴盛

(一) 鉴藏目录著录的规范化

金石鉴藏书目的编纂在宋代就已经实现了规范化,《博古图》《考古图》是典型,对于有助于鉴藏的各项,包括器具名、器具形制、铭文以及断代等方面的综合考证分析已经是格式化著录。而书画的鉴藏书目,清康熙之前,虽各有体例,或是辑录题跋,如米芾《宝章阁待访录》、董逌《广川画跋》、《铁网珊瑚》等,或类笔记体,如周密《云烟过眼录》、张丑《清河书画舫》、孙承泽《庚子销夏记》等,但到了《江村销夏录》才真正实现了鉴藏书画目录著录各项的规范化、格式化。《西清古鉴》《秘殿珠林》《石渠宝笈》承前启后,均是规范化、格式化的著录,这是书画目录学成熟的表现。而鉴藏类藏书目录,《天禄琳琅书目》之前,只有《读书敏求记》一种。但《读书敏求记》各条的叙录尚是笔记体,试读其《春秋经传集解》条可知:

> 南宋刻本,首列二十国年表,音义视他本较详。《初学集》载牧翁所跋宋版《左传》,其经传十四至三十卷,已归天上。图说二卷,经传一至十三卷尚存人间,幸为予得之。复视跋语所云:"在在处处,如有神物护持。"良不虚也。墨迹如新,古香馣蒪。逐本前后页,每条注某本作某字,应从某本是正。此等书匆论全与不全,譬如藏古玩家,收得柴窑残品半片,便奉为天球拱璧,而况镇库典籍乎?[1]

---

① 钱曾著,丁瑜点校《读书敏求记》,书目文献出版社,1983 年,第 7 页。

《读书敏求记》的写法，明显受到其时代书画鉴赏目录的影响。若前所述孙承泽《庚子销夏记》，大概是其楷模。此后乾嘉间黄丕烈的鉴藏题跋笔法与其一脉相承，推动了清代版本学的发展。《天禄琳琅书目》是学术史上第一部规范化的鉴藏书目。它不仅是乾隆内府文物整理活动的产物，也是清初以来鉴藏之风日益盛行的产物。这一时期考据学逐渐兴起，士人读书治学愈来愈讲究版本，宋元版日益受到珍视，版本鉴藏遂渐成风气。

（二）《天禄琳琅书目》的影响

《天禄琳琅书目》在清代版本目录学史上有重要意义。其问世对清代版本目录学的进一步发展有很大影响。中国学术史上，官私目录相互影响是一个学术规律。《天禄琳琅书目》作为官办的版本目录，有着巨大的示范作用。随着学术的发展，鉴藏之风的进一步兴盛，受其影响与启发的私家版本目录渐多。嘉庆时期有孙星衍《平津馆书目鉴藏记》，孙氏编该目序中说："念古今藏书家率阅数十年一二世而散佚，独天一阁传最久，亦未全备。伏读《天禄琳琅书目》，知捐金藏珠之盛世，惟以稽古右文为宝。监司不供方物，无阶附呈。异时拟以善本及难得本汇请名大府进御，存其剩本，藏于家祠。不为己有，庶永其传。复恐后人无所稽核，故为之目，又为《鉴藏书记》以备考。"①其编该鉴藏目应该是受到了《天禄琳琅书目》的启发与影响。体例上它以版本分类，叙录卷第特征，详载藏书印等方面应该均有借鉴，叙录中征引《天禄琳琅书目》处也颇多，是学术史上第一部规范化的成熟的私人善本鉴藏书目。其后有张金吾《爱日精庐藏书志》。同治期间则有杨绍和《楹书隅录》、莫友芝《宋元旧本经眼录》、瞿镛《铁琴铜剑楼藏书目录》等，光绪间有陆心源《皕宋楼藏书志》、潘祖荫《滂喜斋藏书记》、丁丙《善本书室藏书志》等。这些书目无不受到《天禄琳琅书目》的影响，叙录中多有征引。藏书家们也没有不由此歆慕天禄

---

① 孙星衍著《平津馆鉴藏记》卷首自序，清光绪间《式训堂丛书》本。

琳琅的。① 当然,这些版本目录在鉴藏方面又有新的发展,如从《平津馆鉴藏记》开始格式化记录每一书版式的行款多少、版口黑白、版心书名、板框单双等方面,此大概是受到了石刻碑帖鉴藏的影响,孙星衍及洪颐煊均是金石学大家。石刻碑帖鉴藏实际是也金石鉴藏的一部分,并与书法鉴藏有很大关系。而《爱日精庐藏书志》为资考证,不仅录载藏书家手跋,也录载重要的原书序跋及刻书序跋。到了晚清、民初缪荃孙等学者编纂书目注意到了著录刻工,这也当是在碑帖鉴藏之学的影响下的对书籍版本鉴藏的进一步发展。

结　　论

金石、书画、书籍的鉴藏,至清代都达到了兴盛时期,这与清代学术发达有必然的联系。考据学的发达,对金石、书画的时代及真伪,书籍的版本优劣,均提出了较高的鉴别要求,也推动了鉴藏之风的兴盛。书画、书籍、金石的鉴藏目录体例此时均臻于成熟。而金石、书画鉴藏目录体例均可就本学术领域溯其渊源,而书籍鉴藏的发展较晚,其手段多借鉴于金石、书画,鉴藏书目的体例也多系借鉴金石、书画目录而来。

乾隆皇帝敕令编纂的《秘殿珠林》《石渠宝笈》《西清古鉴》《天禄琳琅书目》实为官方鉴藏目录的典范。清代的目录学,可分为两派,一为鉴藏派,一为考证派,其标志著述即为《天禄琳琅书目》与《四库全书总目》。自两目问世以后,私家目录实多模仿之而不明言。此皆因其系敕编书籍,私家不便明言模仿,亦避私下议论是非优劣之故也。

---

① 如,马玉堂《论书目绝句十二首》(潘衍桐《两浙輶轩续录》卷三十,清光绪间刻本)首论天禄琳琅云:"收来秘册胜曹仓,万卷奇书玳瑁装。三史六经皆异本,果然天府富储藏。"马玉堂,浙江海盐人,乃道光元年副贡生,必未有机会进天禄琳琅观书,所论系见书目所感。

《古籍电子文献》课程建设与教学设计研究

毛建军

古籍电子文献是指以数字代码方式将古籍文献以文字或影像等形式存储在磁、光、电等介质上,并通过计算机或具有类似功能的设备检索或阅读利用的新型文献。古籍电子文献的出现意味着中国古典文献学有了新的研究对象,必将给《中国古典文献学》教学与研究带来新的视野。基于古籍电子文献的《中国古典文献学》教学与研究也成为时代提出的新课题。《中国古典文献学》融入"古籍电子文献"的教学内容集中起来大概有以下四点:一是教材的选择问题;二是国内同行开设的相关课程建设及资源交流问题;三是教学内容的重点和逻辑体系问题;四是课程内容的延伸阅读和进一步探究问题。

一 教材建设

《中国古典文献学》以古籍文献为主要研究对象,其根本任务是探讨古籍文献的产生、分布、交流和利用的规律。随着数据库技术和网络信息技术的快速发展,一种新的古籍文献交流和利用载体被广泛接受,这一新载体即

"古籍电子文献"。"古籍电子文献"的出现不只是一次外在的文献载体变化，而且也是一次古典文献学学术范式的全新转变。

"古籍电子文献"为古典文献学研究提供了全新的研究手段和思维模式，也对古典文献学学科建设提出了新的要求。古典文献学学者对这一新现象十分敏感。早在 20 世纪 90 年代，洪湛侯先生在《中国文献学新编》（杭州大学出版社 1994 年）中就对机读型文献作了介绍。由于当时古籍全文数字化的成果还比较少见，洪湛侯先生所理解的机读型文献仅限于古籍书目数据库。2000 年广西师范大学出版社出版的《文献学纲要》（潘树广等著）设专章论述"计算机与文献的生产和检索"，尽管潘著探讨的是广泛的计算机型文献，但在第八章中例举出许多当时所能见到的古籍电子光盘。计算机与古籍整理的关系也是古籍电子文献学的重要内容。对计算机在古籍整理中的应用问题的探讨首先出现在刘琳、吴洪泽的《古籍整理学》（四川大学出版社 2003 年）中。

张三夕先生编撰的《中国古典文献学》（华中师大出版社 2003 年）是目前在高校使用面最广泛的教材之一。张三夕先生十分关注"古籍电子文献"这一新文献载体，他多次在会议和论文中强烈呼吁支持成立古籍电子文献学这一新兴学科。张著在第九章《古典文献的检索》第二节《电子文献的检索和利用》中将"古籍电子文献"分为光盘数据库、网络数据库两类，网络数据库又分为古籍书目网络数据库、古籍全文检索网络数据库和古籍全文浏览网络数据库。[①] 该章节罗列的近 20 种常见古籍数据库及其使用方法对学生初步了解"古籍电子文献"起到了重要启示意义。

自此，张著之后的几乎所有新出版的古典文献学教材均设置专节或专章讲述《电子文献的检索与利用》。如张大可、俞樟华著《中国文献学》（福建人民出版社 2005 年），王俊杰主编《中国古典文献学概论》（齐鲁书社 2006

---

① 张三夕《中国古典文献学》，华中师范大学出版社，2003 年，第 359—370 页。

年)，杨琳著《古典文献及其利用》(北京大学出版社 2010 年)，项楚、罗鹭主编《中国古典文献学》(中国人民大学出版社 2013 年)等。其中项楚、罗鹭主编《中国古典文献学》辟出专章《古籍电子文献》(第十章)对"古籍电子文献"的内涵、古籍书目数据库的利用、古籍全文数据库的利用做最为全面的论述，应该说是目前讲解《古籍电子文献》较为科学性和全面性的教材内容。

二　课程建设

与教材编撰的相对滞后性相比，以"古籍电子文献"为主要内容的必修课程或选修课程则更能实时地吸收"古籍电子文献"的最新研究成果。据笔者不完全统计，我国部分高校中文系、历史系和图书馆学系在本科层次和研究生层次开设的"古籍电子文献"的相关课程大致有七门(见表一)。尽管这些课程名称各异，但其内容均以古典文献的现代化和数据库资源检索为主要内容。其中台湾铭传大学谢育平教授开设的《中文典籍数字化》和金陵科技学院葛怀东副教授开设的《古籍数字化》均为网络开放课程，这些课程教学资源都可以在他们所在的人文学院网页阅读和免费下载。通过这些课程，我们能够了解到这一学科的学术进展，同时也有利于教学资源的共享和交流。

表一　我国主要高校开设的"古籍电子文献"相关课程一览表

学校院系	授课教师	课程名称	层次	课程内容
台湾台北大学历史学系	顾力仁	《古籍自动化与利用》	本科生	古籍数字化的类型与制作、古籍数字化专题查询与利用。
台湾铭传大学应用中国文学系	谢育平	《中文典籍数字化》	本科生	中文古籍数字化的流程、HTML 语法编辑工具、网页设计和网站架设以及电子图书制作。

学校院系	授课教师	课程名称	层次	课程内容
台湾东吴大学中文系	陈郁夫	《古籍数字化通论》	本科生	课程主要介绍台湾地区的典籍数字化成果和相关标准建设情况。
金陵科技学院人文学院	葛怀东	《古籍数字化》	本科生	古籍数字化技术、古籍文本采集与加工、数字典藏文物数字化规格、中文信息处理、古籍资源数据库、古籍数字化系统。
南京农业大学信息科学技术学院	侯汉清	《古籍的数字化整理》	硕士生	古籍数字化步骤和技术、古籍联合目录数据库、古籍全文数据库、古籍元数据及分类表、古籍数字化保存等。
北京大学图书馆系	李国新	《中国古籍资源及其数字化》	研究生课程进修班	古籍数字化的专题研讨。
河南师范大学历史文化学院	鞠明库	《数字化时代古籍整理的理论与方法》	硕士生	古籍校勘、古籍标点、古籍注释、古籍今译、古籍辑佚、古籍整理手段现代化。

　　《中文典籍数字化》是台湾铭传大学资讯工程学系谢育平教授面向应用中国文学系学生开设的一门必修课程。课程为期18周，每堂课上课方式均采用课堂教学与上机操作并行模式，课后设计有练习作业，以兹复习之用。《中文典籍数字化》有清晰的教学目标和课程纲要（见表二），其最终教学效果是培养学生建立基础网页技术和架设中文典籍网站。

表二　《中文典籍数字化》教学大纲简表

教学目标	让学生了解中文典籍数字化过程及其相关技术；让学生拥有程序写作以外的数字化能力；让学生选择中文古籍题材进行数字化，并在学期末时进行作品展览。
课程纲要	中文古籍数字化流程简介；HTML 语法、编辑工具使用；网站架设；文字数据数字化；Metadata、XML、XQL、XSLT；多媒体档案制作；缺字问题；CGI 与 PHP 程序写作；Dynamic HTML（Java Script，Cascading Style Sheet）；E-Book 制作与 DRM。
教学成效	学生将可习得基础网页技术并可架设及建立中文典籍网站。

系所教育目标	培养中国文学专业知识与学术研究的人才;培养中国文学或华语文教学的人才;培养文书行政与文化事业的人才;培养德术兼修、宏观视野与服务社会的人才。

　　金陵科技学院葛怀东副教授是该校古典文献(古籍修复)专业核心课程教学团队的负责人,他所带领的团队建设有《中国古典文献学》《古籍数字化》等精品课程。其中《古籍数字化》课程是目前国内教学目标最为明确,教学内容最为丰富的课程之一。该课程不仅涉及古籍数据库的检索与利用,更突出古籍数字化相关技术,尤其珍贵的是,《古籍数字化》课程针对每一个教学内容均连结有完整的教学课件、课后作业和上机指导等教学资源(见表三)。

表三　《古籍数字化》课程教学资源

章节	教学内容	课件	课后作业	上机指导
一	古籍数字化概述	下载	下载	
二	信息技术基础(信息科学部分)	下载		
	信息技术基础(CPU与主板)	下载		
	信息技术基础(软件平台)	下载	下载	下载
三	网络技术基础	下载		
	网络技术基础(搜索引擎)	下载		
	搜索引擎优化(SEO)	下载	下载	下载
四	数据库技术(基础理论)	下载		
	数据库技术(前沿技术)	下载	下载	下载
五	中文信息处理概述	下载	下载	下载
	中文信息处理与输入	下载		
	中文信息显示	下载		
	汉字字形和字形库管理技术	下载		
六	古籍数字化技术	下载		
	扫描技术	下载	下载	下载

续表

章节	教学内容	课件	课后作业	上机指导
七	古籍数据库的检索与利用	下载	下载	下载
	古籍数据库介绍 1	基本古籍库	瀚堂典藏	天一阁
	古籍数据库介绍 2	方志数据库	书影数据库	善本书影
◆	课程实践大作业	下载		
◆	复习大纲		下载	
补充教学资源	《古籍数字化》课程阅读材料	下载		
	古籍图像数据采集流程及技术规范	下载		
	古籍书影拍摄相关规范与样例	下载		

三　教学设计

针对不同学历层次,我们建议本科生课程安排在《中国古典文献学》其中一章进行讲授,研究生课程则开展专题授课。

(一) 本科层次

本科层次的课程将从"古籍电子文献"的数据内容角度对国内外已开发的古籍电子文献资源作全面介绍和分析,同时从古典文献学资源利用视野对"古籍电子文献"进行科学分类,从而为将来的研究提供可资利用的"古籍电子文献"资源和参考数据。教学方法宜采用案例分析的方法,让学生直观感受"古籍电子文献"。教学大纲(见表四)主要包括四个部分:古籍电子文献的内涵、古汉语电子语料库及其利用、古籍书目数据库的检索、古籍全文数据库的利用。

表四　"古籍电子文献"教学大纲

小节标题	讲授内容	案例分析
古籍电子文献概念	按照贮存内容分类	文渊阁《四库全书》电子版
古汉语电子语料库及其利用	索引型语料库	《十三经》词语索引、《方言笺疏》语料库、《尔雅义疏》语料库等。
	工具型语料库	《古今图书集成》电子版、《说文解字》电子检索等。
	标记型语料库	近代汉语标记语料库等。
古籍书目数据库的检索	大陆地区古籍书目	中国国家图书馆"联机公共目录查询系统"、上海图书馆古籍书目数据库、中国科学院古籍检索系统、复旦大学图书馆古籍书目检索系统等。
	台湾地区古籍书目	台北"国家图书馆"中文古籍书目数据库、台湾地区家谱联合目录、傅斯年图书馆善本古籍检索系统等。
	域外汉文古籍书目	韩国奎章阁古籍检索、日本东洋文库汉籍目录数据库、美国国会图书馆在线书目等。
	古籍联合目录	OLCC、CUCC、UNICA、NBINet 联合目录系统等。
古籍全文数据库的利用	图文对照模式	《中国基本古籍库》
	资源整合模式	《汉籍电子文献》
	古籍定本工程	《国学宝典》
	智能分析模式	《全唐诗》《全宋诗》分析系统
	专题电子古籍	甲骨金石、简牍敦煌、明清档案、方志族谱、古代舆图、科技文献、域外汉籍等。

（二）研究生层次

　　相对于本科生而言，研究生层次的"古籍电子文献"课程应重点突出"研究"二字。所谓"研究"包含两层含义，一是课程内容突出理论性；二是课程形式重在学生研究性自学。课程名称可以命名为《古籍电子文献研究》或《古籍电子文献理论与实践》。课程目标定位为：培养学生利用现代信息技术熟练查询文献数据；充分认识计算机技术与人文学科交叉的学术前景；为古典文献学的现代转换即古籍电子文献学培养人才。教学大纲（见表五）设

置为三大模块,即开发技术研究、资源整合与利用研究、古典文献学的电子
应用研究。教学方法采用讲授与课程论文研究相结合的方式。

表五　《古籍电子文献研究》教学大纲

研究方向	研究内容
开发技术研究	▶古籍机读编目:古籍分类法、古籍编目规则、古籍著录规则、汉字字符集、书目交换格式、权威控制以及统一建库软件系统。 ▶古籍全文数字化方案:数字化工作准备、古籍搜集与整编、系统规划与建置、数字化对象制作及元数据与数据库建置等。 ▶古籍全文数字化:善本影像数字化、历史档案数字化、古籍图文数字化。 ▶古籍电子文献出版技术:文件录入平台和古籍数字化系统软件。
资源整合与利用研究	▶古籍电子文献的资源分类、资源整合和资源管理等。 ▶古籍电子文献资源分类:古汉语电子语料库、古籍书目数据库、古籍全文数据库。 ▶古籍电子文献资源整合:资源评价研究、索引、导航和链接原理及方法研究、资源的组织与利用研究。 ▶古籍电子文献资源管理:资源开发规划与协调、数据库建置与交换标准研究、出版、发行、典藏及其规律研究等。 ▶古籍电子文献资源建设:系统工程、组织、协作、机构。
古典文献学的电子应用研究	▶古籍数字目录学:围绕文献内容和知识形态来解决问题。 ▶古籍数字版本鉴定:古籍电子文献为传统版本学增添新内容。 ▶计算机辅助古籍校勘:古籍自动编纂、古籍自动注释、古籍自动校勘。 ▶古籍电子文献与文史研究新思维:计算机辅助诗歌研究、史学计量研究法。

四　延伸阅读

目前还没有关于"古籍电子文献"的专著问世。对于想进一步探究"古
籍电子文献"这一新技术领域的学生,可以向他们推荐以下四种相关书籍:

一是,吴洪泽、张家钧编著的《计算机在古籍整理中的应用》(四川大学
出版社 2009 年)。该著是在参考软件开发者的说明书以及同行们的科研成
果的基础上编写而成的。全书共分八章,内容包括:计算机应用基础、计算

机在古籍整理中的应用、古籍数字化、汉字库及相关问题、古籍文本的编辑、古籍书版的制作、影印古籍、网络古籍资源述略。《计算机在古籍整理中的应用》中关于繁简字处理、True Type 造字、古籍文本的编辑等内容的讲述尤为适切,对于初学者很是有助。

二是,毛建军主编的《古籍数字化理论与实践》(航空工业出版社 2009年)。该著是国内出版的第一部古籍数字化专著。《古籍数字化理论与实践》试图从理论和实践层面分析古籍数字化的开发与建设问题,以此为古籍数字化基本理论的构建提供可行策略,并试图从古典文献学的角度系统提出古籍数字化的基本理论框架。该著最为实用的地方是在书后的附录中详细统计并罗列了《古籍电子索引资源简表》《古籍书目数据库一览》《古籍全文数据库一览》等八个附表,对古籍数字化的深入研究提供资源线索。

三是,王立清著述的《中文古籍数字化研究》(国家图书馆出版社 2011年)。中文古籍数字化研究是一个综合性课题,涉及文化传承、阅读变迁、数字技术、文献资源建设等多个方面。《中文古籍数字化研究》基于已有的研究成果,全面系统地研究中文古籍数字化,以期对中文古籍数字化理论研究有所贡献,对古籍数字化实践工作有所启示和参考。该著对中文古籍数字化的发展进程、多元化主体以及古籍数字化建设的国家控制与管理模式进行了重点阐释。① 王立清博士在该著中提出的古籍数字化与中国传统文化、古籍数字化与读者阅读、古籍数字化与传统学术研究等问题依旧值得我们长期关注和探讨。

四是,张三夕、毛建军编撰的《汉语古籍电子文献知见录》(世界图书出版公司 2015 年)。古籍电子文献的发展给古籍整理、文献检索、学术研究所带来的巨大便利,既让人震撼,又激发个人的研究兴趣。该著即是应广大文

---

① 王余光、郑丽芬《2011 年我国文献学研究进展》,《国家图书馆学刊》2012 年第 3 期,第 9—15 页。

史研究工作者要求而编著的一本实用性很强的工具书。《汉语古籍电子文献知见录》对国内外近 300 种汉语古籍电子文献的建设情况以及电子化实践做了全面概览,对国内外已开发的汉语古籍电子文献作全面分析并撰写解题,同时从古典文献学资源利用视野对汉语古籍电子文献资源进行科学分类与导航设计。该著基本将编者目见所及的汉语古籍电子文献全部收录,应该说囊括了当今已经问世的大部分汉语古籍电子文献,可谓是国内外第一部公开出版的有关汉语古籍电子文献目录的工具书。该书除了作为工具书使用以外,还可与文献学教材作为配套教材使用。教师在授课时,可以利用此书,对古籍电子文献的发展与现状进行讲述,便于学生了解古籍数字化的概貌,并学会如何利用相关的文献数据库。[①]

　　需要指出的是,"古籍电子文献"还是一个全新的事物,新技术、新数据库会不断更新和问世,这对古典文献学专业教师提出了新的挑战。未来的信息时代,古典文献学的概念、内涵、理论和方法都将面临着数字浪潮的冲击。古典文献学专业教师如何迅速掌握新技术,如何更新"古籍电子文献"新成果等等,都是我们需要关注的问题。因此,古典文献学专业教师必须结合教学实际,积极探讨"古籍电子文献"的理论和方法,不断更新、充实教学内容,做到与时俱进。

[①]　张三夕、毛建军《汉语古籍电子文献知见录》,世界图书出版公司,2015 年,第 4 页。

《汉书·艺文志》著"杂"于末体例论

孙振田

《汉书·艺文志》(下称《汉志》)著录书籍时具有著"杂"于末的体例特点,即以"杂"为特点的杂记、杂著、杂编及因"杂"而无直接的类别可入之书,往往著录在相应的小类或者大类的末尾。关于这一特点,前辈学者如清末目录学大家姚振宗(1843—1906)与当代著名文献学家张舜徽先生已有所涉及,然所论或无意而及、不为专门,或泛泛而谈、难称全面,未能将其上升为《汉志》的规律性特点①,且据以讨论《汉志》及其他的相关问题。故本文对

① 《汉志》之《儒家言》十八篇,姚振宗云:"此似刘中垒裒录无名氏之说以为一编,其下道家、阴阳家、法家、杂家皆有之,并同此例。"《杂阴阳》三十八篇,姚振宗云:"此如儒家之《儒家言》十八篇,道家之《道家言》二篇相类,皆刘中垒裒录无名氏之说类次于篇末者。"法家之《燕十事》十篇、《法家言》二篇,姚振宗云:"无撰人时代可纪,故次之末简。"杂家之《解子簿书》《推杂书》《杂家言》,姚振宗云:"《解子簿书》以下三家,则皆无撰人时代者,例当置之末简焉。"(姚振宗撰,项永琴整理《汉书·艺文志》条理》,王承略、刘心明主编《二十五史艺文经籍志考补萃编》第三卷,清华大学出版社,2011年,第191、245、256、291页)从这些论述可以看出,姚振宗既注意到了诸书的"杂编"(或"杂")性质(从《儒家言》《道家言》《法家言》《杂家言》共同的命名方式来看,姚振宗"刘中垒裒录无名氏之说以为一编"的说法有一定的道理,诸书即使不是刘向"裒录"而成,至少也是其编集而成。这种共同的命名方式带有明显的出于一人之手的图书整理的痕迹),又注意到了它们皆著录在一类之末的现象,然而却未能把两者结合起来,基于诸书"杂编"(或"杂")的性质将这种著录在一类之末的现象提升为《汉志》的规律性体例特点。所谓"例当置之末简"之"例",着眼点是"无撰人时代"而非"杂编"(或"杂")。无撰人时代置之末简虽然是成立的,也能够解释《儒家言》等何以著录于最后,却不能解释有些书籍,如《书》类、《礼》类、《春秋》类与《论语》类之《议奏》之著录。据《汉书·宣帝纪》,甘露三年(注转下页)

之加以考述,并以之为根据就相关问题进行讨论,以期有裨于《汉志》等相关问题的研究。

一　以"杂"为特点的书著录在小类之末

此"杂"书主要指杂记、杂著及杂编之书。如《诗》类著录的齐诗有《齐后氏故》《齐孙氏故》《齐后氏传》《齐孙氏传》《齐杂记》五种,以《齐杂记》居尾①;《书》类以石渠论《议奏》居尾,所谓石渠论,是指甘露三年(前 51)汉宣帝于石渠阁诏诸儒讲论五经异同亲为裁决一事,知《议奏》为杂编之作;《礼》类、《春秋》类、《论语》类亦皆将石渠论《议奏》著录在末尾;道家类著录的黄帝书籍有《黄帝四经》《黄帝铭》《黄帝君臣》《杂黄帝》四种,以《杂黄帝》居末;阴阳家类《杂阴阳》一种著录于最末;小说家类杂编之作《百家》著录于最末②;兵技

(续上页注)三月,宣帝于石渠阁"诏诸儒讲五经同异,太子太傅萧望之等平奏其议,上亲称制临决",则诸儒所讲必署姓名,否则"平奏其议""称制临决"便无意义,知《议奏》之作必有撰人、撰时可考。《书》类等《议奏》也不是因为时间的缘故而著录于最末,如《书》类《议奏》前著录有刘向《五行传记》十一卷,即作于《议奏》等之后。客观说,无撰人时代而置之末简与杂编之作著录于最末这两种著例之间既有交集之点又有互异之处。姚振宗之外,如张舜徽先生论《儒家言》《道家言》《法家言》及《百家》云:"昔之读诸子百家书者,每喜撮录善言,别钞成帙。《汉志》《诸子略》儒家有《儒家言》十八篇,道家有《道家言》二篇,法家有《法家言》二篇,杂家有《杂家言》一篇,小说家有《百家》百三十九卷,皆古人读诸子书时撮钞群言之作也……《汉志》悉将此种钞纂之编,列诸每家之末,犹可考见其类例。"(张舜徽《〈汉书·艺文志〉通释》,华中师范大学出版社,2004 年,第 277 页)虽明确指出"列诸每家之末"为《汉志》之"类例",然议论所及毕竟范围太小,仅仅局限于《诸子略》中,且又仅指"撮录善言,别钞成帙"之"钞纂"之作。总之,张先生亦未能通考,总结出《汉志》著"杂"于末的著录体例。又,所谓"皆古人读诸子书时撮钞群言之作",恐亦与实际相距较远。

① 姚振宗论《齐杂记》云:"此与《春秋公羊杂记》相类,皆合众家所记以为一编。"(姚振宗撰,项永琴整理《〈汉书·艺文志〉条理》,第 57 页)则《齐杂记》又可能是以杂编之作而著录于末尾。

② 刘向《说苑叙录》:"所校雠《说苑杂事》及臣向书、民间书……其事类众多,章句相溷,或上下相谬乱,难分别次序,除去与《新序》复重者,其余者浅薄不中义理,别集以为《百家》。"姚振宗按云:"此言别集以为《百家》者,《汉书·艺文志》小说《百家》百三十九卷是。"(姚振宗撰,邓骏捷校补《七略别录佚文》,澳门大学出版中心,2007 年,第 41 页)则《百家》之杂编性质显然。

巧类《杂家兵法》亦著录于最末①。儒家类《儒家言》、道家类《道家言》、法家类《法家言》、杂家类《杂家言》也因其"杂"而各自著录于本类之末②。其中，需要特别注意的是，《春秋》类、《论语》类之《议奏》与兵技巧类《杂家兵法》为著录在正文部分的末尾，之后又附著有其他书籍。《春秋》类附著《国语》等十一种，《论语》类附著《孔子家语》等三种，兵技巧类附著《蹴鞠》一种。进而言之，《春秋》类、《论语》类与兵技巧类可以"末尾"为界分为前后两段：正文部分为一段，《议奏》等属前；附著部分为一段。

以上《齐杂记》等与其所在类别的其他书籍处于同一个层次。

二　以"杂"为特点的书著录在大类之末

此以《孝经》类《五经杂议》《尔雅》《小尔雅》《古今字》《弟子职》《说》六种的著录最为典型。表面上看，《五经杂议》等六种是著录于《孝经》类的末尾，实际上却并非如此，而是著录于整个《六艺略》(小学类除外)的末尾。以《五

---

① 姚振宗论《杂家兵法》云："此五十七篇不知若干家，《七略》置之于末简，合权谋、形势、阴阳、技巧四者而一之，未必专属诸技巧也。"(姚振宗撰，项永琴整理《〈汉书·艺文志〉条理》，第371页)据此，《杂家兵法》当为杂编之作。如果不考虑其后附著的《蹴鞠》一种，《杂家兵法》实际上是位于整个《兵书略》的最后，表明其或如姚振宗所云，为权谋、形势、阴阳、技巧四者的合编，或为四者之外的兵书的合编。任宏校理兵书时，总是会有些兵书或兼具权谋、形势、阴阳、技巧四者之特点，或越出于四者之外，无法归入权谋等四者之中，遂总而杂编在一起，并因而著录于《兵书略》的最后。

② 关于《儒家言》等书为杂编之作的性质特点，可参看本文相关注释。此外，小说家类《百家》的编纂情况也能证明《儒家言》等确为杂编性质，参本文相关注释。又，《道家言》《法家言》《杂家言》三者之后没有再著录其他作品，而《儒家言》之后则又著录有桓宽所序《盐铁论》六十篇、刘向所序六十七篇、扬雄所序三十八篇，似非著"杂"于末。笔者认为，桓宽《盐铁论》与刘向所序六十七篇没有著录于《儒家言》之前而是著录于之后，或许是因为它们内容上包括编撰形式等与前面的书籍有所不同，易言之，《儒家言》仍为著"杂"于末。如果《盐铁论》等三种是因为内容上与前面的儒家类著作不同而著录于《儒家言》等的后面，则其三种同样具有著"杂"于末的性质。我们无法排除这种可能。扬雄所序三十八篇为班固所入，可以不计。关于这一问题，还可参看本文相关注释。

经杂议》为例,因其所论非专一家,故无法著录于《易》《书》《诗》《礼》《春秋》任何一类的末尾,也无法著录于《乐》类、《论语》类与《孝经》类任何一类的后面。《五经杂议》著录在《易》类等的任何一类(《孝经》类除外)的后面,都会使《六艺略》的著录面貌显得杂乱,有失协调。与《五经杂议》相同,《尔雅》等五种也无法著录进《易》类等类中去。在这种情况下,《汉志》遂作变通,将《五经杂议》等六种著录在了整个《六艺略》(小学类除外)的最后。因《孝经》类位于《六艺略》(小学类除外)之末,故表面上看来,《五经杂议》等六种就著录进了《孝经》类中。即使忽略小学类在《六艺略》中的附著性质,《五经杂议》等六种也不会著录在小学类的最后,否则就会与前面的六艺等著作相隔离,无法彰显它们与六艺等在"经"这一层面的紧密关系;同时又会拉近小学类与六艺类等的距离,使二者的关系变得模糊。可以说,将《五经杂议》等六种著录在整个《六艺略》(小学类除外)的最后,是《汉志》在现有体制下的最佳选择。

从层次上看,《五经杂议》等六种与其所在的《孝经》类书籍并不处于同一个层次,而与其前的六艺等书籍处在同一个层次。《五经杂议》等六种是整个《六艺略》(小学类除外)之"杂"书,其中,《五经杂议》《尔雅》《小尔雅》《古今字》可以视为《易》等经书的"杂"书,《弟子职》《说》则可以视为《论语》或《孝经》的"杂"书①。

_____

① 《五经杂议》既云"五经",则其相对于《易》等经书自然被视为杂书;《尔雅》《小尔雅》《古今字》三书俱为解经之作,其相对于《易》等经书的杂经性质也是明显的;《弟子职》《说》二种,庄述祖《弟子职集解序》云:"《弟子职》在《管子》书。古者家塾教弟子之法,《汉·艺文志》附石渠论、《尔雅》后,盖以《礼》家未之采录,故特著之《六艺》。有《说》三篇,今佚。案:《别录》有《子法》《世子法》,《弟子职》记弟子事师之仪节、受业之次叙,亦《曲礼》《少仪》之支流也。"(转引自姚振宗《〈汉书·艺文志〉条理》,第50页)据之,《弟子职》《说》可以看作《礼》类之杂书。庄氏此说尚有未周,刘氏父子在著录《弟子职》时很可能并不是从《礼》的角度,而是从"师"与"弟子"这一角度着眼,否则《弟子职》将会被著录进《礼》类之中。《论语》为纪录孔子及其弟子言行之书,《孝经》为孔子为曾子叙述孝道之书,从"师"与"弟子"的角度,《弟子职》可以被视为《论语》或《孝经》之杂书。因为《说》乃《弟子职》之说,其作为杂书的情况与《弟子职》相同。姚振宗云:"此(《说》)次于《弟子职》之后,旧本行款文相联属,明是《弟子职》之说。"(姚振宗撰,(注转下页)

　　某种意义上说,《诗赋略》之杂赋类著录于赋类最后的情况与《五经杂议》等六种的著录相同。杂赋类的编纂与设类,是刘向、刘歆整理全部赋作的结果。刘氏父子在整理图书时,将那些因流传或其他原因失去作者、时代等信息的赋作统统归入杂赋一类,再按照一定的标准,以杂编成册的形式进行处理,进而单设为类①。因此,杂赋类实际上与其前的屈原赋之属、陆贾赋之属、荀卿赋之属三者之全部处于同一个层次,而不与它们中的任何一种处于同一个层次。②

　　(续上页注)项永琴整理《〈汉书·艺文志〉条理》,第 133 页)可以参考。四库馆臣已经注意到了从"杂"的角度考查《五经杂议》的著录,《总目》云:"宣帝时始有石渠《五经杂议》十八篇,《汉志》无类可隶,遂杂置之《孝经》中。"(永瑢等《四库全书总目》,中华书局,1965 年,第 269 页)所谓"无类可隶""杂置"等语,反映出的正是《五经杂议》相较于六艺等书的"杂"书性质,以及无类可入的客观情况。然而馆臣所论仅止于《五经杂议》一种,且未能合理地指出何以著录于《孝经》类中。姚振宗的论述较馆臣前进了一大步,其论云:"《孝经》居《六艺》之末,故凡《六艺》流亚,如《五经杂议》以下六家,并附著于此篇。"(姚振宗撰,项永琴整理《〈汉书·艺文志〉条理》,第 133 页)把"杂"书的范围从《五经杂议》扩展为包括《尔雅》《小尔雅》《古今字》《弟子职》《说》等全部六种("《六艺》流亚"是对《五经杂议》等的杂书性质的准确概括),并且从形式上解释了《五经杂议》等著录在《孝经》类之中的原因。尽管姚振宗最终没能指出《五经杂议》等实质是著录于整个《六艺略》(小学类除外)的最后,但能够从形式的角度考查问题,方法上具有科学性,值得称道。

①　关于杂赋类的编纂与立类情况,可以参考程千帆先生的论述:"然依标目,亦有数事可征:皆无作者,则其一也。皆无年代,则其二也。皆署主题,则其三也。多冠'杂'字,则其四也……而民间所述,中秘所藏,书简缺脱,篇章总杂者,亦所多有。其中当不乏作者莫征,年代失考之作,又畴能析其源流,为之附厕?然则首二事者,当日著录之困难也。然因噎废食,前哲致讥,既属秘书,安得无录。故唯有著为变例,别录主题,以类相从,于凌乱之中,辟识别之径:或缘问对,或述情感,或标技艺,或举自然,以及动植之文、谐隐之篇。取譬草木,区以别矣!又以部次未周,人代难详,乃多冠'杂'字,诏示来学。若《杂行出及颂德赋》,当多属封禅之事;《杂四夷及兵赋》,当多属征伐之事,则又以主题不一,连及相称者也。然则后二事者,当日匡救之方法也。"(程千帆《〈汉志〉杂赋义例说臆》,载《闲堂文薮》,《程千帆全集》第七卷,河北教育出版社,2000 年,第 218—219 页)所论符合杂赋类的实际情况,确为不刊。又,杂赋类虽云"杂",然因其皆为赋类之"杂",皆为赋作,性质相同,故刘氏父子将其单立为一类,著录于赋类的最后,而《五经杂议》《尔雅》等,虽为《六艺略》(小学类除外)之杂书,相互之间性质上却有很大不同,故刘歆不为单独立类,而是依次著录于整个《六艺略》(小学类除外)的最后。

②　《春秋》类著录有《公羊杂记》八十三篇,明显以"杂"为特点,然而却既没有著录于《公羊颜氏记》的后面,也没有著录于《公羊董仲舒治狱》的后面、《议奏》的前面(班固《汉书》,中华书局,1962 年,第 1713—1714 页),不符合著"杂"于末的著录体例。这可以看作是一个例外。《孝经》类《杂传》四篇的著录情况也是如此,没有著录在《孝经》类的最后,即《安昌侯说》一篇的后面,而是著录在了其前面。这些例外整体上并不影响本文结论的成立。在《汉志》(注转下页)

弄清《汉志》以"杂"为特点的书籍往往著录在一类末尾的著录体例,对研究《诗赋略》之歌诗类的著录次序、《尔雅》等书在《汉志》与《隋书·经籍志》(下称《隋志》)中的著录等问题,均具有重要的意义,可据以纠正此前一些学者在这些问题上的偏颇或错误。讨论如下:

(一) 关于《诗赋略》之歌诗类的著录次序问题

清章学诚论歌诗类的著录次序云:"诗歌一门,杂乱无叙,如《吴楚汝南歌诗》《燕代讴》《齐郑歌诗》之类,风之属也。《出行巡狩及游歌诗》,与《汉兴以来兵所诛灭歌诗》,雅之属也。《宗庙歌诗》《诸神歌诗》《送灵颂歌诗》,颂之属也。不为诠次类别,六艺之遗法,荡然不可为踪迹矣。"[①]批评歌诗类的著录次序杂乱无章。姚振宗的看法当与章学诚相同,其于《出行巡狩及游歌诗》《河东蒲反歌诗》及《南郡歌诗》下分而辑录章学诚的说法,没有提出不同的意见[②]。今人钟肇鹏先生不同意章学诚的说法,反驳云:"章氏谓'诗歌一门,杂乱无叙'。案此类录《高祖歌诗》二篇居首者,以其时代最早,且属至尊也。次则《泰一》《宗庙》二条颂之属也;《汉兴以来兵所诛灭歌诗》以下凡五条雅之属也;自《吴楚汝南歌诗》以下八条风之属也;《黄门倡车忠等歌诗》以下八条比变风变雅;至末《诸神歌诗》《周歌诗》四条特附入二颂二风也。大体明白,何得云'杂乱无叙,六艺之遗法荡然不可踪迹'?"[③]张舜徽先生则论云:"此八家歌诗(笔者按:指《吴楚汝南歌诗》至《河东蒲反歌诗》八家),依

(续上页注)中,出现这种越出于原则之外的情形是可以理解的。《汉志》在贯彻自己的既定原则时具有不彻底性,有时会根据具体情况作出调整,例如诸略皆有大、小序可以说是《汉志》的既定原则,而《诗赋略》却由于某些原因只有大序而无小序(详可参孙振田《〈汉志·诗赋略〉无小序问题考论》一文,载《古典文献研究》第十三辑,凤凰出版社,2010年)。《公羊杂记》与《杂传》的著录可能依据其他的因素,比如内容特点或时间先后等。如姚振宗即认为《杂传》著录于《安昌侯说》的前面是因为"其人皆在安昌侯张禹之前"(姚振宗撰,项永琴整理《汉书·艺文志〉条理》,第127页)。

① 章学诚著,叶瑛校注《文史通义校注》,中华书局,1985年,第1067页。
② 姚振宗撰,项永琴整理《汉书·艺文志〉条理》,王承略、刘心明主编《二十五史艺文经籍志考补萃编》第3卷,清华大学出版社,2011年,第334、336、337页。
③ 钟肇鹏《求是斋丛稿》,巴蜀书社,2001年,第38页。

地域成编,颇似古之采风。下文《雒阳歌诗》以下五家,《周歌诗》以下二家,皆当与八家联贯相次。所谓以类相从也。而《黄门倡车忠等歌诗》以下三家,当在最末。今本《汉志》,经传写而颠倒错乱矣。以无旁证,未敢辄改。"①虽与章学诚、姚振宗、钟肇鹏有所不同,然其本质仍以歌诗类的著录次序为杂乱。

显然,诸家所论皆未为得。

考《诗赋略》之歌诗类,著录有《杂各有主名歌诗》十篇与《杂歌诗》九篇二种。这里的"杂"只能理解为杂编之"杂"。《杂各有主名歌诗》为虽知作者,"各有主名",却不知作者之时代、地域以及官职等;《杂歌诗》则为既不知作者,也不知诗歌之时代、地域与作者之官职等。可以看出,从"各有主名"之《杂各有主名歌诗》至"各无主名"之《杂歌诗》,存在着明显的递进关系,这种递进关系也说明二者为杂编之作。前者为失去相关信息的杂歌诗中的再整理、再分类,后者为再整理、再分类之后的编集,刘氏父子将那些无法再分类的杂歌诗集为一编。如果《杂各有主名歌诗》与《杂歌诗》不是杂编之作,它们将会被著录进相应的位置,或与《高祖歌诗》等著录在一起,或与《吴楚汝南歌诗》等著录在一起,或与《黄门倡车忠等歌诗》等著录在一起。歌诗类的编纂情形与杂赋类相同,只是杂赋类的分类更细一些。

比照上论《汉志》杂编之作多著录在末尾的著例,可知《杂各有主名歌诗》与《杂歌诗》二种实为"末尾","末尾"的主体部分为自《高祖歌诗》至《黄门倡车忠等歌诗》十七种。"末尾"之后又著录《雒阳歌诗》等九种。再比照《春秋》类、《论语》类与兵技巧类分为两段的著录格式,就会发现歌诗类的著录实际上也是分为两段:从《高祖歌诗》到《杂歌诗》十九种为一段,从《雒阳歌诗》到《南郡歌诗》九种为一段。如果把两段进行对比,还可发现它们的著录特点具有一定的相似性:前段的《吴楚汝南歌诗》《邯郸河间歌诗》《齐郑歌

① 张舜徽《汉书艺文志通释》,华中师范大学出版社,2004 年,第 368 页。

诗》《淮南歌诗》与后段的《雒阳歌诗》《河南周歌诗》《河南周歌声曲折》等相对应,皆是以地域为标准进行著录;前段的《杂各有主名歌诗》《杂歌诗》与后段的《周歌诗》相对应,都具有"杂"的性质,以"杂"为标准进行著录。《周歌诗》与《雒阳歌诗》等相较,未标明地域、性质等,不能排除"杂"的可能。这种共同的著录特点,也证明歌诗类是分为两大段进行著录的。《汉志》采取这种方式进行著录,当有其特别的目的在内。后段中《河南周歌诗》《河南周歌声曲折》《周谣歌诗》《周谣歌诗声曲折》《周歌诗》五种皆以"周"称名,可知后段作为一个整体当皆为周歌诗,即《雒阳歌诗》《南郡歌诗》《诸神歌诗》《送迎灵颂歌诗》等也有可能都是周歌诗。《汉志》将周歌诗作为一个整体专门著录于歌诗类的后半部分,或意在突出周歌诗。

前后两段还可再进行层次划分。前段大致可以分为四段:从《高祖歌诗》至《诏赐中山靖王唸及孺子妾冰未央材人歌诗》为一段,大体为汉人歌诗,包括帝王、宗庙、巡狩等;从《吴楚汝南歌诗》至《河东蒲反歌诗》为一段,即《诗赋略》序所谓的"代赵之讴,秦楚之风"等,大体是以地域为序进行编排;《黄门倡车忠等歌诗》自为一段,《杂各有主名歌诗》《杂歌诗》则为杂编之作著录于篇末(按:《黄门倡车忠等歌诗》或可与《杂各有主名歌诗》《杂歌诗》划分为一段)。后段大致也可以分为三段:《雒阳歌诗》自为一段;《河南周歌诗》至《周歌诗》七种为一段;《南郡歌诗》一种自为一段。如此看来,《汉志》之《诗赋略》歌诗类的著录其实次序井然,条理清楚,绝非"杂乱无叙"。

可以看出,章学诚等诸家之失实因未明《汉志》著"杂"于末的体例所致。章氏以"六艺之遗法"为衡量标准,充满先入之见,自然谬以千里;钟肇鹏先生延续章氏之思路,其谬亦仍之;张舜徽先生虽然注意到了歌诗类具有按地域分类编排的特点,要科学一些,然因没有注意到歌诗类为分两段进行著录,也就难以得出符合实际的结论了。

(二) 关于《尔雅》等书在《汉志》与《隋志》中的著录问题

宋晁公武论《尔雅》的著录云:"三者(笔者按:指体制之书、训诂之书、音韵之书)虽各名一家,其实皆小学之类,《艺文志》独以《尔雅》附孝经类,《经籍志》(笔者按:指《隋志》)又以附《论语》类,皆非是。"①批评《汉志》与《隋志》对《尔雅》的著录为"非是"。清史学海与晁公武相同,亦以《汉志》与《隋志》对《尔雅》的著录为非,其云:"班氏以《尔雅》入《孝经》,真觉不伦。《隋·经籍志》以附《论语》,亦非是。唐书、宋史《艺文志》、王伯厚《困学纪闻》、马贵舆《文献通考》、焦弱侯《经籍志》,并以《尔雅》为小学之首。"②近人叶德辉则云:"《孝经序疏》引郑氏《六艺论》云:'孔子以六艺题目不同,指意殊别,恐道离散,莫知根源,故作《孝经》以总会之。'又《大宗伯疏》引郑氏驳《五经异义》云:'《尔雅》者,孔子门人所以释六艺之文。'言盖不误也。然则《尔雅》与《孝经》同为释经总会之书,故列入《孝经》家。《隋志》析入《论语》,非也。"③以《汉志》之著录为是,《隋志》之著录为非。张舜徽先生所论则包括《汉志》之《五经杂议》《小尔雅》《古今字》及《隋志》之《五经异义》等,如其论《汉志》之《五经杂议》与《隋志》之《五经异义》等的著录云:"郑玄《六艺论》云:'孔子以六艺题目不同,指意殊别,恐遭离散,后世莫知根源,故作《孝经》以总会之。'可知汉儒旧说,皆以《孝经》为六艺之大本,五经之总会,故《汉志》录《五经杂议》入《孝经》家。又《论语》所包亦广,不专一业,实亦概括五经,故《隋志》录《五经异义》以下诸家附《论语》之末,其例正同。"论《汉志》之《小尔雅》《古今字》的著录云:"《小尔雅》所以综经传之异训,《古今字》所以录字体之异形,皆于统释群经有关。汉人恒以《孝经》为五经之总会,故凡涉及诸经通训、经字异同之书,悉附列于此。"④显然,在张先生看来,《五经杂议》《小尔雅》《古今字》在《汉志》中的著录,《五经异义》在《隋志》中的著录,都是合适

①　晁公武撰,孙猛校证《郡斋读书志校证》,上海古籍出版社,2011年,第146页。
②　史学海《汉书校证》,《今注本二十四史》编纂委员会《二十四史研究资料汇编·两汉书》第9册影印清抄本,人民出版社,2014年,第376页。
③　王先谦撰,上海师范大学古籍整理研究所整理《汉书补注》第六册,上海古籍出版社,2012年,第2942页。
④　张舜徽《汉书艺文志通释》,第243、244页。

的,有其内在的依据。

诸家之说同样不妥。

除晁公武、史学海以彼时之以《尔雅》为小学之"今"律汉时不以《尔雅》为小学之"古"外,比照上述《汉志》著"杂"于末的体例特点,诸家之不妥尚有二:

1. 以《尔雅》或《五经杂议》《小尔雅》《古今字》等为著录于《汉志》之《孝经》类。如上所论,《尔雅》等并非是著录在《孝经》类中,而是著录在整个《六艺略》(小学类除外)的末尾。晁、史、叶、张诸氏只注意到了表面,而未达本旨,叶德辉引郑玄《六艺论》与《驳五经异议》为《尔雅》何以著录进《孝经》类作解,殊为牵强,张舜徽先生引郑玄《六艺论》解释《五经杂议》《小尔雅》及《古今字》的著录,其弊与叶德辉同。

2. 以《尔雅》与《五经异义》为著录于《隋志》之《论语》类。《尔雅》与《五经异义》并非是著录于《论语》类中,而是著录于整个经部(小学类除外)的最后。与《汉志》对《五经杂议》等的著录相同,《隋志》著录《尔雅》与《五经异义》等书时采取的也是著"杂"于末的方式。从数量的角度考察,《隋志》著录的《尔雅》《五经异义》等全部杂书之"杂"远超《汉志》著录的《五经杂议》等之"杂":《汉志》之《五经杂议》等只有六种,而《隋志》之《尔雅》等则除《尔雅》外,还包括《五经异义》《白虎通》《长春义记》《大义》《游玄桂林》《六经通数》《七经义纲》《质疑》《经典玄儒大义序录》《圣证论》《郑志》《谥法》等四十余种(不计"梁有")[1]。《隋志》之《尔雅》《五经异义》等"杂"书著录于经部(小学类除外)最后的做法与《汉志》一脉相承。

实际上,《隋志》对其著"杂"于末的做法已经有所交代。《论语》类小序云:"《尔雅》诸书,解古今之意,并五经总义,附于此篇。"[2]"古今之意"非《论语》一家之古今之意,"五经总义"更不是指《论语》之总义,与之对应的只能

---

① 参魏徵等《隋书》,中华书局,1973年,第936—939页。

② 魏徵等《隋书》,第939页。

是《论语》类之前的五经等书籍。显而易见，《隋志》撰者明确地把《尔雅》等与《论语》区别开来，并采取了附著的方式进行处理。因此，序虽云"附于此篇"，其实质仍然是《尔雅》等"杂"书著录在经部（小学类除外）的最后。这也充分说明，《隋志》撰者对《汉志》著"杂"于末的体例是非常清楚的。晁公武、史学海、叶德辉诸氏与张舜徽先生皆没有注意到这些信息，以致不能正确地理解《尔雅》与《五经异义》在《隋志》中的著录；张舜徽先生所谓"《论语》所包亦广"云云，亦殊为牵强，非得"珠"也。

　　那么，该如何理解叶德辉所说的《尔雅》从《汉志》之《孝经》类"析入"到了《隋志》之《论语》类呢？我们可以对比一下《汉志》之《六艺略》与《隋志》之经部的著录顺序。在《汉志》中，《六艺略》（小学类除外）的著录顺序为：《易》→《书》→《诗》→《礼》→《乐》→《春秋》→《论语》→《孝经》；在《隋志》中，经部（小学类除外）的著录顺序为：《易》→《书》→《诗》→《礼》→《乐》→《春秋》→《孝经》→《论语》。通过对比可以发现，从《汉志》之《六艺略》到《隋志》之经部，《易》类至《春秋》类的著录顺序没有发生变化，而《论语》类与《孝经》类的著录顺序则发生了变化：在《汉志》中，《论语》类在《孝经》类的前面，《孝经》类居尾；到了《隋志》，则变成了《孝经》类在《论语》类的前面，《论语》类居尾。加之《尔雅》等著录在《隋志》经部（小学类除外）的最后，这就导致了《尔雅》等与《论语》类直接相连，从而给人这样一种印象：《尔雅》被从《孝经》类析了出来，转而著录进了《论语》类中。如果《隋志》之《孝经》类与《论语》类的位置不发生变化，则《尔雅》仍将著录在《孝经》类的后面。因此，从《汉志》到《隋志》，不过是从一种形式的著录转变为另一种形式的著录，既无所谓"析"，亦无所谓"入"。

　　另一方面，当《孝经》类与《论语》类的位置调换之后，在《汉志》中本来著录于《孝经》类之后的《尔雅》等，也不可能继续著录在《孝经》类的后面，必须调整至《论语》类之后。如果依旧著录于《孝经》类的后面不加变更，就会在

《隋志》经部相对单纯的部类著录中,穿插著录进《尔雅》等多种著作,将《论语》类与前面的经类著作割裂开来,从而显得不够协调,甚为突兀。《尔雅》等著作只有著录在经部著作(小学类除外)的最后,经部整体上才不至于显得杂乱。

以上《汉志》之《六艺略》与《隋志》之经部的著录顺序的对比又反过来说明,《汉志》《孝经》类之《五经杂议》等的著录必为著"杂"于整个《六艺略》(小学类除外)的末尾,而不是著录于《孝经》类中。

综上,著"杂"于末是《汉志》的规律性体例特点,这一特点对研究《汉志·诗赋略》之歌诗类的著录次序、《尔雅》等书在《汉志》与《隋志》中的著录等问题具有重要的意义。晁公武、章学诚、叶德辉诸氏与钟肇鹏、张舜徽先生在这些问题上出现偏差的直接原因是未明《汉志》包括《隋志》著"杂"于末的著录体例,根本原因则在于较多地从学术内容的角度思考问题,而对《汉志》包括《隋志》的目录学本体因素却重视不够。对这些问题的讨论启示我们,在研究目录学问题时,必须充分考虑到目录的本体因素,对目录的著录形式及规律进行深入研究与全面归纳,如此方能使结论更为稳妥可靠。

叶德辉补注《汉书·艺文志》

罗　瑛

　　叶德辉(1864—1927),字焕彬,号直山,又号郋园,湖南湘潭人,近现代著名藏书家、版本目录学家与经学家。叶氏一生刻书二百余种,并著有《书林清话》《郋园读书志》《六书古微》等数十种。在学术上,叶德辉与王先谦并称为"长沙王叶",与王闿运并称为"湘潭王叶"。由于叶德辉在版本目录方面的杰出成就,王先谦在《汉书补注》中屡引其说①。如《汉书补注》的目录便开门见山地出注三十四处,其中叶注便达三十一处。在该补注的《艺文志》(以下简称《汉志》)部分,叶注亦为六十七处。这些精到的注释,在一定程度上代表了叶德辉的注疏水准,亦可从中考见青年叶德辉的学术功力与学术作风。而笔者遍考叶著群书,均无叶氏研究《汉志》的记载。至今叶注《汉志》仍无专文研究,故本文对其作一探讨。

---

①　王先谦《汉书补注》,商务印书馆,1959 年,第五册,第 3087—3229 页。

一 叶注《汉志》的主要内容

叶德辉从多方面注释《汉志》,可归纳如下。

(一) 注书之撰者

指明书之撰者,是注《汉志》的第一要务。叶德辉所释,包括撰者的姓名、身世及所在时代等。

注释撰者,首先是其姓氏,如叶注《公梼生终始》《随巢子》与《捷子》等书便如此。对前者,班固注云:"(公梼生)传邹《始终》书。"颜师古、钱大昭、沈钦韩等只注该书名中之"始终"当为"终始",而对姓氏"公梼"则未言其何。叶氏据宋代邵思《姓解》卷三所引《汉志》作"公子",故其姓氏当为"公"。再如《随巢子》一书,叶因《太史公自序正义》引韦昭之言"墨翟之术也尚俭,后有徐巢子传其术",指出"徐、随音近,疑为一人",即巢子当姓随或徐。对前人混淆者,叶氏亦予指出,如《捷子》一书。对捷子,班注:"齐人,武帝时说。"钱大昭补注则据《史记·孟子荀卿列传》作"接子",但又云"接""捷"二字通用。而王念孙据《汉书·古今人表》,指出捷子生活在尸子之后、邹衍之前,或许又作"接子"。叶德辉则引《风俗通》"邾公子捷菑之后,以王父字为氏",又在"接"字下之《三辅决录》云接子著书十篇,且《姓解》捷姓下之《三辅决录》中,"接子"作"接昕子"。可见,捷氏与接氏为二人。

其次,撰者之名,如注释《谷梁传》《闾丘子》和《将钜子》等书。对于《谷梁传》的撰者谷梁氏之名,各家注释莫衷一是:颜师古云名"喜";钱大昭据闽本、朱一新据汪文盛本名"嘉";周寿昌据桓谭《新论》、应劭《风俗通》、蔡邕《正交论》名"赤",以及王充《论衡》又名"寘",阮孝绪《七录》名"俶"(周氏云"俶"误),杨士勋《谷梁疏》名"淑"等,莫衷一是。叶德辉则通过陆德明《经典释文》的叙录所引麋信之言"谷梁赤与秦孝公同时"及唐林宝《元和姓纂》"谷梁"姓下引《尸子》"谷梁俶传《春秋》十五卷",谷梁氏与秦孝公同时,则谷梁氏为战国时人,且尸子亦生活在六国时,距谷梁氏生活时代不远,其言"谷梁俶"者当确,故"名'俶'者是也"(本文未注出处之引文,均出自叶注《汉志》)。再如《宰氏》一书,于宰氏其人,班注"不知何世"。叶氏则据《史记·货殖列传》裴骃集解云"计然者,葵邱濮上人。姓辛氏,字文子,其先晋国亡公子。尝南游越,范蠡师事之",《元和姓纂》卷十五宰氏姓下引《范蠡传》"陶朱公师计然,姓宰氏,字文子,葵邱濮上人",可见唐宋时代所言宰氏即计然。其他如《闾丘子》《将钜子》等书,叶氏以《元和姓纂》为据,指出闾丘氏当名"决"、将钜氏名"彰"等。

再次,撰者的身世及身份。注撰者身世者,如《南公》;释撰者身份者,如《惠子》与《处子》等书。对《南公》,班云"六国时",而王应麟据《史记正义》引虞喜《志林》,认为南公乃"识废兴之数,知亡秦者必于楚"的道士,《真隐传》云其号"南公"之由是"居国南鄙",且"著书言阴阳事"。叶德辉再以《元和姓纂》卷二十二所载,认为南公系战国时人,"盖卫南公子后也"。关于《惠子》一书的撰者,班固但注惠氏之名及其时代,钱大昭进云其为宋人,为魏惠王相。叶德辉补引《庄子·至乐篇(当为"齐物论")》"其(指惠子)道舛驳,其言也不中",指出惠为说士。同样,对《处子》,叶亦以《元和姓纂》卷八所引,指出处子亦为辩士。

最后,注撰者所在时代,如《李氏春秋》《我子》等。叶云,班固将《李氏春秋》列于《公孙固》与《羊子》两书之间,而班注《公孙固》云"齐闵王失国,问之,(公孙)固因为陈古今成败也",公孙氏为齐闵王时人,对后者班氏亦注"固秦博士",羊子为秦国博士,据此叶氏推断李氏为战国时人。再如《我子》,颜师古据刘向《别录》,云我子为墨家学派人物。叶则进一步据《元和姓纂》卷三十三引《风俗通》之"我子,六国时人",亦为战国人物。

作为一位学风朴实的学者,叶德辉对班固、周寿昌及沈钦韩等前注亦予申说。如《老莱子》《黔娄子》及《乘丘子》等。《老莱子》，班云："楚人，与孔子同时。"叶氏引《庄子·外物篇》"老莱子之弟子出薪，遇仲尼"事，赞同班说。《黔娄子》，班注"齐隐士，守道不诎，威王下之"，周寿昌据《广韵》去声十九《候》娄字注引《汉志》作"赣娄子"。叶德辉据《姓解》引《汉志》言"齐有隐士赣娄子，著书五篇"语，则以"赣娄子"为是。《乘丘子》，沈钦韩因《隋志》著录晋征南军师杨伟《桑丘先生书》二卷，以为当作"桑丘"。叶氏亦持此说，因《姓解》二所引《汉志》正作"桑丘"等。

　　叶德辉注明了撰者，当然要指出伪托者，如《东方朔》《黄帝》与《子赣杂子侯岁》等书。在《东方朔》一书的注中，叶氏指出《拾遗记》所载之《宝瓮铭》、唐释法琳《辨正论》之《隐真论》、《开元占经》之《东方朔占》等，"皆后人伪托"。《黄帝》一书，叶云在《开元占经》卷五被引为《黄帝用兵要法》、卷十一被引作《黄帝用兵要决》、卷二十一、二十二又被引作《黄帝兵法十要》等，其名称各异，"出后人依托者为多"。《子赣杂子侯岁》，亦"因数贡货殖，依托而作"等。

(二) 注书之佚文及佚文出处

　　书之撰者已明，则注书之内容便成另一要务。在叶注《汉志》中，这一方面主要表现为注明该书之佚文及佚文出处。这又分两种情况。

　　首先，明显为该书之佚文者，如《大禹》《公孙宏》《凡将》等。对《大禹》一书，叶德辉广引群书，如《墨子》《逸周书》《北堂书钞》《鹖子》《淮南子》等。《墨子·兼爱下》引《禹誓》"济济有众，咸听朕言，非惟小子，敢行称乱。蠢兹有苗，用天之罚。若予既率尔群，对诸群以征有苗"（叶云，此为《伪古文尚书·大禹谟》之蓝本），《逸周书·大聚》之"禹之禁，春三月，林不登斧，以成草木之长；夏三月，川泽不入网罟，以成鱼鳖之长。且并以农力，执成男女之功"，《逸周书·文传》之《夏箴》"中不容利，民乃外次"，《开望》之"小人无兼年之食，遇天饥，妻子非其有也。大夫无兼年之食，遇天饥，臣妾舆马非其有也。国无兼年之食，遇天饥，百姓非其有也。戒之哉！弗思弗行，祸至无日矣。土广无守，可袭伐；土狭无食，可围竭。二祸之来，不称之灾。天有四殃，水旱饥荒，其至无时，非务积聚，何以备之?"《北堂书钞》卷一〇二之"天有四殃"至"何以备之"，《鬻子》引《禹笋虞铭》曰："教寡人以道者击鼓，教寡人以义者击钟，教寡人以事者振铎，告寡人以忧者击磬，语寡人参狱讼者挥鼗"，《淮南·泛论训》"作禹号"等等佚文。《公孙宏》，除其本传载《对策》与《上武帝书》等两篇外，有《艺文类聚·鳞介部》引"譬犹龙之未升，与鱼鳖可伍。及其升天，鳞不可睹"及《太平御览·帝王部》之"舜牧羊于黄河，遇尧，举为天子"等佚文。其他如《凡将》，王应麟注该书在手工业方面（《文选·蜀都赋注》"黄润纤美宜制禅"）和音乐方面（《艺文类聚》之"钟磬筝笙筑坎侯"）等佚文各一句外，叶德辉补以唐陆羽《茶经》中所引有关乌喙、桔梗、芫华、款冬、贝母等药物方面之佚文。《黄帝三王养阳方》，有《玉房秘诀》"黄帝问素女、玄女、采女阴阳之事"，等等。

有时佚文太多，不能遍举，叶氏便指明其所在，如《吾丘寿王》《黄帝铭》《商君》《申子》《惠子》等注。《申子》，叶补以《意林》卷二、《艺文类聚》卷十九、《太平御览》卷三九六与一二四之《君臣篇》，及《群书治要》所引《长知经·大礼篇》《反经篇》，《初学记》卷二五，《意林》所引之《大体篇》。其他无篇名者，则可参见《史记·李斯传》，《北堂书钞·天部》，《艺文类聚·人部》《刑法部》，《文选》颜延年《应诏之燕曲水诗》注，邹阳《上梁王书》等。《尹佚》，补以《周纪》中史佚策祝，《逸周书·克殷解》所引尹佚策，《左传·僖公十五年》《文公十五年》《成公四年》《襄公十四年》《昭西元年》及《国语·晋语》等所引《史佚》之文。《惠子》，辑以《庄子·杂篇》《天下》，《韩非子·说林》，《吕览·不屈篇》《应言篇》《开春篇》《爱类篇》，《战国策·魏策》，《说苑·说篇》《杂言篇》等佚文。其他如《吾丘寿王》《黄帝铭》《商君》《神农》等书均如此。

　　其次,据文旨而推断为佚文者,叶氏以"当"字别之,如《魏文侯》《田俅子》《贾山》《神农大幽五行》等。在《魏文侯》一书中,叶氏指出,在《汉志》中属儒家,其佚文有:《乐记》引魏文侯问子贡乐,《魏策》引魏文侯辞韩索兵,及疑乐羊烹子,命西门豹为邺令,与虞人期猎,《吕览·期贤篇》引魏文侯式段干木之闾,《乐成篇》引与田子方论收幼孤,《自知篇》引问任座君德,《淮南·人间训》引魏文侯不赏解扁东封上计,《韩诗外传》引魏文侯问孤卷子,《说苑·君道篇》引魏文侯赋鼓琴,《复恩篇》引乐羊攻中山,《尊贤篇》引下车趋田子方,及"觞大夫于曲阳",《善说篇》引"与大夫饮酒,使公乘不仁为觞政",《反质篇》引"御廪灾,文侯素服辟正殿",《新序·杂事二》引"魏文侯出游,见路人(反裘而)负刍",《杂事四》引与"公季成议田子方",《刺奢篇》引见箕季问墙毁诸言等,因"其言近道",故"当在此书中"。《田俅子》,《艺文类聚·祥瑞部下》所引之"少昊之时,赤燕一双,而飞集少昊氏之户,遗其丹书"及"商汤为天子,都于亳,有神手牵白狼,口衔金钩而入汤庭",《文选》王融《曲水诗序》注("黄帝时,有草生于帝庭阶,有佞人入朝,则草指之,名曰屈轶,是以佞人不敢进也"),《东京赋》注("尧为天子,蓂荚生于庖,为帝成历"),《白氏六帖》九十八所引("尧时有獬鹰,缉其毛为帝帐"),《太平御览·章服部》("渠搜之人,服夏禹德,献其珍裘,毛出五采,光曜五色""少昊氏都于曲阜,鞬鞥毛人,献其羽裘"),《休征部》引("少昊生于稚华之渚,渚一日为山泽,郁郁葱葱焉"),《稽瑞》引("獬豸色青,尧时获之,缉其皮以为帐""昔帝尧之为天下平也,蒲萐出庖厨,为帝去恶""殷汤为天子,白狐九尾""周武王时,仓庭国献文章驺")等,因这些佚文"多称符瑞",与《墨子》的《明鬼篇》相似,故其为《墨子》佚文。《贾山》八篇,《史记》《汉书》中贾山本传载其《至言》一篇。而贾氏谏汉文帝除铸钱令,讼淮南王无大罪,及言柴唐子为不善之文,"当在此八篇中"。同样,对不能一一列举者,叶氏亦明其所在。如《宓子》十六篇,叶以《韩非子·外储》《吕氏春秋》《新书》《淮南子》《韩诗外传》《说苑》《论衡》《孔子家语注》等所引宓子贱语,因皆子贱治单父时事,"当在十六篇中"等。

(三) 诠词释句及补正《汉》《隋》二志

除了释撰者,一些专有名词和难解之句,及《汉》《隋》二志之失,亦在叶注范围之内。

专有名词,如《总序》中的"侍医"、经类小序"孔氏学"、小学类序之"隶书"等。对"侍医"一词,叶德辉引《汉书·百官表》,云奉常与少府属官有太医令丞,无"侍医"之名。惟《汉书·张禹传》云张禹因病而上书乞骸骨,汉成帝赐"侍医"视疾。对此"侍医",叶云:"盖言今日之御医。"对于"孔氏学"是儒学的另一名称者,叶云,汉人注释中已用"孔氏学"之名,正如"公羊学"又称"何休学"一样。对于"隶书",叶引唐张怀瑾《书断》、张彦远《法书要录》之言以释其来由。《书断》云:下邽人程邈得罪秦始皇,被系狱十年,在狱中,秦氏益小篆方圆而为隶书三千字,始皇善之,乃用为隶人佐书,故名。又引《法书要录》七引蔡邕《圣皇》篇"程邈删古立隶文"以复证之。

句子,如《尚书》类小序之"读应《尔雅》"、《春秋》类小序之"事为《春秋》,言为《尚书》"及小学家类小序之"至于衰落世,是非无正,人用其私"等。对第一句,叶云,《史记》之《五帝本纪》《夏本纪》《周本纪》所载的《尚书》文,多以训诂代经,即"读应《尔雅》"。对第二句,叶引刘知几《史通》之正史分六家说,其中便有《尚书》与《春秋》二家:"《尚书》家者,其先出于太古","至孔子观书于周室,得虞、夏、商、周四代之典,乃删其善者,定为《尚书》百篇";而"《春秋》家者,其先出于三代",且《春秋》非一家,如《春秋》之名各异,如《汲冢琐语》一书中有《夏殷春秋》之目,《国语·晋语》中有《春秋》之说,《左传·昭公二年》有《鲁春秋》之名,《墨子》有百国《春秋》之称等。对于第三句,叶以《说文解字叙》"马头人为长,人持十为斗,虫者屈中",及《后汉书·光武帝纪》之赞(当为"论")"以泉货为白水真人"等实例以明之。

补《汉志》者,如《刘向说老子》一书。叶引《隋志·老子道德经》注云:

"汉文帝时,河上公注。《梁》《七录》——叶注)有战国时河上丈人注《老子》二卷,汉长陵三老毌丘望之注二卷,隐士严遵注二卷。"而此四家,而《汉志》失载。但对《汉志》归类未确者,叶氏却予理解。如《尹佚》,因"其言合于儒术",当为儒家著作,但《汉志》却入墨家,其由是"其为太史,出于清庙之守,故从其朔而言之焉"。

正《隋志》者,如《尔雅》。《汉志》将其入《孝经》类,而叶氏以《孝经·序》疏引《六艺论》之"孔子以《六艺》题目不同,指意殊别,恐道离散,莫知根源,故作《孝经》以总会之",及《周礼·大宗伯》疏引郑氏《驳五经异义》"《尔雅》者,孔子门人所以释《六艺》之文言"等,以为《尔雅》与《孝经》同为释经总会之书,当入《孝经》家,而《隋志》附于《论语》类,故非。

(四) 其他

除以上各种,还有其他情况。

释书名者。如《手搏》,叶引《说文》云:"睘,大貌,或曰拳勇字。"并下案语云:"手搏,亦拳勇之类。"《图书秘记》,亦引《说文·易》下引秘书"日月为易(段玉裁注:"秘书谓纬书。"《周易参同契》云:"日月为易,刚柔相当。"——叶引),象阴阳也(段玉裁注:"上从日象阳,下从月象阴。"——叶引)",及《后汉书·郑玄传》中之《戒子易恩书》"时睹秘书纬术之奥"之语以释之。对名异而实同者,叶氏亦予指出。如《兵》一书。叶云《诗·大明》正义所云"太公授《兵钤》之法"之《兵钤》即《兵》篇。此外,《五行大义》十七篇引《太公兵书》、《通典》一四九引《太公覆军诚法》、《开元占经》引《太公兵法》等,"所引不同,盖一书也"。

注史实者,如《易》类小序"及秦燔书,而《易》为卜筮之事,传者不绝"之史,及《小学家》类小序"吏民上书,字或不正,辄举劾"之实等。对前者,叶以《史记·秦始皇本纪》"天下敢有藏《诗》、《书》、百家语者,悉诣守、尉杂烧之……所不去者,医药、卜筮、种树之书"等以诠之。对后者,叶以《史记·万石君传》李建误书马字而惶恐，及《东观汉记·马援传》"援上言：'臣所假伏波将军印，书"伏"字，"犬"外向。成皋令印，"皋"字为"白"下"羊"，丞印"四"下"羊"，尉印"白"下"人"、"人"下"羊"。一县长吏，印文不同，恐天下不正者多，所宜齐同。'荐晓古文字。事下大司空正郡国印章，奏可"等以述之。

释典制者。《古封禅群祀》，在此沈钦韩只注古代封禅之礼，叶氏则通过《史记·封禅书》正义引《五经通义》"易姓而王，致太平，必封泰山，禅梁父。荷天命以为王，使理群生，告太平于天，报群神之功"，明古不但有封禅之礼，而且有群祀之祭。《禳祀天文》，叶以《说文解字·示部》之"禜，设绵为营，以禳风雨、雪霜、水旱、厉疫于日月星辰山川"，示禳祀天文之遗。

释器具者。《孔子徒人图法》，叶以《汉武梁祠石刻画像》中有曾子母抽杼、闵子御后母车及子路雄冠佩剑等事，其中子路所服之冠为雄形，便为古人遗法。《望远连弩射法具》，叶又以《汉郭氏孝堂山画像》中，狩猎者以弓仰地，而一弓有三矢，以足踏之的古连弩射法的实例以晓读者。

指出篇卷之异之误者。《黔娄子》四篇，叶以《姓解》引《汉志》云赣娄子著书"五篇"，指出与《汉志》所云之四篇相异。《闾丘子》十三篇，叶引《元和姓纂》九《鱼》，此又作"十二篇"。方技小序"大凡书……五百九十六家，万三千二百六十九卷"，叶以《弘明集》梁引阮孝绪《七录》所云，《汉志》著录书籍一万三千二百六十九卷，故梁时"二百"作"三百"，而叶核《汉志》所载书数，实仅多二卷。《七略》云"六百三家"，比《汉志》多七家。叶释之云，因班固增入三家，略去兵类十家，故实较《七略》少七家。《神农黄帝食禁》，叶引日本丹波康赖《医心方》二十九引《本草食禁》"正月一切肉不食者吉二月寅日，食不吉。五月五日，不食獐鹿及一切肉"，是书即《神农黄帝食禁》。叶疑该书古本附于《本草》后，故云《本草食禁》，而沈钦韩云"《汉志》但言《食禁》，未足尽之"，非也。

考辨学术源流者。如《虞氏微传》，班固注其撰者为"赵相虞卿"。王应麟进而引刘向《别录》云，虞卿作《钞撮》九卷授荀子，荀子授张苍。叶德辉则进一步据《释文·叙录》，明这一授受的源头，即"铎椒授虞卿"。在《鲁论》的传授链条上，《论语》类小序云"（传《论语》者）前将军萧望之"，叶以《汉书·萧望之传》"（萧氏）从夏侯胜问《论语》《礼服》"之史实，指明夏侯胜之学传于萧望之。

此外，还有指明足本者，如《王孙子》。叶引宋本《意林·王孙子》云："卫公重裘累茵，见负薪者而屡哭之，问曰：'何故？'对曰：'雪下衣薄，故失薪。'卫公颜色大惧，乃开府金，出仓黍，以赈贫穷。曰：'吾恐邻国贪养贤以胜吾也。'"此条为叶氏经眼本《意林》所无，故称"王氏（应麟）所见（《意林》），盖足本"。

二　叶注《汉志》的主要特色

叶注《汉志》，为我们展示了古老而精湛的先秦两汉文明之一斑。纵观叶注，其有以下特色。

首先，以注书之佚文与撰者为主。王先谦补注《汉书》之时已距班固时代两千多年，其间由于天灾人祸和自然淘汰的双重作用，《汉志》所载之书，除极少数较完整流传下来外，多已零落不存（据顾实《汉书艺文志讲疏》统计，在《汉志》著录的596家中，仅存29家，残存43家），或有残章断句于他书之中，这给读者和研究者造成极大不便。对这些先贤的残圭断璧，作为辑佚家的叶德辉正如明代祁承爜所言，"凡正文之所引用，注解之所证据，有涉前代之书而今失其传者，即另从其书，各为录出"①，当然不惜繁章累句。如

①　祁承爜《淡生堂藏书约·藏书训略》，上海古籍出版社，2005年，第17页。

叶氏辑《大禹》佚文二百三十字(不含标点与重引者,下同),《田俅子》二百〇三字,《随巢子》近二百字等。这些佚文,虽不能让读者和研究者窥该书全豹,但可略领其风采。此外,"知人论书",书之撰者亦去今久远,一般读者甚至研究者不易了解。而撰者的情况对读者与研究者理解是书,不可或缺,故注者当以其所掌握的撰者材料出注。针对此种情况,叶德辉大量引用《元和姓纂》和《姓解》等谱牒姓氏专著,对是书撰者的情况予以适当的注释。笔者统计,在叶德辉的《汉志》六十七处注中,以上两种情况达五十四处,从而大大地增加了我们对《汉志》中其人其书的了解与把握。

其次,考辨精审。研读古书,宜用精校精注本。而《汉书》自问世以来,注家众多,良莠不齐,令研读者无所适从,故考白其真,辨别其伪,改正其非,为注者责无旁贷。叶德辉精通小学、经学、史学等,还有著丰富的天文、历法、星占、地理沿革、职官制度、风俗习惯等各方面的知识,他广搜《汉志》相关资料,如类书《太平御览》《艺文类聚》《北堂书钞》等,古注如裴骃《史记集解》、李善《文选注》、陆德明《经典释文》等,占书《开元占经》,杂纂杂抄《意林》《说苑》,及金石壁画等有关《汉志》者,从文字、音韵、训诂、史实等多方面,严格考辨,明断是非,细心剔择。故叶氏《汉志》注,已不是简单的注释,而是集考证、辨伪、校勘等于一体的综合研究。叶氏的这一精审工作,其中有十六处为叶一家之言;其他则解释、补充补他注,或正他注之误,而另立新说等,从而为读者提供了一个良好的读本,为研究者提供了一个良好的底本。

再次,结论谨慎。敢于下结论是具有学术勇气的表现,但不等于凭空臆说。作为一位学风严谨的学者,叶德辉对有实可据者,亦勇于下结论,且基本可靠。而对疑而未确者,则用"疑""或"字区别之。如《洛阳锜华赋》,叶据《姓解》三"西汉有锜业"。因华、业二字形近,叶疑为此"锜业"。《公胜子》一书,因在《汉志》中列次于《伍子胥》之后,故叶"疑为《左传》中楚昭王时之白公胜"。《帝王诸侯世谱》,《隋志》有《世本王侯大夫谱》,列于刘向《世本》之前,"疑即此书"。《漆雕子》,《说苑》引孔子问漆雕马人,臧文仲、武仲、孺子容三大夫之贤,而《孔子家语·好生篇》引作漆雕凭,"疑一人,名凭,字马人,孔子弟子漆雕氏之后。它无所见,或即马人",等等。叶德辉的这种审慎态度,既发扬了求真求实的传统学术美德,又为后人进一步拓展留下了空间。

当然,叶注《汉志》时,年方三十挂零,不免有不尽人意处。如方技类小序,叶氏对"三家五十篇"释而未尽(王先谦只得又引陶宪曾之说以完备之)。甚至错误,如《随巢子》《胡非子》等书为后人假托,而叶氏信以为真。《李氏春秋》,叶以《吕览·勿躬篇》之"人君而好为人官,有似于此。其臣蔽之,人时禁之;君自蔽,则莫之敢禁。夫自为人官,自蔽之精者也。被彗日用而不藏于箧,故用则衰,动则暗,作则倦。衰、暗、倦三者,非君道也",疑为《李氏春秋》之语。再如《神农大幽五行》一书,叶云:"《开元占经》引《神农占》,以每月风雨占蚕谷之贵贱,当出此书。"其实,"《开元占经》所引《神农占》,皆农事之占,非阐演五行之属"[1],或作出于《神农大幽五行》。

总之,瑕不掩瑜。叶德辉以广博的版本目录、名物典制、训诂校勘等知识,对《汉志》综合考证,详为辨析,精心注释,为《汉书补注》增色不少。后来,顾实《汉书艺文志讲疏》、钱穆《先秦诸子系年考辨》、张舜徽《汉书艺文志通释》等专著,对其或吸收,或批评。这一切,均说明了叶注的巨大影响,值得我们研究。

---

[1]　赵益《古典术数文献述论稿》,中华书局,2005 年,第 17 页。

清代辑佚与文献目录及典藏

郭国庆

清代的文献辑佚与文献目录、文献典藏存在相互影响、相互促进的关系。考查文献的流传存佚离不开文献目录,文献目录的编纂同样也需要充分利用辑佚文献。清代公私藏书的兴盛是文献辑佚发展的前提和基础,藏书的数量对文献辑佚的质量有很大影响。文献辑佚也会推动文献典藏的发展,数量众多的辑佚书成为藏书的来源之一。

一　清代辑佚与文献目录

目录书是考查文献流传的基本依据,清代注明存佚的目录书为辑佚提供了重要线索;辑佚文献也是清代目录书编纂的重要资料,充实了目录书的相关内容,提高了目录书的参考价值。

(一) 目录是考查文献存佚的基本依据

辑佚的对象主要是古佚书,为避免"以存为佚",劳而无功,在辑佚前考查文献的流传是必要的,目录是判断文献存佚的基本依据。

《汉唐地理书钞·凡例》云：

> 《隋书·经籍志》凡地理书凡一百三十九部，据言陆任二氏所采二百四十四家外，尚有五十余家，当时虽有别本单行，率皆散佚。今悉按《隋志》开列书目，次第钞辑，多者百数十条，少者即一二条……约计所存，犹得七十家。
>
> 《唐书·艺文志》地理类六十三家，一百六部，据言失姓名三十一家，李播以下著录五十三家，今亦不能确凿分别……今亦按《唐志》开列书目，分别钞辑。
>
> 《太平御览》采用地理书目且近三百种，良由隋唐二《志》皆当时现存原书，《御览》则只从《修文御览》《文思博要》《艺文类聚》诸书所采，转相承袭，即仅得一二条亦备列书目卷首，大要皆陆任二家采撷之余也。今并加以开列，以存其目。
>
> 《文献通考》地理书目计一百九十种，类皆宋人撰著，隋唐前书仅十分之一而已。……又有沈怀远《南越志》七卷、《南朝宫苑记》二卷，系六朝人书，当时犹存，今未见传本。至唐人撰著，惟《元和郡国志》现有刊本，外若《十道志》《洽闻记》《诸宫故事》《岭表录异》诸种有散见他书者，悉以次钞辑，萃为一编。①

王谟主要依据《隋书·经籍志》《新唐书·艺文志》《太平御览·经史图书纲目》《文献通考·经籍考》，从整体上考查了汉唐地理书的存佚情况，并开列辑佚书目。具体到每一种佚书的流传情况，则主要通过辑本的叙录、序跋、按语进行考查。

《汉唐地理书钞·凡例》云：

> 《遗书》经史子集凡有书目见隋唐《志》，例于篇首叙录本书来历，流

---

① 王谟《汉唐地理书钞·凡例》，中华书局，2006 年，第 5—7 页。

传大概,并略具作书人出处事迹,下附案语注引某书几条。若地理门采书过多,实难一一求详。或无叙录,则但于本书后加案语,仍注明引书条数,以附体例。

　　凡已见《隋志》者,则于叙录本书下注云《唐志》同或《唐志》无,若卷数不同,则注云《唐志》几卷。亦有但见《唐志》者,则注云《隋志》无,若系隋唐人书,则直以《唐志》为主。①

这两则凡例明确了佚书叙录的写作格式与内容。叙录要考查典籍流传情况,简介作者事迹,注明引书条数,比较《隋志》与《唐志》记载的不同。如果没有佚书叙录,书后要加案语。

《汉唐地理书钞》中的郭璞《山海经图赞》、阚骃《十三州志》、张勃《吴地志》、顾野王《舆地志》、虞茂《隋区宇图志》、郎蔚之《隋州郡图经》、李泰《括地志》、梁载言《十道志》、贾耽《郡国县道记》等辑本前都有叙录,内容符合凡例的要求。

《汉唐地理书钞》中的扬雄《十二州箴》、应劭《地理风俗记》、袁山松《郡国志》、乐资《九州要记》、黄恭《十四州记》、王隐《地道记》等辑本前没有叙录,辑本后都有案语说明相关情况。

严可均云:

　　《隋志》杂家《蒋子万机论》八卷,蒋济撰,《旧唐志》同,《新唐志》作十卷。《直斋书录解题》作二卷,称"《馆阁书目》十卷五十五篇,今惟十五篇,非完书也"。至明而二卷本亦亡。焦竑《国史经籍志》以八卷入儒家,以二卷入杂家,虚列书名,又误分为两种,不足据。今从《群书治要》写出三篇,益以各书所引,定著一卷。②

---

① 王谟《汉唐地理书钞·凡例》,第9页。
② 严可均《全上古三代秦汉三国六朝文·全三国文》卷三三,《续修四库全书》第1604册,上海古籍出版社,2001年,第523页。

严可均主要通过《旧唐书·经籍志》《新唐书·艺文志》《直斋书录解题》考查《蒋子万机论》的流传情况,并指出焦竑《国史经籍志》的著录不足为据。

陈寿祺云:

> 《尚书大传》四十一篇,见《汉书·艺文志》。郑康成序谓出自伏生,至康成诠次为八十三篇。《隋书·经籍志》《唐书·艺文志》《崇文总目》《郡斋读书志》并著录三卷。《唐志》别出《畅训》一卷,疑即《略说》之伪。《旧唐志》直云《尚书畅训》三卷,伏胜注,缪甚。自叶梦得、晁公武皆言今本首尾不伦,《直斋书录解题》言印板刊阙,宋世已无完本,迄明遂亡。①

陈寿祺参考《汉书·艺文志》《隋书·经籍志》《旧唐书·经籍志》《新唐书·艺文志》《崇文总目》《郡斋读书志》《直斋书录解题》等,论定《尚书大传》在宋时已残阙,明季已亡,并指出了两唐《志》记载的伪谬。

孙冯翼云:

> 阮孝绪《七录》所载本六百八十卷,至隋而仅存一百二十卷,唐时之本,则何承天所合并,亦著于《七录》而阙一卷。(《隋志》云:《皇览》一百二十卷,梁六百八十卷,梁又有《皇览》一百二十三卷,亡。《唐志》:何承天《并合皇览》一百二十二卷。)又徐爰《合皇览》五十卷,《唐志》称八十四卷。何以徐本阅唐而独增多,且其本即见《唐志》,则与何本《隋志》并云亡者,误也。(《隋志》云:徐爰《合皇览》五十卷,又《皇览目》四卷,《皇览钞》二十卷,萧琛钞,亡。)惟《皇览目》及萧琛所钞,或亡于隋时,故《唐志》只载何、徐二本。缪氏旧书,唐人已未及见,后更无论矣。②

孙冯翼通过比较隋、唐二《志》的记载,理清了《皇览》的源流并指出《隋

---

① 陈寿祺《尚书大传定本序》,《四部丛刊初编》第四四册,商务印书馆,1929年,第1页。
② 孙冯翼《皇览·序》,《丛书集成初编》第一七二册,中华书局,1985年,第1页。

志》关于何、徐钞合本存亡著录的错误。

清代注明存佚的目录书,则可为辑佚提供直接的参考。

朱彝尊的《经义考》是著录典籍存佚的典范之作。《经义考》将著录的典籍分为"存""佚""阙""未见"四种情况,在收录的 8275 个条目中,"存"1931条、"佚"4296 条、"阙"43 条、"未见"1986 条,其余 19 条存佚无考。① 《经义考》对清代辑佚的影响,主要体现在两个方面:一是可作为判断文献存佚的依据,二是可提供佚文的线索。

四库馆臣从《永乐大典》中辑录佚书,经部佚书的判定多参考《经义考》。如:

> 是其书在宋时所传本已往往多寡互异,其后乃并失其传。故朱彝尊《经义考》亦注为"已佚"。②

> 明初《文渊阁书目》、叶盛《菉竹堂书目》尚著于录,其后传本殆绝,朱彝尊《经义考》亦以为"未见"。③

> 其书久无传本,惟程敏政《新安文献志》载有三篇,故朱彝尊《经义考》注曰"已佚"。④

> 自明以来,外间绝少传本,故朱彝尊《经义考》注云"已佚"。⑤

> 是书《文献通考》作《洪范解》,朱彝尊《经义考》注云"未见"。⑥

> 是书《宋史·艺文志》不著录。焦竑《经籍志》载:"《禹贡指南》一卷,宋毛晃撰。"朱彝尊《经义考》云"未见",又云:"《文渊阁书目》有之,不著撰人,疑即晃作。"则旧本之佚久矣。⑦

---

① 张宗友《〈经义考〉研究》,中华书局,2009 年,第 66 页。
② 永瑢等《四库全书总目》,中华书局,1965 年,第 5 页。
③ 永瑢等《四库全书总目》,第 9 页。
④ 永瑢等《四库全书总目》,第 11 页。
⑤ 永瑢等《四库全书总目》,第 14 页。
⑥ 永瑢等《四库全书总目》,第 90 页。
⑦ 永瑢等《四库全书总目》,第 91 页。

　　此书《宋史·艺文志》作二十二卷。《文渊阁书目》《一斋书目》并载其名,而藏弄家已久无传本,故朱彝尊《经义考》亦注云"未见"。①

　　此书世久失传。《文渊阁书目》作一册,焦竑《经籍志》作一卷,朱彝尊《经义考》以为"未见"。②

　　明叶盛《菉竹堂书目》尚存其名,而诸家说《尚书》者罕闻引证,知传本亦稀,故朱彝尊作《经义考》注云"未见"。

　　其书传本久绝,朱彝尊《经义考》亦曰"已佚"。③

王谟《归藏》序录案语云:

　　《归藏》本末,诸说言之详矣,故不复云。今共抄出《周礼疏》两条、《尔雅疏》一条、《山海经注》十条、《穆天子传注》一条、《庄子释文》一条、《楚辞补注》一条、《文选注》三条、《类聚》四条、《初学记》二条、《书钞》一条、《御览》十条、《路史注》二条、《经义考》五条。④

　　王谟《归藏》序录引用《经义考》关于《归藏》的论述,并采用了《经义考》中的五条佚文。

王谟《五经然否论》序录案语云:

　　书已久亡,群书称引绝少,《御览》亦不载其目。《经义考》抄出《后汉书注》《通典》三条。今从《穀梁传注》抄出一条,又《诗正义》一条、《礼记正义》二条。⑤

　　王谟《五经然否论》辑本直接采用了《经义考》辑录的三条佚文。

　　钱大昕、赵翼、赵绍祖都对《三国志》裴注的引书进行过研究。《廿二史

① 永瑢等《四库全书总目》,第91页。
② 永瑢等《四库全书总目》,第93页。
③ 永瑢等《四库全书总目》,第94页。
④ 王谟《汉魏遗书钞·归藏》,《续修四库全书》第1199册,第395页。
⑤ 王谟《汉魏遗书钞·五经然否论》,《续修四库全书》第1200册,第344页。

考异》卷十五列有裴注引书一百四十四种①；《廿二史札记》卷六"裴松之《三国志注》"条下列有裴注引书一百四十三种，并指出"今各书间有流传，以不及十之一"②；《读书偶记》卷七"《三国志注》所引书名"条下列有引书一百八十六种③。汪师韩《文选理学权舆》中有《注引群书目录》，列《文选注》引书一千六百余种，并指出："新旧唐书已多不载，至马氏《经籍考》十存一二耳。"④引书研究一方面说明清代学者已经意识到古书注引文对学术研究的重要性，另一方面这些引书目所列的书大多已经佚失，对辑佚也有启迪和借鉴意义。

（二）辑佚文献是目录编纂的重要资料

中国古代典籍亡佚严重，为更好发挥目录"辨章学术，考镜源流"的作用，佚书也成为目录著录的基本内容之一。文献辑佚与目录书的编纂密不可分，是提高目录书参考与学术价值的重要方法。

章学诚云：

> 逢之寄来逸史，甚得所用。至云撷逸之多，有百余纸不止者，难以附入《史考》，但需载其考证，此说亦有理。然弟意以为收罗逸史，为功亦自不小，其书既成，当于余仲林《经解钩沉》可以对峙，理宜别为一书，另刻以附《史考》之后。《史考》以敌朱氏《经考》，逸史以敌余氏《钩沉》，亦一时天生瑜亮，洵称艺林之盛事也。……今为酌定凡例，自唐以前诸品逸史，除搜采尚可成卷帙者，仿丛书例，另作叙跋，校刻以附《史籍考》后；其零章碎句，不能成卷帙者，仍入《史籍考》内，以作考证。至书之另刻，不过以其卷页累赘，不便附于各条之下，其为体裁，仍是搜逸以证著

---

① 钱大昕《廿二史考异》，《续修四库全书》第 454 册，第 171—172 页。
② 赵翼《廿二史札记》，《续修四库全书》第 453 册，第 266 页。
③ 赵绍祖《读书偶记》，《续修四库全书》第 1161 册，第 89—91 页。
④ 汪师韩《文选理学权舆·序》，《续修四库全书》第 1581 册，第 2 页。

录,与零章碎句之附于各条下者,未始有殊。故文虽另刻,必于本条著录之下注明另刻字样,以便稽检。①

章学诚与邵晋涵论编撰《史籍考》的问题,谈到了对章宗源所辑佚史的处理方法,制订了"零章碎句入考证,可成卷帙者另刻,于《史籍考》中注明"的凡例。《论修史籍考要略》云:

> 今拟修《史籍考》,一仿朱氏成法,少加变通,蔚为巨部,以存经纬相宜之意。一曰古逸宜存。史之部次后于经,而史之原起实先于经。《周官》外史掌三皇五帝之书,苍颉尝为黄帝之史,则经名未立而先有史矣。后世著录惟以《史》《汉》为首,则《尚书》《春秋》尊为经训故也。今作《史考》,宜具原委。凡六经、《左》《国》、周秦诸子所引古史逸文,如《左传》所称《军志》《周志》;《大戴》所称《丹书》《青史》之类,略仿《玉海·艺文》之意,首标古逸一门,以讨其原。……四曰逸篇宜采。古逸之史,已详首条。若两汉以下至于隋代,史氏家学尚未尽泯,亡逸之史载在传志,崖略尚有可考,其遗篇逸句,散在群书称引,亦可宝贵。自隋以前,古书存者无多,耳目易于周遍,可仿王伯厚氏采辑郑氏《书》《易》《三家诗》训之例,备录本书之下,亦朱竹垞氏采录纬候逸文之成法也。此于史学所补实非浅鲜。②

《史籍考》虽未能刊行,但章学诚所定的凡例对其后目录书的编撰产生了很大影响。

章宗源"好辑佚书,欲依《隋书经籍志》目,为之考证,所辑满十余笈"③。章宗源《隋书经籍志考证》今存史部,体例有三:"一今存之书不加考证,著今

---

① 章学诚《章氏遗书》卷一三《与邵二云书》,吴兴刘氏嘉业堂刻本,民国十一年(1922)。
② 章学诚《章氏遗书》卷一三《论修史籍考要略》。
③ 孙星衍《古史考·序》,《古史考》卷首,平津馆丛书本,吴县朱氏槐庐家塾刻本,清光绪十一年(1885)。

存二字;二已佚而有辑本的书,只考核书源流,不附佚文;三是已佚之书,便将佚文各条附该书下。"①和章学诚所说"其零章碎句,不能成卷帙者,仍入《史籍考》内,以作考证"相一致。如:

《晋录》,五卷,不著录。

见《唐志》。《北堂书钞·设官部》:"鲁芝清约俭啬,上赐绢三百匹。袁奥行谊优异可从,九卿崇重。杨泉清操自然,诏拜郎中。鲁芝素无华宅,使军兵作屋五十间。"《艺文类聚·果部》:"咸宁中,嘉瓜同蒂生于成都。"《白帖》卷十六:"咸宁二年改制,太保王祥,司空王基各赐绢五百匹。"共引《晋录》六事,无撰名。②

《宋春秋》,二十卷,梁吴兴令王琰撰。

《初学记·器物部》:"明帝性多忌讳,亦恶白字,古来名文有白字,辄加改易。"《太平御览·兵部》:"龙骧将军陈伯绍讨刘思道,会绍瞀解,兜鍪坠,退走见禽。"《木部》:"义熙八年,太社檿树生于坛侧。"此三事并引王琰《宋春秋》,《唐志》卷同。③

《南燕录》,五卷,记慕容德事,伪燕尚书郎张诠撰。

《北堂书钞·地理部》:"慕容德时,王瓒得古铜钟四枚,献之,赐爵关内侯。"《太平寰宇记·河南道》:"慕容德以潘聪为徐州刺史,镇莒城。又以桓遵为徐州刺史,亦理此。宋武北伐,遵举城降。"二事并引《南燕录》。《初学记·职官部》:"慕容德以封嵩、韩璋为仆射,以嵩弟融、璋弟轨为中郎将。"《御览·人事部》:"慕容纳沈静深邃,外讷内敏。"二事并作张诠《南燕书》。《唐志》作张铨《南燕书》十卷,《旧唐志》入编年类。④

《燕志》,十卷,记冯跋事,魏侍中高闾撰。

《初学记·居处部》:"慕容熙造逍遥宫。"《太平御览·天部》:"太平十五年,自春不雨,至于五月。有司奏右部王苟妻产妖,乃暴苟妻于社,大雨普洽。"《兵部》:"光始五年,慕容熙与苻后征高丽,为冲车驰道以攻之。"《人事部》:"李陵居长谷之东,先主与高云游宴,往来每憩其家。陵与妻王氏每夜自齎酒馔而至。"三事引高闾《燕志》。《新唐志》同,《旧唐志》编年类有《燕志》十卷,无撰名。①

《江乘地记》,卷亡,不著录。

《初学记·地部》:"县东南四十里有汤泉,半冷半温,共同一壑,谓之半汤泉。"《艺文类聚·草部》:"樵采者常于山上得空青,此山朝出云,零雨必降,民以为常占。"《北堂书钞·地理部》:"城东四十五里竹里山涂所经甚倾险,行者号为翻车岘。"并引《江乘地记》。②

可见,章宗源在考证佚书时,从《北堂书钞》《艺文类聚》《白氏六帖》《初学记》《太平御览》《太平寰宇记》等书中辑录了大量佚文,对认识佚书的价值具有重要意义。

编纂目录书时辑录佚文已成为清代的普遍现象,顾櫰三《补后汉书艺文志》、侯康《补后汉书艺文志》《补三国艺文志》、姚振宗《汉书艺文志拾补》《汉书艺文志条理》《后汉艺文志》《三国艺文志》《隋书经籍志考证》等,都做到了与辑佚相结合,或著录佚书辑本,或辑录佚书序跋,或罗列佚文,或标注佚文出处。

顾櫰三《补后汉书艺文志》中崔寔《四民月令》、圈称《陈留耆旧传》、圈称《陈留风俗传》、赵岐《三辅决录》、应劭《地理风俗记》、胡广《汉官解诂》、蔡质《汉官典仪》以及《伏侯注》《汉仪注》《汉名臣奏事》《汉杂事》等,所附佚文均不下数十条。其中《伏侯注》辑录佚文90余条,顾櫰三案语云:

① 章宗源《隋书经籍志考证》,第29页。
② 章宗源《隋书经籍志考证》,第51页。

是书久佚,今据刘昭《续汉书·天文志》《五行志》《礼仪志》注及李贤范书《纪》《传》注、《艺文类聚》《初学记》《北堂书钞》《太平御览》《开元占经》《玉海》诸书所引,略为条次,以类相从。又是书多于崔豹《中华古今注》相混,如"知蠲人之忿,则赠以青棠"一条、"蒜卵,蒜也"一条、"麢有牙而不能噬"一条、"鹤千岁则变苍"一条,当是《中华古今注》之文,而《御览》并题曰伏侯注,则辗转援引,不加细考也,今并不录。①

顾櫰三交代了佚文的主要出处,并指出《太平御览》的引书之失,避免了误辑《中华古今注》之文。

顾櫰三《补后汉书艺文志·郑众婚礼谒文》案语云:

是书久佚,赞文亦多残缺不完,今从各书采辑,得若干条,知东京时士大夫家昏礼仪节如此。②

从这条案语我们可以看出,顾櫰三辑录佚文的目的是更好地了解佚书的内容,突出其价值。

顾櫰三《补后汉书艺文志》还辑录了刘桢《毛诗义问》、卫宏《古今奇字》、杨孚《交州异物志》、胡广《汉制度》《汉旧仪》、谯子《法训》、邯郸淳《艺经》《笑林》等书的佚文,性质已类似于辑佚丛书。

姚振宗《隋书经籍志考证·京房章句》按语云:

元和惠栋《易汉学》、武进张惠言《易义别录》、平湖孙堂《汉魏二十一家易注》、金溪王谟《汉魏遗书钞》、历城马国翰《玉函山房》,并有《京氏章句》辑本。③

不仅著录佚书的各种辑本,姚振宗《隋书经籍志考证》还大量辑录了王

① 顾櫰山《补后汉书艺文志》,二十五史补编本,中华书局,1998 年,第 56 页。
② 顾櫰山《补后汉书艺文志》,第 12 页。
③ 姚振宗《隋书经籍志考证》,二十五史补编本,中华书局,1998 年,第 14 页。

谟、孔广林、任大椿、陈鳣、张惠言、严可均、臧镛、张澍、马国翰、孙堂、黄奭等人的佚书叙录，如子夏《易传》后附：

　　武威张澍《二酉堂丛书》辑本序曰："尝案《家语》云：'孔子读《易》至损益卦，喟然而叹，而子夏避席而问，知卜氏子好经义不让商子木也。'审矣！澍溺苦儒先从事粹荟，敢怯璨烦，冀延绝学，是用展戱敫言，省循立意，实孟京之嚆失，亦马王之滥觞。"

　　武进张惠言《易义别录》辑本序曰："《汉书·艺文志》《易》有韩氏二篇、丁氏八篇，而无馯臂子弓，则张璠之言不足信。丁宽受易田何，上及馯臂子弓受之商瞿，非自子夏，则荀勖言丁宽亦非。刘向父子博学近古，以为韩婴，当必有据。《儒林传》称韩生亦以《易》授人，推《易》意而为之传，不闻其所受意者出于子夏，与商瞿之传异耶。"

　　平湖孙堂《汉魏廿一家易注》辑本序曰："子夏《易传》，《隋志》已云残缺，后人辗转依托，益为十一卷，是为今本。旧本之散见者自唐人所引外，惟朱氏震、晁氏说之、赵氏汝楳、王氏应麟四家之书，间取之。兹特辑其与今本异者凡七十条。"

　　马国翰《玉函山房》辑本序曰："《周易子夏传》汉志不著录。《唐会要》云：'开元七年三月十七日，诏子夏《易传》，近无习者，令儒官详定。刘知几、司马贞议，皆以为不可。五月五日诏《子夏传》佚篇，令帖《易》者停。'孙坦《周易析蕴》以为杜邺，赵汝楳《周易辑闻》以为邓彭祖，二人皆字子夏。悬空臆度，迄非定论，独洪迈信之。武威张太史澍辑此篇，刻入《张氏丛书》，今据校录，仍隋唐《志》旧目，分为二卷。薛虞，字里无考，大抵为汉魏间儒生，今就《释文》《正义》二书所引，得十一节，次《子夏传》后。"[①]

———————————

① 　姚振宗《隋书经籍志考证》，第13—14页。

　　汇辑佚书叙录，为全面了解佚书以及辑本提供了重要的参考资料，增强了目录的学术功能。

二　文献辑佚与清代藏书

　　辑佚是从存世典籍中缀辑亡佚古书的文献整理活动。辑佚需要占有、查阅大量的典籍资料，丰富的藏书是辑佚发展不可或缺的客观条件之一。

（一）藏书：清代辑佚发展的前提和基础

　　清代是中国古代文献辑佚发展的鼎盛时期，参与辑佚的学者人数众多，成果丰富，清代官私藏书的兴盛是辑佚发展的前提和基础。

　　《天禄琳琅书目》及《四库全书总目》较为集中地反映了乾隆年间政府藏书的盛况。《天禄琳琅书目》著录的是藏于乾清宫昭仁殿的善本书，是宫廷藏书的精品，包括宋版 71 部，金版 1 部，影宋抄本 20 部，元版 85 部，明版 252 部，总计 429 部。《四库全书总目》著录图书 10254 种，包括《四库全书》收录书 3461 种，"存目书"6793 种。《四库全书》收录书底本藏于翰林院，存目之书藏于武英殿。①

　　"清代中期，私家藏书以乾嘉考据学的兴盛为动力，以《四库全书》编纂为契机，得到不断的繁荣。"②清代从事辑佚的学者有很多就是著名的藏书家。

　　陈鳣："喜聚书，得善本互相抄藏，更有吴门黄丕烈为之助，以故海昌藏书家推吴氏、陈氏。"③藏书处为向山阁，藏书十万卷。辑有《论语郑注》《论语古训》《孟子注》《孝经郑氏注》《尔雅旧注》《六艺论》《古小学书钩沉》《中论逸文》。

---

① 郭国庆《清代辑佚与图书典藏》，《贵州民族学院学报》（哲学社会科学版）2010 年第 4 期。
② 周少川《藏书与文化——古代私家藏书文化研究》，北京师范大学出版社，1999 年，第 101 页。
③ 郑伟章《文献家通考》，中华书局，1999 年，第 497 页。

孙星衍："家大人少孤贫，好聚书，易衣物购之，积数柜。予生四五龄时，即就傅，窃视柜中书，心好之。……既而西入关，校书于毕督部节署，毕氏藏书甲海内，资给予使，得竟其学。应试入都，佣书四库馆，适开四库馆，所见书益宏多。又数年释褐入玉堂，奉敕进西苑校中秘书，并获睹翰林院所有《永乐大典》。所交士大夫皆当代好学名儒，海内奇文秘籍，或写或购，尽在予处。……归里后，比年负米吴越，贫不自存，犹时时购补数十种。再官东省，始从运道载古书，校以宋元善本书，稍完聚如初，或有创获。予始购书，先求秦三代古籍，次及汉魏六朝隋唐，次及宋元明之最精要者。"①编有《孙氏祠堂书目》。辑有《尚书逸文》《琴操补遗》《元和郡县图志缺卷逸文》《渚宫旧事补遗》《神农本草经》等。

严可均："余家贫不能多聚书，顾自周秦汉以逮北宋，苟为撰述之必需，亦略皆有之。……今插架仅二万许卷，不全不备，以检近代诸家书目……彼有而余无者多矣，彼无而余有者亦不少也。"②藏书处为四录堂。辑有《全上古三代秦汉三国六朝文》。

洪颐煊："以其余俸购书三万卷及金石图画之富，悉于山馆贮之，终日起处其中，著书送老，不问人世。"③编有《倦舫书目》，著录图书二千八百三十六种。辑有《经典集林》。

陈寿祺："家有小嫏嬛馆藏书甚富，经训部帙，搜罗尤备。""生平不饮不弈，樗蒲不入坐，惟手不释卷，所聚有八万卷。"④有《小嫏嬛馆书目》。辑有《尚书大传》《洪范五行传》《三家诗遗说考》《五经异义疏证》。

汪文台："以课徒自给，膏火所入，悉以购书，至晚年聚书数万卷。闻有

---

① 郑伟章《文献家通考》，第501页。
② 郑伟章《文献家通考》，第555页。
③ 郑伟章《文献家通考》，第611页。
④ 郑伟章《文献家通考》，第643页。

异书,必假而读之,博闻强记,深通经史百家。"①辑有《七家后汉书》。

钱熙祚:"至于卷轴之修整,校订之精审,姑置勿论。第即阁中所钞,计亦不下千卷。就提要三千部,七万卷。"②辑有《尔雅图赞》《高士传逸文》《鹖子逸文》《慎子逸文》《尹文子逸文》《山海经图赞》《傅子》《司马法逸文》《博物志逸文》《九国志拾遗》。

姚振宗的藏书处为师石山房,编有《师石山房书目》,著录图书三千二百七十九种,六万余卷。③辑有《坤仓辑本考异》《七略别录佚文》《七略佚文》《崔寔政论》。

马国翰是清代著名的辑佚学家,藏书家。辑有《玉函山房辑佚书》,编有《玉函山房藏书簿录》。马国翰的辑佚书主要是在个人藏书基础上完成的,他搜集藏书也主要是围绕着辑佚而展开。马国翰注重收藏类书、古注等辑佚常用书,如《艺文类聚》《北堂书钞》《初学记》《太平御览》《册府元龟》《经典释文》《开元占经》、裴松之《三国志注》、郦道元《水经注》、刘孝标《世说新语注》、李善《文选注》等,《玉函山房藏书簿录》都有著录。④

(二) 藏书数量影响辑佚的质量

藏书对辑佚的制约还体现在藏书的数量影响辑佚的质量。

赵在翰云:

> 况复居僻岐海,罕接鸿儒,地少藏书,莫购真本,钞撮则管蔽一斑,校雠则字昧三写,狭见寡陋,匪同博远,甄录甫竟,慨然长怀。夫唯大雅,董而正之。⑤

赵在翰辑有《七纬》,是清代较有影响的纬书辑本。他感慨自己居于偏

① 郑伟章《文献家通考》,第 800 页。
② 郑伟章《文献家通考》,第 816 页。
③ 郑伟章《文献家通考》,第 1120 页。
④ 郭国庆《清代辑佚与图书典藏》,《贵州民族学院学报》(哲学社会科学版)2010 年第 4 期。
⑤ 赵在翰《七纬·总叙》,《齐文化丛书·4·文献集成》,齐鲁书社,1997 年,第 976 页。

远之地,藏书不多,版本不善,导致辑本存在很多问题。《七纬》有嘉庆九年(1804)初印本、嘉庆十四年(1809)改定本两种版本,改定本有补遗,附于各卷之后。之所以出现这种情况,是因为赵在翰辑佚用书搜集不全,导致初印本漏辑较多。

李大瑛《七纬·书后》云:

> 余少习举业,末学肤受,经不能明,奚足言纬。又藏书不充,无能佐鹿园搜讨之资。去秋曾购《开元占经》等书,又邮寄未至。鹿园每与余言以为憾,然则吾又何言。①

李大瑛受赵在翰之托校正《七纬》,两人都为没有搜集到辑佚所需的《开元占经》而感到遗憾。钟肇鹏指出:

> 赵氏在福州辑纬时未见《开元占经》,其兄赵在田为阮元己未(1799年)所取之士,由赵在田请阮元补充,阮元乃嘱诂经精舍高才生乌程张鉴采《开元占经》《五行大义》所征引诸纬补入。然《七纬》已于嘉庆九年刻成付印,所以这部分则作为补遗刊于各卷之后。②

赵在翰通过其兄赵在田,请著名学者、藏书家阮元帮忙,才避免了漏辑《开元占经》《五行大义》中的佚文。

中华文明源远流长,广被四邻,中国古代典籍作为文化的重要载体,在朝鲜、日本、越南等周边国家也得以广泛流传。有很多国内已经亡佚的典籍,在国外还有传本,域外求书与访书也是文献搜集的重要途径。辑佚学者在搜集辑佚用书时,如果海外逸书还没传入国内,无缘得见,也会导致佚文漏辑,影响辑佚书的学术水平。

叶德辉《辑郭氏玄中记序》云:

_____

① 李大瑛《七纬·书后》,《齐文化丛书·4·文献集成》,第989页。
② 钟肇鹏《七纬·前言》,《齐文化丛书·4·文献集成》,第455页。

后见茆泮林所辑《十种佚书》、马国翰《玉函山房》辑诸子书中有此种,取校余本,乃知茆、马挂漏甚多。其中如《医心方》、《庄子》成玄英疏、《玉烛宝典》等书,近日始出东海,当时固无由见。①

叶德辉指出茆泮林、马国翰所辑《郭氏玄中记》遗漏很多,原因之一就是当时《医心方》、《庄子》成玄英疏、《玉烛宝典》等海外逸书还没传入国内。

任大椿所辑《小学钩沉》享誉学林,但仍有遗漏,主要是因为"比来日本所出诸逸书多引古籍遗文,任氏亦未之见"②。顾震福《小学钩沉续编》运用《原本玉篇》、慧琳《一切经音义》、希麟《续一切经音义》《倭名类聚钞》等任大椿没能见到的海外逸书,对《小学钩沉》多所补正。

李曾白《尔雅旧注考证》采用《说文系传》、《诗正义》、《春秋正义》、《齐民要术》、《帝范》、《后汉书注》、《文选注》、《白孔六帖》、《开元占经》、《北堂书钞》、《元和郡县志》、《初学记》、《艺文类聚》、《龙龛手镜》、蜀本《图经》、释玄应《一切经音义》、戴侗《六书故》、邵晋涵《尔雅正义》、郝懿行《尔雅义疏》等书,但对《尔雅》旧注的汇集仍不完备。李滋然作《补考》,佚注来源于《玉烛宝典》、《原本玉篇》、慧琳《一切经音义》、《倭名类聚钞》等海外逸书。③

(三) 辑佚:清代藏书发展的推动力和来源

清代辑佚学者搜寻辑佚用书,成为清代藏书发展的重要推动力。

马国翰道光二十一年(1841)致李廷棨手札云:

前所求雅雨堂十种,弟唯有手抄《周易集解》及颜师古《匡谬正俗》二种,辑汉唐人易注实资之。现欲辑韩诗,其注《淮南》《吕览》已采出佚义,其注《战国策》,唯雅雨堂本有之,亟思一见。④

---

① 叶德辉《辑郭氏玄中记序》,《观古堂所著书·第二集·郭氏玄中记》,长沙叶氏清光绪间刻本,第 1 页。
② 顾震福《小学钩沉续编·自序》,《续修四库全书》第 201 册,第 740 页。
③ 李曾白《尔雅旧注考证》,《续修四库全书》第 188 册。
④ 王君南《玉函山房辑佚书研究》,《中国书目季刊》1997 年第 1 期。

　　"雅雨堂"是清代著名的藏书家、刻书家卢见曾的藏书处。卢见曾辑刻的《雅雨堂丛书》收录当时罕见之本,精校精刻,享誉学林。马国翰欲辑韩诗,非常希望能得到《雅雨堂丛书》中的汉高诱注本《战国策》。今检《玉函山房藏书簿录》①,其中收录的《雅雨堂丛书》本有:

　　　　(卷二)《新本郑氏周易》三卷;

　　　　(卷二)《周易释文》一卷;

　　　　(卷二)《周易集解》十七卷;

　　　　(卷三)《尚书大传》四卷,《补遗》《续补遗》各一卷;

　　　　(卷四)《大戴礼记》十三卷;

　　　　(卷五)《匡谬正俗》八卷;

　　　　(卷八)《战国策》三十三卷;

　　　　(卷八)《唐摭言》十五卷;

　　　　(卷八)《文昌杂录》六卷;

　　　　(卷十三)《封氏闻见记》十卷;

　　　　(卷十四)《北梦琐言》二十卷;

　　　　(卷十八)《郑司农集》一卷。

　　共计 12 种,其中就有马国翰亟需的《战国策》。可见辑佚所需是马国翰收集藏书的重要动力。

　　辑佚的准备工作,除了搜寻辑佚用书,还需参考已有辑佚成果。辑佚学者收集的佚书辑本,也成为其藏书的重要组成部分。

　　马国翰《玉函山房藏书簿录》著录佚书辑本 250 余种,这些佚书辑本不仅为马国翰的辑佚提供参考和借鉴,也成为其藏书的重要组成部分。马国翰在《玉函山房藏书簿录》中对辑本多有评析,如指出《论语古训》《尔雅汉

----

① 　马国翰《玉函山房藏书簿录》,北京图书馆出版社,2001 年。

注《古经解钩沉》《字林考逸》内容详备;认为《古微书》《诸经纬遗》《汉末英雄记》《古史考》存在疏漏、舛误等不足之处。《玉函山房辑佚书》有一部分是在前人辑本的基础上增补而成,如:《周易子夏传》《周易蜀才注》参考张澍的辑本;《周易荀氏注》参考张惠言《荀氏九家》;《论语郑氏注》《论语孔子弟子目录》参考陈鳣《论语古训》等。①

　　黄奭受吴派学风的熏陶,学术活动以搜辑古佚书为主,所辑《黄氏逸书考》包括《汉学堂经解》112 种、《通纬》72 种、《子史钩沉》84 种、《通德堂经解》17 种。② 据孙启治、陈建华《古佚书辑本目录》考证,黄奭辑《黄氏逸书考》参考了王应麟、孙堂、王谟、蔡云、任大椿、孙星衍、孙冯翼、孙同元、茆泮林、马国翰、章宗源、汪文台、孔广林等多家辑本。③ 黄奭在《尔雅古义·总序》中列有 26 种知见书:

> 殿版《尔雅注疏考证》
> 姜兆锡《尔雅参义》
> 谭吉璁《尔雅广义》《纲目》
> 吴浩《尔雅疑义》
> 王谟《尔雅犍为文学注》《郭璞图赞》
> 周春《尔雅广疏》
> 翟灏《尔雅补郭》
> 任基振《尔雅注疏笺补》
> 沈廷芳《尔雅注疏正字》
> 余萧客《尔雅释》《钩沉》《注雅别钞》
> 程瑶田《尔雅释宫》《释草》《释虫小记》

---

① 郭国庆《清代辑佚与图书典藏》,《贵州民族学院学报》(哲学社会科学版)2010 年第 4 期。
② 黄奭《黄氏逸书考》,《续修四库全书》第 1206—1211 册。
③ 孙启治,陈建华《古佚书辑本目录》,中华书局,1997 年。

卢文弨《尔雅释文考证》

吴骞《尔雅孙炎正义》

邵晋涵《尔雅正义》

钱大昭《尔雅释文补》

钱坫《尔雅释地注》

戴震《尔雅文字考》

戴蓥《尔雅郭注补正》

刘玉麐《尔雅古注》

阮元《尔雅注疏校勘记》

陈鳣《尔雅集解》

臧镛堂《尔雅汉注》

郝懿行《尔雅义疏》

胡承珙《尔雅古义》

严可均《尔雅一切注音》《郭璞图赞》

江藩《尔雅正字》

这些著作都是清代《尔雅》研究的重要论著,可见黄奭对当时雅学的研究状况非常了解,在辑佚前对已有佚书辑本的收集较为完备。

王仁俊云:

按诸经汉儒旧注,有曾见辑本者,有即见本经注者,有旁见某经注者,有散见群书者,其大端不外乎王谟之《汉魏汉晋遗书钞》,余萧客之《古经解钩沉》,马国翰之《玉函山房》以及孙星衍之《周易集解》,孙堂之《二十一家易注》,阮元之《诗书古训》,陈鳣之《论语古训》,臧庸、叶蕙心诸家之《尔雅古注》,亦既详矣备矣。至辑述古义更为之疏证者,则有张惠言之《易虞义》、惠栋之《易汉学》、陈乔枞之《今文尚书》《欧阳小大夏侯说》《三家诗遗说》之类,亦云众矣。仁俊不揣固陋,于诸家所辑外,更得汉注四十种。①

王仁俊辑有《玉函山房辑佚书续编》《玉函山房辑佚书补编》《经籍佚文》《十三经汉注四十种辑佚书》《小学钩沉补》等佚书多种。他对王谟、余萧客、马国翰、孙堂、陈鳣、陈乔枞等家的辑佚工作非常熟悉，并在已有成果的基础上做辑本的补遗。

经过清代学者的努力，产生了数以千计的辑佚文献，这些佚书辑本的刻本或钞本成为清代藏书的来源之一。

清代著名辑佚丛书的主要刻本有：

《武英殿聚珍版丛书》，乾隆间武英殿木活字排印本、乾隆间浙江重刻本、同治十年江西书局刻本、光绪二十五年广雅书局刻本。

王谟辑《汉魏遗书钞》，嘉庆三年金溪王氏刻本；《汉唐地理书钞》，嘉庆间金溪王氏刻本。

孙堂辑《汉魏二十一家易注》，清嘉庆四年平湖孙氏映雪草堂刻本。

赵在翰辑《七纬》，嘉庆十四年侯官赵氏小积石山房刻本。

张澍辑《二酉堂丛书》，道光元年武威张氏二酉堂刻本。

茆泮林辑《十种古逸书》，道光十四年梅瑞轩刻本。

马国翰辑《玉函山房辑佚书》，道光咸丰间历城马氏刻、同治十年济南皇华书局补刻本；光绪九年长沙嫏嬛馆刻本；光绪十年楚南书局刻本；光绪十年章邱李氏据马氏刻板重印本；光绪十五年绣江李氏重刻校本。

黄奭辑《汉学堂丛书》，道光间甘泉黄氏刻光绪间印本。

袁钧辑《郑氏佚书》，光绪十年四明观稼楼刻本、光绪十四年浙江书局刻本。

---

① 王仁俊《十三经汉注四十种辑佚书·自序》，《玉函山房辑佚书续编三种》本，上海古籍出版社，1989 年，第 517 页。

严可均辑《全上古三代秦汉三国六朝文》，光绪十三年至十九年广雅书局刻本、光绪二十年黄冈王敏藻刻本。

马国翰《玉函山房藏书簿录》著录的佚书辑本有 40 种为武英殿聚珍版本、22 种为二酉堂本、14 种为平津馆本、16 种为问经堂本。①

丁日昌《持静斋书目》著录孙星衍辑，平津馆刊《汉官》《汉官解诂》《汉旧仪》《汉官仪》《汉官典职仪式选用》《汉仪》《汉礼器制度》。②

缪荃孙《艺风藏书续记》著录赵在翰辑，小积石山房刊本《七纬》。③

沈德寿《抱经楼藏书志》著录严可均辑，光绪二十年黄冈王氏广州刊本《全上古三代秦汉三国六朝文》。④

耿文光《万卷精华楼藏书记》著录章宗源辑，平津馆本《谯周古史考》；秦嘉谟辑补，琳琅仙馆本《世本》；孙同元辑，平津馆本《六韬逸文》；马国翰辑，济南皇华馆本《玉函山房辑诗》二十九家、《玉函山房辑乐》十五家、《玉函山房辑春秋》四十五家、《玉函山房辑尚书》十五家；玉函山房本《月令章句》《问答》；王复辑、武亿校，《艺海珠尘》本《针膏肓》《起废疾》《发墨守》；孙堂辑，映雪草堂本《汉魏二十一家易注》；孙星衍辑，平津馆《汉官》《汉官解诂》《汉旧仪》《汉官仪》《汉官典职仪式选用》《汉仪》《汉礼器制度》《尸子集本》；余萧客辑，京江鲁氏补刊本《古经解钩沉》；四库馆臣辑，聚珍本《易纬乾凿度》《易纬乾坤凿度》《易纬稽览图》《易纬辨终备》《易纬乾元序志记》《易纬坤灵图》《易纬是类谋》《易纬通卦验》。⑤

综上所述，清代注明存佚的目录书为辑佚提供了重要线索，辑佚文献也是清代目录书编纂的重要资料，充实了目录书的相关内容，提高了目录书的

---

① 马国翰《玉函山房藏书簿录》。
② 丁日昌《持静斋书目》，刊本，清同治九年(1870)。
③ 缪荃孙《艺风藏书续记》，刊本，1912 年。
④ 沈德寿《抱经楼藏书志》，美大书局铅印本，1924 年。
⑤ 耿文光《万卷精华楼藏书记》，中华书局，1993 年。

参考与学术价值。清代从事辑佚的学者有很多是著名的藏书家,清代官私藏书的兴盛是清代辑佚发展的前提和基础,藏书的数量和版本影响辑佚的质量。清代学者为辑佚收集典籍资料,成为清代藏书发展的重要推动力。佚书辑本的刻本或钞本也成为清代藏书的来源之一。

领校群书，略序洪烈

——论刘向、歆父子与文献传承

张宗友

汉代刘向(字子政。前79年—前8年。彭城人)、刘歆(字子骏。前50年—23年)父子领校群书，是中国学术文化史上的一大盛举，其意义，可能仅次于孔子对《六经》之整理与传授。当孔子之世，周室衰微，旧王官之学逐渐瓦解，《六经》不再为王官所独专，孔子遂能以之作育人才，并且有教无类，开创私学传统，百家蜂出并作，盛况空前。至秦汉之世，以周天子为共主的封建制帝国，一举变为以皇帝为元首的郡县制中央集权的帝国，而迄至成帝世，与西汉一代政治体制、意识形态相适应的文献体系却没能建构起来。这正是刘向、歆父子校书的历史使命所在。

长期以来，关于刘向、歆父子领校群书这一重大文化举措，学术界以《汉书》(《楚元王传》《艺文志》等篇)及《新序》《说苑》等文献为依据，分别从校勘学、目录学、政治学、思想史等层面进行了缜密的研究，取得了诸如《刘向歆父子年谱》(钱穆著，见《两汉经学今古文平议》)、《刘向评传》(徐兴无著)等为代表的学术成果，堪称丰硕。近年来，从文献文化史的角度来发掘重大文化事件的文献传承价值①,成为重新思考、发现历史真实及其意义的重要视角。
准乎此,以下试从三个方面讨论刘向、歆父子在文献传承上的重大贡献。

一　校理典籍,形成传世文献的官方定本

上古之世,知识垄断于巫、史之手,文化典籍由周天子任命的官员掌握,
文献传承即依赖于官守相继、师弟传授。关于王官之职掌与先秦典籍之兴
起、学术之发生,章学诚在《校雠通义·原道第一》中表述得最为精要:

> 古无文字。结绳之治,易之书契,圣人明其用曰:"百官以治,万民
> 以察。"夫为治为察,所以宣幽隐而达形名,盖不得已而为之,其用足以
> 若是焉斯已矣。理大物博,不可殚也,圣人为之立官分守,而文字亦从
> 而纪焉。有官斯有法,故法具于官;有法斯有书,故官守其书;有书斯有
> 学,故师传其学;有学斯有业,故弟子习其业。官守学业皆出于一,而天
> 下以同文为治,故私门无著述文字。私门无著述文字,则官守之分职,
> 即群书之部次,不复别有著录之法也。②

"私门无著述文字"的状况③,到了春秋时代得以打破,因为王室衰微带

---

① 关于文献文化史的理论建构与学术意义,详程章灿《"文献文化史"主持人语》(《南京大学学
　报》2013 年第 3 期,第 110 页)、《书籍史研究的回望与前瞻》(《文献》2020 年第 4 期,第 4—15
　页)、赵益《从文献史、书籍史到文献文化史》(《南京大学学报》2013 年第 3 期,第 110—121
　页)、《论中国古代文献传统的历史独特性:基于中西比较视野的思考》(《文史哲》2020 年第 1
　期,第 123—132 页)等文之讨论。
② 章学诚《校雠通义》卷一,叶瑛校注,中华书局,1985 年,第 951 页。
③ 按:罗根泽先生遍考周秦古书,参以后人议论,"知离事言理之私家著作始于战国,前此无有
　也"。因撰《战国前无私家著作说》一文:上篇"实证",包括"战国著录书无战国前私家著作"
　"汉志所载战国前私家著作皆属伪托""左国公穀及他战国初年书不引战国前私家著作""春秋
　时所用以教学者无私家著作"等四节;下篇"原因",包括"孔子以前书在官府""战国前无产生
　各家学说之必要""假托古人以坚人之信"等三节。(载氏著《诸子考索》,中华书局,1958 年,第
　13—62 页。)征引繁富,立论坚确,将章学诚"私门无著述文字"之说实证化、具体化。

来的一大后果就是王官之学开始失散，流播民间，王官对于文献传承的垄断权开始分散，向民间下沉；诸子之学应运而生，王官之学的核心文献——《六经》，就成为诸子的学术渊薮。诸子百家根源于但又不拘泥于王官之学，各骋其说，以取合诸侯；儒、墨二家尤称显学。各家学说通过师弟、父子相传，学派精神或核心文献往往经过数代人之手，呈现出一种层累式增益的生成特点。这种生成特点，决定了某一学派的核心文献往往处在不断增益以及流动的过程之中——其起点当然要追溯到春秋时期；只有当社会变动的进程发生剧烈改变，某一学说及其核心文献失去了继续增益的可能性时，该学派的代表性著述才有可能最终凝固下来[①]。通过《汉志·诸子略》可以看到，虽然某一学术流派的文献通常以该派核心人物命名，但并不意味着该文献仅仅反映核心人物的思想；事实上，它是一个学派精神创造的集合体，而且还经过了刘向、歆父子校书群体严密的校勘与精心的取舍。

　　时代巨变意味着既有权威的消解，失去禁忌与封锁的知识群体必然带来思想学术的繁荣，各种新文献因此不断产生。秦始皇统一六国，使诸子学说得以继续存在与增益的惯性得以打破。始皇三十四年（前213）推行的焚书政策，使六国文献与诸子学说遭受巨大劫难，大批文献被焚，或隐伏民间，不得行世。这种局面只到汉惠帝四年（前191）废除挟书之律后才得以改观。经过汉初数代的征求遗书、建策置官，存世文献才又大量集中、充盈于官府。

　　刘向、歆父子领校群书，对存世典籍进行了全面的校理，使先秦以来的

[①]　余嘉锡《古书单篇别行之例》："古之诸子，即后世之文集……既是因事为文，则其书不作于一时，其先后亦都无次第。随时所作，即以行世。论政之文，则藏之于故府；论学之文，则为学者所传录。迨及暮年或其身后，乃聚而编次之。"（载氏著《古书通例》卷三，上海古籍出版社，1985年，第93页。）李零《从简帛古书看古书的经典化》："除了经历史淘汰，剩下来的古书，还有我们从垃圾箱里捡回来的古书，就是我们讲的简帛古书。……比如上海博物馆收藏的战国竹简，我能分出来的种类至少有100种。当然，这100多种，全都是单篇。"（李零《简帛古书与学术源流》［修订本］，生活·读书·新知三联书店，2008年，第471页。）

传世文献，首次有了官方定本①。这是刘向、歆父子在文献传承方面最大的学术贡献。

刘氏父子所撰《别录》《七略》，后来亡佚，所校文献总量，只能依据班固《汉志》的记载：

> 大凡书，六略三十八种，五百九十六家，万三千二百六十九卷。（引按：班氏自注云："入三家，五十篇，省兵十家。"）②

由于班固《艺文志》是在《别录》《七略》基础上删省移增而成的③，所以，刘氏父子所校文献总量，当据班氏自注加以推算，而实际上应该是：六略，三十八种，六百零三家，一万三千二百一十九卷。

梁代阮孝绪为"穷究流略，探尽秘奥"而撰写《七录》，撰就《古今书最》一篇（载释道宣《广弘明集》卷三，《四部丛刊》影明汪道昆刻本），通考历代书目著录总数。由于阮孝绪能亲见《别录》与《七略》，因此，阮氏所记之数，十分可信：

> 《七略》，书三十八种，六百三家，一万三千二百一十九卷。
>
> 五百七十二家亡，三十一家存。④

阮孝绪所记，同上文所推完全吻合，足证刘向、歆父子校理图书总数确为六百零三家（"家"即今日之"种"），一万三千二百一十九卷。这大致就是西汉一代文献之总量（可能有所遗漏，但"一万三千"应该是可靠的基数）。

---

① 时贤将此视为"文本革命"。详徐建委《文本革命：刘向、〈汉书·艺文志〉与早期文本研究》（中国社会科学出版社，2017年）。

② 班固《汉书》卷三〇，中华书局，1962年，第1781页。

③ 按："删"指删去各书之书录，而仅保留简略之题注；"省"指"省兵十家"，即省去《兵书略》中的十家；"移"指散《辑略》之小序于各略、各类之后；"增"指"入三家，五十篇"。清代学者姚振宗俱有考证，如指出所入三家为刘向、扬雄、杜林等。（参姚振宗《汉书艺文志条理》，见《二十五史艺文经籍志考补萃编》卷三，清华大学出版社，2011年，第453页。）

④ 阮孝绪《古今书最》，载释道宣《广弘明集》卷三，《四部丛刊》影明汪道昆刻本。

　　刘向、歆父子领校群书而撰成定本,其学术意义是非凡的。通过向、歆父子的不懈努力,汉帝国拥有的文化典籍得到全面而专业的校勘、整理,结束了部分文献单篇流传的散乱状态,使战乱、秦火等不良因素造成的文献损失,得以最大限度地降低。

　　刘向、歆父子所校群书,完全保存至今者只是少数(约六分之一)[①],而且由于书籍载体、形制的变化,无法仅从内容上推断向、歆父子所做出的全部学术努力。根据《汉志序》"每一书已,向辄条其篇目,撮其旨意,录而奏之"之记述,可知向、歆父子为校竟之书所撰写的书录,蕴含了可资取材的丰富信息。由于《别录》《七略》均佚,而《汉志》又删掉了书录,所以只能从存世不多的零篇中窥其一斑。兹以刘向所撰《孙卿新书书录》为例[②],试加发明。该篇书录共包括以下几个部分:

　　(一)书名及篇目部分。《书录》首题"孙卿新书三十二篇",次列其篇目如次:劝学篇第一、修身篇第二、不苟篇第三、荣辱篇第四、非相篇第五、非十二子篇第六、仲尼篇第七、成相篇第八、儒效篇第九、王制篇第十、富国篇第十一、王霸篇第十二、君道篇第十三、臣道篇第十四、致仕篇第十五、议兵篇第十六、强国篇第十七、天论篇第十八、正论篇第十九、乐论篇第二十、解蔽篇第二十一、正名篇第二十二、礼论篇第二十三、宥坐篇第二十四、子道篇第二十五、性恶篇第二十六、法行篇第二十七、哀公篇第二十八、大略篇第二十九、尧问篇第三十、君子篇第三十一、赋篇第三十二。

　　(二)校雠及整理部分。《书录》以校书习语"护左都水使者光禄大夫臣

---

① 李零《从简帛古书看古书的经典化》:"汉代的时候,我们能知道的古书,大部分都著录在《汉书·艺文志》当中。《汉书·艺文志》里有多少书,大家要有一个概念。这个数字是,它大约有600多种,13000多卷。这个统计,只是大概。刘歆是一个数字(603种,13217卷),班固又是一个数字(677种,12994卷)。……实际上,古人没有留下这么多书,现在留下来的书,先秦两汉,连东汉都加上,也不过115种,只有原来的1/6还不到。"(载氏著《简帛古书与学术源流》[修订本],第470—471页。)

② 该篇《书录》载在王先谦《荀子集解》书末(见《增补荀子集解》,荀子撰,王先谦集解,久保爱增补、猪饲彦博补遗,台北兰台书局,1983年)。

向言"领起，文曰："所校雠中孙卿书凡三百二十二篇，以相校，除复重二百九十篇，定著三十二篇，皆以定，杀青简，书可缮写。"

（三）撰者事行及思想部分。"孙卿，赵人，名况。方齐宣王、威王之时，聚天下贤士于稷下，尊宠之。若邹衍、田骈、淳于髡之属甚众，号曰列大夫，皆世所称，咸作书刺世。是时，孙卿有秀才，年五十，始来游学。诸子之事，皆以为非先王之法也。孙卿善为《诗》《礼》《易》《春秋》。至齐襄王时，孙卿最为老师。齐尚修列大夫之缺，而孙卿三为祭酒焉。齐人或谗孙卿，乃适楚。楚相春申君以为兰陵令。人或谓春申君曰：'汤以七十里，文王以百里。孙卿，贤者也，今与之百里地，楚其危乎！'春申君谢之，孙卿去之赵。后客或谓春申君曰：'伊尹去夏入殷，殷王而夏亡；管仲去鲁入齐，鲁弱而齐强。故贤者所在，君尊国安。今孙卿，天下贤人，所去之国，其不安乎！'春申君使人聘孙卿。孙卿遗春申君书，刺楚国，因为歌赋，以遗春申君。春申君恨，复固谢孙卿，孙卿乃行，复为兰陵令。春申君死而孙卿废，因家兰陵。李斯尝为弟子，已而相秦；及韩非号韩子，又浮丘伯，皆受业，为名儒。孙卿之应聘于诸侯，见秦昭王。昭王方喜战伐，而孙卿以三王之法说之，及秦相应侯，皆不能用也。至赵，与孙膑议兵赵孝成王前。孙膑为变诈之兵，孙卿以王兵难之，不能对也。卒不能用。孙卿导守礼义，行应绳墨，安贫贱。孟子者，亦大儒，以人之性善。孙卿后孟子百余年，以为人性恶，故作《性恶》一篇，以非孟子。苏秦、张仪以邪道说诸侯，以大贵显，孙卿退而笑之曰：'夫不以其道进者，必不以其道亡。'至汉兴，江都相董仲舒亦大儒，作书美孙卿。孙卿卒不用于世，老于兰陵。疾浊世之政，亡国乱君相属，不遂大道而营乎巫祝，信机祥。鄙儒小拘如庄周等，又滑稽乱俗。于是推儒、墨、道德之行事兴坏，序列著数万言而卒，葬兰陵。而赵亦有公孙龙为'坚白''异同'之辨、处子之言；魏有李悝，尽地力之教；楚有尸子、长卢子、芊子，皆著书。然非先王之法也，皆不循孔氏之术，唯孟轲、孙卿能为尊仲尼。兰陵多善为学，盖以孙卿也。

长老至今称之曰'兰陵人喜字为卿',盖以法孙卿也。孙卿、董先生皆小五伯,以为仲尼之门,五尺童子皆羞称五伯。如人君能用孙卿,庶几于王。然世终莫能用,而六国之君残灭,秦国大乱,卒以亡。"

(四)思想及学术评价部分。"观孙卿之书,其陈王道甚易行,疾世莫能用。其言凄怆,甚可痛也!呜呼!使斯人卒终于闾巷,而功业不得见于世。哀哉!可为霣涕。其书比于记传,可以为法。谨第录。臣向昧死上言。"末句云:"护左都水使者光禄大夫臣向言所校雠中《孙卿》书录。"

按:以上四个方面,除末句外①,构成了一个整体,其实就是《荀子》一书的书录,即本书目录。"目"指本书篇目。书名之下篇次部分,为本书各篇排定了序次,一方面使本书的内容得以确定,另一方面也使本书的内部架构得以确定,具有防止散佚的学术功用,十分便于按目索骥或按目复原。"录"指本书叙录,包括上揭第(二)(三)(四)三个部分。第(二)部分(校雠及整理),旨在向成帝报告如何校理图书、写成定本。可以看到,刘氏父子所用的材料主要"中《孙卿书》凡三百二十二篇"。所谓"中",即指内廷(皇宫)藏书。从体量上看,"三百二十二篇"显然是一个较为丰富的典藏,但其中大部分是重复的篇章;经过校勘、"除复重",定著下来三十二篇,大致是原有材料的十分之一。新校而成的《荀卿新书》,不再是单篇或某几篇流传的荀子著作篇章的组合,而是一部完整体现荀子思想与著述面貌的独立的书籍,作为定本纳入国家藏书之中。当然,刘氏父子所用以校雠的材料,并不仅限于内廷藏书。《晏子书录》首云:"所校中书《晏子》十一篇,臣向谨与长社尉臣参校雠,太史书五篇、臣向书一篇、臣参书十三篇,凡中外书三十篇,为八百三十八章。除复重二十二篇六百三十八章,定著八篇二百一十五章。外书无有三十六章,中书无有七十一章,中外皆有以相定。中书以'夭'为'芳','又'为'备','先'

---

① 笔者在这里要指出的是,"护左都水使者……书录"一句,系提示性话语,应当是写在最后一根简上,其作用是方便寻检,因此不是书录的组成部分。

为'牛'，'章'为'长'，如此类者多，谨颇略笺，皆已定，以杀青书，可缮写。"①从中可以看出，刘向、歆父子广泛搜罗校勘资料，不仅有内廷(宫内。"中书")所藏，还有外廷(官府。"太史书")所藏，以及私人所藏("臣向书""臣参书")。这篇书录还留下了校勘异文的实录。第(三)部分(撰者事行及思想)，详述荀子时代背景及履历大要，目的即在于"论世知人"，以便更好地理解荀子的思想。第(四)部分(思想及学术评价)，刘向立场有二：儒家立场及皇室立场。前一立场，使刘向对荀子抱有深切的同情，因为荀子所陈为"王道"，是儒家倡导的核心价值之一。后一立场，使刘向对荀子思想的现实价值作了积极的肯定："其书比于记传，可以为法。"所谓"记传"，是对《六经》的解说与发挥。刘向曾任宗正，自觉有引导刘氏皇帝区别对待文化遗产的任务。

经刘向、歆父子领校群书，汉代国家藏书面貌因此焕然一新；有了官方定本，不仅可供当时取资，也使后世讨论学术源流时，有了可以追溯的传本。

二　独尊儒术，构建帝国需要的文献体系

汉朝是在秦代的废墟上立国的，经过战火的摧残，汉初民生凋敝，国家疲弱，急需休养生息。开国以来，汉廷崇尚黄老之学，强调无为而治，目的是与民休息，发展生产力。经过数代经营，至武帝时国库充盈，开启了有所作为的时代。在军事上取得对匈奴作战的优势，在思想文化上则"罢黜百家，表章《六经》"，独"推明孔氏"②，儒家学说开始成为帝国的主流意识

---

① 刘向、刘歆《七略别录佚文》，姚振宗辑，邓骏捷校补，澳门大学，2007年，第34—35页。
② 董仲舒答武帝对策云："臣愚以为诸不在六艺之科孔子之术者，皆绝其道，勿使并进。邪辟之说灭息，然后统纪可一而法度可明，民知所从矣。""及仲舒对策，推明孔氏，抑黜百家。"(班固《汉书》卷二六，中华书局，1962年，第2523、2525页。)又《汉书·武帝纪》赞曰："孝武初立，卓然罢黜百家，表章《六经》。"(《汉书》卷六，第212页。)

形态。但是,与之相适应的文献体系却没有及时建立起来。武帝虽然"建
藏书之策,置写书之官",命军政杨仆校理兵书,但范围有限,并没有对帝
国藏书进行大规模的校勘与整理。直到刘向、歆父子领校群书,勒成定
本,并撰成《别录》《七略》,同帝国体制、统治思想相适应的文献体系,才得
以建成。

　　刘向、歆父子构建的文献体系,不仅体现在"六百三家,一万三千二百一
十九卷"的图书定本,更体现在"六略、三十八种"的文献分类体系上(《别录》
《七略》均同)。根据《汉志》,刘氏父子建立的文献体系如次:

表 2-1　《别录》(《七略》《汉志》)分类表

略	种(类)	著　　录
六艺略	易、书、诗、礼、乐、春秋、论语、孝经、小学	一百三家,三千一百二十三篇。(入三家,一百五十九篇;出重十一篇。)
诸子略	儒家、道家、阴阳家、法家、名家、墨家、纵横家、杂家、农家、小说家	百八十九家,四千三百二十四篇。(出《蹴鞠》一家,二十五篇。)
诗赋略	屈原赋之属、陆贾赋之属、孙卿赋之属、杂赋、歌诗	百六家,千三百一十八篇。(入扬雄八篇。)
兵书略	兵权谋、兵形势、兵阴阳、兵技巧	五十三家,七百九十篇,图四十三卷。(省十家二百七十一篇重,入《蹴鞠》一家二十五篇,出《司马法》百五十五篇入礼也。)
数术略	天文、历谱、五行、蓍龟、杂占、形法	百九十家,二千五百二十八卷
方技略	医经、经方、房中、神仙	三十六家,八百六十八卷

　　《汉志序》云:"至成帝时,以书颇散亡,使谒者陈农求遗书于天下,诏光
禄大夫刘向校经传、诸子、诗赋,步兵校尉任宏校兵书,太史令尹咸校数术,
侍医李柱国校方技。"(见前揭。)刘向、歆父子将帝国图书分为六类,同当时
校书之分职是密切相关的,除"经传"改为"六艺"外,其他分校之职掌同诸略
之畛域均具有一一对应的关系。改"经传"为"六艺",是考虑到孔子对《六
经》进行了创造性的转换,由王官职掌之经典而转用于私家之教育,同传统

六艺(礼、乐、射、御、书、数)在作为教学内容这一点具有共通性;"经传"也不能涵盖小学类典籍。

此外,决定当时六分典籍还有以下两个因素:其一,学术有不同。"《六艺略》的主要部分是王官之学。《诸子略》所收为个人以及他那个学派著的书,是私门之学。诗赋、兵书、数术、方技则因各有专门,必加分列。"①其二,篇卷有多寡。"群经、诸子,性质不同,当然应当分开,至于后世史书出于《春秋》,诗赋出于三百篇,然而《七略》却将史书附在《春秋》之后,而诗赋却自成一略。源流虽同而处理各异的原因就是在于篇卷多寡不同。"②

《汉志》六略,并非是在同一个平面上展开的,六略之间,颇有分别。李零指出:

> "文学"与"方术"是一对概念,如秦始皇手下的"士"分为"文学士"与"方术士"。刘歆把古书分为六类:六艺、诸子、诗赋、兵书、数术、方技。前三种是"文学"(相当于人文学术),后三种是"方术"(相当技术),合起来就是后世所谓的"学术"。③

这种观点,新人耳目,有助于深化对六略之间性质异同的认识。实际上,《汉志》六略,有其不同之层级:

1.《六艺略》中的易、书、诗、礼、乐、春秋五类(《五经》),是旧王官之学的核心典籍(六经去乐),也是诸子共同的学术渊薮。基于《五经》作为经典的性质,并经过刘向、歆父子的学术努力,《五经》在新王官之学(郡县制中央集权国家的官学体系)中仍然处于经典的地位,属于核心典籍。《六艺略》中的论语、孝经、小学三类,其时并非经典,分别处在传记、通经之具的层面上,同《五经》显然有别。

---

① 程千帆、徐有富《校雠广义·目录编》,齐鲁书社,1998 年,第 147—148 页。
② 程千帆、徐有富《校雠广义·目录编》,第 148 页。
③ 李零《兰台万卷——读〈汉书·艺文志〉》(修订本),生活·读书·新知三联书店,2013 年,第 9 页。

2. 诸子之学兴起于先秦,是各个学派思想主张的充分表达,成就了先秦思想史上百家争鸣的黄金时代。在性质上,诸子之学是《六经》的"支与流裔",因此,此类典籍不能同经典相提并论,在学术地位上要次一等级。钱穆指出,诸子之学属于"百家言",与"王官学"有今古之别,性质不同①。但是,刘向、歆父子将儒家列在诸子之首,更将《论语》《孝经》置于《六艺略》内,则是深受汉武帝时"罢黜百家,表章《六经》""推明孔氏"的影响,是帝国主流意识形态的选择在文献典籍上的投射。通过文献秩序的布局,刘氏父子又强化了儒术独尊的思想格局,体现其儒家本位的学术立场。

3.《诗赋略》相当于后世的集部,著录的是文学作品,表达作者的个体情感。从这一角度来说,诗赋略虽排在《诸子略》之后,但其性质却有相通之处。

4.《兵书略》《数术略》《方技略》,学有专门,业有专攻,偏重技术(确如李零所言),同经典性质不同,但可以看成是诸子之一端(墨子、公孙班之攻防,即重技术)。

综上所述,知刘向、歆父子建构起来的文献体系,其内部实有不同的层级,而其整体架构,可以概括为以经籍为本源、以诸子为流裔的"经子之学";儒术独尊的思想观念贯穿其中,使《六艺略》《诸子略》的内部,也各有其侧重。总之,刘向、歆父子建构起来的文献体系,不仅基于当时校勘、整理图书之实际,对存世典籍的学术面貌进行书写,是记录之学;而且基于儒术独尊的政治立场,折射出帝国主流意识形态的抉择,是经子之学。

---

① 钱穆云:"诸子百家既盛,乃始有博士官之创建。博士官与史官分立,即古者'王官学'与后世'百家言'对峙一象征也。《汉书·艺文志》以《六艺》与诸子分类,《六艺》即古学,其先掌于史官,诸子则今学,所谓'家人言'是也。"(钱穆《两汉博士家法考》,载氏著《两汉经学今古文平议》,商务印书馆,2001年,第187页。)

三　考辨源流,成就学术书写的目录典范

目录学是一门古老而日新的学问,其远源可以上推至《诗》《书》之序。《隋志·簿录类序》:"古者史官既司典籍,盖有目录,以为纲纪。"①余嘉锡指出:"目录之学,由来尚矣!《诗》《书》之序,即其萌芽。"②至于目录学作为独立学问的源起及其宗旨,章学诚所论最切:

> 校雠之义,盖自刘向父子,部次条别,将以辨章学术,考镜源流;非深明于道术精微、群言得失之故者,不足与此。后世部次甲乙,纪录经史者,代有其人;而求能推阐大义,条别学术异同,使人由委溯源,以想见于坟籍之初者,千百之中,不十一焉。③

章氏所谓"校雠",实涵包"目录"在内,因此上文讨论的其实是目录学的源流与宗旨。章氏认为,刘向、歆父子通过"部次条别",能够"辨章学术,考镜源流",可见深明于"道术精微、群言得失之故"。所谓"部次",指分别部居,序次群籍;所谓"条别"之"条",指"每一书已,向辄条其篇目,撮其指意,录而奏之"(《汉志序》),即撰写书录;"条别"之"别",指"刘向校书,辄为一录,论其指归,辨其讹谬,随竟奏上,皆载在本书。时又别集众录,谓之《别录》"(阮孝绪《七录序》),即编纂书目。章氏用简括之笔墨,概括出了刘向、歆父子领校群书、撰写书录、汇成书目而做出的杰出贡献。目录学即奠基于刘向、歆父子,而"辨章学术,考镜源流",对学术史进行建构与书写,也成为目录学这门学问的宗旨之所在。

那么,刘向、歆父子,是如何奠定目录学对学术史进行建构与书写("辨

① 魏徵等《隋书》卷三三,中华书局,1973 年,第 992 页。
② 余嘉锡《目录学发微》卷一,巴蜀书社,1991 年,第 1 页。
③ 章学诚《校雠通义》卷一,第 945 页。

章学术,考镜源流")的学术传统的? 我们认为,刘氏父子在学术史建构与书写方面的贡献,有以下几个方面。

(一) 通过著录,揭示图书信息

所谓"著录",是指将具体图书按一定的方式登入书目。每一种书,都是一条记录,这些记录正是构成书目的基本单元。作为群书目录(即书目),《别录》《七略》显然也是由不同的登载记录构成的;其著录总数,应该就是前揭之六百零三家(种)。

由于《别录》《七略》已经亡佚,这两种书目如何对经过校理而写定之书进行著录,还缺少直接证据。《汉书·艺文志》以《七略》为基础而编成,在著录上有一定的相关性。但是,班固将《七略》之文删减幅度较大(由七卷而删至一卷),除本书叙录(解题)基本删除之外,著录方式上大约也经过了合并与省略。无论如何,书名一定是各条著录的核心内容,因为没有书名,便不成其为书目。试看以下诸例(为讨论方便,加上序次):

(1)《古五子》十八篇。自甲子至壬子,说《易》阴阳。

(2)《淮南道训》二篇。淮南王安聘明《易》者九人,号九师(法)〔说〕。

(3)《古杂》八十篇,《杂灾异》三十五篇,《神输》五篇,《图》一。

(4)《孟氏京房》十一篇,《灾异孟氏京房》六十六篇,《五鹿充宗略说》三篇,《京氏段嘉》十二篇。①

以上系《六艺略·易类》所载之四条记载。李零将其归为一组,题"易说四种",应是出于性质相近之考虑。李氏指出:

> 《古杂》《杂灾异》《神输》是合三种为一书;《古杂》可能是古文本或古文杂说,《杂灾异》可能是灾异家的杂说,《神输》五篇下有"图一",小序不统计,大序也不统计。我们要注意,这可能是最早的易图。

① 班固《汉书》卷三〇,第 1703 页。

《孟氏京房》(孟喜、京房)、《灾异孟氏京房》(孟喜、京房)、《五鹿充宗略说》(五鹿充宗)、《京氏段嘉》(京房、段嘉)，是合四种为一书。这是传孟氏易和梁丘易的易说。孟氏易的传授是：孟氏—京房—段嘉。梁丘易的传授是：梁丘易—五鹿充宗。这是今文说。①

按：以上所引各条，都具备书名与篇卷是两项要素。第(1)(2)两条，因为各自涉及一种著作，所以没有疑义。第(3)(4)两组，分别涉及三种、四种著作，而班固分别将其合并，只作一条记录。李零先生据此认为，班固分别"合三种为一书""合四种为一书"。这种观点，或许不尽准确。从篇数上看，第(3)组合起来有一百二十篇(另有图一卷)，第(4)组合起来有九十二篇，实不宜作为"一书"来看待。度以上涉及之著作，在《七略》中仍各为一条著录(《别录》中亦然)，并且各有解题。《神输》一种，有注云：

师古曰："刘向《别录》云：'神输者，王道失则灾害生，得则四海输之祥瑞。'"(《汉书》卷三〇)

所引刘向《别录》云云，正是《神输》之书录文字。那么，《神输》在《别录》《七略》中必然作为独立著录而存在，势不能在《六艺略》内同其他各书"合为一书"。

上引各条，使《别录》《七略》最核心的两个著录要素得以呈现，即：(甲)书名，(乙)篇卷。篇卷揭示图书之容量，也是书目的基本要素之一。由于刘向、歆父子《别录》《七略》是以校理、写定之图书为基础的，各书篇目在书录里即有记录，因此，在书目里著录各书篇卷之数，即为应有之义。至于是否别有作者等项，因《汉志》所记过于简略，还无法推知(有些书名即学派代表人物命名，如《庄子》等)。

总之，《别录》《七略》的著录，较《汉志》为丰(至少有书名、篇卷等核心要

---

① 李零《兰台万卷——读〈汉书·艺文志〉》(修订本)，第17页。

素),通过序次,使校定之书最关键的学术信息得以揭示,成为后世书目编纂的定则。

(二) 通过分类,分别、部次群籍

分类是"辨章学术,考镜源流"的重要途径。刘向、歆父子建构了一个严密的分类体系:一级部类称"略",凡六;二级类目称"种",凡三十八(详见前表)。这是中国目录学史上有名的"六分法"。分类体系的建构,建立在对当时以全部校定之书为载体的思想及学术面貌的总体把握的基础之上,无疑需要博通的学术眼光。借助这一体系,任何一部著述,都被纳入到具体的部类之下。

刘向、歆父子建构的图书分类体系,具有典范意义,对后世影响很大。东汉、三国时代的图书分类,沿用的就是刘氏父子的分类体系。阮孝绪《七录序》云:"(刘)歆遂总括群篇,奏其《七略》。及后汉兰台,犹为书部。又于东观及仁寿阁,撰集新记。校书郎班固、傅毅,并典秘籍。固乃因《七略》之辞,为《汉书·艺文志》。其后有著述者,袁山松亦录在其书。魏晋之世,文籍逾广,皆藏在秘书、中、外三阁。魏秘书郎郑默,删定旧文,时之论者,谓为朱紫有别。晋领秘书监荀勖,因魏《中经》,更著《新簿》。虽分为十有余卷,而总以四部别之。"(载《广弘明集》卷三)东汉时班固等校书兰台、东观、仁寿阁,撰集新记、编写《汉书·艺文志》;三国魏郑默撰《魏中经簿》,以及西晋袁山松编写《后汉书·艺文志》,采用的仍然是刘氏父子的分类体系。这种局面直到晋秘书监荀勖撰写《晋中经簿》时,才有所改变。

(三) 通过解题,发明图书旨趣

解题,又称提要,是书目中对某种图书的作者事行、著述内容、学术价值等进行阐发的说明性文字。具有解题(提要)的书目,被称解题(提要)目录。由于中国学术特别讲求源流(实质上是对学术史进行建构与书写),因此,能够具有解题的目录,一向受到高度关注。古代学术史上的解题目录,著名的有《崇文总目》、晁公武《郡斋读书志》、陈振孙《直斋书录解题》、马端临《文献通考·经籍考》、朱彝尊《经义考》、纪昀等《四库全书总目》等。而最早的解题目录,即是刘向、歆父子编撰的《别录》与《七略》。刘氏父子是解题目录的开创者。

刘向、歆父子用作解题的文献材料,其实就是书录(本书目录),系据上呈给皇帝的奏文改换形式、转写而成。如前文所录之《孙卿新书书录》,就是《别录》中《孙卿新书》的解题来源。按照当代对解题类型的划分①,《别录》中解题,属于"叙录体"或"综录体"。如前揭《荀卿新书书录》所示,《别录》解题包括四个部分:(甲)书名及篇目,(乙)校雠及整理,(丙)撰者事行及思想,(丁)思想及学术评价。以上四个部分,实以著述校理为基础(包括传本比较、篇章厘定与文字校勘),以撰者与著述为本体,客观介绍与主观评价相结合,涵括了后世治书之学与学术平议的各个层面,内容极为丰硕。事实上,刘氏父子开创的叙录体(综录体),可以说是书目解题的"母体",后世产生的其他几种体例,如传录体、辑录体等,均源出于叙录体,是叙录体在不同时代的变体。就解题之完备性而言,后世罕有其匹。

刘氏父子撰写解题,虽有其儒家、皇室之立场,但在学术上具有较强的客观性。后世采用叙录体(综录体)的书目中,《四库全书总目》集古典目录之大成,被公认为是读书治学的门径之作。但是,同四库馆对存世典籍进行

---

① 按:王重民先生最早对解题类型进行划分:"我为称名的方便,拟把从刘向叙录直到《四库全书总目》的提要都称为叙录体的提要,把用传记方式的都称为传录体的提要。看来,这一时期最发达的是传录的提要。另外,还有辑录体的提要,就是不由自己编写,而去钞辑序跋、史传、笔记和有关的目录数据以起提要的作用。这一方法是在这一时期内由僧佑开其端,而由马端临的《文献通考·经籍考》,朱彝尊《经义考》得到进一步发挥,和叙录体、传录体并称,我拟称之为辑录体。"(载氏著《中国目录学史论丛》,中华书局,1984年,第80页。)程千帆、徐有富先生则分为两类:"从刘向以来就使用的叙录(提要),经过发展,大体可以分为两种类型,即镕铸材料,独立成文的综述之体,与编次材料,述而不作的辑录之体。"(程千帆、徐有富《校雠广义·目录编》,第32—33页。)

甄别处理的政治举措相呼应,馆臣撰写提要时亦"等差有辨,旌别兼施"①,提要之容量与水平其实不能一概而论。《四库全书总目》内分著录书与存目书两大部分:著录书被写入《四库全书》,分陈七阁,成为国家文治之盛的表征;存目书因"未越群流",被认为价值较低,仅存其目。试一读两类书之提要,即知二者在提要文字上有详略之别,在学术立场上则对存目书颇多批评,可见馆臣之书写态度显然与政治趋向之联系极为紧密。比较而言,《别录》解题虽不乏价值判断,在学术上有其儒家、皇室之立场,但总体上看,持论较为客观,视野更为宏通。造成这一区别的最重要的原因是,《总目》之纂修直接操控于清高宗弘历之手,馆臣之态度、文字一以弘历之政治取向、好恶为准的;刘氏父子学为通儒,又系皇室宗亲(刘向曾任宗正),学高位尊,足以领袖群伦,因此在撰写解题时没有羁绊与顾忌,可以畅论学术,葆持学者之本色。

　　总之,就体例之开创性、内容之完备性与学术之客观性而言,向、歆父子之解题堪称典范之作,其体制与质量均无与伦比。

(四) 通过小序,书写部类源流

　　小序,是书目中部类之后叙述学术源流的文字。如果说,解题针对的对象是某种具体的著述,那么,小序针对的则是某一部类的全部著述。从功用上看,小序就是某一文献部类的简明学术史。

　　由于小序直接叙述学术源流,体现了目录学家关于某一部类的学术认知,因此,小序被看作衡量书目质量高下的重要参考。余嘉锡先生甚至将小

---

① 《四库全书目总目·凡例》有云:"前代藏书,率无简择,萧兰并撷,珉玉杂陈,殊未协别裁之义。今诏求古籍,特创新规,一一辨厥妍媸,严为去取。其上者悉登编录,罔致遗珠;其次者亦长短兼胪,见瑕瑜之不掩。其有言非立训、义或违经,则附载其名,兼匡厥缪。至于寻常著述,未越群流,虽咎誉之咸无,究流传之已久,准诸家著录之例,亦并存其目,以备考核。等差有辨,旌别兼施,自有典籍以来,无如斯之博且精矣。"(永瑢、纪昀等《钦定四库全书总目》卷首三,武英殿刻本,文渊阁《四库全书》第1册,台湾商务印书馆,1986年,第34页。)

序与解题的重要性相提并论，以二者之有无为准，将目录分成三类①，足见卓识。

小序有一级类序、二级类序等之区分。《别录》《七略》的一级类序，就是略序，凡六篇；二级类序，是各略之下子类之序，凡三十三篇（《诗赋略》下五个子类，《汉志·艺文志》内未载类序）。试观《诸子略序》：

> 诸子十家，其可观者九家而已。皆起于王道既微，诸侯力政，时君世主，好恶殊方，是以九家之术蜂出并作，各引一端，崇其所善，以此驰说，取合诸侯。其言虽殊，辟犹水火，相灭亦相生也。仁之与义，敬之与和，相反而皆相成也。《易》曰："天下同归而殊途，一致而百虑。"今异家者各推所长，穷知究虑，以明其指，虽有蔽短，合其要归，亦《六经》之支与流裔。使其人遭明王圣主，得其所折中，皆股肱之材已。仲尼有言："礼失而求诸野。"方今去圣久远，道术缺废，无所更索，彼九家者，不犹愈于野乎？若能修六艺之术，而观此九家之言，舍短取长，则可以通万方之略矣。②

这篇小序，将诸子学说的兴起背景、学术渊源、当代价值等，叙述得极为简要，略等于一篇简明的先秦诸子学史。试取《隋志》《四库全书总目》之子部序对读，不难看出三者在书写子学源流上的先后承接关系。刘氏父子在目录学上的开创性贡献，为后世实现目录类文献的有序传承奠定了坚实的基础。

综上讨论，知刘向、歆父子领校图书，对先秦以来的文献首次进行全面的校理，形成传世文献的官方定本，构建了儒术独尊语境下的符合大一统帝国统治需要的文献体系。刘氏父子在目录学上贡献颇著：通过著录，揭示图

---

① 余嘉锡云："目录之书有三类：一曰部类之后有小序，书名之下有解题者；二曰有小序而无解题者；三曰小序解题并无，只著书名者。"（《目录学发微》卷一，第2页。）

② 班固《汉书》卷三〇，第1704页。

书信息;通过分类,分别、部次群籍;通过解题,发明图书旨趣;通过小序,书
写部类源流。通过上述努力,向、歆父子开创了建构与书写学术史的目录学
传统,《别录》《七略》因此成为目录学的奠基之作、典范之作。向、歆父子以
其对国家藏书之整理与传承、对学术源流的建构与书写,在古代文献之传承
上居功至伟。向、歆父子之校书及其成就生动地说明,帝王之意志与支持、
杰出学者之组织与努力,是古代文献得以大规模整理、恢复与传承的两大关
键性因素。

回归"文人"：道光时期桐城派的选择

张 维

梅曾亮是嘉道时期桐城派的盟主,从道光十二年(1832)再次进京,梅曾亮在近二十年间,以其自身的古文造诣影响并培养了一批俊杰,对桐城派的发展功不可没。梅曾亮这次的"造士"相对其师姚鼐主讲书院四十年,培养桐城力量以抗衡考据派、骈文派来说,虽有异曲同工之妙,但似乎缺少一股痛快淋漓之感。梅曾亮对当时京中豪杰登门求教的情况很少提及,而他以归有光古文教授门生,遂使京中文坛风随影从的盛况,也主要是通过他人的记录,我们才得以一窥当日情形。梅曾亮既有意大倡归氏古文,而且又实居桐城盟主的地位,为什么在他自己的叙述话语中鲜及于此,我们如何理解梅曾亮此时标举归有光古文的用意,这对桐城派的发展产生了怎样的影响等,是本文探讨的主要问题。

一

在桐城派的文统体系中,归有光起着承前启后的作用,是桐城派步武唐宋八家的重要桥梁。归有光在桐城文统中地位的确立，与"桐城三祖"有着或多或少的关系。但桐城三祖都没有掀起学习归有光古文的风尚，他们或"阴宗归氏"①，或只推重归有光的时文，或盛称归氏"平淡"文风②，却未进一步使之发扬光大。归有光古文成为一时之好尚，则得益于梅曾亮的倡扬。

1844 年，吴敏树所辑《归震川文别钞》经梅曾亮极力推荐，顿时成为京中学古文者争相趋从的宠儿③。梅曾亮自己珍藏着归有光评点史记的精本，说明他对归氏文法有独嗜之癖④。作为这一股归文风尚的推波助澜者，梅曾亮对此的直接"供述"只在《张端甫文稿序》透露一二："张生岳骏，字端甫，无锡人，客京师，从余游者十年，于义山、山谷诗，归熙甫文，偶学辄似。"⑤除此之外，基本难觅梅曾亮倡导归氏古文的直接材料。他既无归氏文法的专门著述，也暂无证据表明他编选过归文选本或点评过归氏古文。梅曾亮的缄默寡言与姚鼐的意气风发形成了鲜明的对比。那么，梅曾亮为什么没有对此有更多的发言呢？

这是因为，一方面，相对于姚鼐立派之时的意气用事，梅曾亮更趋理智与冷静。嘉道时期，社会现实危机日益突显，汉宋的门户之见犹存，但关注现实、力图改变颓败萧条现状等问题，已取代旷日持久的学术纷争，成为众所讨论的焦点。因此，桐城派的发展不应只停留在如何吸纳人才以壮大声势、与其他门派分庭抗礼之上，叫嚣式的大张旗鼓只会事倍功半。

---

① 陈柱《中国散文史》，东方出版社，1996 年，第 304 页。
② 姚鼐《惜抱轩全集·文后集》卷三《与王铁夫书》："故文章之境，莫佳于平淡。措语遣意，有若自然生成者。此熙甫所以为文家之正传。"中国书店，1991 年，第 222 页。
③ 吴敏树《柈湖文集》卷五《记钞本震川文后》："余既别钞归震川之文而序之，后三年，甲辰(1844)携之京师。……余自是始识梅先生。梅先生既见余此书，因以语朱御史琦、邵舍人懿辰、王户部锡振，皆京师治古文学者。诸君皆来识余，皆以此书故。"
④ 王拯《归方评点史记合笔序》："余始通籍，官京师，曹司冗散，与仁和邵位西舍人从上元梅先生游，商榷文史，致足乐也。日与位西游厂肆，见史记评点本，朱绿烂然，以告先生，曰：此望溪笔也。不知何人所录。……余又从梅先生乞过震川评点于上。盖归氏学尤深《史记》，其评点世多有，独梅先生传本尤精。"王拯《归方评点史记合笔》前附，光绪元年(1875)锦城节署刊本。
⑤ 梅曾亮《柏枧山房诗文集·文集》卷七，上海古籍出版社，2005 年，第 149 页。

　　另一方面,梅曾亮传播桐城义法的条件和方式已悄然发生改变。在京期间,梅曾亮主要以饮宴交游的方式,结交各地才俊英杰,通过自身的古文修养潜移默化,壮大声势。这种方式相对于书院严格的日常管理和师生间朝夕相对来说,组织形式较为松散,学习氛围更为宽松,交流方式更自由多样。如冯志沂既从张穆学习汉学,又向梅曾亮学习古文,梅曾亮并不因学术观点的差异而拒之门外,仍对其悉心教诲。① 王拯《书归熙甫集〈项脊轩记〉后》记载了当时问学的情景:"往时上元梅先生在京师,与邵舍人懿辰辈过从论文最欢,而皆嗜熙甫文。梅先生尝谓舍人与余曰:君等嗜熙甫文,孰最高。而余与邵所举辄符,声应如响,盖《项脊轩记》也,乃大笑。"② 这种开放式的讨论切磋,强调的是平等的交流和互动,无需刻板的范本强人诵读,日常的即兴问答,也不必备下成套的理论应对。梅曾亮既无意于把日常的讨论、切磋视为师生传道,最终没有对倡导归氏文风留下详细记录也就不足为奇了。通过梅门弟子零散的记载,梅曾亮倡导归氏古文的方式可概括如下:

　　首先,梅曾亮通过评点弟子古文作品、整理弟子的文集的方式,推动文坛崇归之风。彭昱尧《致翼堂文集》的作品大都经过梅曾亮的评点,彭昱尧的文风"神韵益近震川"③ 与之不无关系。冯志沂《适适斋文集》卷一《书张端甫遗稿序后》文后有王拯的评注二条。其一曰:"深悲,文境清冽自震川来而又小变。"其二曰:"此以前数文大都皆经言老(梅曾亮)赏鉴者……"现存冯志沂文章四十篇,经过梅曾亮评赏的虽只占五分之一,但冯志沂的文章"置震川集几不能辨"(《吴氏老仆雷沁源传》文后王拯评语)④。张岳骏是梅

---

① 冯志沂《授经台记》:"道光中,上元梅先生伯言以古文词提倡后学,一时京朝官如诸暨余小颇、桂林朱伯韩、新城陈懿叔、马平王定甫诸子,时时载酒从先生游。……时平定张石州传亭林、潜邱之学,与余善。先生(梅曾亮)不喜汉学,石州亦不喜八家文。先生闻余交石州,第默默不置可否。石州闻余从先生治古文,辄不乐,或怒加诮让。然余往来于两家者如故。"

② 王拯《龙壁山房文集》卷五,河北分守道署刊本,光绪七年(1881)。

③ 龙启瑞《彭子穆遗稿序》,《经德堂文集》卷二,京师刊本,光绪四年(1878)。

④ 冯志沂《适适斋文集》卷一,续修四库全书本。

曾亮的另一高足,"既习为文,出语辄高洁深邈,似归太仆"(《张端甫遗集后序》)①。但他却英年早逝,梅曾亮悲痛之余,积极整理、刊刻其诗文遗稿,并亲为之序。

其次,梅曾亮在平日交流讨论中,常以归有光期许门下弟子。王拯本就是其中一个。王拯自记道:"窃唯锡振十五六时抱志自强而才略短浅,辄有意于董仲舒、汲黯之为人,长又窃慕昌黎、庐陵文章。及滥通籍,从官曹署,卑微散冗,端居多暇,时时窃读而仿效之。顾自鄙陋,匿不敢出,以示于人。在京师日,独尝录写就正先生,遽不鄙夷,诱掖扬导,屡举胜朝归氏熙甫文相况许。"(《与梅伯言先生书》)②就连不喜标榜门派之说,对桐城派门户之见有不屑之意的吴敏树,梅曾亮一见他的文章,亦大加称赏,"以为能学归熙甫者也"。(《赠按察司照磨吴府君墓表》)③这与"桐城三祖"以韩愈鼓励自己和期许后人的动机明显不同。方刘姚自许为韩愈,更多是从继承文统的角度出发,是一种宣言式的话语。梅曾亮此时标举归有光,是另有深意。

二

梅曾亮文集中最早提到归有光,是作于1835年的《送陈作甫叙》一文:

　　古文人多起家县令中。唐宋前,进士授职,无中外分,犹不足异。至明时,文士独高,震川亦以县令入为太朴丞,与昌黎、永叔、介甫诸君子,皆有政声,不害其为文,文益工。然则亲民官非徒习政事,亦所以摩

①　朱琦《怡志堂文集》卷三,桂林典雅铅印本,1935年。
②　王拯《龙壁山房文集》卷二。
③　梅曾亮《柏枧山房诗文集·文集》卷十四,第316页。

厉其文章也。

　　夫文有世禄之文，有豪杰之文。模山记水，叙述情事，言应《尔雅》，如世家贵人，珍器玩好皆中度，程应故实：此世禄之文也。开张王霸，指陈要最，前无所袭于古，而言当乎时；论不必稽于人，而事核其实，如鱼盐版筑之夫，经历险阻，致身遭时，虽居庙堂之上，匹夫匹妇之嚬笑，可得而窥也：此豪杰之文也。……然文章家，未有不豪杰而能成大文者。①

　　在这里，梅曾亮就"文人""政事""文章"的关系进行了最为集中的说明。三者之中，"文人"居于核心位置。无论是"昌明道术、辨析是非治乱为己任"（《上汪尚书书》）②的韩愈、欧阳修、王安石，还是"老而一第，终没于小官"（《归震川文别钞序》）③的归有光，在梅曾亮看来，都是一介"文人"而已，并不因为他们的学术、政治声望而淹没了"文人"的身份和本质。但梅曾亮所说的"文人"不是那些只会模山范水、摭拾华辞的"文章之士"，而应该是"穷则见诸文也，而达则见诸政也"（《送李海帆为永州府知府序》）④的关心现实，救弊扶偏，有用于世，堪称"豪杰"的"文章家"。梅曾亮为张琦所作的墓表中，对此有更明确的表述："君少以文学名，与兄皋文编修伯仲也。诗词、医学、书法，皆能得其深。著录十余种。人以君为文人杰魁者矣，而未意其能为循吏如是。嗟夫，是乃所以为文人也。夫政不达而言立者，盖亦寡矣。苟以君所为者有过乎文人，此可谓能知君矣，未可为知文人也。且世之所谓文人者，又何也？"（《馆陶县知县张君墓表》）⑤意思是说，文人有担负天下兴亡的职责，文章与政事不相害。只有经过现实生活的磨砺，才能真正写出大

---

① 梅曾亮《柏枧山房诗文集·文集》卷三，第 52 页。
② 梅曾亮《柏枧山房诗文集·文集》卷二，第 24 页。
③ 吴敏树《柈湖文集》卷四，续修四库全书本。
④ 管同《因寄轩文二集》卷三。
⑤ 梅曾亮《柏枧山房诗文集·文集》卷十四，第 329 页。

文章,才是真正的"文人"。

将归有光作为真正的"文人"的代表,是梅曾亮标举归氏古文的基点。梅曾亮《赠汪写园序》就是从这个角度肯定归有光"自居于文人"的:

> 夫古之为文词者,未有不言事功者也。至熙甫,而人始以文人归之。观其论倭患、水利书,亦非无意于世者,卒舍彼就此,何哉?盖高世奇伟之士,莫不欲有所自见于世。其所欲自见者,虽不必有非常之功,必求异乎众人之所为以为快。夫求异乎众人之所为,则非有非常之遇与破格之权,不足以行其意。苟无其遇,徒徇徇焉谨管库、守绳墨,与众人同其功,其心固不能安于是也;而其才之足以他有所为以自见于后世者,又敝于管库绳墨之间,而不可复振。故往往度其才之所宜,与其时之所诎,以为两涉而俱败也,莫如决其一而专处之,甘心于寂寞之道而不悔。此熙甫所以宁自居于文人之畸,而不欲以功名之庸庸者自处也。①

归有光虽身居下僚,但胸怀天下,其论倭患、水利的文章可谓有意于用世。但在无所"遇"的情况下,苟居功名,还不如自居文人,保持"文人"率真直言的本色,不屈从利禄声名,终可获闻于后世。梅曾亮一方面表达了坚守"文人"身份的意志,另一方面也指出了"文人"在现实中时不我遇的无奈。但梅曾亮最终选择以"立言"行身处世,说明"文人"身份是他无悔的选择。梅曾亮在《上汪尚书书》表达了以"立功"为上,"立德"次之的观点,说明他有经世之意;同时,他也指出,"立功""立德"都需要具备一定的条件,即时机和机遇,而"立言"则不受限制,可有感而发,即使不能为当时者所重,同样也能尽到文士"经世"之责。

> 曾亮自少好观古人之文词及书契以来治乱要最之归,立法取舍之

---

① 梅曾亮《柏枧山房诗文集·文集》卷三,第61—62页。

办,以为士之生于世者,不可苟然而生;上之则佐天子,宰制万物,役使群动,次之则如汉董仲书、唐之昌黎、宋之欧阳修,以昌明道术、辨析是非治乱为己任。其待时而行者,盖难几矣;其不待时而可言者,虽不能遽,而窃有斯志。①

朱琦《柏枧山房文集书后》说:"先生性简淡,若无与于世者。"②吴敏树《梅伯方先生诔辞》指出:"而先生亦可谓不得志以死者。其才俊伟明达,固非但文人,而趣寄尤高,以进士不欲为县令,更求为赘郎,及补官老矣。而归又逢世之乱,可伤也。"③从这些对梅曾亮生而不遇的悲悼和叹惜中可以看出,与归有光一样,梅曾亮虽自居文人而"非但文人"而已。梅曾亮自觉以文人自处的选择,是迫于"时势"的无奈罢了。

三

在嘉道之际,文坛高扬雄浑激越的文学风尚④,梅曾亮为什么要标举素以淡远简净著称的归氏古文作为"摩厉文章"的良方呢? 这就涉及对阳刚和阴柔两种风格的认识。自姚鼐有阳刚、阴柔之说,孰优孰劣的问题也随之产生。虽然姚鼐说"然古君子称为文章之至,虽兼具二者之用,亦不能无所偏优于其间",但他又说"天地之用也,尚阳而下阴,伸刚而绌柔"(《海愚诗钞序》)⑤,阳刚阴柔的偏好不言自明。梅曾亮虽对阳刚之风心向往之,但他很清楚各有天资禀赋,不能勉强。所以,梅曾亮对阳刚阴柔兼容并蓄,不示偏

① 梅曾亮《柏枧山房诗文集·文集》卷二,第24页。
② 朱琦《怡志堂文集》卷六。
③ 吴敏树《柈湖文集》卷十二。
④ 详见关爱和《嘉道之际的文学精神与创作主题》"言关天下与自作主宰的文学精神"一节的相关论述。《中国近代文学论集》,中华书局,2006年,第116—117页。
⑤ 姚鼐《惜抱轩全集·文集》卷四,中国书店,1991年,第35页。

废,等同视之,拈出"真"字将二者统摄其中。他说:"见其人而知其心,人之真者也。见其文而知其人,文之真者也。人有缓急刚柔之性,而其文有阴阳动静之殊。譬之查梨橘柚,味不同而各符其名,肖其物;犹裘葛冰炭也,极其所长而皆见其短。使一物而兼众味与众物之长,则名与味乖;而饰其短,则长不可以复见:皆失其真者也。"(《太乙舟山房文集叙》)①梅曾亮基于自身"天资",喜尚归氏阴柔文风就在情理之中了。

　　如果说梅曾亮推崇归氏文风只是个人偏好,那么"个人偏好"又是怎么成为一时之尚的呢?首先应该明确的是,梅曾亮并没有将个人喜好强加于人,因此,游学梅门弟子中,既有王拯、邵懿辰、冯志沂、张岳骏、项传霖、欧阳勋等嗜好归文的,也有如朱琦、龙启瑞、吴嘉宾等以阳刚风格为主的。其次,重要的一点是,梅曾亮在融合阳刚阴柔方面做了实质性的工作。在经世思想风起云涌之时,纡徐婉曲,情辞远致的文章,难以表达慷慨激昂的郁积之情。敛气蓄势难以酣畅淋漓,然而振臂呼号的矜夸浮词同样无济于事。所以,梅曾亮提出"静而能刚"。《汤相国八十寿序》中,梅曾亮对汤金钊宠辱不惊、泰然处之的处世态度赞道:

　　　　夫不纷于荣华,不戚于寂寞,山林枯槁之士亦往往能之,然投之艰剧之中,愕然而不安者,何也? 彼其所能者自适已,而已非能静也。夫惟天下之至静者,能不扰于天下之动,是非有得于明志致远之效而能然乎? 虽然,静而无欲者,人皆知之;静而能刚,其理人未必知也。②

　　梅曾亮意思是,面对名利、喧嚣,做到淡泊明志、宁静致远,固然值得赞赏。这种"静"不是"近于虚无寂灭",有类于庄子的"忘是非、齐得丧"者。(《钮非石非石子书后》)③而在"无欲而静"之上,则是"静而能刚"的刚柔相

---

① 梅曾亮《柏枧山房诗文集·文集》卷五,第121页。
② 梅曾亮《柏枧山房诗文集·文集》卷三,第75页。
③ 梅曾亮《柏枧山房诗文集·文集》卷四,第79页。

济的至臻至善之境。文肖其人,以文而言,就是寓雄直浑厚于平淡自然之中。梅曾亮的古文看似平淡无奇,平静似水,但仔细读来,其背后显然涌动着一股磅礴雄健之气。且不说论说、传记、碑志等宜于寄情的论事、纪事之文,就是寿序文,梅曾亮也能突破体制,一改谀辞祝颂的时俗,而将之作为记录时事、讥评时政、寄寓爱憎的载体。《徐柳臣五十寿序》通过徐自述守安徽颍州时,抵抗英夷来犯的措施不为所用之"恨",作者既揭露了朝廷中庸碌无能之辈的贻误战机,又鼓励朋友坚守正气,不随流俗。《邓嶰筠先生七十寿序》并不着重称颂邓廷桢的政治功绩,而是从他宦海沉浮,言论风采始终如一这一点生发开来。作者对功臣志士屡遭霜雪的不公的强烈愤慨,对贤才能人坚韧不屈、进退惟义的敬佩赞赏,我们都可以在平缓如细流的字里行间深刻感受。王拯评冯志沂《书吴佳安人事》一文"叙一人而时事俱见,拣金截玉之笔,无穷愤慨,敛归简净"①,就是对梅曾亮倡导和努力的为文刚柔相济的最好注脚。

　　梅曾亮作文"刚柔相济"以传后世的主张为主阴柔者和主阳刚者都提供了从人的门径。主阳刚者,取径归氏古文,自可融阴入阳。主阴柔者,则可从归有光自甘文人的坚韧品性中,增加阳刚之气。以阳入阴或以阴入阳,不过是具体途径不同,无碍主阴柔者与主阳刚者和谐相处。因此,梅曾亮倡导归文的主张得到了时人的大力响应。

四

　　无论是对归有光"经世"意义的阐释,还是对归氏古文阴柔风格的认同,梅曾亮都是以一种真诚而理性的"文人情怀"去探寻其间,与方、姚所体现的

---

① 冯志沂《适适斋文集》卷二。

"学者情怀"不同。这是梅曾亮在新的时代、历史条件下理性思考后的结果。
"文人情怀"的实质就是文人意识的觉醒与现实中文人遭遇的冲突。就梅曾
亮而言,其所谓"居京师二十年,静观人事,于消息之理稍有所悟",就是亲历
和目睹了许多先贤"经世"却遭遇颠沛流离而有所感悟。而他所谓"曾亮之
文,直以无所事事,聊自娱悦销暇日耳"(《答朱丹木书》)①,不过是故意作
态、言不由衷。果是如此,梅曾亮就无需一再强调"文人"的"经世"责任,其
文章也不会有那么多抗夷忧时之作。这不只是梅曾亮个人的经历和感悟,
其门下弟子中,朱琦、龙启瑞、邵懿辰、王拯、吴嘉宾等都是一时抗颜骨鲠之
士,在宦海几经沉浮跌宕后,毅然肩负起救世挽颓的重任(虽然有很大的局
限性,如镇压太平天国运动),说明这一时期桐城派作家大都具有强烈的使
命感和责任感,现实的复杂和多变也不能改变他们的意志,但同时多了一份
理性和冷静。因此,梅曾亮以"文人""经世"重新解读的归有光,不仅是梅氏
的夫子自道,而且也是当时文人的心态的写照,具有普遍意义。崇尚归氏古
文风气的形成与"文人"意图经世有为,不欲以"文人"自域,却不得不以"文
人"自居的情况是一致的。

　　以文经世,有可能走向另一个极端,即"文章"沦为"经世"的附庸。1826
年,贺长龄、魏源等编纂的《国朝经世文编》,是经世文章的典范。但桐城派
从文学的角度,并不认可这类文章。从这个意义上看,梅曾亮没有将魏源、
林则徐等作为典范,而是标举归有光的用意正在于此,可以说是桐城派在面
对经世风潮时,在"经世"与"文章"之间找到的一个契合点。它既顺应了文
人经世的历史潮流,又保持着文章本身的特质。

　　梅曾亮回归文人的选择也得到了后来桐城派作家的认同。"曾门"弟子
黎庶昌说:

---

① 梅曾亮《柏枧山房诗文集·文集》卷二,第38页。

古之君子,无所谓文辞之学,所习者经世要务而已。后儒一切废弃不讲,颛并此心与力于文辞,取涂已陋,而其所习,又非古人立言之谓,举天下大事,芒昧乎莫赞其一辞。道光末年,风气蘜然,颓放极矣。湘乡曾文正公始起而正之,以躬行为天下先,以讲求有用之学为僚友劝,士从而与之游,稍稍得闻往圣昔贤修已治人平天下之大旨。而其幕府辟召,皆极一时英俊,朝夕论思,久之窥见本末,推阐智虑,各自发摅,风气至为一变。①

黎庶昌为突出曾国藩重振经世学风的功劳,而将道光末年文人说成一味专注文辞、不关心天下时事的书生,文风颓靡,则不免漠视前贤之功。虽然说梅曾亮更偏重研讨文法,"经世"的要求表述得不是那么直截了当,但至少他对"文人"身份的重新认定,对文人经世的肯定,以及提出以文经世的方式,都可视为知识分子为探寻经世之路所做的尝试。由此可见,梅曾亮倡导归有光古文不只是单纯地延续桐城派的努力,他所提出的"文人"自我认识和定位的问题,已涉及到更深刻的思想层面的内容。无论"经世"或"文章",坚持"文人情怀",都是对传统知识分子刚正不阿、百折不挠品质的呼唤。明白于此,对于我们重新评价桐城派、重新认识梅曾亮和审视嘉道时期桐城派作家等,都有重要的作用。

---

① 黎庶昌《庸庵文编序》,《拙尊园丛稿》,续修四库全书本。

朱熹论陶的历史传承与突破

郭院林

  关于陶渊明其人其诗的阐释，从其去世不久后就开始了。颜延之的《靖节征士诔》对陶渊明生平与气节作了全面的介绍，拉开了论陶的序幕。此后一千余年间，随着陶渊明认可度的提高，关于陶渊明的研究与日俱增。在朱熹之前，陶渊明是一个"高蹈独善"的"隐逸者"。颜延之追述陶渊明生平，称赞其"廉深简絜，贞夷粹温，和而能峻，博而不繁"①。此后钟嵘、萧统虽对陶赞誉程度不同，但总脱不了隐者的帽子。唐代文化价值多元化，一方面赞誉陶渊明淡泊自然的生活态度、洒脱恣意的诗酒人生，另一方面建功立业的想法成为时代的主题，他们对渊明归隐田园的做法不能完全肯定，有时甚至颇有微词。② 总的来说，唐五代的陶渊明研究多从为人处世等外在方面来讨论陶的品性，但未能进一步追究陶渊明行为的根本原因，即内在思想与动力。

---

① 颜延年《靖节征士诔并序》，见袁行霈《陶渊明集笺注·附录》，中华书局，2003 年，第 606 页。
② 如王维在《与魏居士书》中就提出既然陶渊明不肯屈腰见督邮，后贫而屡次乞食，"一惭之不忍，而终身惭乎？"陶是忘大守小。参见北京大学北京师范大学中文系，北京大学中文系文学史教研室编《陶渊明资料汇编》上册，中华书局，1962 年，第 16 页。

　　宋代是一个思想深刻的时代,因而论陶能够更加理性和成熟。钱锺书先生曾说:"渊明文名,至宋而极。"①陶渊明研究出现高峰,开始触及陶诗内核、奠定陶诗地位。宋朝文人们对陶的推崇达于极致,欧阳修、梅尧臣、苏轼等文学家都大力推许。梅尧臣在《送永叔归乾德》一诗中说:"渊明节本高,曾不为吏屈。斗酒从故人,篮舆傲华绂。"②这体现出他对陶渊明气节的认同,发掘出了陶渊明性格中的慷慨豪情。这些对朱熹的研究也有一定的启发作用。

　　朱熹曾探寻陶渊明遗迹,赞其诗文,誉其为人。朱熹对陶渊明的阐发在一定程度上重新建构了陶渊明形象,他对陶的肯定与评价也确立了陶渊明的文学地位并影响着后代学者的观念,而他的研究也为后世开辟了独特的解读角度。那么,朱熹是站在什么角度解读陶渊明的呢? 他的施政思想与理学立场如何发明陶渊明? 他理解的陶渊明有何特色呢? 本文试从这几个方面来分析朱熹推动陶渊明研究,揭示朱熹对陶的阐释也在一定程度上实现了陶渊明其人其诗的历史价值。

一　由隐士到贤人:朱熹对陶渊明形象的提升

　　因为为官经验与学者的身份,加上移风易俗的现实需要,导致朱熹对陶渊明的阐释,首先不是以文人的身份,而是作为纯粹民风的道德模范与政治伦理典型,彰显他的"贤",挖掘与弘扬陶渊明内在的伦理文化资源,并为社会服务。南宋淳熙五年(1178)八月,朱熹 49 岁,除知江西南康军(今庐山市),兼管内劝农事。第二年三月三十日到南康任。到任伊始,即颁发《知南

---

① 钱锺书《谈艺录(补订本)》,中华书局,1999 年版,第 88 页。
② 《陶渊明资料汇编》上册,第 23 页。

康军榜文》《知南康军牒文》，问计于民，"宽民力，敦风俗，砥士风"①。从四月开始，他多次探访庐山南麓陶渊明遗迹上京、醉石与栗里。而对南村栗里渊明遗址，朱熹在《答吕伯恭书》中说："陶公栗里只在归宗之西三四里，前日略到……"②"谷中有巨石，相传是陶公醉眠处。予常往游而悲之。"③"云"和"相传"等字眼表明，朱熹对陶渊明遗迹的真实性并未刻意追究，主要目的是肯定陶的品行，以此达到淳化地方风气的效果。淳熙八年（1181），跋颜真卿《栗里诗》，刻于南康陶公醉石。颜氏所作诗，实名为《咏陶渊明》，全诗如下："张良思报韩，龚胜耻事新。狙击不肯就，舍生悲缙绅。呜呼陶渊明，奕叶为晋臣。自以公相后，每怀宗国屯。题诗庚子岁，自谓羲皇人。手持《山海经》，头戴漉酒巾。兴逐孤云外，心随还鸟泯。"朱熹认为在前贤题咏栗里的作品中，颜真卿的诗最令人感慨。之所以如此，恰在于颜真卿以陶渊明不仕二姓，忠于晋室；淡泊名利，归于自然。这也是朱熹施政的指导思想，从此入手，他阐发陶渊明。以醉石为主题，他写有两首诗，成为醉石诗的里程碑。④朱熹作跋作诗，也是激活历史传统的举措。

　　为了利用传统文化陶冶民风，朱熹给陶渊明建祠立馆。他任职之初，便于《知南康军牒》中对陶渊明遗迹进行询究："晋靖节征士陶公先生隐遁高风，可激贪懦，忠义大节，足厚彝伦。今按图经，先生始自柴桑徙居栗里，其地在本军近治三十里内。未委本处曾与不曾建立祠宇?"⑤后来，朱熹整顿

① 朱熹在南康军行事俱参阅束景南《朱熹年谱长编》（增订本），华东师范大学出版社，2014 年，第 703—704 页。
② 朱熹《晦庵先生朱文公文集》卷三十四，朱杰人等主编《朱子全书》第 21 册，上海古籍出版社、安徽教育出版社，2002 年，第 1482 页。
③ 朱熹《跋颜鲁公栗里诗》，《晦庵先生朱文公文集》卷八十一，朱杰人等主编《朱子全书》第 24 册，第 3853 页。
④ 李剑锋认为朱熹醉石题诗是醉石流变中里程碑，参见氏《渊明醉石题咏流变考论》，《学术研究》2013 年第 7 期。
⑤ 朱熹《晦庵先生朱文公文集》卷九十九，朱杰人等主编《朱子全书》第 25 册，第 4582 页。

军学,建五贤祠,"立得陶靖节、刘凝之父子、李公择、陈了翁祠,通榜曰'五贤'"①。同时立濂溪周先生祠于学宫,以二程先生配。周祠在讲堂西,五贤祠在东。②建五贤祠与先贤濂溪祠同时并举,这也可以看出,在朱熹心目中,陶渊明不仅是诗人,更是贤人,他是可以和周敦颐、程颐、程颢这样的理学大家分庭抗礼的。淳熙六年(1179)九月,朱熹在栗里醉石旁建纪念亭,并取名为"归去来馆"。陶渊明的"隐遁高风"与"忠义大节"可以"激贪懦"与"厚彝伦"。在一定意义上讲,朱熹将陶渊明纳入了道学体系。

探访陶渊明遗迹并将其建设成为文化徽标,朱熹的考量恰在于陶渊明的"贤"。他在《陶公醉石归去来馆》诗中云:

> 予生千载后,尚友千载前。每寻《高士传》,独叹渊明贤。及此逢醉石,谓言公所眠。况复岩壑古,缥缈藏风烟。仰看乔木阴,俯听横飞泉。景物自清绝,优游可忘年。结庐倚苍峭,举觞酹潺湲。临风一长啸,乱以归来篇。③

《高士传》实际收入自尧时到三国时期96个人物,大都是隐逸避世,不事王侯的。但这些人似乎过于脱离现实,与朱熹政治追求不一致。朱熹选择陶渊明作为自己的偶像,叹服与追慕的原因,是因为陶渊明是当时的贤人。

朱熹所定义陶渊明的"贤",首先是以天理为乐,忘怀名利的人。他在《论语·雍也》"贤哉回也章"的注解中有详细说明:"颜子之贫如此,而泰然处之,不以害其乐。"④此后在《朱子语类》中进一步阐释道:"颜子私欲克尽,故乐,却不是专乐个贫。须知他不干贫事,元自有个乐,始得。……这道理在天地间,须是真穷到底,至纤至悉,十分透彻,无有不尽,则与万物为一,无

---

① 朱熹《答吕伯恭书》十七,《晦庵先生朱文公文集》卷三十四,朱杰人等主编《朱子全书》第21册,第1482页。
② 束景南《朱熹年谱长编》,第621页。
③ 朱熹《晦庵先生朱文公文集》卷七,朱杰人等主编《朱子全书》第20册,第487页。
④ 朱熹撰,金良年译《四书章句集注》,上海古籍出版社,2006年,第110页。

所窒碍,胸中泰然,岂有不乐?"①

　　陶渊明在《咏贫士》中说过:"安贫守贱者,自古有黔娄……朝与仁义生,夕死复何求?"②朱熹说:"陶渊明说尽万千言语,说不要富贵,能忘贫贱,其实是大不能忘,它只是硬将这个抵拒将去。然使它做那世人之所为,它定不肯做,此其所以贤于人也。""晋、宋间人物,虽曰尚清高,然个个要官职,这边一面清谈,那边一面招权纳货。渊明却真个能不要,此其所以高于晋、宋人也。"③在朱熹理解中,陶能区别名利"孰亲孰疏,孰轻孰重,必不得已,孰取孰舍,孰缓孰急。……久之须自见得合剖判处,则自然放得下矣。"④正如他自述:"岂无他好? 乐是幽居。"⑤陶渊明归隐的思想和行为中,蕴含着"孔颜之乐"的精神境界。他在《读山海经》(其一)中对幽居自得的隐居生活有细致的描绘:"孟夏草木长,绕屋树扶疏。众鸟欣有托,吾亦爱吾庐。既耕亦已种,时还读我书。穷巷隔深辙,颇回故人车。欢然酌春酒,摘我园中蔬。微雨从东来,好风与之俱。泛览周王传,流观山海图。俯仰终宇宙,不乐复何如?"⑥在《拟挽歌辞三首》中表达对死亡的泰然与风流:"死去何所道? 托体同山阿。"⑦正是由于陶渊明能够放弃一些欲念,于心灵自由与名利得失中做出取舍,才成为朱熹选择的对象。

　　朱熹将陶渊明的隐逸与义利之辨建立联系,当然也有现实针对性。南宋自建立起,就处在金国铁蹄的威逼下,政弊横生。朱熹一直是以传道讲学、积极入世的形象出现在人们面前。虽十九岁即进士及第,但他的仕途生涯也几经坎坷,曾多次辞去官职,向权势抗争。朱熹幼年经历过国破家亡,

---

① 朱熹《朱子语类》卷三十一,朱杰人等主编《朱子全书》第 15 册,第 1124—1126 页。
② 袁行霈撰《陶渊明集笺注》,第 371 页。
③ 黎靖德《朱子语类》卷三十四,朱杰人等主编《朱子全书》第 15 册,第 1226 页。
④ 朱熹《答时子云》,《晦庵先生朱文公文集》卷五十四,《朱子全书》第 23 册,第 2568 页。
⑤ 袁行霈撰《陶渊明集笺注》,第 26 页。
⑥ 袁行霈撰《陶渊明集笺注》,第 393 页。
⑦ 袁行霈撰《陶渊明集笺注》,第 425 页。

而其父子都是主战派，自然不会忘记岳飞的话："文臣不爱钱，武臣不惜死，天下太平矣。"①这也是朱熹给现实开出的药方，所以尤其倡导陶渊明甘于平淡，辞官隐逸，这也是希望南宋朝廷能够风清气正。朱熹诗中多表达隐逸之心，有辞官务农的念头："我愿辞世纷，兹焉老渔蓑。"（《落星寺》）②这表现出朱熹淡泊名利，用舍行藏不是标准，而在于内心，也就是谢氏所说："圣人于行藏之间，无意无必。其行非贪位，其藏非独善也。若有欲心，则不用而求行，舍之而求藏，是以惟颜子为可以与于此。"③

如果说义利之辨仅是个人品行的话，那么君臣大义就是关乎国家命运的大贤，朱熹理解的陶渊明是二者并具的。同是在知南康军期间，他写下《分韵得"眠""意"二字，赋醉石、简寂各一篇，呈同游诸兄》，诗云：

> 驱车何所适？往至秋云边。企彼涧中石，举觞酹飞泉。怀哉千载人，矫首辞世喧。凄凉义熙后，日醉向此眠。仰视但青冥，俯听惊潺湲。起坐三太息，涕泗如奔川。神驰北阙阴，思属东海壖。丹衷竟莫展，素节空复全。低徊万古情、恻怆颜公篇。为君结茅屋，岁暮当来还。④

值得注意的是诗中"凄凉义熙后"一句，义熙是东晋安帝司马德宗的年号，后刘裕改革掌握大权，代晋自立。朱熹说陶在晋朝倾覆后的心情是"凄凉"，这种感觉不得不说是朱熹的体会与发明，可见他对"忠于一姓"这个说法是肯定的，并一直坚持着这种观点。

他又于《向芗林文集后序》中说：

> 陶元亮自以晋世宰辅子孙，耻复屈身后代，自刘裕篡夺势成，遂不肯仕。虽其功名事业不少概见，而其高情逸想，播于声诗者，后世能言

① 脱脱等撰《宋史·卷三百六十五·列传第一百二十四·岳飞传》，中华书局，1977年，第11394页。
② 朱熹《晦庵先生朱文公文集》卷七，朱杰人等主编《朱子全书》第20册，第488页。
③ 朱熹撰，金良年译《四书章句集注》，第121—122页。
④ 朱熹《晦庵先生朱文公文集》卷七，朱杰人等主编《朱子全书》第20册，第469页。

之,士皆自以为莫能及也。盖古之君子其于天命民彝、君臣父子,大伦大法之所在,惓惓如此,是以大者既立,而后节概之高,语言之妙,乃有可得而言者。①

他认为陶渊明首先值得肯定的是气节,然后才是文学,君臣父子大伦大法的节概是文学高妙的根本。他一改《资治通鉴》不谈陶渊明不复仕宋事,而是特别提出:"潜自以先世为晋辅,耻复屈身后代。自宋高祖王业渐隆,不复肯仕。"②《晋征士陶潜卒考异》就提出:"陶潜在晋乃太尉侃之孙,自其初年出处大致已有可观。至刘宋移国,耻复屈身,遂不出仕,卒能保全名节,故《纲目》特以晋处士书之,明其不失身于宋氏,独得为晋全人也……《纲目》取诸前史,以激千载之清风尔。"③将陶渊明的隐逸行为与耻事二姓的君臣大义联系起来,应归于沈约的发明,他在《陶潜传》中称:"(陶渊明)自以曾祖晋世宰辅,耻复屈身后代,自高祖王业渐隆,不复肯仕。所著文章,皆题其年月,义熙以前,则书晋氏年号,自永初以来唯云甲子而已。"④他的理由有二:一、陶氏家族与晋朝关系;二、文章系年方式在"义熙"前后的变化。朱熹进一步讨论"处士"的春秋笔法:"书法有正例、有变例,正例则始终、兴废、灾祥、沿革及号令、征伐、杀生、除拜之类,义固可见;若其变例则善可为法、恶可为戒者,皆特笔书之,如张良在秦而书曰韩人,陶潜在宋而书曰晋处士……之类,是皆变文见意者也。"⑤朱熹认为,陶渊明不仅知道君臣大义,而且能够实行,这才是最为可贵的。在《跋洪刍所作靖节祠记》中,朱熹批评了言行不一的洪刍(驹父):"读洪刍所撰《靖节祠记》,其于君臣大义不可谓懵然无所知者。而靖康之祸,刍乃纵欲忘君,所谓悖逆秽恶有不可言者。送学榜示讲堂

---

① 朱熹《晦庵先生朱文公文集》卷七十六,朱杰人等主编《朱子全书》第 24 册,第 3662 页。
② 朱熹撰,清圣祖批《御批资治通鉴纲目·二》卷二十四,文渊阁《四库全书》,第 690 册,台湾商务印书馆,1986 年,第 325 页。
③ 朱熹撰,清圣祖批《御批资治通鉴纲目·二》卷二十四,第 690 册,第 325 页。
④ 袁行霈撰《陶渊明集笺注》,第 609 页。
⑤ 朱熹撰,清圣祖批《御批资治通鉴纲目》卷首下《尹起莘发明序》,第 689 册,第 30 页。

一日,使诸生知学之道非知之艰,而行之艰也。"①

　　纵观陶渊明接受史,"忠义"并非朱熹首创。但朱熹一再强调与彰显,将这一观点放大,后世之所以坚持认为陶渊明隐居是忠于晋代,朱熹起着不小的推动作用。这与朱熹的理学思想和南宋的政治文化风气不无关系,南宋王朝颇有些懦弱无能,投机者寡廉鲜耻,身为理学家的朱熹力图改变这种社会风气,因此他更关注推崇陶渊明背后的社会作用,用以激励百姓、教益俗世,陶渊明在他笔下由此成为了理义道德的化身。在他的描述中,陶渊明是一位"耻复屈身后代"的道德楷模,"忠于一姓"成为陶最显著的高尚品格,他于困厄中不改初衷,是君子固穷的坚定践行者,而陶的文章则是他道德品质的映射。这是朱熹赋予陶渊明的重要形象特点,是他加诸陶渊明的道德标准。朱熹将陶渊明的形象从隐士提升到贤人,突破了历代论陶的局限。

二　对抗与重建:朱熹对陶诗的文学史定位

　　南宋诗坛是江西诗派的天下,其末流掇拾陈言,过于重视推敲文字技巧。正如王运熙、顾易生所论述的那样:"黄庭坚及其江西诗派的影响尤为显著。然而在当时政治激变、国难严重的历史条件下,江西派片面崇尚形式的理论和创作,日益引起人们的不满。"②对这种诗歌风格,朱熹甚是不喜。而与此相对抗的,朱熹认可的是古人的平淡:"夫古人之诗,本岂有意于平淡哉?但对今之狂怪雕镂神头鬼面,则见其平。"③他在《答杨宋卿》中说:"熹闻诗者志之所之,在心为志,发言为诗。然则诗者岂复有工拙哉,亦视其志

---

① 朱熹《晦庵先生朱文公文集》卷八十一,朱杰人等主编《朱子全书》第 24 册,第 3850 页。
② 王运熙、顾易生主编《中国文学批评史》中册,上海古籍出版社,1981 年,第 81 页。
③ 朱熹《答巩仲至书》五,《晦庵先生朱文公文集》卷六十四,《朱子全书》第 23 册,第 3097 页。

之所向者高下如何耳。是以古之君子德足以求其志,必出于高明纯一之地,其于诗固不学而能之。至于格律之精粗,用韵属对、比事遣辞之善否,今以魏晋以前诸贤之作考之,盖未有用意于其间者,而况于古诗之流乎? 近世作者乃始留情于此,故诗有工拙之论,而葩藻之词胜,言志之功隐矣。"①朱熹反对刻意追求技巧,而倡导自然之诗。

理学开创者周敦颐在《通书·文辞》中提出"文以载道"说:"文所以载道也,轮辕饰而人弗庸,徒饰也,况虚车乎? 文辞,艺也;道德,实也。"发展到程颐,则变本加厉,提出"作文害道"说,原因在于"凡为文不专意则不工,若专意则志局于此,又安能与天地同其大也","圣人只摅发胸中所蕴自成文耳"②。朱熹有丰富的创作经验与极高的艺术鉴赏力,对诗歌的评价有其独到的标准和要求:"诗者,人心之感物而形于言之余也。心之所感有邪正,故言之所形有是非。惟圣人在上,则其所感者无不正,而其言皆足以为教。……察之情性隐微之间,审之言行枢机之始,则修身及家、平均天下之道,其亦不待他求而得之于此矣。"③一方面他认识到诗歌的情感因素,但他更强调诗教经过圣人加工,故而归之于正,以儒家修齐治平为标准,所以可以为教。对于诗坛玩弄技巧与道学家纯主道德,朱熹是不同意的,坚决反对文道脱离与对立,但如何做到文道合一?

北宋对陶诗的认识和接受还主要侧重诗歌形式上的"平淡"。北宋理学家杨时对陶诗有着这样的评价:"渊明诗所不可及者,冲淡深粹,出于自然。若曾用力学,然后知渊明诗非著力之所能成也。"(《龟山语录》)④杨时师从程颢、程颐,他对陶诗的理解注入了理学家的思维。"渊明意趣真古,清淡之

① 朱熹《晦庵先生朱文公文集》卷三十九,《朱子全书》第 22 册,第 1728 页。
② 周敦颐、程颐理论见王运熙、顾易生主编《中国文学批评史》中册,第 111 页。
③ 朱熹《诗集传·序》,上海古籍出版社,1980 年,第 1—2 页。
④ 《陶渊明资料汇编》上册,第 43 页。

宗;诗家视渊明,犹孔门视伯夷也。"(蔡绦:《西清诗话》卷上)①这就开启了朱熹论陶的新视角:陶诗自然平淡,其人不慕名利、德才兼备,可谓之"得道",所以其诗为道德之言。朱熹评价历代诗文时,向来较为严格,但对于陶渊明的诗文,他作出了高度的评价:"渊明诗平淡,出于自然。后人学他平淡,便相去远矣。"②基于这样的看法,朱熹认为诗词不切自己的事,则是枉费工夫。这与儒家所谓"有德者必有言,有言者不必有德"(《论语·宪问篇》)相吻合的,"有德者,和顺积中,英华发外。能言者,或便佞口给而已"③。而这也与二程主张一致。渊明之诗不加矫饰、发乎本心、自然成之,所以造就了其平淡又不失意趣的诗风。朱熹不以工拙论诗,故对于形式,强调质朴自然,陶诗的平淡风格也是朱熹欣赏与提倡的。

如果单是形式的平淡自然,没有内容的哲理性,陶诗也不会成为朱熹的选择,引起他的重视。白居易在深入体会陶诗的基础上,揭示陶诗具有玄思:"常爱陶彭泽,文思何高玄。"(白居易《题浔阳楼》)④朱熹是将陶诗放在理学家的文学观念中看待的,"这文皆是从道中流出",所以朱熹一再说陶渊明与老庄的关联:"渊明所说者庄、老,然辞却简古;尧夫辞极卑,道理却密。"⑤"陶渊明亦只是老庄"⑥。陶诗文道家典故所在多有:如《劝农》中"抱朴含真""智巧既萌,资待靡因"分别出自《老子》十九章"见素抱朴,少私寡欲"和《老子》十八章中的"大道废,有仁义。智慧出,有大伪"⑦;陶渊明将其用于《劝农》,表达了自己对上古生民朴实自足生活与理想社会的赞叹之情;《辛丑岁七月赴假还江陵夜行涂中》的"养真衡茅下,庶以善自名"引用了《庄

---

① 《陶渊明资料汇编》上册,第53页。
② 黎靖德《朱子语类》卷一百四十,朱杰人等主编《朱子全书》第18册,第4322页。
③ 朱熹撰,金良年译《四书章句集注》,第194页。
④ 《陶渊明资料汇编》上册,第20页。
⑤ 黎靖德《朱子语类》卷一百三十六,朱杰人等主编《朱子全书》第18册,第4222页。
⑥ 黎靖德《朱子语类》卷一百二十五,朱杰人等主编《朱子全书》第18册,第3899页。
⑦ 参阅袁行霈撰《陶渊明集笺注》,第36—37页。

子·渔父》的"真者,所以受于天也,自然不可易也。故圣人法天贵真,不拘于俗"①,这里的"真",表现了陶渊明归隐的一种夙愿,希望保持内心的纯真;《杂诗十二首》(其七)中的"家为逆旅舍,我如当去客"引用《列子·仲尼》中的"处吾之家,如逆旅之舍"②,表达出诗人对道家顺其自然的赞同,追求本真的愿望;《形影神(并序)》"贵贱贤愚,莫不营营以惜生"化用自《列子·天瑞》"吾又安知营营而求生非惑乎?"③他将生死看作同类,毫无生死之忧。陶诗借此典故对为了留名而惜生的人们感到困惑,用过形、影的对话表明自己顺应自然的生死观。陶文集用道家典故 41 次之多,主要是为抒发自己安贫乐道的求真之心,感慨生命流逝之际,遵循自然之法。

其实,与其说陶所说者为老庄,不如说陶诗对宇宙、人生、生死、祸福、历史等都有深刻的思考,作品及其人物形象都包含和表现出说理要素。作为理学家的朱熹,追和陶诗,作《寄题梅川溪堂》云:"静有山水乐,而无车马喧。"④又作《夏日二首》之一:"静有图史乐,寂无车马喧。"⑤之所以如此爱好,是因为陶诗意境冲淡,甚有理趣。陶诗有生活的思考,与儒家经典暗合,契合了理学家所倡导的文从道出,很容易为理学家接受与弘扬。

朱熹不仅继承前人肯定陶诗的"平淡"价值,而且将其作品纳入到"道"的产物,揭示其中的哲理,陶渊明其人其诗成为理学典范,从而朱熹重新抬升陶在文学史上的地位。钟嵘在《诗品》中,将陶诗列为"中品","其源出于应璩,又协左思风力。文体省净,殆无长语。笃意真古,辞兴婉惬。每观其文,想其人德。世叹其质直。至如'欢言醉春酒','日暮天无云',风华清靡,

---

① 参阅袁行霈撰《陶渊明集笺注》,第 184 页。
② 参阅袁行霈撰《陶渊明集笺注》,第 353 页。
③ 参阅袁行霈撰《陶渊明集笺注》,第 61 页。
④ 朱熹《寄题梅川溪堂》,《晦庵先生朱文公文集》卷二,朱杰人等主编《朱子全书》第 20 册,第 279 页。
⑤ 朱熹《夏日二首》,《晦庵先生朱文公文集》卷二,朱杰人等主编《朱子全书》第 20 册,第 301 页。

岂直为田家语耶？古今隐逸诗人之宗也"①。此后论者如叶梦得、思锐、胡
仔等对理论渊源以及隐逸定位多有不满，至王士禛才提出："中品之陶潜，宜
在上品。"②而朱熹却重建文学谱系，将陶诗直接风骚：

> 尝间考诗之原委，因知古今之诗，凡有三变。盖自《书传》所记，虞
> 夏以来，下及魏晋，自为一等。自晋宋间颜、谢以后，下及唐初，自为一
> 等。自沈、宋以后，定著律诗，下及今日，又为一等。然自唐初以前，其
> 为诗者固有高下，而法犹未变。至律诗出，而后诗之与法，始皆大变，以
> 至今日，益巧益密，而无复古人之风矣。故尝妄欲抄取经史诸书所载韵
> 语，下及《文选》汉魏古词，以尽乎郭景纯、陶渊明之所作，自为一编，而
> 附于三百篇、《楚辞》之后，以为诗之根本准则。又于其下二等之中，择
> 其近于古者，各为一编，以为之羽翼舆卫。其不合者，则悉去之，不使其
> 接于吾之耳目，而入于吾之胸次。要使方寸之中，无一字世俗言语意
> 思，则其为诗，不期于高远而自高远矣。③

且不论朱熹"三变""三等"的崇古理论是否存在问题，但他将陶渊明附骥于
诗骚之后，并以为"诗之根本准则"，确乎在陶渊明研究史上振耳发聩了。在
《楚辞后语》卷四中，朱熹认为陶渊明不俯仰时俗，《归去来辞》是"见志"之
作。与其说这是对《归去来兮辞》的理解，不如说这是朱熹建构陶渊明人格
的说明，不仕二姓，更是忠贞的体现。朱熹依据晁补之《续楚辞》《变离骚》而
补定《楚辞后语》，"故今所欲取而使继之者，必其出于幽忧穷蹙、怨慕凄凉之
意，乃为得其余韵，而宏衍巨丽之观，欢愉快适之语，宜不得而与焉。……陶
翁之词，晁氏以为中和之发……抑以其自谓晋臣耻事二姓而言，则其意亦不

---

① 张伯伟著《钟嵘诗品研究》，南京大学出版社，1999年，第300页。
② 相关评论参见张伯伟著《钟嵘诗品研究》，第300—304页。
③ 朱熹《答巩仲至书》四，《晦庵先生朱文公文集》卷六十四，朱杰人等主编《朱子全书》第23册，第3095页。

为不悲矣"①。朱熹肯定了屈原忠君爱国,其作品出于至情,而陶渊明也正是接续这种精神的代表。

宋人与唐人重气韵不同,转而爱好平淡有味,而宋代陶渊明文学地位不断提升,"永叔推《归去来辞》为晋文独一;东坡和陶,称为曹、刘、鲍、谢、李、杜所不及"②。朱熹一方面有创作体验,能够涵咏作品;一方面继承理学,认为陶诗"自然",是"道"的产物;最关键的是,陶的人品与作品是忠君爱国的,除"增夫三纲五典之重"③外,还可以寄寓对现实斗争的积极态度。朱熹对陶的肯定与提升,不仅是对文坛不正之风的反驳,重建文坛的正宗谱系;也是对理学观念的倡导,以陶为楷模,证明文从道出的正确性;同时,以陶为典范,对当时投降派予以打击,起到纯粹民风的作用。

三　从平淡到豪放:朱熹对陶诗性情的揭示

陶渊明诗歌的平淡除了上述风格冲和之外,还有内在性情的特点。萧统在《陶渊明文集序》说:"语时事则指而可想,论怀抱则旷而且真。"④这是最早将陶渊明"平淡"从其人其诗两方面来看待的,但他并没有看到人格的复杂性,而仅以单一的平淡看待陶渊明。唐人无论是孟浩然、李白还是杜甫、白居易,多谈陶渊明好酒,其实是设想陶渊明借酒麻醉自己,以应对现实,也就是:"爱酒不爱名,忧醒不忧贫。……归来五柳下,还以酒养真。人间荣与利,摆落如泥尘。"(白居易《效陶潜体诗十六首》)⑤需要麻醉,那么也

---

① 朱熹《楚辞集注》,中华书局,1979 年,《目录》第 9—10 页。
② 钱锺书《谈艺录》(补订本),第 88 页。
③ 朱熹《楚辞集注》,《目录》第 2 页。
④ 参阅袁行霈撰《陶渊明集笺注》,第 613—614 页。
⑤ 《陶渊明资料汇编》上册,第 20 页。

就是说内在有矛盾冲突,可惜他们没有挑明。

　　倒是韩愈,诗文风格大多奇崛雄伟,看似与陶渊明诗风格格不入,却揭示陶诗的内在冲突。韩愈曾言:"愈之志在古道,又甚好其言辞"(韩愈《答陈生书》)、"学古道则欲兼通其辞,通其辞者,本志乎古道者也"(韩愈《题哀词后》),韩愈主张的是"修其辞以明其道"(韩愈《争臣论》),即"文以明道"。在韩愈看来,文与道是可以统一的,"文以明道"与后世所言的"文以载道"是不同的,明,即彰显,而非承载。韩愈认为"大凡物不得其平则鸣"①,这也是陶渊明创作诗歌的内在推动力,"及读阮籍、陶潜诗,乃知彼虽偃塞不欲与世接,然犹未能平其心,或为事物是非相感发,于是有托而逃焉者也"②。陶渊明的隐居在韩愈看来是排解内心不平的特殊方式,是对其所处时代的不满与反抗。

　　二程对韩愈的古文运动表示了轻蔑的态度:"退之晚来为文,所得处甚多。学本是修德,有德然后有言,退之却倒学了。"③朱熹对韩愈的文道观也有不认同的地方,他说:"这文皆是后道中流出,岂有文反能贯道之理? 文是文,道是道,文只如吃饭时下饭耳。若以文贯道,却是把本为末,以末为本,可乎?"④"道者文之根本,文者道之枝叶。"⑤由此可见,朱熹是有重道轻文的倾向性,但他也并非完全否认文学的价值。事实上,他于文道关系这一问题上是存在矛盾的,作为理学家,他更注重文章的工具性和其教化意义;但作为文学家,他也不否认文学的独立地位,对于文学的不同风格,他也能够接纳与欣赏,对于作诗也有着极大的兴趣。朱熹虽然也不赞同韩愈致力于古文创作,但他毕竟对韩文也用力颇深,曾编选《昌黎文粹》,并撰有《韩文考

① 韩愈《送孟东野序》,钱仲联、马茂元校点《韩愈全集》,上海古籍出版社,1997年,第201页。
② 韩愈《送王秀才序》,钱仲联、马茂元校点《韩愈全集》,第211页。
③ 《二程遗书》卷十八,转引自王运熙、顾易生主编《中国文学批评史》中册,第112页。
④ 朱熹《论文上》,黎靖德《朱子语类》卷一百三十九,朱杰人等主编《朱子全书》第18册,第4298页。
⑤ 朱熹《论文上》,黎靖德《朱子语类》卷一百三十九,朱杰人等主编《朱子全书》第18册,第4314页。

异》十卷。在这种情况下,朱熹继承韩愈的论陶观点并进一步发挥。

陶渊明确曾心怀大志:"忆我少壮时,无乐自欣豫。猛志逸四海,骞翮思远翥。"①而《咏荆轲》也确实令人血脉喷张,所以朱熹认为陶渊明并非生性冲淡之人,"陶渊明诗,人皆说是平淡,据某看他自豪放,但豪放得来不觉耳。其露出本相者,是《咏荆轲》一篇,平淡底人如何说得这样言语出来?"②"陶却是有力,但语健而意闲。隐者多是带性负气之人为之,陶欲有为而不能者也,又好名。"③朱熹指出,渊明之隐,或为无奈之举,是于乱世中独善其身以固守本心。渊明之豪放,是"朝与仁义生,夕死复何求"④的安贫乐道,是"狡童之歌,凄矣其悲"⑤的怆然之叹,也是"君子死知己"⑥的悲壮豪情。之所以说其"豪放得来不觉",大抵是因为陶渊明淡泊洒脱的形象已经深入人心,而他又惯于借古之贤士来抒发内心慷慨,《咏贫士》和《读史述九章》等,除却表达对先贤的敬仰,也是阐明了自身在道德层面的追求。

平淡和豪放这两种性格交织,共同刻画出了一个立体、真实的陶渊明。朱熹"豪放"之论在陶渊明诗评中是比较新颖的观点,打破了固有思维和偏见,也能看出他对陶诗研究之深入。朱熹对陶渊明诗歌的看法大抵可以总结为:平淡而非寡淡,豪放中有旷达,这二者并不冲突,而是相辅相成,互为依托的。朱熹之所以突出强调陶渊明的豪放,也是为了展现陶大义凛然、不畏生死的一面,为其教化民众的政治目的做铺垫。渊明并非遗忘世事,相反,他对时事亦有隐忧,但最后,他在矛盾中通透了,此种思虑被他放旷的情怀排解了,他所坚持的,是个性的释放,是"死去何所道,托体同山阿"(《拟挽

---

① 参阅袁行霈撰《陶渊明集笺注》,第 347 页《杂诗·其五》。
② 黎靖德《朱子语类》卷一百四十,朱杰人等主编《朱子全书》第 18 册,第 4323 页。
③ 朱熹《论文下》,黎靖德《朱子语类》卷一百四十,朱杰人等主编《朱子全书》第 18 册,第 4325 页。
④ 参阅袁行霈撰《陶渊明集笺注》,第 371 页《咏贫士》其四。
⑤ 参阅袁行霈撰《陶渊明集笺注》,第 514 页《读史述九章·箕子》。
⑥ 参阅袁行霈撰《陶渊明集笺注》,第 388 页《咏荆轲》。

歌辞三首》)的泰然与风流。朱熹最早挖掘出陶诗的豪放风格,在陶渊明接受史上具有里程碑意义。

　　苏轼与朱熹所处的年代相去不远,朱熹曾点评苏轼的和陶诗。苏轼对陶渊明经典化的推动起着难以磨灭的影响,苏轼揭示陶诗艺术上的内在含蓄性,他说:"吾于诗人,无所甚好,独好渊明之诗。渊明作诗不多,然其诗质而实绮,癯而实腴,自曹、刘、鲍、谢、李、杜诸人,皆莫及也。……然吾于渊明,岂独好其诗也哉? 如其为人,实有感焉。"(《与苏辙书》)①苏轼曾作和陶诗一百零九篇,掀起了文学史上和陶、评陶、拟陶的新风潮。朱熹曾将此二人作比:"渊明诗所以为高,正在不待安排,胸中自然流出。东坡乃篇篇句句依韵和之,虽其高才,似不费力,然已失其自然之趣矣。"②朱熹认为苏轼拟陶之作模仿痕迹较为明显,苏轼的文字"驰骋,忒巧了"③"华艳处多"④。"质而实绮,癯而实腴"揭示陶诗内在思想与外在形式的矛盾统一,启发后人进一步思考,使得陶诗的价值不断被发掘出来。而朱熹的豪放论却是强调人格中的多样性,苏轼强调作品,朱熹强调人品,主体不完全相同。

四　朱熹论陶的历史传承与突破

　　朱熹论陶既有家学渊源,也有发展过程。他的父亲朱松,就是一位理学家,推崇《诗经》,力贬唐诗。⑤ 傅自得《韦斋集序》记录了朱熹父亲论诗的内

①　《陶渊明资料汇编》上册,第 35 页。
②　朱熹《答谢成之》,《晦庵先生朱文公文集》卷五十八,朱杰人等主编《朱子全书》第 23 册,第 2755 页。
③　朱熹《论文上》,黎靖德《朱子语类》卷一百三十九,朱杰人等主编《朱子全书》第 18 册,第 4300 页。
④　朱熹《论文上》,黎靖德《朱子语类》卷一百三十九,朱杰人等主编《朱子全书》第 18 册,第 4308 页。
⑤　王运熙、顾易生主编《中国文学批评史》中册,第 119 页。

容:"古之诗人,贵冲口直质,盖与彭泽'把酒东篱下,悠然见南山'同一关
楗。"①21 岁时,朱熹在《与程允夫书》中说:"某闻先师屏翁及先大人解曰:作
诗须从陶柳门庭中来,乃佳耳。若不如是,不足以发潇散冲淡之趣,不免于
尘埃局促,无由到古人佳处也。"(《新安文献志》卷六十九)②年轻时朱熹就
以陶为异代朋友:"平生尚友陶彭泽,未肯轻为折腰客。胸中合处不作难,霜
下风姿自奇特。"(《题霜杰集》)③赞誉陶渊明为人,从中我们不难看出他对
陶的欣赏:"佩萸笑长房,把菊追陶公。"④朱熹甚至效法陶渊明游斜川:"迥
眺曾城皋,朗咏斜川流……但得长如此,吾生复何求。"⑤他对农事颇为热
情:"久矣投装返旧墟,不将心事赋《闲居》。荷锄带月朝治秽,植杖临风夕挽
蔬。三径犹寻陶令宅,万签聊借邺侯书。木瓜更得琼琚报,吟咏从今乐有
余。"(《再和》)⑥他还为隐居找到了好的去处:"已寻两峰间,结屋依阳
冈……誓将尘土踪,暂寄云水乡。封章倘从愿,归哉澡沧浪。"(《屡游庐阜欲
赋一篇而不能就六月中休董役卧龙偶成此诗》)⑦朱熹宛然渊明,忘怀得失,
向往隐逸生活。朱熹的朋友也把他当作当世陶渊明看待,韩元吉在给朱熹
送酒时就说:"平生爱酒陶元亮,曾绕东篱望白衣。"⑧吴芾也在《和陶示周续
之祖企谢景夷韵寄朱元晦》中说:"我爱朱夫子,处世无戚欣。渊明不可见,
幸哉有斯人。"⑨朱熹已经和研究对象融合为一。

① 束景南《朱熹年谱长编》(增订本),第 71 页。
② 束景南《朱熹年谱长编》(增订本),第 135 页。
③ 束景南《朱熹年谱长编》(增订本),第 137 页。
④ 朱熹《奉和公济兄留周宾之句》,《晦庵先生朱文公文集》卷六,《朱子全书》第 20 册,第 432 页。
⑤ 朱熹《比与邻曲诸贤修举岁事携壶石马追补斜川之游而公济适至饮罢首出和陶之句以纪其胜
辄亦用韵酬答兼呈诸同游者请共赋之》,《晦庵先生朱文公文集》卷九,朱杰人等主编《朱子全
书》第 20 册,第 519—520 页。
⑥ 朱熹《晦庵先生朱文公文集》卷二,朱杰人等主编《朱子全书》第 20 册,第 279 页。
⑦ 朱熹《晦庵先生朱文公文集》卷七,朱杰人等主编《朱子全书》第 20 册,第 465 页。
⑧ 韩元吉《南涧甲乙稿》卷六《九日送酒与朱元晦》,转引自束景南《朱熹年谱长编》(增订本),第
539 页。
⑨ 吴芾《湖山集》卷一,转引自束景南《朱熹年谱长编》(增订本),第 744 页。

　　朱熹对陶渊明的认识,有浓郁的理学色彩。崇尚"中庸"之道,对风雅正统的追求使得南宋理学诗派的诗风偏向宁静平易,他们的文学主张多与道德修养、宇宙生命、真理真知有关。以理学家观之,诗本情性,陶渊明无志于世,深得理学宗旨。朱熹之所以将陶渊明的道德境界总结为忠义不屈、重大伦大法、固穷守节、不慕名利,一定程度上也是出于传道的需要。在朱熹心目中,勤学、修身、坚守道德情操与忘世是统一的,他去欲存理的理学思想,赋予了诗歌深厚的道德根基。朱熹称道、弘扬陶渊明的高洁品质,突出义利之辨,也是为了宣明教化、敦化风俗、教诫不良,他知南康军期间,也一直致力于推动当地民俗的淳化。他以陶渊明《庚子岁五月中从都还阻风于规林》一诗劝诫士子:"但能参得此一诗透,则公今日所谓举业与夫他日所谓功名富贵者,皆不必经心可也。"①他不考察陶渊明当时的具体行程,而是对诗中的议论深为感叹,"静念园林好,人间良可辞"(陶渊明《庚子岁五月中从都还阻风于规林》),人生旅途多险,更加风波阻挠,与其追求仕进,汲汲于名利,不如及时归隐。以此诗劝勉士子,要求他们守住本心、抵制诱惑,实为新颖。因此,朱熹对陶渊明的发明,有其身为理学家的考量,也是借陶诗中体现的一些道德精神来诠释自己的一些思想观念,将其作为载道、论道的工具。

　　朱熹对陶渊明的推崇,无论是从南宋社会背景、理学传道要求、还是朱熹个人经历来看,都有其合理性和必然性,而他对陶渊明品格、诗文的评价,从陶渊明接受史来看,也是进步的,后人多引其"欲有为而不能"作为对陶渊明的评价。朱熹对陶渊明的认识在陶渊明接受史上是尤为重要的,宋朝时期的陶渊明批评研究已经大有突破,朱熹亦能在此基础上发表创新之见,其观点也一直影响着后世对陶渊明的研究。他将陶诗作为"诗之根本准则",也影响了后世对陶的评价。可以说,朱熹为陶渊明经典化贡献了不可小觑的力量,赋予了新的研究价值。

————————————

① 　黎靖德《朱子语类》卷一百七,《朱子全书》第 17 册,第 3508 页。

《西游记》的作者是吴承恩新证

郑子运

鲁迅、胡适判定《西游记》的作者是吴承恩,本来是定案,但近三四十年以来,章培恒、黄永年、徐朔方、黄霖、李安纲、胡义成、沈承庆、陈大康、王辉斌、李天飞等学者先后否认吴承恩的著作权,声势浩大,盖过了蔡铁鹰、曹炳建、吴圣昔等学者的反对意见,致使吴承恩的著作权岌岌可危。

否认吴承恩著作权的学者总是指称《(天启)淮安府志》《千顷堂书目》开列在吴承恩名下的《西游记》是山水游记,不是小说,却从未真正驳倒以下三条证据:第一,作者是藩王或藩王的宾客。现存最早的《西游记》刊本世德堂本有万历二十年(1592)陈元之作的一篇序,声称"《西游》一书,不知其何人所为,或曰出天潢何侯之国,或曰出八公之徒,或曰王自制"①。陈氏透露了作者是藩王或藩王的宾客,而现有的人选,包括坊间盛传的李春芳、杨慎在内,都可以直接排除在外,只有做过荆王府纪善的吴承恩符合这个条件。第二,该书反映了作者的诸多生活经历。蔡铁鹰指出《西游记》关于玉华州的那两回反映了荆王府当时的状况和吴承恩的生活经历,陈澉指出唐僧师徒在地灵县蒙冤入狱影射了吴承恩在长兴县蒙冤入狱。第三,该书有大量

---

① 《新刻出像官板大字西游记》,明金陵世德堂刊本。

的淮安方言，而吴承恩是淮安人。章培恒、李安纲分别认为《西游记》中也有吴方言、晋南方言，即使如此，书中淮安方言更多则是事实，如蔡铁鹰指出"兴懒情疏方叫海"中的"海"意为结束、完结，这是淮安特有的方言。这三条证据缺一不可，与吴承恩的状况最吻合。笔者在前贤时彦研究的基础上申以新证，希望能有助于彻底消除吴承恩的著作权面临被剥夺这一《西游记》研究史上最大的危机。

一

翻阅《西游记》一过，就读者的预期而言，第八十七回至第九十七回未免令人意外，甚至困惑，因为紧随其后的第九十八回就叙述师徒四人到达西天，拜见了如来，而这十一回不但没有因为渐近灵山而显得更脱离世俗，反而人间世俗气息比之前任何一部分都更加浓郁。作者不厌其烦地写到凤仙郡、玉华州、金平府、天竺国都、铜台府，所历一国之内的行政区如此密集，在全书独一无二；所记之事有久旱求雨、授徒传艺、上元观灯、抛绣球招亲、斋僧作道场、打家劫舍、蒙冤入狱，无非是古时世间常事。所以，对这十一回应当刮目相看。

第八十八回是"禅到玉华施法会　心猿木母授门人"，关于这一回与吴承恩、荆王府的关系，蔡铁鹰《关于〈西游记〉定型的相关推定——吴承恩实任荆府纪善详考》言之已详，此处不再赘述。第九十六回、九十七回写唐僧师徒地灵县蒙冤入狱，也是影射吴承恩的遭遇，陈澉《吴承恩作〈西游记〉的内证》本来也言之已详，但是彭国忠《吴承恩长兴县丞任新考》认为当时长兴县有两个县丞，入狱的不是吴承恩，而是张县丞，并根据归有光的书信考证与被察院访逮的署印知县黄通判一起嫁祸、陷害归有光的是张县丞，不是吴承恩。《新考》认为：

> 说吴承恩未下狱，见于归有光致吴承恩书一："为人所中，赖府公救
> 解之。"也就是差一点被人陷害成功，幸亏得到府公的解救。府公谓谁？
> 一府之长官，即知府。

> 其（指《明史》有关设置县丞、主簿的文字）下复有小字注文："县丞、
> 主簿添革不一。若编户不及二十里者并裁。"也就是说，县丞、主簿一般
> 各一名，但可根据县的规模等添、革……所以，有两个县丞是合法合
> 理的。[①]

归有光所言涉及的事件是：长兴知县归有光进京朝觐期间，贪污的署印知县
主动投案于湖州知府，县丞吴承恩也遭到陷害。归有光所言太简略，不能表
明吴承恩没有下过狱，即使吴承恩遭拘押为时甚短，湖州知府辨明他的冤
情，并将他释放，也同样称得上"府公救解之"。至于第二条，彭国忠误解了
《明史》原文，所谓"添"，是指在原先没有县丞、主簿的县设立县丞或主簿，而
他误以为可以再增加一个，于是一个普通的县可以设有两个县丞。按明制，
全国一千多个县之中，只有南北两京的首县可以常设两个县丞，其余的只设
一个县丞，或者不设县丞，长兴县的政治地位在江浙一带甚至湖州府内都不
高，更不会例外。案发当时，长兴县只有一个县丞，即吴承恩，无可怀疑。彭
国忠还以归有光《谢谭御史书》后面的一篇附文为据，该附文云：

> 长兴刁讦，于浙中特盛，职力为禁戢。不意升任郡，不逞之徒合而
> 为一，嚣然并起。今据黄通判、张县丞，并自以察院访逮，乃欲嫁祸于
> 职，正如下水人扳崖上人也。[②]

文中所谓的"升任郡"，指的是归有光隆庆二年（1568）秋由长兴知县升任顺

---

① 彭国忠《吴承恩长兴县丞任新考》，《文学遗产》2017 年第 1 期，第 142—143 页。
② 归有光《归有光全集》第 8 册，上海人民出版社，2015 年，第 186 页。

德府通判，据文意，很明显，黄通判、张县丞一起嫁祸归有光只能在此时或稍后，而吴承恩此前有荆府纪善之补，已经离开长兴，所以张县丞是吴承恩的继任者，而不是两人同时出任长兴县丞。县丞三年一任，不过，任满之前调离很常见，仅以嘉靖时期长兴的情况而言，据《(嘉庆)长兴县志》，在任一年及以下的，有张汉、周杭等十人，如此看来，吴承恩任满之前调离毫不奇怪。吴承恩即使未下狱，一度蒙受贪赃之冤却是事实，他把这件事改头换面地反映到《西游记》之中，所以陈澉的结论仍可成立。

　　第八十七回是"凤仙郡冒天止雨　孙大圣劝善施霖"，吴承恩在这一回还把顶头上司归有光写成凤仙郡郡侯，有以下三条理由。第一，所谓的"上官"。这一回写到唐僧师徒四人观看榜文，榜文起首是"大天竺国凤仙郡郡侯上官"，于是作者写了几句对话：

> 行者看罢，对众官道："郡侯上官，何也？"众官道："上官乃是姓。此我郡侯之姓也。"行者笑道："此姓却少。"八戒道："哥哥不曾读书。《百家姓》后有一句'上官欧阳'。"[1]

如果郡侯的姓是张、李、刘之类，自然不会引起行者的误会，作者有意用"上官"给郡侯定姓，以便引出对话。下文写郡侯自称"郡侯上官氏"，没有歧义，榜文中却无"氏"字，也可以推知作者有意为之。"上官"双关，一指姓，一指上级官员。关键是猪八戒所说的"上官欧阳"，实有深意。世人多称赞归有光是明朝的欧阳修，如归有光去世后，王世贞誉之为"继韩欧阳"。这"上官欧阳"是"继韩欧阳"的翻版，表面上是两个姓并列，实际上也可以按照成语"衙官屈宋"的表意方式理解为他的顶头上司是欧阳修一类人，这正是双关之妙。第二，不讲究排场。郡侯听报有人揭榜，没有指派小吏去接，坐等对方来见，而是"整衣步行，不用轿马多人，径至市口，以礼相请"[2]。郡侯（知

---

[1]　吴承恩《西游记》，人民文学出版社，2010年，第1064页。
[2]　《西游记》，第1064页。

府)出衙门不坐轿,而是步行,实属罕见。归有光也不喜动辄摆出官员的排场、威风,如乡下发生命案,若是别的知县,往往全程轿马,甚至会派主簿、仵作去检验,坐等回报,归有光则不然,他不但亲至其地,"虽自暴露赤日中,暂憩古寺,啜杯水而行,未尝有所扰也"①。看来归有光与郡侯作风一致。第三,官员贤良。这一回还交代"那郡侯原来十分清正贤良,爱民心重"②,这一赞誉用于归有光正合适,他廉洁奉公、道德高尚、爱民如子,为减轻百姓负担,不惜与湖州府以至杭嘉湖道的官员抗争。有趣的是,归有光升任顺德府通判,负责马政,后来到京升任太仆寺丞,掌管皇家车马,这与孙悟空上天任弼马温,为玉皇掌管天马,岂不是如出一辙!可能由于性格、文学宗尚不同,吴承恩与归有光并没有成为知交,这不妨碍前者对后者的敬意。所以非吴承恩写不出这一回文字。

第九十一、九十二回写四木禽星帮助唐僧师徒捉拿犀牛精,其中有奎木狼,即奎星。焦循《剧说》云:"今揆作者之意,则亦老于场屋者愤郁之所发耳。黄袍怪为奎宿所化,其指可见。"③此论洵为卓识。古人多认为奎星主管文运、文章,在明清时期,更被奉为科场神。奎星下界为黄袍怪,青面獠牙、牛头夜叉,形象与其他妖魔差别不大,但书中又说:"他也曾月作三人壶酌酒,他也曾风生两腋盏倾茶。"仍然写出他下界之前所具有的文士风流。《西游记》写奎星下界为妖,当然是指他擅离职守,以致颠倒了天下文士的命运。吴承恩科场蹭蹬,近四十年不得中举,遑论进士登第,正是焦循所谓的"老于场屋者"。吴承恩人到中年,出于无奈,选择岁贡一途,以提高入仕的机会,此后他有没有参加乡试,不得而知,但在李春芳的敦促之下,最终还是入都谒选,得任长兴县丞。吴承恩一生只有两次在京,第一次是嘉靖二十九年(1550),第二次是嘉靖四十三年(1564),期间完全不在京城的年数是十三

---

① 《归有光全集》第 7 册,第 1010 页。
② 《西游记》,第 1065 页。
③ 焦循《剧说》,古典文学出版社,1957 年,第 112 页。

年，而黄袍怪（奎星）与百花羞恰恰在下界做了十三年夫妻；不仅如此，唐僧贞观十三年西出长安，至贞观二十七年返回长安，共十五年，而吴承恩嘉靖二十九年出京，至嘉靖四十三年再入京，也是十五年。这两组相同的数字很难说出于巧合，只能是吴承恩有意为之。第九十二回写到奎星帮助唐僧师徒捉拿犀牛精。问题是：为什么是犀牛精，而不是别的妖精呢？因为有了犀牛，就有犀角，书中特意点明三只犀牛的角都被割了下来。获得犀角，暗喻得官，如《西游记》第十回"二将军宫门镇鬼　唐太宗地府还魂"描写崔判官的穿戴是"头顶乌纱，腰围犀角"，完全是官员的装束。可见奎星帮忙捉拿犀牛精，实际上指文运好转，终得入仕，吴承恩借此暗示自己得官不易。

　　第九十三至第九十五回写月中玉兔下界报一掌之仇，却抛绣球于唐僧，使之不得脱身。这一回写嫦娥有可怪之处："那太阴君领着众姮娥仙子，带着玉兔儿，径转天竺国界。""这宝幢下乃月宫星君，两边的仙妹是月里嫦娥。""那太阴君令转仙幢，与众嫦娥收回玉兔，径上月宫而去。"①众所周知，嫦娥只有一个，这里怎么写嫦娥有一众之多呢？作者不可能不知道嫦娥只有一个，看第十九回猪八戒自己的招供："逞雄撞入广寒宫，风流仙子来相接。见他容貌挟人魄，旧日凡心难得灭。全无上下失尊卑，扯住嫦娥要陪歇。再三再四不依从，东躲西藏心不悦。"②据文意，作者明明知道嫦娥只有一个。既然如此，作者在第九十五回写嫦娥有一众之多，不会是笔误，必有他意。太阴君为月神，据古人观念，日为帝王之象，月为后妃之象。嫦娥是有夫之妇，太阴君身边簇拥着一众嫦娥，不正与皇后或太后身边簇拥着一群妃嫔相似吗？太阴君下降人间，干预人间之事，暗喻后妃干预朝政。明神宗十岁登极，年幼无知，由李太后教导，委任张居正辅政，这是作者所影射的时事。人民文学出版社2010年版《西游记》的前言认为成书于十六世纪七十

---

① 《西游记》，第 1157 页。
② 《西游记》，第 229 页。

年代,不言所据,但与本文所论正合,十六世纪七十年代是明神宗万历初期。这一回写月中玉兔,应当还有一层喻意。《博物志》卷四云:"兔舐毫,望月而孕,口中吐子。"《埤雅》卷三云:"兔口有缺,吐而生子,故谓之兔。兔,吐也。"雌兔望月而孕,口中吐子,繁殖后代何其容易!吴承恩曾有一子,名凤毛,不幸夭折,之后尽管他纳有妾室,却至老再无子嗣,《西游记》成书于吴承恩晚年,关于玉兔的三回又近于全书之末,很可能寄托了作者老而无嗣的隐痛。

　　第九十六、九十七回的寓意,陈澉已有论述,不赘。这两回还有助于了却一桩久拖不决的公案:吴承恩将猴王出身置于全书之首,占了七回,其后才转入唐僧取经,但是唐僧作为重要性仅次于孙行者的人物,《西游记》现存最早的刊本世德堂本没有任何一回专写唐僧出身,原因何在呢? 有人认为是世德堂刊刻时删除了,也有人认为吴承恩没有写。前一种观点不能让人信服:好端端一部完整的书,世德堂为什么要删除一回呢? 删除一回,剩下的九十九回如何拆分或增加一回为一百回? 书中既然不厌其详地写魏徵梦斩泾河龙、唐太宗游地府、刘全进瓜,为什么偏偏不写唐僧出身?《西游记》中没有唐僧出身的故事,应当另有原因。第九十六、九十七回的主角是寇洪,闻见此名,很容易联想起杀害唐僧之父陈光蕊的洪州贼寇,《西游记》第十一回明确交代"洪州剿寇诛凶党";寇洪被杀后还阳,陈光蕊也是如此。这两个故事的相似性暗示:吴承恩没有写唐僧出身的故事,因为这个故事之前已经基本定型,难以寄托作者自己的遭遇,而是精心撰写了寇员外寇洪的故事,以暗寓自己蒙受的贪赃之冤,所以回目特意点明"唐长老不贪富贵"。若保留唐僧出身的故事,又超过了一百回的大限(温庆新证明晚明盛于斯声称《西游记》原本九十九回不可信),于是只得割舍唐僧出身的故事,由此也可见作者的苦心。

　　另外,《西游记》里面有很多五行之谈,恐怕也与吴承恩的家世有关。五行相生相克说本是古人常谈,《西游记》却一再套用,如第八十九回"黄狮精

虚设钉钯会　金木土计闹豹头山"，以行者为金，八戒为木，沙僧为土。吴氏人丁不旺，艰于子嗣，至吴承恩之父吴锐，一改数世以单字取名的传统，给儿子取双字名为承恩，字汝忠。"锐"字属金，金生水，"汝"字属水。吴承恩的儿子凤毛的表字不详，但古人据凤凰食竹苞、栖梧桐的传说，所取的名有"凤"字，而所取的表字有属木的并不少见，如汉代费凤字伯箫、詹景凤字东（東）园、清代高来凤字梧阳、徐嵝凤字竹逸、苏翔凤字苞九，而吴承恩既然字汝忠，水生木，其子凤毛的表字当有一字属木。有学者以为《西游记》倡导内丹学才讲究五行，不过，应当也与作者的家世有关。

二

有学者认为，《西游记》有祖本，吴承恩仅仅作了简单的加工、润色，即使承认他是作者，也很勉强。也有学者认为，《西游记》有诸多作者，吴承恩只是其中之一。这两种观点其实都是变相地剥夺吴承恩的著作权，有失公允，不得不辩。

除吴承恩的《西游记》之外，明代还有朱鼎臣的《唐三藏西游释厄传》、杨致和的《西游记传》，字数都远少于前者，事件大多相同，于是，有些学者如柳存仁认为吴本本于朱本，陈新认为吴本本于杨本。其实，郑振铎《〈西游记〉的演变》早已证明了朱本、杨本删节了吴本，鲁迅、孙楷第都表示赞同，后来吴圣昔、尤其是黄永年无可争议地廓清了柳、陈的谬误，此处不再赘述。另外，既然有关玉华州、铜台府的章节是吴承恩根据自己的经历写成的，其内容也简略地出现于朱本、杨本，则朱本、杨本只能是吴本的删改本，不言而喻。

《永乐大典》有一篇"梦斩泾河龙"，标明出处是《西游记》，该故事与吴承恩《西游记》相应的部分情节大同小异,只是字数不及后者一半,艺术性也远为逊色,诚如郑振铎所言:"其一枯瘠无味,其一则丰腴多趣。"①吴承恩将原文中的渔人对话改为渔樵攀话,便有点铁成金之妙,穿插的数首诗歌也使故事前半部分韵味悠然,不愧是大手笔。一般认为《永乐大典》所引《西游记》出现于元代(下称"元本")。

元本还有一篇佚文,出自16世纪初朝鲜崔世珍的《朴通事谚解》,该书是14世纪成书的汉语教科书《朴通事》的注释本,书中引用了一部《西游记》平话,有车迟国斗圣的故事,情节完整,有很多对话,语句连贯,恐非概述。可以说,这段车迟国斗圣的故事基本上就是《西游记》平话中的原文,字数不足一千一百,不及《西游记》相应部分的十分之一,粗糙朴拙,文字差异极大。据潘建国研究,尽管《朴通事》已佚,《朴通事谚解》的正文基本上可以看作元代文本,则这部平话应当就是元本。"车迟国斗圣"无论是字数还是写作水平都与"梦斩泾河龙"相当接近,两者都出自元本,殆无可疑。

元代王振鹏(1280—1329)绘有《唐僧取经》图册,现存三十二幅,出于凭空想象、一气呵成的可能性很小,他应当是依据某部书绘制的,该书不是有南宋刊本的《大唐三藏取经诗话》,因为除去女人国、火焰山等之外,内容大多与《大唐三藏取经诗话》不同,如飞虎国降大班、旃檀大仙说野狐精、六通尊者降树生囊行者、哑女镇逢哑女大仙、悬空寺遇阿罗律师、白莲公主听唐僧说法,等等,这表明他依据的只能是元本。明初杨景贤《西游记》杂剧南海火龙的自白:"偃甲钱塘万万春,祝融齐驾紫金轮。只因误发烧空火,险化骊山顶上尘。小圣南海火龙,为行雨差迟,玉帝要去斩龙台上,施行小圣,谁人救我咱?"②南海火龙误发烧空火与泾河水龙行雨差迟当是两个不同的故事,杨景贤捏合为一,前后不够融贯。既然据《永乐大典》后者出自元本,而

① 郑振铎《插图本中国文学史》,人民文学出版社,1957年,第912页。
② 蔡铁鹰《西游记资料汇编》,中华书局,2010年,第371页。

前者对应《唐僧取经图册》"遇观音得火龙马",自当也出自元本。

据《永乐大典》《西游记》杂剧所引以及《唐僧取经图册》可以窥知元本的内容相当丰富,但与吴承恩《西游记》整体差别极大,无论如何,不能根据元本中的"梦斩泾河龙""车迟国斗圣"得出取经故事永乐年间已经定型、吴承恩只是简单加工的结论。

《朴通事谚解》标明出于"《西游记》"的注释有七个,其中第二个注释最重要,内容如下:

> 今按法师往西天时,初到师陀国界,遇猛虎毒蛇之害,次遇黑熊精、黄风怪、地涌夫人、蜘蛛精、狮子怪、多目怪、红孩儿怪,几死仅免。又过棘钩洞、火炎山、薄屎洞、女人国及诸恶山险水,怪害患苦,不知其几。此所谓刁蹶也。①

《西游记》杂剧不言唐僧师徒初到之地是师陀国,但写到了黄风山的妖怪。该《西游记》点明初到之地的国名,加写黑熊精,并且将之后的黄风山妖怪改写成吹黄风的妖怪,演进之迹明显。《西游记》杂剧中有红孩儿、火焰山、女人国,却没有地涌夫人、蜘蛛精等妖怪,可见该《西游记》比起《西游记》杂剧有很大的发展。特别是狮子怪,《唐僧取经图册》有"东同国捉狮子精",两者当有渊源关系,但还不是吴本中到乌鸡国作怪的青毛狮子。宣德年间,朱有燉作《文殊菩萨降狮子》杂剧,写的是哪吒、文殊菩萨,与取经故事无关,后来才为取经故事吸收,与"东同国捉狮子精"合而为一。由此也可见太田辰夫、熊笃、潘建国元本与该《西游记》不是同一部书的观点是正确的。

对于该《西游记》,潘建国认为:"周弘祖《古今书刻》卷上著录有山东鲁府刊刻以及登州府刊刻的《西游记》,尽管这两部《西游记》是否为小说尚待

---

① 《西游记资料汇编》,第 479 页。

考定，但从时间上来观察，它们有可能就是旧本《西游记》（或其翻刻本）。"①眼光敏锐，可惜停留在"尚待考定"。

周弘祖与吴承恩同时，其《古今书刻》没有注明鲁府、登州府所刻《西游记》的朝代、作者和类别，或以为是元本，或以为是百回本《西游记》，或以为是《长春真人西游记》。万历中期，陈元之为金陵世德堂刊本作序称："唐光禄既购是书，奇之，益俾好事者为之订校，秩其卷目，梓之，凡二十卷，数十万言有余，而充叙于余。"由此可知，唐光禄所购的是稿本或抄本，不是刻本。若是百回本之刻本，以其内容之引人入胜，必会早已风行于世，翻刻不绝，况且金陵是刻书业中心，唐光禄又是书商，醉心于刊行通俗文学著作，他必曾寓目，不必再"奇之"；实际上，百回本《西游记》是在世德堂刊刻以后才风行于世的。另一方面，若是刻本，直接翻刻就可以了，不必再"俾好事者为之订校"，除非大肆删减、改作，如朱鼎臣《唐三藏西游释厄传》、杨致和《西游记传》所为，但世德堂并没有这么做，一百回不但完好无损，而且"秩其卷目"，即在书前增添了回目，并划分了卷次。至于盛于斯《休庵影语》引周如山的话说"此样抄本，初出自周邸，及授梓时订书，以其数不满百，遂增入一回"②，并非指周邸曾经刊刻，只是指刊刻的底本出自周邸而已。所以百回本《西游记》（吴本）最早其实由世德堂刊刻，鲁府、登州府所刻当然不是百回本《西游记》。再考虑到崔世珍为《朴通事》谚解、音义相当于明朝正德年间，其时吴本未出，他在朝鲜看到的《西游记》当是刊本，因为抄本少，不易为在华外国人购得，传至外国更不易，而且他引用的《西游记》内容与元本差异不小，所以鲁府、登州府所刻《西游记》必有一种就是宣德至正德之间出现的那部《西游记》。

---

① 潘建国《〈朴通事谚解〉及其所引〈西游记〉新探》，《岭南学报》复刊第六辑——明清文学研究，上海古籍出版社，2016年，第227页。
② 《西游记资料汇编》，第784页。

　　鲁府指山东鲁王府。明朝尤其是永乐以后,各地的藩王不得干涉地方政事、军事,藩王、郡王养尊处优,其中有一些出于遣心怡性,对戏剧、小说、诗歌很感兴趣,而登州府作为官府,一般不会刊刻小说,尤其是白话小说,所以鲁府刊刻的是小说《西游记》(下称"鲁府本"),登州府刊刻的当是简称为"西游记"的纪实之作《长春真人西游记》。世德堂本不是官板却自称"官板",不出王自制却宣称"或曰出王自制",当是因为当时鲁府本还在流布,世德堂才故意混淆真假,既以招徕顾客,又留有退路,同时暗示自家所刻与鲁府本有文字渊源以及鲁府本由鲁府某王或与鲁府有瓜葛者创作。乌鸡国首见于鲁府本(见下《礼节传簿》所列),鸡在十二生肖中位列第十,而首位鲁王恰为朱元璋第十子,也可见鲁府本当为鲁府某王或与鲁府有瓜葛者创作。

三

　　尽管鲁府本已不存,其面目仍然可以借其他文献窥见,从而得知吴本的改进和创新之功。

　　抄于明代万历二年(1574)的《礼节传簿》载有大量剧目,其中有正队戏《唐僧西天取经》,曹炳建、杨俊《〈礼节传簿〉所载"西游"戏曲考》一文考证《礼节传簿》中的《唐僧西天取经》产生于明代前期,大体可信,若限制为正德至万历二年之间,应更准确。《唐僧西天取经》的内容如下:

　　　唐僧西天取经一单　舞　唐太宗驾　唐十宰相　唐僧领孙悟恐朱悟能　沙悟净　白马行至师陀国　黑熊精盗锦兰袈纱　八百里黄风大王　灵吉菩萨　飞龙柱杖　前到宝象国　黄袍郎君　绣花宫主　销元大仙献人参果　蜘蛛精　地勇夫人　夕用妖怪一百只眼　蓝波降金光霞佩　观音菩萨　木叉行者　孩儿妖精　到车罕国　天仙　李天王

　　哪吒三太子降地勇　六丁六甲　将军　到乌鸡国　文殊菩萨降狮子精　八百里小罗女铁扇子　山神　牛魔王　万岁宫主　胡王宫主　九头附马　夜叉　到女儿国　蝎子精　昴日兔下降　降观音张伏儿起僧伽帽　频波国西番大使　降龙伏虎　到西天雷音寺　文殊菩萨　阿难伽舍　十八罗汉　四天王　护法神　揭地神　九天仙女　天仙　地仙　人仙　五岳　四渎　七星　九耀　十山真君　四海龙王　东岳帝君　四海龙王　金童玉女　十大高僧　释伽伕　上散①

引文有若干讹字，如误"空"为"恐"，容易辨别，不必一一指出。《朴通事谚解》还有一个注释："释迦牟尼佛在灵山雷音寺，演说三乘教法，傍有侍奉阿难、伽舍诸菩萨、圣僧罗汉、八金刚、四揭地、十代明王、天仙、地仙。"②由此可知，《唐僧西天取经》末尾罗列众多佛教的神、道教的仙是指唐僧师徒参见诸天神佛，不是指有一个情节复杂的故事。不仅如此，引文与《朴通事谚解》都记载唐僧初到的是师陀国，其后的事件互有异同。可见《唐僧西天取经》虽然比《朴通事谚解》列举的事件多，实际上也出自后者所引的鲁府本。另外，《泾河龙王难神课先生》在《礼节传簿》中与《唐僧西天取经》前后相接，只是抽取单列，即鲁府本也有这个故事。

　　鲁府本写唐僧在师陀国遇见猛虎毒蛇，因为不是妖怪，《礼节传簿》只载国名，吴本于狮陀国改而写狮子精、白象精、大鹏鸟精，多达四回文字，差异很大。"黑熊精盗锦兰（襕）袈纱（裟）"又单列为"雄（熊）精盗宝"，该剧与南戏《白兔记》中的《咬脐打围》并列，都是在祭祀供酒盏时演唱，篇幅短小与时地正相宜。"销（镇）元大仙献人参果"，既然是"献"，恐怕不如吴本写偷人参果、打倒果树、两次逃走都遭捉回、求医树仙方来得复杂，只能是粗陈梗概。《礼节传簿》对相同的角色会标明数量，但于"蜘蛛精"没有标明，可见鲁府本

_____

① 《西游记资料汇编》，第507页。
② 《西游记资料汇编》，第482—483页。

里只有一个蜘蛛精，而吴本中的蜘蛛精多达七个，至于打秋千、洗浴、干儿子迎敌等情节，应是吴承恩所添。李天王、哪吒、地勇、六丁六甲出于同一个故事，误插入车罕（迟）国的大（误为"天"）仙、将军之间，元本"车迟国斗圣"中有大仙、将军，吴本没有将军，可知鲁府本基本上承袭元本。大（"天"）仙也没有注明数量；《朴通事谚解》关于车迟国有一个注释（有一个先生到车迟国，吹口气，以砖瓦皆化为金，惊动国王，拜为国师，号伯眼大仙。①）直接从鲁府本引用，也可见妖怪确实只有一个，而吴本写了三个妖怪，要复杂得多。先提及小罗女，再提及山神，而且小罗女使用的是铁扇子，不是芭蕉扇，都与《西游记》杂剧相同，可见鲁府本承袭了《西游记》杂剧，即小罗女与牛魔王没有关系，其故事各自独立。至于"昴日兔下降"，文字有误，只能是昴日鸡，或者是房日兔，都在二十八宿之中，从吴本写的是昴日星官逆推，可知是昴日鸡。棘钩洞没有列出，当是因为该洞在鲁府本中本来就没有妖怪、甚至人迹，以致于《礼节传簿》没有唐僧师徒之外的角色可排，故而略而不载，这个故事只能是粗陈梗概，而吴本于"荆棘岭"添加了树精，与唐僧谈道吟诗。最后是"降龙伏虎"，"降龙伏虎"是常用成语，在《西游记》中也是常用语，如第六回写玉帝对观音菩萨说孙悟空"降龙伏虎"，但至此时孙悟空只是到龙宫勒索了一件兵器、一套衣服而已，至于伏虎，完全没有写到。鲁府本当然有多次写到降龙、伏虎，但《礼节传簿》写明"降龙伏虎　到西天雷音寺"，主要还是作为成语使用，称赞孙悟空等有降龙伏虎的手段，保护唐僧到达西天，不是指在临近西天雷音寺时有一个既降龙又伏虎故事。

又据喻松青考证，《销释真空宝卷》成书于万历年间，该书所列取经事件与《朴通事谚解》《礼节传簿》所载相比，有同有异：

> 正遇着，火焰山，黑松林过。见妖精，和鬼怪，魑魅成群。罗刹女，

---

① 《西游记资料汇编》，第481页。

铁扇子,降下甘露。流沙河,红孩儿,地勇夫人。牛魔王,蜘蛛精,设(摄)入洞去。南海里,观世音,救出唐僧。说师父,好佛法,神通广大。谁敢去,佛国里,去取真经?灭法国,显神通,僧道斗圣。勇师力,降邪魔,披剃为僧。兜率天,弥勒佛,愿听法旨。极乐国,火龙驹,白马驮经。从东土,到西天,十万余里。戏世洞,女人国,匿了唐僧。[①]

罗刹女用的是铁扇子,与鲁府本相同,与吴本不同;师力降魔为僧,也与鲁府本近似,可知引文实际上本于鲁府本。引文叙述混乱,首先列出的是火焰山,与火焰山密切相关的罗刹女却分隔在另外的句子里;《西游记》杂剧第十五出写猪八戒在黑松林现出本相,是在流沙河收沙和尚之后,吴本第二十八回、八十一回写到黑松林也在流沙河收沙和尚之后,处于两者之间的鲁府本必也如此,则流沙河不当排在黑松林之后;女人国不但在所有的厄难中殿后,甚至在取得真经之后,也不甚妥当。而且受其三三四的句式以及比较随意的写作态度所限,句中并列的事件有的并非严格地以类相从,如观音救出唐僧,与红孩儿有关,与地勇夫人无关,因为从《礼节传簿》所列以及吴本来看,降伏地勇夫人的是李天王、哪吒父子。该宝卷作者毕竟只是引用听众喜闻乐见且现成的取经故事,使他们乐于接受他宣传的教义,并非有意发展西游故事。

　　"牛魔王,蜘蛛精,设(摄)入洞去。"牛魔王将唐僧摄入洞去,与吴本所写不同,由此同样可以推知牛魔王与罗刹女在鲁府本中不是夫妻关系,其故事各自独立。赵景深根据"僧道斗圣"一语以及吴本中的灭法国部分又没有僧道斗圣的情节,认为车迟国可能又号灭法国,所言有理,但车迟国为何又号灭法国?这并不难解释:在鲁府本中,伯眼大仙消灭佛教之后,改车迟国为灭法国,正如吴本孙行者惩治了灭法国的君臣之后,改灭法国为钦法国。

---

① 《西游记资料汇编》,457—458 页。

"师力"，多写作"师利"，即文殊菩萨，而《礼节传簿》列有"降观音张伏儿起僧伽帽"，当是指张伏儿误戴僧帽，被观音降伏出家为僧，此处的文殊降魔为僧只是误记或变异，当然也可能是《礼节传簿》误记。所谓"愿听法旨"，单提弥勒佛，是鲁府本所载唐僧师徒参见如来、诸菩萨的一个简化或异化。

"戏世洞，女人国，匿了唐僧。"女人国匿了唐僧，所写与吴本不同，与《西游记》杂剧近似。此处"戏世洞"与"女人国"相邻；在《礼节传簿》中，"到女儿国　蝎子精　昴日兔（鸡）下降"，"女儿国"与"蝎子精"相邻；在吴本中，依次是女国、蝎子精、昴日星官，而"戏世"与"蝎子"读音又相近。三者其实一致，不可能是巧合，可知在鲁府本中蝎子精居于戏世洞。"戏世洞"明显是因为"稀屎洞""薄屎洞"不雅而有意改变。吴承恩也嫌"稀屎洞"不雅，又因而写出完全不同的稀柿衕故事，正如写出完全不同的灭法国故事。可见《销释真空宝卷》中的取经事件确实出自鲁府本，并没有增加，只是有所变异。

《朴通事谚解》《礼节传簿》《销释真空宝卷》所列的任何唐僧取经事件都不能证明有与吴本等量齐观的详尽叙述，反而大多能证明只是粗陈梗概，或与吴本小同大异，或为吴本不取。所以，吴承恩以鲁府本为基础，重新创作，有了质的提升，两者不可同日而语。太田辰夫认为《朴通事谚解》所引《西游记》（即鲁府本）只达到比《全相三国志平话》略略进步的程度，实为卓识。

王熙远三十年前在广西发现的《取经道场》和《西游道场》被看作早期的佛教宝卷，同类文本后来在贵州、湖北、甘肃、山东等地均有发现。《取经道场》既然提及黑熊精、蜘蛛精，有些事件与吴本有差异，如惠安索要金银一事，对应吴本中的二尊者索要人事，包含在唐僧师徒在西天取得真经一事之内，又如写到伯眼大仙，可知其内容有些出自鲁府本。由于在民间流传既久，辗转传抄，同类宝卷文本之间难免拼合割裂，异文也很多，如《取经道场》中的"白猿撑船摆渡"，与其他文本的位置不同，并且"猿"字有的文本作

"龙",有的文本作"龟",而吴本与之相应的是黑水河鼍龙撑船摆渡。再如车迟国斗圣的次数是三次,而《西游记》的元本、吴本都是四次,很明显是此类宝卷擅改。《取经道场》还叙述山狗精在火焰山跪拜唐僧,行者要杀她,结果"化乐天宫都不见"①,火焰山成为一座山林,而发现于湖北的同类文本只说是个妇人,不是山狗精,所谓"山狗精",只是"罗刹女"的变异罢了;所谓的魔鬼岭、旷野山,同样是文字变异,如同《销释真空宝卷》改"稀屎洞"为"戏世洞"。有的文本在中间还穿插了《销释真空宝卷》的数句韵语。所以《取经道场》中的各段落最早应当是初创于明代中后期,经过不断杂抄、积累,至清代定型。《西游道场》有一句"九九灾难受苦辛",而八十一难之中有很多出于吴承恩独创,则《西游道场》只能作于吴本之后。发现于山东的同类宝卷《佛门取经科》抄于清末,载有同类文本所没有的"猕猴妆行者",时代太晚,应当也是受吴本的影响而添加。此类宝卷对窥见鲁府本的内容有一定的帮助,如取经历时六年、惠安索贿,但属于细枝末节,远不如《朴通事谚解》《礼节传簿》《销释真空宝卷》重要。

　　虽然鲁府本在《西游记》盛行之后不久亡佚,其规模可以从《朴通事谚解》《礼节传簿》《销释真空宝卷》推知。《礼节传簿》不但罗列的取经事件众多,而且交代唐僧先到某国、后到某国,终到西天雷音寺,前后一贯;考虑到仅仅缺少《朴通事谚解》所记的棘钩洞,也是事出有因;《销释真空宝卷》所列又不出两者的范围之外。由此可以推定,三部作品所列合在一起基本上就是鲁府本的全部取经事件,越出这三部作品所载取经事件之外的,可以认为都出于吴承恩独创,如猴王学艺、官封弼马温、如来降猴王、三打白骨精、平顶山莲花洞、夜阻通天河、青牛精金刚琢套法宝、真假美猴王、木仙庵谈诗、假设小雷音、朱紫国行医、比丘国救婴儿、天竺收玉兔、补足第八十一难以及本文第一部分提及的玉华州传艺、犀牛精偷油,等等。吴承恩《西游记》之与

---

① 陈毓罴《新发现的两种〈西游宝卷〉考辨》,《中国文化》1996年第1期,第53页。

鲁府本过于罗贯中《三国志演义》之与《全相三国志平话》，吴承恩的著作权
不可否定。

四

　　最后，还需要澄清郑之珍《新编目连救母劝善戏文》与《西游记》的关系。
郑之珍《新编目连救母劝善戏文》有与《西游记》相同或相近的角色，如观音
菩萨、铁扇公主、白猿精、猪百介、沙和尚；还有相似的事件，如遣将擒猿、白
猿开路、过黑松林、过寒冰池、过火焰山、过烂沙河、擒沙和尚。所以两书的
关系引起了广泛的注意，或以为前者影响了后者，或以为后者影响了前者，
而苗怀明折中两说，认为："两套西游故事各有其本事和原型，大体上是各自
独立发展演进的，是一种平行的关系，但同时又彼此影响，形成一种较为错
综复杂的互动关系。"但又认为："其中的白猿、猪百介、沙和尚、铁扇公主等
人物形象较为粗略、模糊，很难说他们是受《西游记》的启发而产生。相反，
从《劝善戏文》中西游故事粗陋、原始的形态来看，说《西游记》受其影响倒更
合乎实际。"①这未免自相矛盾。郑之珍《新编目连救母劝善戏文》成书于万
历十年(1582)，比吴承恩《西游记》略晚，但在后者刊刻之前，两书应当不存
在相互影响。早期有关目连的著作，如宋代的《佛说目连救母经》以及元代
的《目连救母出离地狱生天宝卷》，都没有目连西游故事，目连西游故事实际
上首见于《新编目连救母劝善戏文》。郑之珍创作该戏文时，借鉴还在流传
的鲁府本是很正常的，正如吴本盛行以后，《东游记》中的齐天大圣一角借用
于吴本。现在主要以《观音渡厄》和《过黑松林》为例，考察《新编目连救母劝

---

① 苗怀明《两套西游故事的扭结——对〈西游记〉成书过程的一个侧面考察》，《明清小说研究》
　　2007 年第 1 期，第 108—111 页。

善戏文》中的西游故事受到鲁府本多大的影响，以及它与吴本《西游记》谁更善于推陈出新。《观音渡厄》如下：

【三棒鼓】[占]天风吹送下瑶台，救度人间苦与灾。行孝的既可怀，修善的尤可哀。观世音时闻音下界，为只为十子在途中苦难来。

家贫未是贫，路贫愁杀人。十人途路苦，口口叫观音。张佑大兄弟十人，是我在金刚山点化，他先往西天修行，日后扶助罗卜，共成大业。他等途中，将到火焰山、寒冰池、烂沙河，凡此至险，皆是天造地设，隔断红尘，不使凡人轻履佛地。不免唤过铁扇公主渡他过了火焰山，云桥道人渡他过了寒冰池，猪百介渡他过了烂沙河，早到西天，同成佛果。铁扇公主、云桥道人、猪百介早上。

【不是路】[旦]铁扇裙钗，为赴慈悲宠召来。[外]下天街，云桥直驾青天外。[净]漫诙谐，白莲会上呼百介，时人休笑为精怪。[合]奉天差，慈悲法力同天大，只得向前参拜。[见介][叙事介]

[占]铁扇公主听我分付：

【马不行】[占]铁扇风裁，制自天工体甚佳。今念十人苦楚，万里长途，几遇凶灾。好把腾腾火焰扇将开，使他堂堂大路无遮碍。[旦]自愧非才，[叠]勉成善果期无怠。

[占]云桥道人听我分付：

【前腔】人在天涯，高架云桥渡得来。今见池冰满腹，寒气侵人，冻裂肌骸。好把云桥一道跨冰崖，暖超十子过寒陌。[外][合前]

[占]猪百介听我分付：

【前腔】你猪首猪腮，中有仁心遍九垓。这便是蛇身人首，牛首人身，一样形骸。好把沙河淤塞孔将开，使他康庄直抵西番界。[净][合前]

[占]今则十人将临险地，你等可急急前去！

　　　　　　　　［占］佛化有缘人，功非可独成。

　　　　　　　　［众］三人承嘱付，各自显神灵。①

引文中的"占"实为"贴"之简写。这一出中的角色，观音菩萨（占）、铁扇公主（旦）也出现于《西游记》，猪百介（净）相当于《西游记》中的猪八戒，而云桥道人（外）不见于《西游记》。铁扇公主、猪百介仅出场于这一出。诚如苗怀明所言，形象较为粗略、模糊，故事粗陋，但若说原始，则难以成立。不能因为粗陋就认为原始，《观音渡厄》粗陋是有意苟简的结果。同样是西游遇厄，《观音渡厄》粗陋，《过黑松林》却情节详尽，也可见前者是有意苟简；后者详尽，角色形象较鲜明，当是为了突出全剧的主角傅罗卜（目连）。

　　"天风吹送下瑶台"，若孤立地看，以为写的是道教的神仙，瑶台在高耸入云的昆仑山上，李白也曾诗云"会向瑶台月下逢"，但郑之珍写的却是观音菩萨，他如此写，并不意味着这是观音菩萨最早的出处，因为从无观音菩萨居于昆仑山上的瑶台之说。郑之珍在《观音生日》一出里写观音菩萨"身居南海，迹显香山。世人有喜怒哀乐之音，我能知喜怒哀乐之意"②。可见他知道观音菩萨的出处，此处几乎将观音菩萨写成了道教神仙，只能是他擅改，或者说有意混淆道教神仙与观音菩萨。依此类推，并不能认定此处的铁扇公主、猪百介是最早的出处，是原始面貌，是《西游记》借用了这两个角色，恰恰相反，是郑之珍将鲁府本中的铁扇公主、猪八戒借用过来，并加以改造。从猪百介自报家门以及观音菩萨对他的描述来看，他本身就是妖怪，必有故事，所谓"白莲会上呼百介"，是说他曾经皈依佛门，明明有所本，只是点到为止。铁扇公主熄灭火焰山的火、猪百介拱出康庄大道、云桥道人架桥，单从字面上来看，也可以推知本来是各自独立的故事，篇幅不会短到如《观音渡厄》所写，只能是郑之珍将三个本来独立的故事捏合在一起，正如杨景贤将

────────────

① 郑之珍《新编目连救母劝善戏文》，黄山书社，2005 年，第 171—172 页。

② 《新编目连救母劝善戏文》，第 42 页。

南海火龙误发烧空火与泾河水龙行雨差迟这两个不同的故事捏合为一,几句话就打发了。

"好把沙河淤塞孔将开",意谓从淤沙中拱出一条大道,"孔"当是"拱"之误刻,从下一句的"康庄"可知猪百介开出的是大道,而不是隧道,也可见"孔"是"拱"之误。《观音渡厄》有元本没写而鲁府本所写的铁扇公主,她用的也是鲁府本所写的铁扇,不是吴本中的芭蕉扇。《观音渡厄》、吴本都写到拱出道路,而元本、《西游记》杂剧都没有,可知两者都本于鲁府本。所以《新编目连救母劝善戏文》的西游故事其实取材于鲁府本,只是有所改造。猪八戒用长嘴拱、用钉钯筑是看家本领,如吴本写他在荆棘岭用钉钯开出道路,并拱倒树木,又写他从稀柿衕中拱出道路;郑之珍写猪百介从烂沙河的淤沙中拱出道路,并与流沙河收沙和尚的情节捏合在一起。逆推过去,鲁府本当有猪八戒拱出道路的情节,很有可能是在寸步难行的风野山。刘祯认为:"白猿、沙和尚等情节正是在目连戏的不断衍变中,接受《西游记》故事影响,然后并入的。"①他提到的《西游记》如果限定为鲁府本,就准确无误了。

《大唐三藏取经诗话》有深沙神架桥的情节。据日本学者矶部彰研究,《唐僧取经图册》有一幅表现的是"(深沙神)在沙漠上架起金桥让一行通过"②,即元本也有这个情节,继承元本的鲁府本应当也有。吴承恩对这个情节弃而不取,而郑之珍取之,把架桥者改为云桥道人,并把地点改为寒冰池。寒冰池实际上是条河流,河面冰冻,河底有乌龙精伺机吞吃冻死的行人。这个情节的远源是《大唐三藏取经诗话》中的《入九龙池处》。九龙池其实是千里乌江,江中黑浪万重,九条鼍龙深藏江底,吴本中的黑水河捉鼍龙显然也脱胎于此,当然是通过鲁府本。鲁府本中的情节当是鼍龙先变为舟人,以摆渡诱惑唐僧师徒,此计不成,又使河水结冰,企图冻死唐僧师徒。郑

---

① 刘祯《中国民间目连文化》,巴蜀书社,1997年,第311页。
② 《西游记资料汇编》,537页。

之珍只取结冰的情节，而吴承恩既取鼍龙摆渡的情节，结撰成《西游记》第四十三回黑水河捉鼍龙的情节；又另取河水结冰的细节，融进民间鱼篮观音的传说，结撰成《西游记》第四十七回至四十九回堪称新创的通天河擒鲤鱼精的情节。

铁扇公主没有出现于《过火焰山》一出，取而代之的是赤蛇精，鉴于吴承恩《西游记》中的蛇精现出本相时也是赤蛇，不太可能是出于巧合，当是因为鲁府本中的蛇精就是条赤蛇。元本中为害的是条白蛇，并不相同。吴承恩、郑之珍都取之于鲁府本，前者以之与稀柿衕的情节捏合在一起，后者以之与过火焰山的情节捏合在一起。同样是取材于鲁府本，并加以捏合、改造，赤蛇精在《过火焰山》一出中出场时自吹自擂，实际上后来几乎毫无作为，即郑之珍写的很简略粗陋，而吴承恩写孙悟空、猪八戒斗杀蛇精，非常精彩，两者不可同日而语。

《过黑松林》文繁，不便全文征引，兹仅简括其内容。傅罗卜西行至黑松林，林中多虎豹，观音驱散虎豹，在林中变化出一座茅屋，并变身为妇人。妇人淫邀艳约，傅罗卜虽也敷衍应付，却不为所动，并罚下誓愿。妇人调遣猛虎前来，傅罗卜拜虎，虎退去。妇人又请傅罗卜饮酒、吃肉馒头，均遭拒绝。妇人又假装腹痛，求傅罗卜用手按摩腹部。傅罗卜救人心切，将数张大纸盖在妇人腹部按摩。此时妇人、茅屋忽然都不见了。观音现身，勉励他继续西行。这就是《过黑松林》的梗概。鲁府本也有黑松林，但写的是鬼怪魍魉。鲁府本应当也有观音假变美女色诱唐僧师徒，但不在黑松林，吴本敷衍为"四圣试禅心"，与《过黑松林》相比，文字差异甚大。调遣猛虎前来，试探道心，早就见于唐传奇《杜子春》。至于女子假装腹痛，请求僧人按摩，则出于明代盛传的吴红莲色诱玉通和尚的故事，最早见于嘉靖年间田汝成的《西湖游览志》，但郑之珍未必取材于该书，因为该故事在杭州一带早已流传，与他同时的徐渭据之写成戏文，晚于他的冯梦龙据之写成小说。可见，《过黑松林》是郑之珍以鲁府本为基础，又捃扯诸小说、明代民间传说而成，已经是后期的过黑松林故事，甚至晚于吴本所写。

结　　语

从上文可以看到西游故事从初次成书到吴承恩《西游记》漫长而清晰的嬗变与取代的过程：元本问世，宋代的《大唐三藏取经诗话》在国内逐渐亡佚，幸而在日本有留存；鲁府本问世，元本逐渐亡佚，幸有两篇遗文保存下来；吴本问世，鲁府本逐渐亡佚，其取经事件基本上保存在民间的戏曲和宗教文本里。是吴承恩凭借其天才使西游故事发展为文学巨著。

洪迈《容斋随笔》论诗歌与现实社会生活关系

黄　煜

南宋文人学者洪迈是著名的《容斋随笔》的作者。他以博学鸿词科登第入仕,担任过翰林学士、知制诰,作为君主代言之人,为皇帝起草诏命制词,又身任馆阁学士之职,作为文学侍从,与皇帝及同僚诗词唱和、文墨交流,对文学艺术的造诣很深。洪迈著作宏富,《容斋随笔》《夷坚志》《野处猥稿》之外,又编纂《万首唐人绝句》《四朝国史》《高宗实录》等文史作品,且动辄上百卷,亦可见其文思泉涌,妙笔生花。与洪迈同时的人便喜称呼其为"洪内翰""洪翰林"①,虽有尊崇其官位之意,但洪迈本人之文名使这一称呼更显名副其实。丘崈曾向洪迈学习,他为《容斋随笔》所作《跋》称:"先生父子伯仲以文篆相禅,屹为一代诗书礼乐宗主,论中兴人物巨擘,当首屈也。"《宋史》称"迈兄弟皆以文章取盛名、跻贵显,迈尤以博洽受知孝宗,谓其文备众体",又称"其(洪皓)子适、遵、迈相继登词科,文名满天下。适位极台辅,而迈文学尤高,立朝议论最多"②。当时人对洪迈文章之推崇是毫无疑问的。

---

① 如周必大《跋唐子西帖》称"洪翰林迈"(《文忠集》卷四十八,文渊阁《四库全书》本),李心传《建炎以来朝野杂记》甲集卷九《词科宰执数》称"洪内翰迈"(李心传撰、徐规点校,中华书局,2000 年),真德秀《续文章正宗》卷十二苏轼《盖公堂记》注称"洪内翰景卢"(文渊阁《四库全书》本)等。
② 《宋史》卷三百七十三《洪皓传》附《洪迈传》及赞论。

洪迈的诗文今所传虽不多,但清新端严,颇为可喜。论诗之语,被后人辑为《容斋诗话》一书,可见其诗论颇有价值,为后人所重。《容斋随笔》中论诗、论文之语随处可见,颇多新意,发人所未发。他在《容斋三笔》卷五《油污衣诗》中记载自己年方十岁时,见酒店壁上题诗,经过六十多年,"尚历历不忘",记性颇佳。他记在《随笔》中的那首《油污衣》诗,确实"殊有理致",尽管缺乏唐诗情趣,却正是宋人"以议论为诗"①的常态。

洪迈论诗,颇为注意诗歌与现实生活的关系。

孔子说《诗》,以"兴观群怨"概括诗歌的社会作用②,成为现实主义文学批评理论的源头,后世无数批评家、诗人认可这一观点,并将其不断发扬光大。洪迈接受的是正统的儒家教育,他所秉持的诗学观在很大程度上受到"兴观群怨"说的影响。在诗歌与现实社会生活的关系上,洪迈认为诗歌可以反映作者情志、引发感怀;可以记录实事、反映社会习俗与礼节;可以表现人物关系、反映世情百态;可以讽刺现实生活,批评时政得失等等。他的观点,与儒家诗教理论可谓一脉相承,对诗歌与现实社会生活的关系,有比较全面深入的认识。

一 论诗歌反映作者情志、引发感怀

诗人受外界事物影响,有所动于中,继而形诸笔墨,歌之咏之,诗中便时常会反映出作者的情志,而读者有相似的阅历,在阅读此类诗歌时便容易产生共鸣,引发感怀。如《容斋续笔》卷三《杜老不忘君》,列举杜甫诗句中感念君主之语,从杜甫这些不同时期不同境地中写出的诗句可以看出杜甫拳拳

---

① 严羽《沧浪诗话》:"近代诸公乃作奇特解会,遂以文字为诗,以才学为诗,以议论为诗。"
② 《论语》卷九《阳货第十七》:"子曰:'小子,何莫学夫《诗》?《诗》可以兴,可以观,可以群,可以怨。迩之事父,远之事君,多识于鸟兽草木之名。'"(《四部丛刊》景日本正平本)

忠君爱国之心：

> 前辈谓杜少陵当流离颠沛之际，一饭未尝忘君，今略纪其数语云：
> "万方频送喜，无乃圣躬劳。""至今劳圣主，何以报皇天。""独使至尊忧
> 社稷，诸君何以答升平。""天子亦应厌奔走，群公固合思升平。"如此之
> 类非一。

杜甫生当开元盛世，亲眼目睹了唐朝由盛转衰的戏剧性变化。"穷年忧黎
元，叹息肠内热"的杜甫下忧百姓上忧君，《新唐书》称其"情不忘君，人怜其
忠"[1]，苏轼称其"流落饥寒，终身不用，而一饭未尝忘君"[2]。洪迈所举出杜
诗正是体现了杜甫担忧君主操劳，希望大臣尽忠职守，早日达到升平世界的
迫切心情。

又如《容斋三笔》卷十二《人当知足》：

> 予年过七十，法当致仕，绍熙之末，以新天子临御，未敢遽有请，故
> 玉隆满秩，只以本官职居里。乡衮赵子直不忍使绝禄粟，俾之因任[3]。
> 方用赘食太仓为愧，而亲朋谓予爵位不逮二兄，以为耿耿。予诵白乐天
> 《初授拾遗》诗以语之，曰："奉诏登左掖，束带参朝议。何言初命卑，且
> 脱风尘吏。杜甫陈子昂，才名括天地。当时非不遇，尚无过斯位。"其安
> 分知足之意，终身不渝。因略考国朝以来名卿伟人负一时重望而不跻
> 大用者，如王黄州禹偶……近世汪彦章藻、孙仲益觌诸公，皆不过尚书
> 学士，或中年即世，或迁谪留落，或无田以食，或无宅以居，况若我忠宣
> 公者，尚忍言之！则予之忝窃亦已多矣。

洪迈与兄长洪适、洪遵均登博学宏词科入仕，适、遵位至宰执，唯独洪迈与宰

---

① 欧阳修、宋祁《新唐书》卷二百一《杜甫传》，中华书局，1975 年。
② 苏轼《经进东坡文集事略》卷五十六《王定国诗叙》，《四部丛刊》景宋本。
③ 中华书局本标点为"俾之，因任"。按，"俾之因任"是一个比较常见的说法，使之因循下去不
改变。

执之位交臂而过①，洪迈此条言亲朋"谓予爵位不逮二兄，以为耿耿"，而洪迈答之以白居易的《初授拾遗》诗。白居易的情况与洪迈相似，有人认为他的官职不高，于是他在诗中以摆脱风尘小吏来自我安慰。古代官、吏的差距是很大的，由吏而官，那是经过了一大关卡。有趣的是，洪迈以白居易来自解，而白居易也是举杜甫、陈子昂的例子，认为他们在当时还谈不上"不遇"，官位也不过于此，自己又还会有什么不满意的呢？白居易以自己得官前与得官后相比较，又以杜甫、陈子昂与自己相比较，这样横竖比较的结果就是"安分知足"，而且这种"安分知足"还是"终身不渝"的。洪迈引用白诗，用以说明自己也如白居易一般"安分知足"，并不以爵位不如二兄而心存遗憾。白诗语言朴素，语调平淡，读之真觉一位谦谦君子如在目前。

《容斋三笔》卷十二《渊明孤松》则通过陶渊明诗歌中描述的"孤松"形象，揭示陶渊明本人如孤松一般傲岸不屈的性格：

> 渊明诗文率皆纪实，虽寓兴花竹间亦然。《归去来辞》云："景翳翳以将入，抚孤松而盘旋。"其《饮酒》诗二十首中一篇云："青松在东园，众草没其姿。凝霜殄异类，卓然见高枝。连林人不觉，独树众乃奇。"所谓孤松者是己。此意盖以自况也。

洪迈认为，渊明诗中的"孤松"，是其用以"自况"之物。"孤松"的岸然不群，正是渊明与世人落落寡合的形象写真。

---

① 叶绍翁《四朝闻见录》卷一甲集《洪景卢》云孝宗有意重用洪迈，但由于洪迈子弟"不能遵父兄之教，恐居政府，则非所以示天下"，因此不果行。（清知不足斋丛书本）此言不知是否事实。洪迈《容斋三笔》卷九《学士中丞》云："淳熙十四年九月，予以杂学士除翰林学士，蒋世修以谏议大夫除御史中丞，时施圣与在政府，语同列云：'此二官不常置，今呫呫逼人，吾辈当自点检。'盖谓其必大用也，已而皆不然。"可见洪迈任翰林学士时，朝中大臣都认为其必能进位宰执，因为孝、光两朝为此官者，大都如此。洪迈当时对自己也必有此期许，惜未能成。

《容斋三笔》卷十一《何公桥诗》记载了苏轼一桩趣事：

> 英州小市，江水贯其中，旧架木作桥，每不过数年，辄为湍潦所坏。郡守建安何智甫，始叠石为之，方成而东坡还自海外，何求文以纪。坡作四言诗一首，凡五十六句，今载于《后集》第八卷，所谓"天壤之间，水居其多，人之往来，如鹉在河"是也。予侍亲居英，与僧希赐游南山，步过桥上，读诗碑。希赐云："真本藏于何氏，此有石刻，经党禁亦不存。"今以板刻之，乃希赐所书也。赐因言，何公初请记，坡为赋此诗，既大书矣，而未遣送。郡候兵执役者见之，以告何，何又来谒，坡曰："轼未到桥所，难以想象落笔。"何即命具食，拉坡偕往。坡曰："使君是地主，宜先升车。"何谢不敢，乃并轿而行。既至，坡曰："正堪作诗，晚当奉戒。"抵暮送与之。盖诗中云："我来与公，同载而出。欢呼填道，抱其马足。"故欲同行，以印此语耳。坡公作诗时，建中靖国元年辛巳。予闻希赐语时，绍兴十七年丁卯，相去四十六年。今追忆前事，乃绍熙五年甲寅，又四十七年矣。

苏轼受人所托，作《何公桥诗》，诗成却秘而不宣，待到何智甫来请，反说并未完成，因而并轿前往何公桥，却原来是诗中有描述自己与何智甫"同载而出"的情形的句子，因此故意激何与自己同往，以坐实诗句的描写。这种先有诗，后有事实的奇特情景，表现了苏轼写诗不欲作伪的心理和他一副天真富有童趣的情态。洪迈在时隔四十七年之后追忆此事，不免羡慕苏轼率性而为的个性。

《容斋续笔》卷三《栽松诗》引白居易诗句，联想到自己也是年过四十始栽种松树，二十年后松树"蔚然成林，皆有干霄之势"，这里既有因松树栽培不易而自己竟然获得成功的喜悦，也有年届古稀之年，得享高寿的欢欣。这一番与白居易作为的模拟以及一切情感的生发都是由白诗而来。

二　论诗歌记录实事、反映社会习俗与礼节

诗歌与现实社会生活密切相关。人是社会的人，诗人创作出来的作品也根源于社会。杜甫诗作被称为"诗史"，元稹、白居易"新乐府运动"则明确提出"文章合为时而著，歌诗合为事而作"①。在尊奉儒家诗教的洪迈眼中，以诗歌记录实事，反映社会习俗与礼节等更是题中应有之义。如《容斋三笔》卷十二《眄眄秋娘三女》：

> 白乐天《燕子楼》诗序云："徐州故张尚书有爱妓曰眄眄，善歌舞，雅多风态。尚书既殁，彭城有旧第，第中有小楼名燕子，眄眄念旧爱而不嫁，居是楼十余年，幽独块然。"白公尝识之，感旧游，作二②绝句，首章云："满窗明月满帘霜，被冷灯残拂卧床。燕子楼中霜月苦，秋来只为一人长。"末章云："今春有客洛阳回，曾到尚书冢上来。见说白杨堪作柱，争教红粉不成灰。"读者伤恻。刘梦得《泰娘歌》云："泰娘本韦尚书家主讴者，尚书为吴郡，得之，诲以琵琶，使之歌且舞，携归京师。尚书薨，出居民间，为蕲州刺史张愻所得。愻谪居武陵而卒，泰娘无所归。地荒且远，无有能知其容与艺者，故日抱乐器而哭。"刘公为歌其事，云："繁华一旦有消歇，题剑无光履声绝。蕲州刺史张公子，白马新到铜驼里。自言买笑掷黄金，月堕云中从此始。山城少人江水碧，断雁哀弦风雨夕。朱弦已绝为知音，云鬟未秋私自惜。举目风烟非旧时，梦寻归路多参差。如何将此千行泪，更洒湘江斑竹枝。"杜牧之《张好好诗》云："牧佐故吏部沈公在江西幕，好好年十三，以善歌来乐籍中，随公移置宣城，后为沈著作所纳。见之于洛阳东城，感旧伤怀，题诗以赠曰：君为豫章姝，

① 白居易《与元九书》，《白氏长庆集》卷二十八，《四部丛刊》景日本翻宋大字本。
② 按，各本均作"二"，白居易《燕子楼》诗实为三首，中华书局本《容斋随笔》径改为"三"。

十三才有余。主公再三叹，谓言天下无。自此每相见，三日已为疏。身外任尘土，尊前极欢娱。飘然集仙客，载以紫云车。尔来未几岁，散尽高阳徒。洛城重相见，绰绰为当垆。朋游今在否，落拓更能无。门馆恸哭后，水云秋景初。洒尽满襟泪，短歌聊一书。"予谓妇人女子，花落色衰，至于失主无依，如此多矣，是三人者，特见纪于英辞鸿笔，故名传到今。况于士君子终身不遇而与草木俱腐者，可胜叹哉！然眄眄节义，非泰娘、好好可及也。

眄眄、泰娘与好好色艺双绝，然而她们之所以能够名传后世，是因为有白居易、刘禹锡、杜牧这样的大诗人为其写下传世名作，记载下了她们的事迹，否则也难免与其他许多人一样湮没无传。佳人美名有赖于诗人生花妙笔，在洪迈看来，一般的士君子"终身不遇而与草木俱腐者"也比比皆是，可惜没有太多大笔如椽能够一一记录。

又如《容斋续笔》卷二《唐诗无讳避》论唐代诗人"于先世及当时事直辞咏寄，略无避隐，至宫禁嬖昵非外间所应知者，皆反复极言"。

诗歌中还能反映出当时社会的习俗。如《容斋续笔》卷二《岁旦饮酒》：

今人元日饮屠酥酒，自小者起，相传已久，然固有来处。后汉李膺、杜密以党人同系狱，值元日，于狱中饮酒，曰："正旦从小起。"《时镜新书》晋董勋云："正旦饮酒，先从小者，何也？"勋曰："俗以小者得岁，故先酒贺之。老者失时，故后饮酒。"《初学记》载《四民月令》云："正旦进酒次第，当从小起，以年小者起先。"唐刘梦得、白乐天元日举酒赋诗，刘云："与君同甲子，寿酒让先杯。"白云："与君同甲子，岁酒合谁先？"白又有《岁假内命酒》一篇云："岁酒先拈辞不得，被君推作少年人。"顾况云："不觉老将春共至，更悲携手几人全。还丹寂寞羞明镜，手把屠苏让少年。"裴夷直云："自知年几偏应少，先把屠苏不让春。倘更数年逢此日，还应惆怅羡他人。"成文斡云："戴星先捧祝尧觞，镜里堪惊两鬓霜。好是灯前偷失笑,屠苏应不得先尝。"方干云:"才酌屠苏定年齿,坐中皆笑鬓毛斑。"然则尚矣。东坡亦云:"但把穷愁博长健,不辞最后饮屠酥。"其义亦然。

饮酒时一般长者、尊者先饮,但是洪迈时元旦饮酒却从小者起,这个习俗相传已久,唐人诗句中多有涉及者,洪迈所列出的刘禹锡、白居易等人诗句,都明确地再现了这一习俗。

又如《容斋续笔》卷一《重阳上巳改日》借郑谷、苏轼菊花诗论重阳节可以改期,不必一定在九月九;《容斋续笔》卷三《乌鹊鸣》论"北人以乌声为喜,鹊声为非。南人闻鹊噪则喜,闻乌声则唾而逐之",借白居易诗为证;《容斋三笔》卷十六《岁后八日》以杜甫诗证岁后八日之说等等,都是以诗歌来说明习俗与民间节日。

《容斋三笔》卷十四《衙参之礼》则以诗歌来说明官场礼节:

> 今监司、郡守初上事,既受官吏参谒,至晡时,僚属复伺于客次,胥吏列立廷下通刺曰衙,以听进退之命,如是者三日。如主人免此礼,则翌旦又通谢刺。此礼之起,不知何时。唐岑参为虢州上佐,有一诗题为《衙郡守还》,其辞曰:"世事何反复,一身难可料。头白翻折腰,还家私自笑。所嗟无产业,妻子嫌不调。五斗米留人,东溪忆垂钓。"然则由来久矣。韩诗曰:"如今便别官长去,直到新年衙日来。"疑是谓月二日也。

洪迈以岑参、韩愈诗证唐时已有衙参之礼。洪迈所云衙参礼,后世罕有人提及,弥足珍贵。

又如《容斋续笔》卷一《唐藩镇幕府》:

> 唐世士人初登科或未仕者,多以从诸藩府辟置为重。观韩文公送石洪、温造二处士赴河阳幕序,可见礼节。然其职甚劳苦,故亦或不屑为之。杜子美从剑南节度严武辟为参谋,作诗二十韵呈严公,云:"胡为

来幕下，只合在舟中。束缚酬知己，蹉跎效小忠。周防期稍稍，太简遂匆匆。晓入朱扉启，昏归画角终。不成寻别业，未敢息微躬。会希全物色，时放倚梧桐。"而其题曰《遣闷》，意可知矣。韩文公从徐州张建封辟为推官，有书上张公云："受牒之明日，使院小吏持故事节目十余事来，其中不可者，自九月至二月，皆晨入夜归，非有疾病事故，辄不许出，若此者非愈之所能也。若宽假之，使不失其性，寅而入，尽辰而退，申而入，终酉而退，率以为常，亦不废事。苟如此，则死于执事之门无悔也。"杜、韩之旨，大略相似云。

唐代虽然已经开科取士，但是每科中选者非常少，直到宋朝确定实行文官政治，"与士大夫治天下"，才大开科举之门，大批文士由科举之途进入官场。唐时藩镇割据情况严重，藩府有权自置僚属，这些僚属也为中央朝廷所承认，所以唐人"初登科或未仕者，多以从诸藩府辟置为重"。然而其职劳苦，从杜甫诗、韩愈文所描述的情景可以看出，在幕府不但办公时间长，而且关防严密，这对一些性好自由的文士来说是件苦差事。

三　论诗歌表现人物关系、反映世情百态

人是最复杂的动物，人有思想、有知识、富感情，在人与人之间会形成各种纵横交错的网络关系，而诗歌最能抒发作者心中之情，能够表现各种人物之间的关系，反映世情百态。洪迈《容斋续笔》卷六《严武不杀杜甫》论严武与杜甫的关系：

《新唐书·严武传》云："房管以故宰相为巡内刺史，武慢倨不为礼，最厚杜甫，然欲杀甫数矣，李白为《蜀道难》者，为房与杜危之也。"《甫传》云："武以世旧待甫，甫见之，或时不巾。尝醉登武床，瞪视曰：'严挺

之乃有此儿。'武衔之,一日欲杀甫,冠钩于帘三,左右白其母,奔救得止。"《旧史》但云:"甫性褊躁,尝凭醉登武床,斥其父名,武不以为忤。"初无所谓欲杀之说,盖唐小说所载,而《新书》以为然。予按李白《蜀道难》本以讥章仇兼琼,前人尝论之矣。甫集中诗凡为武作者,几三十篇。送其还朝者,曰"江村独归处,寂寞养残生"。喜其再镇蜀,曰"得归茅屋赴成都,直为文翁再剖符"。此犹是武在时语,至《哭其归榇》及《八哀诗》"记室得何逊,韬钤延子荆",盖以自况;"空余老宾客,身上愧簪缨",又以自伤。若果有欲杀之怨,必不应眷眷如此。好事者但以武诗有"莫倚善题鹦鹉赋"之句故,用证前说,引黄祖杀祢衡为喻,殆是痴人面前不得说梦也,武肯以黄祖自比乎!

李白《蜀道难》奇崛瑰丽,气象宏伟,境界阔大,而其写作背景则众说纷纭。《新唐书》认为是为房管与杜甫而作,此说一出后,因为出于正史,较为人所信服,影响较大,但是却并非事实。此诗最早见于唐人殷璠所编《河岳英灵集》,该书成于唐玄宗天宝十二载(753),此时安史之乱尚未发生,房管、杜甫还未入川,所以不可能是为房、杜而作的。洪迈也反对此说,却是从严武、杜甫关系着眼,以杜甫之诗来证明此说之误。洪迈认为,杜甫为严武所作诗现存几二十篇,数量颇多,而其内容则是赞美亲近严武,特别是严武死后,杜甫不再托庇于武,而其悼诗却仍然充满着对严武赏识自己的感佩,眷眷如斯,应该不存在"欲杀之怨"。洪迈通过对杜甫诗歌进行分析得出的结论是相当准确的。[1]

又如《容斋三笔》卷五《东坡慕乐天》论苏轼与白居易的关系:

苏公责居黄州,始自称东坡居士。详考其意,盖专慕白乐天而然。白公有《东坡种花二诗》云:"持钱买花树,城东坡上栽。"又云:"东坡春

---

[1]　洪迈认为《蜀道难》是为讥讽章仇兼琼而作,今人也多不以为然。

向暮,树木今何如。"又有《步东坡》诗云:"朝上东坡步,夕上东坡步。东坡何所爱?爱此新成树。"又有《别东坡花树》诗云:"何处殷勤重回首,东坡桃李种新成。"皆为忠州刺史时所作也。苏公在黄,正与白公忠州相似,因忆苏诗,如《赠写真李道士》云:"他时要指集贤人,知是香山老居士。"《赠善相程杰》云:"我似乐天君记取,花颠赏遍洛阳春。"《送程懿叔》云:"我甚似乐天,但无素与蛮。"《入侍迩英》云:"定似香山老居士,世缘终浅道根深。"而跋曰:"乐天自江州司马除忠州刺史,旋以主客郎中知制诰,遂拜中书舍人。某虽不敢自比,然谪居黄州,起知文登,召为仪曹,遂忝侍从。出处老少,大略相似,庶几复享晚节闲适之乐。"《去杭州》云:"出处依稀似乐天,敢将衰朽较前贤。"序曰:"平生自觉出处老少粗似乐天。"则公之所以景仰者,不止一再言之,非东坡之名偶尔暗合也。

洪迈本人非常喜欢白居易,《容斋随笔》很多地方都提到他,如《容斋五笔》卷八《白苏诗纪年岁》记白居易"为人诚实洞达,故作诗述怀好纪年岁";《白公说俸禄》记"白乐天仕宦,从壮至老,凡俸禄多寡之数,悉载于诗,虽波及他人亦然。其立身廉清,家无余积,可以概见矣"。白诗有"同时六学士,五相一渔翁",洪迈就在《容斋续笔》卷二《元和六学士》条中列举自己同舍诸人,云"甚类元和事";白居易有洛中九老之会,洪迈《容斋四笔》卷十二《至道九老》条中便云自己交游往来的朋友"适有此数"。《容斋五笔》卷八《白居易出位》条更为白居易遭遇不公而极为愤慨。苏轼与白居易性格中都有乐观豁达的一面,而这正是洪迈极为欣赏他们两人的一个重要原因。苏轼自号东坡居士,而白居易正有"东坡"地一块、诗数首,这是偶然的巧合吗? 洪迈通过认真考察苏轼诗中之意,发现苏轼对白居易有极大好感,经常把自己比作乐天,而且屡言自己在仕宦途中出处进退,都有与乐天相似的地方,于是确知苏轼是出于仰慕乐天而取"东坡"之号,非是"偶尔暗合"。

　　诗歌本为抒发作者情志、展现作者心中眼中之世界而作,读者以意逆志,常能从中有所发现。这种发现可能并不完全等同于作者本意所要展示的东西,却是真实存在于诗作乃至作者潜意识中的,从这种发现中常能品出一种世情百态。如《容斋续笔》卷五《玉川子》:

> 韩退之《寄卢仝》诗云:"玉川先生洛城里,破屋数间而已矣。一奴长须不裹头,一婢赤脚老无齿。昨晚长须来下状,隔墙恶少恶难似。每骑屋山下窥瞰,浑舍惊怕走拆趾。立召贼曹呼五百,尽取鼠辈尸诸市。"夫奸盗固不义,然必有谓而发,非贪慕货财,则挑暴子女。如玉川之贫,至于邻僧乞米,隔墙居者,岂不知之。若为色而动,窥见室家之好,是以一赤脚老婢陨命也,恶少可谓枉着一死。予赞韩诗至此,不觉失笑。全集中《有所思》一篇,其略云:"当时我醉美人家,美人颜色娇如花。今日美人弃我去,青楼珠箔天之涯。梦中醉卧巫山云,觉来泪滴湘江水。湘江两岸花木深,美人不见愁人心。相思一夜梅花发,忽到窗前疑是君。"则其风味殊不浅,韩诗当亦含讥讽乎?

卢仝家境贫困,仍招致恶少觊觎,洪迈读韩诗于是感觉疑惑,若说恶少为财则卢家无财,若说为色,则仅一赤脚老婢,其中似颇可斟酌。接着又引卢诗一首,描写卢仝与"美人"交往种种,洪迈认为其"风味殊不浅",因此怀疑韩愈之诗暗含讥讽之意。事实是否如洪迈所云固不可考,洪迈只是给读者指出另一思考角度,而其所言恶少枉死之事,正属世情百态之一种。

　　此外《容斋三笔》卷十一《符读书城南》指出韩愈、杜牧诗作有"觊觎富贵"之意,"为可议也";《容斋三笔》卷十二《大贤之后》由杜甫诗引出对"大贤之后竟陵迟"的感慨;《容斋四笔》卷三《李杜往来诗》论杜甫"称太白及怀赠之篇甚多",而李白"与子美诗略不见一句",暗喻杜甫重视与李白的情谊,而李白未必,这也成为后来学者论及李杜二人关系时不可忽略的关键;《容斋四笔》卷十五《朱藏一诗》论朱藏一由于诗歌受到权臣猜忌打击的不幸等等,都是从诗歌中品味人生甘苦的千般滋味、万般感受。

四　论诗歌讽刺现实生活，批评时政得失

　　诗歌讽刺现实的作用，自《诗大序》便已提出①，后世更是不断发扬光大，以诗歌揭露批判现实生活中种种不公现象，反映广大民众的要求，批评时政的得失，这成为我国现实主义诗歌的优良传统。洪迈非常重视诗歌的这一传统，他在《容斋随笔》卷十五《连昌宫词》中批评元、白歌咏天宝时事诗，就是以此为评判标准：

　　　　元微之、白乐天，在唐元和、长庆间齐名。其赋咏天宝时事，《连昌宫词》《长恨歌》皆脍炙人口，使读之者情性荡摇，如身生其时，亲见其事，殆未易以优劣论也。然《长恨歌》不过述明皇追怆贵妃始末，无他激扬，不若《连昌词》有监戒规讽之意。如云："姚崇、宋璟作相公，劝谏上皇言语切。长官清贫太守好，拣选皆言由相公。开元之末姚、宋死，朝廷渐渐由妃子。禄山宫里养作儿，虢国门前闹如市。弄权宰相不记名，依稀忆得杨与李。庙谟颠倒四海摇，五十年来作疮痏。"其末章及官军讨淮西，乞"庙谟休用兵"之语，盖元和十一二年间所作，殊得风人之旨，非《长恨》比云。

《连昌宫词》《长恨歌》都是歌咏天宝时事的名作，《连昌宫词》语言较为朴素，论人物形象的丰满、诗歌语言的艺术感染力实不及《长恨歌》；论"使读之者情性荡摇"，也是有所不如的。但洪迈称赞《连昌宫词》"有监戒规讽之意"，"殊得风人之旨，非《长恨》比"，便是着重于诗歌的美刺作用，以诗歌的现实

---

① 毛亨《毛诗》卷一："上以风化下，下以风刺上，主文而谲谏，言之者无罪，闻之者足以戒，故曰风。至于王道衰、礼义废、政教失、国异政、家殊俗，而变风、变雅作矣。"（《四部丛刊》景宋本）

意义衡量诗作,因此认为《连昌宫词》优于《长恨歌》。

又如《容斋续笔》卷三《丹青引》论杜甫诗含劝诚意:

> 杜子美《丹青引赠曹将军霸》云:"先帝天马玉花骢,画工如山貌不同。是日牵来赤墀下,迥立阊阖生长风。诏谓将军拂绢素,意匠惨淡经营中。斯须九重真龙出,一洗万古凡马空。玉花却在御榻上,榻上廷前屹相向。至尊含笑催赐金,圉人太仆皆惆怅。"读者或不晓其旨,以为画马夺真,圉人、太仆所为不乐。是不然。圉人、太仆盖牧养官曹及驭者,而黄金之赐,乃画史得之,是以惆怅,杜公之意深矣。又《观曹将军画马图》云:"曾貌先帝照夜白,龙池十日飞霹雳。内府殷红码碯盘,婕妤传诏才人索。"亦此意也。

杜甫《丹青引》笔势开阔纵横,当真有天马行空之概。诗中所云"至尊含笑催赐金,圉人太仆皆惆怅",没有明说圉人、太仆为何惆怅,只道是画工所画之马非常逼真,几于乱真,因此皇帝赐金给画工。一些读者认为是由于画工作品过于逼真,掩过了骏马本身的风采,因而使他们心生嫉妒,感觉惆怅。洪迈却从更深一层的角度进行分析,认为圉人、太仆是与马匹打交道的官员,马儿威风凛凛,那是他们照顾得好,平时不知耗费了多少精力在饲养调教马匹上,现在一介画工,不过把马儿照样画下来,却能获得皇帝的嘉奖。绘画在古代,不过是一门小小技艺而已,是小道,在心存治国平天下之志的儒者看来,画院无论如何是不能与那些真正做实事的部门相提并论的。因此,杜甫此诗是在暗讽朝廷赏罚不公,应该得到奖励的圉人、太仆没有得到,而画工不过是以"小技"获得皇帝欢心,便得到丰厚赏赐。以小见大,朝堂之上,还不知有多少这样的事情发生,所以洪迈认为"杜公之意深矣"。

又如《容斋三笔》卷十五《题先圣庙诗》:

> ……予顷在福州,于吕虚已处,见邵武上官校书诗一册,内一篇题为《州西行》。州西者,蔡京所居处也。注云:"靖康元年作。时京谪湖

湘,子孙分窜外郡,所居第摧毁索寞,殆无人迹,故为古调以伤之。"凡三十余韵,今但记其末联云:"君不见,乔木参天独乐园,至今仍是温公宅。"其意甚与前相类。绍兴二十五年冬,秦桧死,空其赐宅,明年开河,役夫辇泥土堆于墙下。天台士人左君作诗曰:"格天阁在人何在,偃月堂深恨亦深。不见洛阳图白发,但知郿坞积黄金。直言动便遭罗织,举目宁知有照临。炙手附炎俱不见,可怜泥滓满墙阴。"语虽纪实,然太露筋骨,不若前两章浑成也。……

蔡京、秦桧是历史上有名的权相,他们掌握政权多年,为非作歹,大肆损害国家利益,大力打击异己,被后人严厉批评。当他们在任上时,许多人趋炎附势,为虎作伥,皇帝又极为宠信他们,一时气焰熏天,豪宅歌舞升平,繁华热闹,然而时过境迁,盖棺定论,繁华消歇,昔日的豪宅如今只剩下断壁残垣,满目萧索。洪迈引用这样两首诗,通过今昔对比的巨大反差,说明一时的权势富贵敌不过岁月的流逝无情,无法堵住悠悠众人之口。

《容斋五笔》卷十《农父田翁诗》论农夫耕作之辛勤与缴纳租税后生活难以为继的辛酸,念及如今情况还不如昔时的担忧:

> 张碧《农父》诗云:"运锄耕劚侵晨起,陇畔丰盈满家喜。到头禾黍属他人,不知何处抛妻子。"杜荀鹤《田翁》诗云:"白发星星筋力衰,种田犹自伴孙儿。官苗若不平平纳,任是丰年也受饥。"读之使人怆然,以今观之,何啻倍蓰也。

又如《容斋五笔》卷三《开元宫嫔》引白居易、杜甫诗论帝王后宫妃妾之多,对帝王沉溺美色提出批评等等,都是引用诗歌来对现实中一些问题提出批评。

总之,洪迈《容斋随笔》对诗歌与现实社会生活的关系从多方面做了点评,反映他继承了现实主义诗歌传统,看重诗歌的现实意义,多有创见,在现实主义诗论中占有一席之地。

略论东汉史学之转向

张宗品

一　从《史记》的一条附益文献谈起

今本《史记·秦始皇本纪》篇末论及东汉孝明帝(58—75年在位)时事，与《始皇本纪》年代殊为不侔，一望可知乃后人附入。其文如下：

> 孝明皇帝十七年十月十五日乙丑，曰：

> 周历已移，仁不代母。秦直其位，吕政残虐。然以诸侯十三，并兼天下，极情纵欲，养育宗亲。三十七年，兵无所不加，制作政令，施于后王。盖得圣人之威，河神授图，据狼、狐，蹈参、伐，佐政驱除，距之称始皇。

> 始皇既殁，胡亥极愚，郦山未毕，复作阿房，以遂前策。云"凡所为贵有天下者，肆意极欲，大臣至欲罢先君所为"。诛斯、去疾，任用赵高。痛哉言乎！人头畜鸣。不威不伐恶，不笃不虚亡，距之不得留，残虐以促期，虽居形便之国，犹不得存。

> 子婴度次得嗣，冠玉冠，佩华绂，车黄屋，从百司，谒七庙。小人乘

非位，莫不恍忽失守，偷安日日，独能长念却虑，父子作权，近取于户牖之间，竟诛猾臣，为君讨贼。高死之后，宾婚未得尽相劳，餐未及下咽，酒未及濡唇，楚兵已屠关中，真人翔霸上，素车婴组，奉其符玺，以归帝者。郑伯茅旌鸾刀，严王退舍。河决不可复壅，鱼烂不可复全。贾谊、司马迁曰："向使婴有庸主之才，仅得中佐，山东虽乱，秦之地可全而有，宗庙之祀未当绝也。"秦之积衰，天下土崩瓦解，虽有周旦之材，无所复陈其巧，而以责一日之孤，误哉！俗传秦始皇起罪恶，胡亥极，得其理矣。复责小子，云秦地可全，所谓不通时变者也。纪季以酅，《春秋》不名。吾读《秦纪》，至于子婴车裂赵高，未尝不健其决，怜其志。婴死生之义备矣。①

此段附文与《史记》同行既久，徐广、裴骃、司马贞、张守节等并加注释，相沿不改。这种现象在早期文献中并不稀见，余嘉锡氏目为古书之"通例"，称："古书既多后人所编定，故于其最有关系之议论，并载同时人之辩驳，以著其学之废兴，说之行否，亦使读者互相印证，因以考见其生平，即后世文集中附录往还书札赠答诗文之例也。"②

关于这段文字的来源，三家注皆略有交代。刘宋裴骃《史记集解》转述徐广注中称引班固《典引》篇有关文字，暗示该段文字出于班固之手③。其后，唐张守节《史记正义》沿其绪，亦转引班固《典引》篇序，以为该段文字为班固答汉明帝所上奏表④。唐司马贞《史记索隐》径云："此已下是汉孝明帝

① 司马迁《史记》卷六《秦始皇本纪》，中华书局，1959年，第290—293页。
② 余嘉锡又称"古书中所载之文辞对答，或由记者附著其始末，使读者知事之究竟，犹之后人奏议中之录批答，而校书者之附案说也"。余嘉锡《古书通例》卷四，上海古籍出版社，1985年，第125，126—127页。
③ 《集解》引徐广曰："班固《典引》曰：'永平十七年，诏问臣固，太史迁赞语中宁有非耶？臣对，贾谊言子婴得中佐，秦未绝也。此言非是，臣窃知之耳。'"见《史记·秦始皇本纪》，第294页注一二。
④ 《正义》："班固《典引》云后汉明帝永平十七年，诏问班固：'太史迁赞语中宁有非耶？'班固上表陈秦过失及贾谊言答之。"见《史记·秦始皇本纪》，第290—291页注一。

访班固评贾、马赞中论秦二世亡天下之得失,后人因取其说附之此末。"①三家并无异词,皆明确指出所附文献出于班固之手。至于何人何时取班固奏表附于迁书,则均未言及,可见至迟在刘宋时,注家已不甚明了②。注文中指出的班固《典引》篇序文,又见《文选》卷四八"符命类",为便于讨论,一并移录如下:

> 臣固言:永平十七年,臣与贾逵、傅毅、杜矩、展隆、郗萌等召诣云龙门。小黄门赵宣持《秦始皇帝本纪》问臣等曰:"太史迁下赞语中,宁有非耶?"臣对:"此赞贾谊《过秦》篇云,向使子婴有庸主之才,仅得中佐,秦之社稷未宜绝也。此言非是。"即召臣入,问:"本闻此论非耶?将见问意开寤耶?"臣具对素闻知状。诏因曰:"司马迁著书成一家之言,扬名后世,至以身陷刑之故,反微文刺讥,贬损当世,非谊士也。司马相如涝行无节,但有浮华之辞,不周于用,至于疾病而遗忠,主上求取其书,竟得颂述功德,言封禅事,忠臣效也。至是贤迁远矣。"臣固常伏刻诵圣论,昭明好恶,不遗微细,缘事断谊,动有规矩,虽仲尼之因史见意,亦无以加。臣固被学最旧,受恩浸深,诚思毕力竭情,昊天罔极!臣固顿首顿首。伏惟相如《封禅》,靡而不典;扬雄《美新》,典而亡实。然皆游扬

---

① 《史记·秦始皇本纪》,第 291 页注二。

② 细绎注文,我们发现此段文字《集解》所引注释有人名者三人:宋均、蔡邕、徐广(蔡邕注在"车黄屋"下,宋均注在"鱼烂不可复全"下,分别见《史记·秦始皇本纪》,第 293 页之注三、注七)。然宋均为东汉初年人,"建初元年(76),卒于家"(见《后汉书·宋均传》,中华书局,1965 年,第 1414 页)。此文记明帝永平十七年(74)事,中间相隔仅一年,以均之资历无不会一年之内即见《太史公书》及班书并为之作注。史载均善《诗》《礼》等经书,此处当其为《公羊传》中"鱼烂"一词所作经注,如《春秋公羊传·僖公十九年》"其自亡奈何?鱼烂而亡也"(十三经注疏本,中华书局影印,1980 年,第 2256 页中)。此外,"黄屋"词下裴骃《集解》亦征引蔡邕语,但"黄屋"一词《史记》《汉书》列传中多有,不能据此断定附文时间。而上引《史记》第 294 页注一二《集解》引徐广语所叙时间,因由正与此段相合,可知徐广此处正是交代附文的写作背景,属有意为之。据此,我们可以判定至少在徐广作注之时,所见文本已有此段附文。据《宋书·徐广传》,晋孝武帝时(373—396 年在位),广"除为秘书郎、校书秘阁",故能"研核众本,为作《音义》,具列异同,兼述训解"(《宋书》卷五五,中华书局,1974 年,第 1548 页;裴骃《史记集解序》,第 4 页)。故可推知,东晋以来宫廷诸本中,附文已与《史记》原文并行。

后世,垂为旧式。臣固才朽不及前人,盖咏《云门》者难为音,观隋和者难为珍。不胜区区,窃作《典引》一篇,虽不足雍容明盛万分之一,犹启发愤满,觉悟童蒙,光扬大汉。轶声前代,然后退入沟壑,死而不朽。臣固愚戆,顿首顿首。①

两相比照之下,我们发现《史记》的这段附文与《典引》篇序文所言年月、事件合若符契,内容相互印证,正如《正义》所云,为"班固上表陈秦过失及贾谊言答之"的文字,是"具对素闻知状"的具体陈述。

就写作时间而言,《典引》序已清楚表明,《史记·秦始皇本纪》所载云龙门问对在前,《典引》篇序文在后②。就文体而言,《秦始皇本纪》的这段附文,除时间外,未列首尾属款,格式与蔡邕《答诏问灾异八事》一致,应为当时诏问的答卷③。而《典引》篇序前称"臣固言",结尾云"臣固愚戆,顿首顿首",正是蔡邕《独断》中所谓"不需头,上言'臣某言',下言'臣某诚惶诚恐,顿首顿首,死罪死罪'"之"表"④,即班固在云龙门问对后上《典引》篇的奏表。

根据这两篇文献,我们可以大略推知事件的经过:在东汉永平十七年(74),明帝在云龙门诏集贾逵、傅毅、杜矩、展隆、郗萌等,询问他们对《史记·秦始皇帝本纪》中司马迁赞语的看法。班固作了较为详细的回答,但明帝未言班固所言之是非,却只评论贾、马二人的"忠"与"贤"。这几句看似无关弘旨的话引起了班固诚惶诚恐的反思,并奏上《典引》篇以"光扬大汉"。

---

① 《文选》卷四八,上海古籍出版社,1986 年,第 2158—2159 页。

② 《典引》篇序文首言"永平十七年",以文义推求,则此序及《典引》上奏的时间当在永平十七年之后。班固从反思到构思成文应经历了较长的时间。

③ 蔡邕《答诏问灾异八事》中详载了诏问时的程序,见《蔡中郎文集》卷六,四部丛刊缩印本,132 册,第 38 页上—42 页上。

④ 又,表"左方下附曰某官臣某甲上,文多用编两行,文少以五行,诣尚书通者也"。则此篇先报尚书审阅再呈给明帝。参蔡邕《独断》卷上,四部丛刊三编本,32 册,上海书店影印,1985 年,第 4B—5A 页。

汉代帝王诏集臣下问对，屡见篇籍，但专门诏问史书观点者，仅见此处①。细绎文本，我们不难发现，寥寥数语的问对下分明掩藏了当时帝王与史臣汹涌澎湃的思想交锋。这两篇文字也无疑是我们今天考察东汉时期史学转向弥足珍视的材料。

二　两份答卷

史家在史书修撰过程中应当秉持何种立场，这在东汉以前并不构成问题。秉笔直书，"不虚美、不隐恶"，"贤贤贱不肖"②，历来即为良史之标的。但这一切在汉明帝时代似乎已不再是修史者的金科玉律。私自改作国史已遭帝王严厉禁止③，重新获得国史修撰资格的史家也需要有新的立场。但这种新的修史立场的转变并非一蹴而就，当时的史家有一个自我适应的艰难历程。以下，笔者尝试通过对班固奏对文本思路的推求，寻绎这场问对中帝王与史臣思想交锋的暗流。

奏表显示，这次云龙门问对发生于孝明帝永平十七年(74)，正值东汉国

---

① 参见陆侃如《中古文学系年》："班固至云龙门对策，作《神雀颂》《秦纪论》及《典引》。"(人民文学出版社，1985 年，第 92 页)班固、贾逵、傅毅等作《神雀颂》事，见诸《论衡》卷二十(黄晖《论衡校释》，中华书局，1990 年，第 863—864 页)。《后汉书·贾逵传》亦载逵作《神雀颂》(第 1235 页)。又《隋书·经籍志四》有《神雀赋》一卷，后汉傅毅撰"(《隋书》卷三五，中华书局，1973 年，第 1083 页)。然据《后汉书·明帝纪》，神雀集宫殿事在明帝永平十七年三月后，百官祝颂在夏五月戊午，要之皆在永平十七年八月之前。(《后汉书》卷二，第 121 页)贾逵先作颂而后拜为郎，始典校秘书，兼述汉史。故十七年十月云龙门之诏非为颂作，而诏问又未言及其他，可知专为史事。
② 分别见于《汉书·司马迁传》(《汉书》卷六二，中华书局，1962 年，第 2738 页)；《史记·太史公自序》，第 3297 页。
③ 《后汉书·班固传》称"既而有人上书显宗，告固私改作国史者，有诏下郡，收固系京兆狱，尽取其家书"。以此推知当时有私自改作国史之禁。班固《汉书》所记止于西汉，而竟为人告发，当时所谓国史，或兼言两汉。而揆诸情实，当以东汉史为主，《东观汉记》应为东汉帝王最看重的国史。参《后汉书》卷四〇上，第 1333—1334 页。

力强盛，内外修明的时代。统治者自信心膨胀，关注国史修撰，召集史臣，颂扬汉德，势所必然。此前，明帝已分别在永平五年和永平十五年进行过两次国史修纂①。

问题看似简单：小黄门赵宣持《秦始皇帝本纪》问班固等："太史迁下赞语中，宁有非耶？"班固《汉书》多取资《史记》，对这些论赞自不陌生，他立即指出司马迁赞语中不当之处："此赞贾谊《过秦篇》云，向使子婴有庸主之才，仅得中佐，秦之社稷未宜绝也。此言非是。"班固的初步回答看来令汉明帝较为满意，以为班固已经领悟了自己的意图。随即召入，继续问道："本闻此论非耶？将见问意开寤耶？"是否本来就持有这种观点，还是临时迎合圣意，这也是明帝十分关心的问题。班固随即"具答素闻知状"。其答卷（即前引《史记·秦始皇本纪》后附文）气势充沛、文笔雅健，句式参差错落，是一篇艺术上十分成功的奏对。但是，他的回答真的与明帝的观点一致吗？

"周历已移，仁不代母"，答卷首以五德终始的观点指出秦得政之因由，再历数秦政得失，尤其是在子婴继位之后，作者用了大量三言句，夸饰子婴为帝的礼仪。继之赞扬他在"小人乘非位，莫不恍忽失守，偷安日日"的情势下，"独能长念却虑，父子作权，近取于户牖之间，竟诛猾臣，为君讨贼"的难能可贵，又以排比句渲染作者对其未及施展抱负即为汉军所虏的惋惜之情。对当时形势进行一番分析之后，作者于是开始批驳贾、马论点，指出："秦之积衰，天下土崩瓦解，虽有周旦之才，无所复陈其巧，而以责一日之孤，误哉！"文末再以《史记》常用的评论语气，一抒感慨，称赞子婴"死生之义备矣"。

---

① 《后汉书·班固传》载固"与前睢阳令陈宗、长陵令尹敏、司隶从事孟异共成《世祖本纪》"（第1334页）。《东平宪王苍传》称："（永平）十五年春，……帝以所作《光武本纪》示苍。"（第1436页）又《明帝纪》载此次召见在在永平十五年三月（第118页），可见即迟至此，《世祖本纪》已修成。又，与班固同修《世祖本纪》的长陵令尹敏于永平五年免官，则《世祖本纪》始修当不晚于永平五年。见《后汉书》卷七九上，第2559页。

单从史学角度来看，这份有的放矢、理据充分的答卷，也应得到明帝的褒奖。但明帝却未置可否，转而评骘司马迁与司马相如二人。其文乍读令人生惑，继而恍然大悟：班固的答卷已然偏题。

明帝所提的问题看似在探讨司马迁赞语的是非，实则考察的是修史者的立场。封建时代修史，多希望一方面记述前朝旧事，为本朝寻求借鉴，另一方面更希望借此证明前朝灭亡的必然性和本朝取代的合法性，这一点在易代之际史事的记载上体现得尤为突出。秦朝是作为汉朝对立面的一个王朝，如何看待秦政即间接地反映了如何褒贬当代。贾谊、司马迁言子婴无能，只要他有"庸主之才"，秦朝即不会灭亡。好像汉朝只是因为侥幸碰上了一位相当无能的前朝帝王，才轻松得到统治权。这无疑严重质疑了汉灭暴秦的正当性和汉绍尧统的合法性。显然，班固一开始并未领会"圣意"，在答卷中只是铺陈在秦朝由暴政而必然衰败的颓势下子婴的无辜，批评贾、马"不通时变"，甚至在篇末对子婴大掬同情之泪，"健其决，怜其志"。这无疑是明帝不愿看到的评论。对于贾谊和司马迁，汉明帝单独拈出作为史官的司马迁，并非无意为之。他的谕诏不啻给班固等史臣树立了正反两个典型："颂述功德，言封禅事"的司马相如和"微文刺讥，贬损当世"的司马迁。要做"忠臣"还是"非谊士"，不言自明。在王权定于一尊的封建社会，这里不仅是为史臣树立榜样，更是必须遵循的原则。因此，明帝的训示实则是为史臣定下修撰国史的指导思想：绝对不可"微文刺讥，贬损当世"，而要"颂述功德"。

经明帝训示之后，我们看到班固在第二份答卷，即进《典引》篇的奏表中进行了深刻的反省。回答的侧重点也发生了很大的转变：从史学上的探讨兴衰因由转为了政治上的表忠心，述圣德，赞符命。并将精心制作颂扬汉德的《典引》篇作为反思结果予以呈报，是对此前诏问的进一步回答。

检视《典引》篇，我们发现全文充斥的是对"赫赫圣汉，巍巍唐基"的讴歌,对汉皇包举艺文、屡访群儒的感念。大肆渲染的是"唐尧和汉运之间的呈递关系,以表明汉家的正统出身"①。《文选》编者径将《典引》篇与司马相如的《封禅文》、扬雄的《剧秦美新》同归入"符命"一类,原因自明②。对此,章太炎先生也一针见血地指出:

> 孟坚《典引》,盖不得已而作。前述缘起以诏贬迁褒相如为本。已作《汉书》,与迁同符,微文讥刺,亦云不少。知为人主所忌,故复效相如作符命,以求亲媚。虽淫辞献谄,要以避祸,与子云《美新》,殊途而同归矣。③

这两篇文字记录的,是封建帝王与史臣之间关于修史立场的一段对话,它向我们揭示的正是当时独立的史官精神丧失殆尽的可悲情状。在这种朝夕惕若的心态下,《汉书》褒贬立意依准《五经》,非斥《史记》,体现国家意志成为必然④。作为贯彻官方意识形态的史学著作,《汉书》一经宣布,"当世甚重其书,学者莫不讽诵焉"⑤。甚至要选学者受读⑥,乃至李唐时代,《汉书》注本犹存十数种之多⑦。与之形成鲜明对比的是,两汉之际,读议《太史

---

① 参见蒋文燕《关于〈封禅文〉〈剧秦美新〉和〈典引〉的一点思考》,载《宁夏大学学报》(人文社会科学版)2002 年第 2 期,第 23—26 页。

② 该主题在后世封建臣子眼中看得异常清晰,或许他们对此亦有很深切的体会。无论是后汉的蔡邕还是唐代的李翰,他们或对"典"字释义理解不同,但无一不特意拈出该篇述汉德的主题。如蔡邕曰:"《典引》者,篇名也。典者,常也,法也。引者,伸也,长也。"《尚书》疏:"尧之常法,谓之《尧典》。汉绍其绪,申而长之也。"(《文选》卷四八,第 2158 页)李翰甚至直接说:"典者,尧典也,汉为尧后,故班生将引尧事以述汉德,是命曰典引。"《六臣注文选》,四部丛刊缩印本,第 403 册,第 918 页下。

③ 章太炎《〈全上古三代秦汉三国六朝文〉校评》,载王仲荦主编《历史论丛》第一辑,齐鲁书社,1980 年,第 182—183 页。

④ 邵毅平先生在《汉明帝诏书与班固》一文中以为班固并没有完全丧失自己的立场,至少对司马迁的评价比较客观。《复旦学报》(社会科学版)1985 年第 6 期,第 65—68 页。

⑤ 《后汉书·班固传》,第 1334 页。

⑥ 《后汉书·曹世叔妻传》载:"时《汉书》始出,多未能通者,同郡马融伏于阁下,从昭受读,后又诏融兄续继昭成之。"《后汉书》卷一一四,第 2785 页。

⑦ 据《隋书·经籍志二》,唐初《汉书》注本尚存汉代三家:应劭《汉书集解音义》二十四卷,服虔《汉书音训》一卷,韦昭《汉书音义》七卷,汉以后十四家,另有四家梁时尚存。《隋书》卷三三,中华书局,1973 年,第 953—954 页。

公书》之风大盛,而明、章以后,却渐归沉寂,甚至终汉之世,《史记》仅有一二略注,《隋志》所载仅存宋、梁三家①。这种现象也应与当朝的褒贬密不可分。对此,白寿彝先生以为"《汉书》因具有皇朝史典范的性质而有此殊荣","正宗观念、垄断修史、推崇《汉书》,这种历史意识的强化,反映了政治统治上的要求"②。

三　修史群体

东汉一朝,国史修纂成于众手,不仅历时长久且非专任一人③。这种修史人员的设定与此前相较为一巨大变革。先秦史官,独掌史笔,不听命于王侯,晋称"良史",齐赞直书。西汉有《太史公书》横空而出,垂法后昆,"其后刘向、向子歆及诸好事者,若冯商、卫衡、扬雄、史岑、梁审、肆仁、晋冯、段肃、金丹、冯衍、韦融、萧奋、刘恂等相次撰续,迄于哀、平间,犹名《史记》"④,此称"相次撰续",未闻合撰之事。而东汉的国史从《世祖本纪》开始,即以合撰的方式修成。虽然群体修撰的《世祖本纪》在云龙问对之前,但这种群体修史的历史动因却可在云龙问对中得以反观。

---

① 司马贞《史记索隐后序》:"始后汉延笃乃有《音义》一卷,又别有《章隐》五卷,不记作者何人,近代鲜有二家之本。"参《史记》后附录,第9页。《隋书·经籍志二》仅载刘宋裴骃注《史记》八十卷;刘宋徐野民《史记音义》十二卷;梁邹诞生《史记音》三卷,汉注无一存者。第953页。

② 白寿彝主编《中国史学史》,北京师范大学出版社,2004年,第114页。

③ 这里有必要界定一点,即本文所说的国史修撰指的是"历史撰述",而非"历史记注"。后者更多的是对事件和现象的较为客观的记载,而前者更多的是史家的撰述,含有史家的价值判断。群体修史也多是集中于帝王的本纪部分,如班固即先与陈宗、尹敏、孟异等共作《世祖本纪》,然后自己又单作列传等其他部分。《后汉书·班固传》称班固与陈宗、尹敏、孟异"共成《世祖本纪》。迁为郎,典校秘书。固又撰功臣、平林、新市、公孙述事,作列传、载记二十八篇,奏之。帝乃复使终成前所著书。"《后汉书》卷四〇上,第1334页。

④ 浦起龙《史通通释》卷一二,上海古籍出版社,1978年,第338页。原书"段肃"下有注:"《班固集》作'段肃',固本传作'殷肃'。"

此次明帝的诏问无外乎两大主题：贬斥"微文讥刺，贬损当世"的司马迁和略称"颂述功德，言封禅事"的司马相如。即便是对司马相如，明帝也称其"泾行无节，但有浮华之辞，不周于用"，由此我们不难蠡测汉帝王对文学之士的基本态度。文士"不周于用"，史臣多言褒贬，甚至"微文刺讥"。要之，皇帝们对文士和史臣都不信任[①]，而尤其担心有独立延续的空间以褒贬当代的史家。太史公曰：

> 夫《春秋》，上明三王之道，下辨人事之纪，别嫌疑，明是非，定犹豫，
> 善善恶恶，贤贤贱不肖，存亡国，继绝世，补敝起废，王道之大者也。[②]

国之利器不可假手于人，司马迁的"谤书"即为前车之鉴。因此，东汉禁止私撰国史的政策执行严格[③]。此事西汉未闻，源于何时，略不可考。而光武时期，班彪撰续汉史（实为前朝西汉史）未闻禁止。至子固始有人告发私改作国史，史载明帝"善刑理，法令分明"[④]，最终明帝还是赦免了班固，"复使终前所著书"，这说明实际上明帝禁绝的只是私撰当代国史[⑤]。当然，禁止私撰只是初步策略，申明汉朝的意志，寻求其统治的合法性，才符合汉帝国对国史功用的需求。随着光武的离世，撰修前代史事的任务在明帝时开始难以回避。何况中国有源远流长的史学传统，尤其是《周官》《礼记》等儒家经典所载"太史、小史、内史、外史、左史、右史"等说，已深入人心[⑥]。《春秋》中

---

① 这种态度与太史公所称"文史星历近乎卜祝之间，固主上所戏弄，倡优蓄之，流俗之所轻也"如出一辙。见司马迁《报任安书》，载《汉书·司马迁传》，第 2732 页。

② 《史记·太史公自序》，第 3297 页。

③ 《后汉书·班固传》，第 1333—1334 页。中西大辅在其论文《〈史记〉の私撰说·官撰说につい》中也言及，由于对《史记》"谤书"的定性而对明帝任命东汉国史修撰人员有一定影响。《国学院杂志》第 108 卷第 3 号（2007），第 30—44 页。（本文所涉及的日文文献均由时在京都大学交流的吴海同学惠赐，谨致谢忱。）

④ 《后汉书·明帝纪》，第 124 页。

⑤ 中西大辅从《史记》续书止于班彪的角度，也认为禁止史书的私撰起于明帝。《前汉后期かこ后汉时代の史书编纂事情の变化につい——明帝期にぉける史书私撰の禁を中心に》，《学习院史学》45，第 63—75 页。

⑥ 《史通通释》卷一一，第 304 页。

王国皆有史官,汉帝国也需要载诸史笔,述颂功德,润色鸿业。史书若成于众手,集中修撰,再经亲信近臣"删润",便不必担心有对本朝不利的文字。故此,撰修国史不再任之一人,以免"非毁"当朝。明帝对班固的训示无疑向我们透露了其之所以要改变此前修史模式的政治考虑。

此外,通过考察永平年间历次修史人员的身份及知识背景,我们也可进一步推寻明帝采用新的修史方式的政治考虑及其演化过程。《典引》篇序文显示,永平十七年诏问的史臣以班固为首,另有贾逵、傅毅及展隆、杜矩、郗萌等人。除班固、贾逵、傅毅外,其余身世不详,应为身份更低的掾属[①]。这与此前修史人员的构成略有不同。

东汉最早的官方史篇《世祖本纪》修于明帝永平五年(62)左右,修史人员有陈宗、尹敏、孟异、班固。前已述班固与陈宗、尹敏、孟异等"共成《世祖本纪》"。陈宗、孟异史书无传。陈宗前为睢阳令,领地亦距光武家乡较近,对两汉之际及光武朝的事迹应较为熟悉。或后遂为明帝所征同修《世祖本纪》。范书先称其名,四人之中资历当为最长[②]。王充《论衡》云"陈平仲纪光武。班孟坚颂孝明。汉家功德,颇可观见"[③],似乎陈宗当时主要典领修撰《世祖本纪》之事。孟异曾为司隶从事,而司隶从事为东汉清要之职,属司隶校尉。《汉官仪》称"司隶都官从事,主洛阳百官,朝会与三辅掾同","司隶功曹从事,即治中也"[④]。未知孟异为何种从事,要之其人对当朝吏治、典礼当明知原委。此外,由于光武帝曾官"司隶校尉","先到雒阳整顿官府,文书

---

① 展隆,李善注引《七略》曰:"尚书郎北海展隆。"又谓:"然《七略》之作虽在哀、平之际,展隆寿或至永平之中。"以此推之,当为掌领典籍的旧臣。但如此何来班固所云"臣浸恩最久"之说,或其为当时负责之人。此展隆或另有其人。陆侃如先生认为永平十七年"上距刘歆卒五十一年,展隆寿逾八十不是没有可能"。又谓"或者有二展隆,好像有二史岑、二曹寿一样,也未可知"。见《中古文学系年》(第92页)。郗萌详见下文。

② 《隋书·经籍志二》亦云:"先是明帝召固为兰台令史,与诸先辈陈宗、尹敏、孟异等,共成《光武本纪》。"第957页。

③ 据黄晖校释所引惠栋、阎若璩之语,知"平仲"即陈宗字。《论衡校释》卷二〇,第854页。

④ 《汉官仪》,《汉官六种》本,中华书局,2008年,第149页。

移与属县”[①],作为属官的司隶从事当对光武事迹多有所闻[②]。且二人儒学文章未见显扬,掌领领修史应为精熟光武朝政事之故。

尹敏精通古文,《后汉书》本传称敏“少为诸生。初习《欧阳尚书》,后受《古文》,兼善《毛诗》《谷梁》《左氏春秋》”。其人善言阴阳灾异,并于建武二年上疏光武帝,“陈《洪范》消灾之术”。其后,“帝以敏博通经记,令校图谶,使蠲去崔发所为王莽著录次比”。虽然尹敏对图谶持反对态度,并谏光武帝“谶书非圣人所作”,又私自增损图书,但他长期校理图谶,博通经传谶记是毋庸置疑的[③]。只以修史四人的优长便可略窥修史时各自的职掌:以陈宗、孟异掌领政事,尹敏主光武谶记,班固述文字。今残存《东观汉记》遗文中多丛脞琐语、谶纬应验,亦可略见当时面貌。其中,卷一《世祖光武皇帝》保存文字较多,整篇语言风格前后不侔,述光武立国之前,琐语轶闻尤多,而建国之后的文字略显整饬,似乎依然存有成于众手的痕迹[④]。

永平十五年(72)左右又有《建武注记》,参加此次修纂的史臣有马严、杜抚、班固[⑤]。从知识背景上看,永平十五年的修史人员多明于谶纬,深通经学。如马严通《春秋左氏》,“百家群言”。《后汉书》本传注文中《春秋左氏》条下引《东观记》曰:“从司徒祭酒陈元受之。”[⑥]而《后汉书·李育传》载育“尝读《左氏传》,虽乐文采,然谓不得圣人深意,以为前世陈元、范升之徒更

---

① 《东观汉记校注》卷一,第5页。

② 当然,孟异未必一定在光武帝为司隶校尉时的司隶从事,但这并不妨碍他从同僚处或亲自见闻光武帝的事迹。

③ 《后汉书》卷八九上,第2558页。本传又载敏“与班彪亲善,每相遇,辄日旰忘食,夜分不寝,自以为钟期伯牙、庄周惠施之相得也”。可见二人旨趣甚为相合。第2559页。

④ 今记中亦可见其语言弛懈,与《汉书》古健语风大相径庭,或班固新入,文字去取多有拘牵。而光武骑牛与后得马事,与史书叙事体例乖异,更像是一位饱经世事的老人在讲口头故事,再有别人记录略加整理而成。详参《东观汉记校注》(第1—15页),第3页尤为明显。

⑤ “永平十五年,皇后敕使移居洛阳。显宗召见,严进对闲雅,意甚异之,有诏留仁寿闼,与校书郎杜抚、班固等杂定《建武注记》。”见《后汉书》卷二四,第859页。

⑥ 《后汉书》卷二四,第859页注三。

相非折，而多引图谶，不据理体，于是作《难左氏义》四十一事"①。可见其师陈元言《左氏》多称引谶纬。马严之学，要不离其左右②。

《后汉书》杜抚本传云抚"受业于薛汉，定《韩诗章句》"③。而史载薛汉"少传父业，尤善说灾异谶纬"，"建武初，为博士，受诏校定图谶。当世言《诗》者，推汉为长。……弟子犍为杜抚、会稽澹台敬伯、巨鹿韩伯高最知名"④。薛汉不仅善说谶纬灾异，而且受诏校定图谶。杜抚名列薛汉"最知名"弟子之首，当深明师法，善说灾异谶纬。又《论衡·须颂篇》称"《诗》颂国名《周颂》，杜抚、〔班〕固所上《汉颂》，相依类也"⑤。可见杜抚既明于《诗》、纬，又深通时变。从此次修史员的知识背景上，我们发现修撰《注记》之时，熟知掌故的旧吏不再需要，但精通谶纬灾异的儒生则必不可少。

在人事上安排上，我们注意到马严的身份较为特殊——不仅是开国名臣马援之侄，名儒马融之父，更是"常与宗室近亲临邑侯刘复等论议政事，甚见宠幸"的外戚⑥。不仅如此，这段时间内，皇室宗亲刘复也开始参与修史。《后汉书》卷一四云：

> 初，临邑侯复好学，能文章。永平中，每有讲学事，辄令复典掌焉。与班固、贾逵共述汉史，傅毅等皆宗事之。⑦

以学识论，刘复只是"好学""能文章"而已。但每有讲学，明帝"辄令复掌典"，又"与班固、贾逵共述汉史"。在某种意义上，这也是皇室对修史论学的一种掌控。"傅毅等皆宗事之"，也主要是因为他的"宗室近臣"、经常掌典讲

① 《后汉书》卷七九下，第 2582 页。
② 除了知识背景的因素以外，马严被选参与国史修撰更多是因为其外戚的身份，详见下文。
③ 《后汉书·杜抚传》，第 2573 页。
④ 《后汉书·薛汉传》，第 2573 页。
⑤ 《论衡校释》卷二〇，第 851 页。
⑥ 《后汉书·马严传》，第 2582 页。
⑦ 《后汉书》卷一四，第 558 页。

学修史的特殊身份。同时，我们也不难发现史笔绝佳的班固处于何种地位。班固立意作史，既为史臣当"得其所哉"，而《答宾戏》的慨叹①，却多少透露出他对自己史才难伸的不满。

据前引《典引》序文，永平十七年的诏问，有班固、贾逵、傅毅及杜矩、展隆、郗萌等②。班固"被学最旧，受恩浸深"，是最先一批修史的旧臣，当为此时修史群体的首领③。

贾逵明于经传，善于言谶、喜颂功德。所作左氏《解诂》，深受汉明帝重视，写藏秘馆④。但其书受重视的主要原因是"上言《左氏》与图谶合者"，宣扬汉为尧后的理论，为汉朝的存在寻求正统经学上的根据⑤。此后，又因上《神雀颂》，遂"拜为郎，与班固并校秘书，应对左右"⑥。范晔于传论中感叹："桓谭以不善谶流亡，郑兴以逊辞仅免，贾逵能附会文致，最差贵显。世主以此论学，悲矣哉！"⑦贾逵参与修史的一个重要原因也应是其言说立场深得明帝信任。

傅毅，范晔《后汉书》列之于《文苑传》，书中只录其诗，应长于诗体，本传言"毅追美孝明皇帝功德最盛，而庙颂未立，乃依《清庙》作《显宗颂》十篇奏之"⑧，又王充《论衡》卷二〇《佚文》篇载永平中神雀群集，班固、贾逵、傅毅

---

① 序言中称"永平中为郎，典校秘书，专笃志于儒学，以著述为业。或讥以无功，又感东方朔、扬雄自喻以不遭苏、张、范、蔡之时，曾不折之以正道，明君子之所守，故聊复应焉"。见《汉书》卷一〇〇上，第 4225 页。

② 据上文王充《论衡·须颂篇》之语，此"杜矩"或为"杜抚"之误。第 851 页。

③ 这在明帝诏问时，他首先应对上也不难推知。以文义推求，他甚至极有可能是当时惟一直接应对之人。

④ "永平中，上疏献之。显宗重其书，写藏秘馆。"《后汉书·贾逵传》，第 1235 页。

⑤ 在贾逵上章帝的条奏中言："臣以永平中言《左氏》与图谶合者，先帝不遗刍尧，省纳臣言，写其传诂，藏之秘书。"同上书（第 1237 页）。李贤等注中或云"贾逵附会文致，谓引《左氏》明汉为尧后也"，或云"言时主不重经而重谶也"。要之，皆言贾逵在明、章时实以附会谶记显。见第 1241 页注二、三。

⑥ 《后汉书·贾逵传》，第 1235 页。

⑦ 《后汉书》卷二六，第 1241 页。

⑧ 《后汉书》，第 2613 页。案，"中郎"或为"郎中"之误。

上赋颂事①,其人著作倾向可见一斑。

　　郗萌,正史无传,检《隋书·经籍志一》有"《春秋灾异十五卷》,郗萌撰"。同卷又云:"汉末,郎中郗萌,集图纬谶杂占为五十篇,谓之《春秋灾异》。宋均、郑玄,并为谶律之注。"②《隋书·经籍志二》"五行类"又有"《杂杀历》九卷",注云:"梁有《秦灾异》一卷,后汉中郎郗萌撰。"③是萌为汉郎中而善言图谶。《隋书》卷一九《天文志上》又云:"宣夜之书,绝无师法。惟汉秘书郎郗萌,记先师相传云……"④而《隋志》的编者认为:这些都是"圣人推其终始,以通神明之变,为卜筮以考其吉凶,占百事以观于来物,睹形法以辨其贵贱。《周官》则分在保章、冯相、卜师、筮人、占梦、视祲,而太史之职,实司总之"⑤。则郗萌的实际职掌即为东汉之太史。当时的史官亦言图纬谶记,可见宣扬汉命天授的谶纬之说已经成为当时的一种知识背景,进而化为史臣的一种自觉。

　　为便于比较,我们不妨将三次修撰史臣身份或背景概括为以下模式:

修撰(问对)时间	修撰人员	修撰者身份	所成史书
永平五年(62)	陈宗、尹敏、孟异、班固等	旧吏近臣＋谶记儒生＋史臣	《世祖本纪》
永平十五年(72)	刘复、马严、杜抚、班固	宗亲＋外戚近臣＋谶记儒生＋史臣	《建武注记》
永平十七年(74)	班固、贾逵、傅毅及展隆、杜矩(抚)、郗萌等	史臣＋谶记儒生＋文士＋谶记太史＋掾吏	《汉记》

　　由上表我们发现,与此前史臣一人修史模式相较,汉明帝加入的其他修史人员无外乎两类:一为宗亲近臣,一为谶记儒生。委派宗室近臣典领其事

---

① 《论衡校释》,第863—864页。
② 《隋书》卷三二,第940—941页。
③ 《隋书》卷三四,第1035页。
④ 《隋书》卷一九,第507页。
⑤ 《隋书》卷三四,第1039—1040页。

是明帝防止"微文刺讥"的重要手段,文士居末,润色文字而已①。精通谶记的儒生也居于显要的位置,这是永平修史的一大特色。光武帝喜图谶,建武三十一年(55)读《河图会昌符》"赤刘之九,会命岱宗"而封禅②。遂改元中元,"宣布图谶于天下"③,谶纬之学随之遂成东汉学者所当了解的通识。此后不到两年,即有樊鯈等于永平元年"与公卿杂定郊祠礼仪,以谶记正《五经》异说"④。由光武初年之"校谶记"至明帝初年之以谶校经,谶纬之学已经完成了由造作一家之说到附经而正统的转化⑤。纬与经同等重要,甚至占据着更为重要的学术地位。作为光武钦定之法,谶纬已很难完全从经学的阐释体系中剥离出来。纬书及谶纬之士有如此地位,不过是因为它能为汉帝国存在的合理性提供更直接的理论支持⑥。杜抚竟以善谶明《诗》之儒生而参与修史,其人在《后汉书》称引排名上也先于班固。从中我们不难发现明帝对于修史的立意要求⑦。

如前文所述,西汉时贾谊、司马迁等藉史鉴戒的立场在明帝时期已不被允许,东汉帝王需要的是宣扬汉乘天运的谶纬学说,史家修撰国史也要坚持这样的立场。无论是校谶还是修史,其目的都是要为汉述颂功德,宣扬天命。从永平五年到十五年,东汉国史的修撰更为强调国家意志。

---

① 虽然在永平十七年诏问的史臣中未有宗亲近臣,但修史的立场,对于皇室宗亲来说也是不言自明的。

② 《后汉书·祭祀志上》:"三十二年正月,上斋夜读《河图会昌符》曰:'赤刘之九,会命岱宗。不慎克用,何益于承。诚善用之,奸伪不萌。'感此文,乃诏松等复案索河、雒谶文言九世封禅事者"。第 3163 页。

③ 《后汉书·光武帝纪下》,第 84 页。

④ 《后汉书·樊鯈传》,第 1122 页。

⑤ 参葛兆光《经与纬:一般知识与精英思想的互动及其结果》,《中国思想史》第一卷,复旦大学出版社,2005 年,第 277—297 页。

⑥ 参见陈苏镇《汉室复兴的历程及其政治文化背景》,《中华文史论丛》2010 年第 1 期,第 275—312 页。

⑦ 《东观汉记》卷二亦载:"孝明皇帝尤垂意于经学,即位,删定拟议,稽合图谶。"见吴树平《东观汉记注》,中州古籍出版社,1987 年,第 59 页。

四　史风转捩

明帝令宗亲近臣和谶记儒生共同参与修史,希望他们能对修史立场进行掌控,并修成符合皇家意志的国史。在严密的思想控制和雷霆万钧的皇权威压下,史家的独立性受到严重制约,东汉史学也因之呈现出四大转变:

其一,在修史模式上,国史开始作于"史馆",成于众手①。在明帝初期,甚至临时鸠集他官修撰前史②。这种随时任命史官的做法,使得汉代既有史书颂扬汉德,又不必担心一人专断而贬损当代。史书的修撰只有平时令近侍记下言行,以为《注记》,隔一段时间(常为前代帝王离世之后)再召集朝臣集中整理连缀,以成官方之史。此即刘毅所云"古之帝王,左右置史,汉之旧典,世有注记"③。明、章之际,东观校书群体初具规模,校书献颂之余,兼及整饬史籍④,东观也就成为此后史馆的雏形。正如金毓黻先生所云:

> 汉明帝尝诏班固同陈宗、尹敏、孟异,作《世祖本纪》,又撰《功臣列传》载记二十八篇,此即唐代以后官修诸史之滥觞。⑤

---

① 这里的"史馆"只是对当时修史机构的一种指称,非唐以后有固定名称的"国史馆"。

② 据《史通·史官建置》:"司马迁既殁,后之续《史记》者,若褚先生、刘向、冯商、扬雄之徒,并以别职来知史务。"司马迁离世以后,实际上已无专职的史官。但集体修史,实为明帝的创造。见《史通通释》卷一一,第307页。

③ 《后汉书》卷一〇上《皇后纪上·阴皇后》,第426页。"注记"与"本纪""起居注"并不相同。参朱希祖《汉唐宋起居注考》,《北京大学百年国学文粹·史学卷》,北京大学出版社,1998年,第127—132页。

④ 东观士人兼修史与校书,《史通·史官建置》云:"自章、和已后,图籍盛于东观。凡撰汉记,相继在乎其中,而都为著作,竟无它称。"《史通通释》卷一一,第310页。关于明、章之际校书人员的情况及职责,参张宗品《东观考论》,南京大学文学院硕士论文,2008年。

⑤ 金毓黻《中国史学史》,商务印书馆,2003年,第69页。对于史家到史馆的转变,梁启超认为:"唐以前书皆私撰而成于一人之手,唐以后书皆官撰而成于多人之手也。"《中国历史研究法》,万有文库本,第27页。事实上,后汉修史已启其端绪。日本学者内藤湖南亦曾言及,见《中国史学史》,上海古籍出版社,1980年,第117页。

这种便于当朝控制的修史立场的做法随即即为此后帝王所继承，魏晋以降，略有改进，有专职史馆，但无世袭史官，使之更加完善。而世多乱离，朝代频加更迭，帝王无暇细究修史之事。直至唐初，才发展为成熟的"国史馆"制度。至此，史官到史馆的转变基本完成①。而汉明帝做法，正式开启了这一延续了近两千年的国史修撰制度。

其二，在人员选择上，修史人员的基本构成为宗亲近臣、儒生、史臣和文士。宗亲近臣统领其事，精通儒家经典的儒生参与其中，史臣行文，文士润色②。而东汉后期，甚至有蔡伦、李巡、赵佑等皇帝亲信的中官典领修史校书之事③。历经补续的《东观汉记》贯名者刘珍，贵为皇家宗正，更是数受邓太后诏负责校书、修史④。这种人员的设定显然颇便掌控史书的立场，也为其他封建王朝所取资，或易以宰辅总领其事，再向帝王汇报，有很明显的"敕修"特色。

其三，东汉史书在修史观念及修撰立场上与此前有着明显的不同。西汉之前，史官多具家学渊源，内在传承⑤。司马迁父子皆为太史，终成命代奇作。东汉之初尚有班彪、班固父子相继撰作《汉书》，亦足称不朽。但班固曾以"私改作国史"之罪系狱，显宗重其才而谅之，令诣校书郎，后经帝许，始得修成《汉书》。自班固至汉末修史人员俱以校书之余，续修撰《汉记》，几乎皆为"以别职来知史务"，再无世代居史官之位的家族出现，一脉相承的史官传统已断⑥。西汉司马谈《论六家要旨》推尊道家，或为远古柱下守藏之遗

---

① 详参白寿彝主编《中国史学史》，第113—115页。
② 考察东观校书人员即可明晰，著作其中者多经学修明之士。参余嘉锡《四库提要辨证》卷五《东观汉记》条，中华书局，2007年，第240—248页。
③ 东观人士校书修史，往往同时进行。《后汉书》卷七八称李巡"乃白帝，与诸儒共刻《五经》文于石"；"赵佑博学多览，著作校书，诸儒称之。"（并见第2533页）《蔡伦传》称："（元初）四年，帝以经传之文多不正定，乃选通儒谒者刘珍及博士良史诣东观，各雠校家法，令伦典其事。"第2513页。
④ 《后汉书·文苑传》，第2617页。
⑤ 如《史记·太史公自序》，称"司马氏世典周史"（第3285页），而此前各家亦多世袭。
⑥ 金毓黻《中国史学史》，第102页。内藤湖南亦谓之"家学"，见其著《中国史学史》，第116页。

绪,即游离于政治之外,不以一朝之兴废而记史,不因君王之好恶而载笔。其子迁则兼综儒道,一方面流露出尊儒家道孔圣的敬意,一面"又其是非颇谬于圣人,论大道则先黄老而后六经;序游侠则退处士而进奸雄,述货殖则崇势利而羞贱贫"①。武帝时"罢黜百家,表章六经",在儒家定于一尊的大环境中,司马迁曾从孔安国受经书,对儒家思想推崇不难理解。而"崇黄老""轻仁义""贱守节"与其父的道家思想一脉相承,也是坚守上古史官的独立操守。两汉之际,班彪"性沉重好古",班固虽"博贯载籍,九流百家之言,无不穷究"②,但云龙门应对为班固的汉史修撰定下了一个基调:尊儒道,颂天朝。因此,我们在《汉书》中看到的是较为纯粹的封建正统思想,以儒家圣贤之是非为是非,忠孝仁义,褒贬不失。由于这一指导思想符合封建帝王对历史记载的要求,此后历朝正史,无不以《汉书》为典范。而那种游离于政治之外,自任裁断的独立的史官精神却从此逐渐淡出历史。

其四,修史制度一变,史书风貌遂与此前迥异。作为东汉国史的《东观汉记》,虽然我们今天不能见其全豹,但在今人辑本中帝纪部分所存尚多。除了图谶天命的宣扬以外,我们在其中很难发现那种对帝王或本朝批判性的言论出现,反而在帝纪的末尾多有"序曰"颂扬帝王功德③。这种在帝王干预下出现的"虚相褒述",不重"实录"的修史风气,虽然当时即遭到有识之士的批评,但终汉之世都没有得到根本的改变④。

刘知几《史通》引傅玄语云:"'观孟坚《汉书》,实命代奇作。及与陈宗、

---

① 《汉书》卷六二,第2737—2738页。
② 《后汉书·班固传》,第1330页。
③ 如今辑《东观汉记》之章帝、和帝纪均有"序曰"一味赞扬功德,这与《左传》的"君子曰"、《史记》"太史公曰"褒贬并重的精神,大异其趣。参吴树平《东观汉记注》,第79、89页。
④ 《华阳国志》卷十载桓帝时(据《后汉书·李法传》当为和帝时人),李法数上表奏事,称"史官记事,无实录之才,虚相褒述,必为后笑。"以此触怒和帝,被免为庶人。参见刘琳《华阳国志校注》,巴蜀书社,1984年,第802页。《后汉书·李法传》亦称"史官记事不实,后世有识,寻功计德,必不明信"。《后汉书》卷四八,第1601页。

尹敏、杜抚、马严撰中兴纪传,其文曾不足观,岂拘于时乎? 不然,何不类之甚者也? 是后刘珍、朱穆、卢植、杨彪之徒,又继而成之。岂亦各拘于时,而不得自尽乎? 何其益陋也?'"①万事总难两全其美,这种修撰史书的方式的转变,常令帝王颔首,史臣痛心。同是一人,独自修撰则为"命代奇作",与人同修则"文曾不足观"。制度不同,差别如此。众人修史但求无过,多为因循,独自修史则务求有功,尤重裁断。此后,薛莹、张璠、司马彪、范晔等屡有接续汉史之作,皆欲以一人之力独运匠心,以补孟坚之恨,然而史才、史笔非人人兼具,率尔操觚,劳而少功。个中流弊梁启超有精到的分析:

> 此种官撰合撰之史,其最大流弊,则在著者无责任心。刘知几伤之曰:"每欲记一事载一言,皆阁笔相视,含毫不断。故头白可期,汗青无日。"又曰:"史官记注,取禀监修。一国三公,适从何在?"(《史通·忤时篇》)既无从负责,则群相率于不负责,此自然之数矣。坐此之故,则著者之个性湮灭,而其书无复精神。司马迁忍辱发愤,其目的乃在"成一家之言"。班、范诸贤,亦同斯志,故读其书而著者之思想品格皆见焉。欧阳修《新五代史》,其价值如何,虽评者异词,要之固修之面目也。若隋、唐、宋、元、明诸史,则如聚群匠共画一壁,非复艺术,不过一绝无生命之粉本而已。

故梁氏总结说:"盖我国古代史学,因置史官而极发达,其近代史学,亦因置史官而渐衰敝。则史官之性质,今有异于古所云也。"②

当然,需要再次申明的是,明帝令群臣修史并不始于永平十七年(即云龙门问对以后),但始于明帝朝的这种修史方式的转变,王权对史家修史立场的控制,几乎都能在这条附文中找到其原始的动因,这是我们在考察两汉史学变迁的过程中所不能忽略的。

---

① 《史通通释》卷九,第 251 页。
② 以上并见梁启超《中国历史研究法》,第 27—28 页。

余　论

　　两汉帝王对中国封建王朝的统治有两大创制:一是"罢黜百家、表章六经",确立封建国家的意识形态;二是取缔古史官制度,确立群体修史的模式。亦即,取消了士人褒贬当世的独立的文化权力。今人对于前者多能言之,对于后者却关注不足。在某种意义上,从禁止私撰国史到组织群体修史,这是封建皇权走向专制的一种必然结果。由汉明帝主导的东汉史学的转向对后世的史书修撰影响深远,它不仅奠定了此后两千多年封建帝王修撰史书的基本模式和指导思想,也规范了官修史书的基本面貌,甚至引导了统治阶层乃至一切当权者对修史的基本态度。永平十七年的云龙问对,是帝王与史臣关于修史立场的一段对话,它向我们昭示了这种转变的历史动因,也揭示了东汉史学转向的内在逻辑,是政治与学术关系蜕变的见证。

　　历史的演化是复杂的,但其基本的方向却可以预见。汉末,刘家王政已为权臣所取代,但凌驾于学术之上的政治因素却丝毫没有衰减。史臣蔡邕依附董卓,及卓被诛,司徒王允收邕入狱。蔡邕准备仿效司马迁"乞黥首刖足,继成汉史",王允对太尉马日磾说:"昔武帝不杀司马迁,使作谤书,流于后世。方今国祚中衰,神器不固,不可令佞臣执笔在幼主左右。既无益圣德,复使吾党蒙其讪议。"[1]在权势面前,甚至欲求自残述史而不得,简直命同蝼蚁。王允之语也赤裸裸地揭露了封建当权者对史臣的态度,足可与汉明帝的作为互相发明[2]。西汉史臣的地位虽已"近乎卜祝之间",尚有独自撰作的自由。降及东汉,在封建帝王的赫赫权势下,在号称隆礼重儒的时代,史臣却丧失了秉笔直书的权利,沦为"颂扬汉德"的附庸。史臣自身也丧

---

① 《后汉书》卷六〇下《蔡邕传》,第 2006 页。
② 三国时,魏明帝亦云:"司马迁以受刑之故,内怀隐切,著《史记》非贬孝武,令人切齿。"《三国志·魏书·王肃传》,中华书局,1982 年,第 418 页。

失了应有的尊严,班固、傅毅、马融、蔡邕等文笔卓荦的史臣竟须依附权臣而侧身朝廷。"百龄影徂,千载心在。"[1]我们今天关于过去的记忆却依然凭借史臣扭曲的笔端而得以构建,包括影响此后史学命运的云龙问对。

---

[1] 范文澜《文心雕龙注》卷一,人民文学出版社,1958 年,第 17 页。

一、著　作

《李清照》,江苏古籍出版社,1982 年

《校雠广义·目录编》(与程千帆合著),齐鲁书社,1988 年

《书目工作概论》(与吴式超合著),书目文献出版社,1989 年

《校雠广义·版本编》(与程千帆合著),齐鲁书社,1991 年

《中国古典文学史料学》(主编),南京大学出版社,1992 年

《目录学的功能》(与刘圣梅等合译),南京大学出版社,1993 年

《校雠广义》(全 4 册,与程千帆合著),齐鲁书社,1998 年

《郑樵评传》,南京大学出版社,1998 年

《闻一多》,江苏文艺出版社,1999 年

《文献学研究》(与徐昕合著),江苏古籍出版社,2002 年

《治学方法与论文写作》,南京大学出版社,2003 年

《唐代妇女生活与诗》,中华书局,2005 年

《诗学原理》,北京大学出版社,2007 年

《中国古典文学史料学》(主编),北京大学出版社,2008 年修订本

《目录学与学术史》,中华书局,2008 年

《李清照》(修订本),南京大学出版社,2010年

《徐有富诗抄》,河南文艺出版社,2011年

《诗歌十二讲》,岳麓书社,2012年

《千家诗赏析》,上海古籍出版社,2012年

《程千帆沈祖棻年谱长编》,南京大学出版社,2013年

《诗学问津录》,中华书局,2013年

《文献学管窥》,江苏古籍出版社,2016年

《诗学原理》,北京大学出版社,2017年第2版

《南大往事》,江苏人民出版社,2018年

《千家诗赏析》,中华书局,2018年再版

《学术论文十讲》,北京大学出版社,2019年

《校雠广义》(全4册,与程千帆合著),中华书局,2020年修订本

二、论　文

(《文献学研究》《诗学问津录》《文献学管窥》《南大往事》已收者不录)

《古典文献的校勘》,《中国古典文献学》(张三夕主编),华中师范大学出版社,2003年

《古典文献的标点》,《中国古典文献学》(张三夕主编),华中师范大学出版社,2003年

《典藏学》,《新国学三十讲》(卞孝萱主编),凤凰出版社,2011年

《敦煌词的词史意义》,《甘肃文史》2018年第1期

《〈读宋诗随笔〉新意叠出》,《光明日报》2018年3月26日"光明书话"

《程千帆先生手钞〈误书百例〉跋》,浙江大学出版社,2018年

《从"相思子"到"相思"》,《中国社会科学报》2018 年 6 月 22 日"后海"

《把培养学生放在第一位》,《光明日报》2018 年 7 月 22 日"悦读"

《程千帆、沈祖棻:文章知己千秋愿》,《光明日报》2018 年 7 月 22 日"大家"

《文房四宝考察行》,《江苏文史研究》2018 年第 3 期

《案头品诗话色彩》,《中国社会科学报》2018 年 10 月 28 日"后海"

《唐诗遐思》,《光明日报》2018 年 12 月 30 日"悦读"

《程千帆先生为我改作业》,《古典文学知识》2019 年第 1 期

《梦回闻汝读书声》,《中国社会科学报》2019 年 2 月 23 日"后海"

《易安而后见斯人》,《光明日报》2019 年 4 月 6 日"阅读"

《胡小石论唐人七绝诗》,《江苏文史研究》2019 年第 2 期

《罗根泽开山采铜》,《古典文学知识》2019 年第 3 期

《学术与文学的交融——谈〈莫砺锋文集〉》,《名作欣赏》2019 年第 6 期

《从诗歌看陆游的婚恋生活》,《中国社会科学报》2019 年 8 月 23 日"后海"

《李清照泛舟词之比较》,《名作欣赏》2019 年第 11 期

《〈吴白匋诗词〉读后》,《江苏文史研究》2020 年第 2 期

《试论吴声歌曲的影响》,《2019 年长三角文化论坛论文集》(《长三角文化论丛》编委会编),上海人民出版社,2020 年

《历代诗学讲录》(整理稿),《程千帆古诗讲录》(张伯伟编),人民文学出版社,2020 年

《杜诗讲录》(整理稿),《程千帆古诗讲录》(张伯伟编),人民文学出版社,2020 年

《吴新雷:我与昆曲有故事》,《中国社会科学报》2020 年 7 月 22 日"学林"

《程千帆先生怎样讲古诗》,《光明日报》2021 年 4 月 10 日"悦读"

《记念张放同学》,《南大校友通讯》2021 年"春季号"

《江南文化的水韵诗情》,《江苏文史研究》2021 年第 3 期

《听程千帆先生讲课》,《世纪》2021 年第 3 期

《程门学诗的一些体会》,《沈祖棻诗词研究会会刊第 29 辑》,天马图书有限公司,2021 年

《胡小石先生讲楚辞》,《江苏文史研究》2021 年第 4 期

这本纪念文集,是为庆贺徐有富老师八十寿辰而编纂的。老师早年毕业于南京大学中文系,拨乱反正后考回母校攻读研究生,师从程千帆先生,与莫砺锋、张三夕两位老师同窗,是程先生在南大招收的第一批研究生。老师先后执教于图书馆学系、中文系,培养博士生十八名,硕士生数十名,其他受教沾溉者不计其数,可谓桃李满园。

老师研治传统文史之学,秉承程先生重视校雠学及文献学与文艺学相结合的学术取径,在诸多领域成就非凡,代表性著作有《校雠广义》(与程先生合作,分《版本编》《校勘编》《目录编》《典藏编》)、《郑樵评传》、《唐代妇女生活与诗》、《目录学与学术史》、《诗学原理》等。老师刚退休那几年,学术激情不减,几乎每年都要出一本新书;前几年还申请了国家社科项目,继续为文学院的科研事业贡献力量。

我们非常幸运地跟随老师读书、治学,在言传身教中成长。老师既有卓见又隐涵学术传统的选题指导、一丝不苟的作业批改、温情友善的督促鼓励,是我们这群弟子的共同记忆。老师退休不久,我们就期待在老师七十大寿时,能欢聚一堂。但这个提议被老师否决了,理由是大家正在学术成长期,不宜分散精力。岁月不居,江山易老。我们很早就期待庆贺老师的八十寿辰。这个提议,老师仍然不予同意。但我们一致认为,至少应该编一本论文集,向老师汇报一下各自的研究成果,让老师看到弟子在学术之路上的成长。这种做法,《程千帆先生八十寿辰纪念文集》就是可援之先例。在论文集编就付校之际,幸亏得到师母的"大力支援",老师终于点头同意。

师恩如山。这本论文集,是我们毕业后学术探索的一种体现,更是我们感怀师恩的诚挚表达。我们会依循老师指引的方向在学术上继续攀登,视学问为志业,从做学问、写文章中发现更多乐趣;也期待在老师九十寿辰之际,编出更为出色的论文集。

祝愿老师生命之树长青、学术之树长青!

2022 年 3 月 2 日